NIEDERRHEINISCHE GLUT

Anja Wedershoven, 1968 in Rheydt geboren, wuchs mit Schnibbelskuchen, Hanns-Dieter Hüsch und dem Schimanski-Tatort auf. Sie studierte Kulturwissenschaften und Literatur und ist als Autorin dem Niederrhein treu geblieben. Am Kriminalroman faszinieren sie die Auseinandersetzung mit Menschen in Ausnahmesituationen und die Frage, welche Vorgeschichte Gewalttaten haben.

ANJA WEDERSHOVEN

NIEDERRHEINISCHE GLUT

Kriminalroman

emons:

Bibliografische Information der Deutschen Nationalbibliothek
Die Deutsche Nationalbibliothek verzeichnet diese Publikation
in der Deutschen Nationalbibliografie; detaillierte bibliografische
Daten sind im Internet über http://dnb.d-nb.de abrufbar.

© Emons Verlag GmbH
Alle Rechte vorbehalten
Umschlagmotiv: mauritius images/Stefan Ziese/imageBROKER
Umschlaggestaltung: Franziska Emons-Hausen,
nach einem Konzept von Leonardo Magrelli und Nina Schäfer
Umsetzung: Tobias Doetsch
Gestaltung Innenteil: DÜDE Satz und Grafik, Odenthal
Lektorat: Lothar Strüh
Druck und Bindung: CPI – Clausen & Bosse, Leck
Printed in Germany 2022
ISBN 978-3-7408-1433-5
Originalausgabe

Unser Newsletter informiert Sie
regelmäßig über Neues von emons:
Kostenlos bestellen unter
www.emons-verlag.de

Jeder bekommt seine Kindheit über den Kopf gestülpt wie einen Eimer. Später erst zeigt sich, was darin war. Aber ein ganzes Leben lang rinnt das an uns herunter, da mag einer die Kleider oder auch Kostüme wechseln, wie er will.

Heimito von Doderer

Heimsuchung

»Das wurde aber auch Zeit!«

Die Stimme kriecht durch Jacke und Pullover bis unter seine Haut, sie krallt sich in seine Eingeweide, sie beißt sich in seinem Kopf fest.

»Das hätte ich mir mal erlauben sollen in Ihrem Alter!«

Er erstarrt. Die Art und Weise, in der das »t« zwischen Zunge und Gaumen explodiert. Das »r«, das weit hinten in der Kehle an den Stimmbändern reibt. Obwohl der Rüffel nicht ihm gilt, ist sofort alles wieder da. Die Angst. Die Kälte. Der Ekel.

Suchend sieht er sich nach dem Mann um, zu dem diese Stimme gehört. Das kann einfach nicht sein. Es ist ewig her. Es war an einem weit entfernten Ort. Vor dem Mohnblüten-Druck im Stil Claude Monets eilt eine Pflegekraft ins nächste Patientenzimmer, und neben dem Behinderten-WC prangt der massige Rücken eines Mannes, der einen Rollstuhl schiebt. Nirgendwo ein weißer Kittel, unter dem schwarze, frisch gewienerte Stiefel über den PVC-Boden stapfen.

Er muss sich geirrt haben. Der Weißkittel wird längst tot sein.

»Brauchen Sie noch etwas?« Die Frau am Empfang sieht ihn fragend an.

»Nein. Ich dachte nur …« Er bricht ab und schüttelt den Kopf. Was soll er ihr erzählen? Dass seine Wahrnehmung ihm einen Streich spielt? Dass er eine Stimme hört, die es nicht gibt? Irritiert dreht er sich noch einmal zu seiner Schwester um, die im Zimmer hinter ihm auf die Dialyse wartet. »Bis gleich. Ich hole dich um fünf ab.« Und jetzt schnell raus hier. Er geht zur Garderobe. Am Ausgang der Station drückt das Gespann mit dem Rolli auf den elektrischen Türöffner.

»Eine halbe Stunde zu spät! Das hätte es früher nicht gegeben!«

Er hat sich nicht verhört. Seine Jacke gleitet ihm aus den Händen.

»*Keine Disziplin mehr. Kein Respekt vor dem Alter. Kein Wunder, dass es mit Deutschland den Bach runtergeht.*« Eine knochige Hand stößt aus dem Rollstuhl heraus mit dem Zeigefinger Löcher in die Luft. Er starrt auf das ungleiche Paar, das durch die blau gestrichene Stationstür in Richtung Aufzug zockelt. Der Helfer klingt eher genervt als schuldbewusst.

»Ich hatte noch einen anderen Patienten. Nun bin ich ja da!« Unsanft schiebt er den Rollstuhl über die Schwelle in den Lift. »Draußen scheint die Sonne. Sie könnten Ihre schlechte Laune mal ...«

Den Rest kann er nicht verstehen, weil die Tür des Aufzugs sich schließt. Mechanisch bückt er sich und hebt die Steppjacke auf.

»Ist wirklich alles in Ordnung mit Ihnen? Möchten Sie ein Glas Wasser?« Die Empfangsfrau ist aufgestanden und berührt ihn am Arm. »Sie sehen bleich aus, vielleicht Blutdruck messen«, schlägt sie vor.

»Nicht nötig, danke. Ich brauche bloß frische Luft.« Er legt die Jacke über seine Schultern und atmet tief durch. Seit Birgit krank ist, kann er nie länger als drei Stunden am Stück schlafen. Manchmal schafft er die Frühschicht kaum.

»Das wird schon gut gehen«, beruhigt die Frau ihn. »Die ersten Male ist so eine Blutwäsche beängstigend, aber die meisten gewöhnen sich daran.«

Nicht meine Schwester, denkt er und antwortet: »Hoffentlich.«

Er läuft die drei Etagen über die Treppe nach unten, in seinem Magen rumort das Mittagessen. Nein, es kann hier nicht nach Blutwurst riechen. Diesmal spielen ihm seine Sinne wirklich einen Streich. Er drängt den Würgereiz zurück, nimmt die Stufen in schnellen Schritten, der Frühlingstag draußen wird den Spuk beenden. Doch am Ausgang der Klinik prallt er erneut zurück. Der dunkelblaue Transporter auf dem Behindertenparkplatz war eben noch nicht da. Der massige junge Mann zieht eine Rampe aus den geöffneten Hecktüren und legt sie an die Ladefläche an. Daneben steht der Rollstuhl, aus dem

gefurchten Gesicht des Greises streift ihn ein Blick aus flaschen-
grünen Augen.

»Dann mal rein in das gute Stück.« Der Junge dreht den Rolli
mit Schwung herum und schiebt ihn ins Innere des Fahrzeugs.

Die Augen! Genauso harte grüne Murmeln wie damals. Seine
Eingeweide rebellieren endgültig. Er presst sich eine Hand vor
den Mund und liest die Überschriften auf den Patientenflyern
im Klinikfoyer, ohne die Worte zu verstehen. Warum dauert
das so lange, bis die weg sind? Die Rampe ist abgebaut, aber
der Fahrer fummelt immer noch an dem Rollstuhl herum.

Er richtet die Augen wieder auf den Prospektständer, liest:
»Fettstoffwechselstörungen effektiv behandeln«. Magensäure
steigt ihm in die Speiseröhre, *Blutglibber mit Fettstücken*, er
schluckt den Ekel und Speichel herunter. Endlich wuchtet der
Fahrer seinen schweren Körper hinter das Lenkrad, und der
Wagen setzt sich in Bewegung.

Unter der Buche neben dem Parkplatz erbricht er sich, starrt
auf die Brocken des Kartoffelsalats im Gras.

*Du stehst nicht eher auf, bis du aufgegessen hast! Hier wird
gegessen, was auf den Tisch kommt.*

Der säuerliche Geruch des Erbrochenen steigt ihm in die
Nase, und durch die weiche Frühlingsluft ergreift die längst
verdrängte Stimme Besitz von ihm.

Was für eine krasse Hitze. Justin fährt alle vier Fenster des Fiesta herunter und hält seine schweißnasse Stirn in den Fahrtwind. Kurz vor zwölf. Und die Temperaturanzeige auf dem Armaturenbrett zeigt schon vierunddreißig Grad im Schatten. Hammer! Wenn er nur nicht arbeiten müsste. Larissa pennt bestimmt noch. Und tigert nach dem Kaffee zum Freibad. Mussten die ihn auch unbedingt zu Sozialstunden verdonnern?

Gut, die Sache mit dem Kioskbruch war nicht so 'ne gute Idee gewesen. Um ehrlich zu sein, war es auch nicht die erste nicht so gute Idee gewesen. Der Richter mit dem Hundeblick hat ganz traurig aus der Wäsche geguckt, als Justin zum zweiten Mal vor ihm stand. »Ich will Sie hier so schnell nicht wieder sehen, Herr Richarz!«, hat er gemahnt, nachdem er ihm die hundert Sozialstunden aufgebrummt hatte.

Justin biegt auf die Baersdonker Straße ab und dreht die mickrigen Lautsprecher lauter, damit er »Haftbefehl« gegen den Fahrtwind hören kann. »Baba Haft ist zurück, lass die Affen aus'm Zoo«, grölt Aykut Anhan alias Hafti. Justin singt lauthals mit. Der Typ macht einfach die coolste Musik und die besten Texte.

Hundert Stunden. Macht bei vier Stunden pro Tag zwanzig Stunden die Woche, also fünf Wochen. Und er hat gerade mal die zweite Woche rum. Also fast. Die Bitch vom Sozialamt hat sich gefreut, dass er einen Führerschein hat. Und zuerst hat Justin gedacht, es wär cool, mit der Karre von der Caritas durch die Gegend zu fahren und Essen zu verteilen. Besser als irgendwelchen Alten den Sabber vom Gesicht zu wischen oder Scheiße abzuputzen. Aber es ist überhaupt nicht cool. Cool wäre, in Malle am Strand zu liegen, mit Cola-Zitrone in der Hand und Haftbefehl in den Earphones.

In der Neukerker Straße muss er vom Gas gehen, weil vor ihm ein Traktor mit Anhänger über die Landstraße dackelt.

Wie er das hasst. Hier ist wirklich der Hund begraben. Wie am ganzen Niederrhein. Nach Köln ziehen, das wär cool. Oder noch besser nach Frankfurt. *Hafti-Land. Kannste vergessen. Viel zu teuer.* Justin setzt zum Überholen an, muss aber wieder abbremsen, weil ein Motorrad in Gegenrichtung heranrast. So ein Fiesta kommt einfach nicht in die Schluppen. Er trommelt ungeduldig mit den Fingern aufs Lenkrad. Jede Verzögerung ist Mist. Alle wollen ihr Essen am liebsten um Punkt zwölf. Natürlich heiß. Und der Opa, zu dem er gerade fährt, hat sich gleich in der ersten Woche über ihn beschwert, als er nicht pünktlich war. Verdammter Motherfucker.

Irgendwas fällt vom Hänger vor ihm auf die Straße. Hat der Bauer Kartoffeln geladen? Die Gegend hier ist Erdäpfel-Gegend. Endlich biegt der Traktor auf einen Feldweg ab, Justin geht aufs Gas.

Der Führerschein war das Beste, was sein Alter je für ihn getan hat. Da hatte er sich vor zwei Jahren gerade mal wieder erinnert, dass er noch einen erwachsenen Sohn hat: »Du brauchst doch 'nen Lappen, Junge. Ohne kannste nix mehr werden heutzutage.« Und dann hat er ihm den bezahlt. Um sich drei Monate später mit der nächsten Schlampe aus dem Staub zu machen. *Und ich konnte gucken, wie ich klarkomme. Wieder mal.*

Als er beim Grundstück seines ersten Kunden an der Straelener Straße ankommt, steht das Tor mit den fetten geschmiedeten Türen weit offen. Komisch. Normal muss er immer aussteigen und sich über die Gegensprechanlage melden, damit der Opa ihn reinlässt.

Er dreht Haftbefehl aus Protest gegen den Stinkstiefel noch lauter, während er die Einfahrt entlangrollt. Vor der Haustür lässt er den Motor laufen, krallt sich die Essensbox aus dem Kofferraum. Warum ist das Garagentor offen? Justin geht näher heran und riskiert einen Blick ins Innere. Ein Benz mit langen Heckflossen und Stoßstangen aus Chrom. Der muss uralt sein. Sechziger oder Siebziger? Ob der noch fährt? Den würde er sich gern mal borgen. Der Opa kann eh nicht mehr damit durch die Gegend gondeln. Mit Larissa durch die Landschaft chillen und sich von den Kumpels für die Karre bewundern lassen.

Er geht um den Wagen herum und streicht mit der Hand über die Motorhaube. Der dunkelgrüne Lack sieht tipptopp aus. Keine Kratzer. Die Sitze aus kackbraunem Leder sind nicht so heiß. Aber das Cockpit ist mit Holz vertäfelt, und das helle Lenkrad mit dem Mercedes-Stern auf der Hupe ist 'ne elegante Schönheit. Wie aus 'nem alten Film. Als der Hafti-Song im Fiesta zu Ende ist, hört Justin ein Stöhnen. Er dreht sich um. *Scheiße, was soll das?* Da liegt jemand. Der Schweiß bricht ihm aus allen Poren. Das ist nicht der Alte. Der Typ ist jünger. Und ungefähr dreimal so dick. Ist der gefesselt?

Justin stellt die Box mit dem Essen auf dem Benz ab und beugt sich über den Mann. *Klar, mit dem Klebeband auf dem Mund kann der nix sagen.*

»Hat der Alte das gemacht?« Braune Augen sehen ihn flehend an. Er knibbelt das Ende des Klebebands von der schweißnassen Haut und reißt den Knebel mit einem Ruck vom Gesicht. Der Mann stöhnt auf, lauter diesmal. Dann fährt er sich mit der Zunge über die Lippen und schüttelt den Kopf.

»Vom Rollstuhl aus? Wohl kaum.«

Der könnte ja ruhig mal »Danke« sagen. Obwohl … So ein Opa auf Rädern kann den Kerl echt nicht überwältigt haben. Andererseits hört man doch immer wieder, dass Leute bloß simulieren. Wegen Versicherung oder Schadensersatz oder Schmerzensgeld oder so was. Der Dicke dreht den Kopf in Richtung Schulter und deutet auf seine Hände, die hinter dem Rücken zusammengebunden sind.

»Mach mich endlich los!«

Was für 'n Komiker. Auf die Idee ist er auch schon gekommen. Dumm nur, dass die Kordel so dünn und fest zusammengezogen ist. »Wenn es der Alte nicht war, wer hat dich dann so zugerichtet?« Justin fummelt an dem Knoten herum, aber er kriegt die Enden nicht gelöst. Nadine mit ihren langen Fingernägeln, die könnte das vielleicht.

»Keine Ahnung. Irgendwer hat mich von hinten niederge-schlagen.«

»Der geht nicht auf.« Erst jetzt bemerkt er einen dunklen Fleck auf dem Boden der Garage. »Mensch … du hast voll ge-blutet am Kopf.«

Der Typ stöhnt auf. Hat der Schmerzen, oder ist ihm das mit dem Blut gerade erst klar geworden?

»Keine Panik, gleich kommt Hilfe.« *So was sagen die doch in Filmen auch immer.*

Der Dicke deutet mit dem Kinn in die Tiefe der Garage. »Vielleicht ist da irgendwo ein Werkzeugkasten. Irgendwas zum Schneiden.«

Gute Idee. Justin steht auf und schaut sich um. Ein Rasen-mäher, jede Menge Gartenzeugs, ein Wagenheber, Autoreifen. Nirgendwo eine Schere.

»Was tust du hier eigentlich? Bist du ein Enkel von Herrn Bredenscheid?«

»Nee. Ich bring ihm Essen.« Das fehlte noch. Der Enkel von dem Stinkstiefel. Ob man mit einer Astschere ein Seil durch-schneiden kann? Er kniet sich wieder neben den Mann.

»Vorsicht!« Der Dicke guckt skeptisch.

»Ich pass schon auf.« Schade, dass er sein Butterflymesser nicht dabeihat. Wo er es endlich für was richtig Cooles ge-brauchen könnte. Aber die Dinger sind verboten, und nach der Verurteilung zu Sozialstunden … Justin schiebt die untere Klinge zwischen Haut und Seil, dann drückt er die Schneiden zusammen. »Und du? Was machst du auf seinem Grundstück?«

Genau. Was macht der Kerl eigentlich hier? Wollte der den Opa beklauen? Noch ist das Seil nicht durchtrennt.

»Ich hab ihn zur Dialyse gebracht.« Der Typ schaut auf das Werkzeug, das Justin untätig in den Händen hält. »Versuch's noch mal. – Und als wir zurückkamen, hat uns jemand vor dem Haus abgepasst und den Wagen mit Bredenscheid entführt.«

»Entführt?« Wow. Justin drückt die Klingen zusammen, muss ein paarmal nachfassen, bis alle Fasern durchtrennt sind.

»Endlich.« Der Mann reibt sich die Handgelenke und tastet

nach der Verletzung an seinem Hinterkopf. Dann macht er sich daran, seine ebenfalls gefesselten Fußgelenke zu befreien. »Hast du dein Handy dabei? Wir müssen die Polizei rufen.«

Polizei? Auf die hat er so gar keinen Bock. »Liegt im Auto. Ich hol's gleich.«

Der könnte sich wirklich mal bedanken, schimpft Justin innerlich, während er schweißgebadet zum Fiesta geht. Wenn er nicht gekommen wäre, wäre der hier verrottet. Und die Essen werden kalt. Okay, wenn der Opa entführt wurde, müssen die Bullen ihn natürlich suchen. *Aber ich werde auf keinen Fall warten, bis die hier aufschlagen.*

✳✳✳

Die Bürgersteige vor dem Polizeipräsidium Krefeld schmelzen im gleißenden Licht der Sonne, Abgase tränken die schwülwarme Luft, und die Blätter an der Hecke staken schon Anfang August vergilbt und dürr an den Ästen. Seit Wochen kein Regen. Hauptkommissarin Johanna Brenner steckt sich den letzten Bissen ihres Puddingteilchens in den Mund und versucht vergeblich, den Zuckerguss mit einem Papiertaschentuch von den Fingern zu wischen. Noch zwei Stunden bis zum Wochenend-Feierabend. Schnell das Protokoll über den Scheunenbrand in Neukirchen-Vluyn schreiben, dann kann sie am Venekotensee schwimmen gehen. Sich anschließend mit Silvia gemeinsam die Arbeitswoche von der Haut duschen und bei Baguette, Oliven und Wein kopfüber in eine endlose Sommernacht eintauchen. Der Gedanke an die Bewegungen ihrer Freundin unter ihren Händen jagen ihr einen Schauer der Lust durch den Körper. *Wenn wir nur vorher nicht diese blöde Hausbesichtigung hätten.*

Sie nimmt die Treppe zum KK11 mit zwei Stufen je Schritt und lässt sich im Vorraum des WCs das Wasser so lange über die Hände laufen, bis es kühler wird. Die Jeans klebt schon seit Stunden an den Oberschenkeln, ihr weißes T-Shirt ist durchgeschwitzt. Silvia hat sie am Vorabend regelrecht überrumpelt mit dem Vorschlag, gemeinsam ein Haus zu mieten. *Dabei ist es mit zwei Wohnungen doch auch nicht schlecht.* Zumal sie in unterschiedlichen Städten arbeiten und beide Wochenenddienste und Bereitschaften haben.

Johanna füllt die gewölbten Handflächen mit Wasser und taucht ihr Gesicht hinein. Als sie sich wieder aufrichtet, tropft Wasser vom Kinn, und aus dem Spiegel starren ihr erhitzte Wangen entgegen, auf die die Sonne jedes Jahr mehr Sommersprossen malt. Mit dem Mittelfinger fährt sie über die Narbe unter ihrem Kehlkopf, die an schlechten Tagen immer noch spannt.

Muss die blöde Fliege immer wieder gegen das gekippte Oberlicht prallen? Sie beugt den Kopf so weit wie möglich unter den Hahn und schließt die Augen. Kühlen Kopf bewahren. Redensarten wörtlich genommen. Das Wasser läuft ihr in die Nase, sie prustet und schnieft. War da gerade ein Geräusch? Sie wartet mit gesenktem Kopf, bis das Wasser nicht mehr aus ihren kurzen rotblonden Haaren tropft, dann richtet sie sich auf. Außer dem Summen der Fliege ist nichts zu hören. Ihr T-Shirt wird nass, egal, sie muss sich vor der Besichtigung sowieso umziehen. Silvia hat ihr am Morgen ein geblümtes Oberteil aus Seide aus ihrem eigenen Fundus mitgegeben.

»Das Haus ist toll, sei ausnahmsweise mal nett zum Vermieter.«

Sei ausnahmsweise mal nett. Was sollte das denn bitte schön heißen? Soll sie dem Typen schöne Augen machen? Johanna rupft eine Handvoll Papiertücher aus dem Spender und presst sie aufs Gesicht. Flirten kann Silvia mit ihrer femininen Ausstrahlung bei Bedarf doch viel besser.

»Wir sind zwei beruflich eingespannte Freundinnen, die eine Oase zum Auftanken nach Feierabend brauchen«, hat die sie instruiert. »Eine Wohngemeinschaft aus einer Hauptkommissarin und einer Medizinerin. Solide Berufe, sicheres Einkommen.«

Ist das ihr Ernst? Sich in Zeiten von LGBT und der Ehe für gleichgeschlechtliche Paare noch hinter dem Terminus »Wohngemeinschaft« zu verstecken? Wenn der Vermieter ein Problem mit Lesben hat, hat sie sowieso keinen Bock, einen Mietvertrag zu unterschreiben. Der Wohnungsmarkt am Niederrhein ist lange nicht so angespannt wie in Berlin. Hier wird sich bestimmt etwas anderes finden lassen.

Als Johanna sich umdreht, um die Papiertücher in den Korb zu werfen, steht der Kollege Kivelitz hinter ihr.

»Verflixt, Patrick! Was machst du in der Damentoilette?« Muss der IT-Experte vom KK11 sie so erschrecken?

»Sorry. Ich habe geklopft, aber du hast nicht reagiert.« Kivelitz, der selbst bei der Hitze über seinem kurzärmligen Hemd noch den obligatorischen karierten Pullunder trägt, starrt auf das Papierknäuel, das über den Rand des übervollen Korbs zu Boden gefallen ist.

»Schon gut.« Johanna fährt sich ordnend durch ihre Haare. »Was gibt's denn so Dringendes?« Unter dem Stoff ihres Shirts zeichnet sich die Spitze des BHs ab. Deswegen starrt der Kollege so unverwandt auf den Boden. Sie muss grinsen.

»Die Leitstelle hat einen Notruf aus Geldern-Walbeck reinbekommen. Da wurde ein Krankentransportfahrzeug mitsamt einem Patienten entführt.«

»Eine Entführung?« *Shit, dann ist das Wochenende gelaufen.*

Patrick sieht immer noch angestrengt an ihr vorbei. Sie verschränkt die Arme vor der Brust und schiebt sich an ihm vorbei in den Flur. *Dass er immer noch so unsicher im Umgang mit Menschen ist.* Sie mag den jungen Kollegen, er hat sie vor anderthalb Jahren bei ihrem ersten Fall am Niederrhein unterstützt, obwohl nicht alles, was sie damals tat, lupenreine Polizeiarbeit war. Außerdem hat er nie ein Problem damit gehabt, dass sie mit einer Frau zusammen ist. *Was man nicht von allen im KK11 sagen kann.*

»Der Fahrer wurde niedergeschlagen. Fahrzeug und Patient sind verschwunden. Mehr weiß ich nicht.«

»Und wer ist dieser Patient?« Sie läuft in Richtung ihres Spinds. Zu einem Einsatz kann sie so wirklich nicht fahren. Sie sieht mehr nach Wet-T-Shirt-Contest als nach Kriminalhauptkommissarin aus.

Kivelitz wirft einen Blick auf den Zettel in seiner Hand. »Josef Bredenscheid, fünfundachtzig Jahre alt, verwitwet. Das Ganze fand vor seinem Haus in Walbeck statt.«

»Fünfundachtzig Jahre?« Wer entführt bei der Hitze einen so betagten Menschen? Das Risiko von ungewollten Komplikationen ist viel zu groß. »Ist dieser Bredenscheid vermögend?«

Patrick zuckt die Achseln. »Keine Ahnung.«

»Und wohin sollte er mit dem Krankentransport gebracht werden?«

»Er sitzt im Rollstuhl. Mehr haben die Kollegen vor Ort nicht gesagt.«

Ein fünfundachtzigjähriger Rollstuhlfahrer. Schöner Mist. Und Axel hat natürlich frei. Der ist bestimmt längst unterwegs zu diesem Jazzfestival in weiß Gott wo. Seit ihr Partner ihr in der alten Ziegelei in Brüggen das Leben gerettet hat, verbindet Johanna ein freundschaftliches Verhältnis mit dem älteren Hauptkommissar. Für ihn versucht sie sogar, sich an das Prinzip *Teamarbeit* zu halten.

»Wer ist noch im Dienst?« Vermutlich kaum jemand an einem Freitagmittag kurz vor zwei. Hochsommer und letztes Wochenende der Schulferien.

Kivelitz verzieht das Gesicht, als hätte er Zahnschmerzen. »Tom ist noch da.«

Bloß nicht. Nicht mit dem Fascho Tom Ostermann. »Und sonst?«

»Na ja, die Kriminalrätin habe ich eben vor ihrem Büro gesehen.«

Auch der Gedanke, mit ihrer Chefin nach Geldern zu fahren, gefällt Johanna nicht. Sie hat sich bei ihrem ersten Fall zwar den Respekt von Cornelia Gruber erarbeitet, weil sie als Einzige die Spur zu einem vierzehnjährigen Mädchen gefunden hatte. *Auch so eine schräge Entführung.* Trotzdem beobachtet Gruber sie weiterhin mit Argusaugen.

»Willst *du* nicht mitkommen?« Vor ihrem Spind dreht sie sich so abrupt zu Patrick um, dass sie nun Brust an Brust stehen.

»Wenn das wirklich eine Entführung ist, müssen wir vielleicht eine Fangschaltung einrichten.«

Kivelitz tritt zwei Schritte zurück, um den Abstand zwischen sich und ihrem nassen Shirt zu vergrößern. Seine Augen wirken riesig hinter dem dicken Glas der dunkel umrandeten Brille. »Für eine Fangschaltung habe ich gar nicht das Equipment. Da müssen wir die Techniker vom LKA holen.« Er zwirbelt am Strickbündchen seines Pullunders herum.

»Wir machen uns ein Bild von der Lage, und dann kannst du wieder zurück an den PC.« So leicht wird sie ihn nicht von der Angel lassen. Er weiß genau, dass sie mit Tom nicht kann.

»Ich habe kaum Erfahrung mit Außeneinsätzen, ich –«

»Du bist ein guter Beobachter«, unterbricht Johanna ihn. »Ich habe da vollstes Vertrauen in dich.«

Patrick Gesichtsausdruck wechselt zwischen betreten und erfreut. »Na ja. Ich könnte natürlich mal …« Der Saum des Pullunders wandert vom Hosenbund bis über die Hosentaschen. »Ich könnte es ja mal versuchen.«

»Super!« Johanna freut sich tatsächlich. »Ich zieh mich rasch um. In drei Minuten auf dem Parkplatz?« Am besten keine Zeit zum Nachdenken geben, sonst überlegt Kivelitz sich das noch anders.

Sie wartet die Antwort nicht ab, sondern schließt ihren Spind auf und nimmt das Seidenteil heraus. Als der Kollege im Flur verschwunden ist, streift sie das nasse Shirt ab. *Ich muss Silvia anrufen, dass sie die Hausbesichtigung allein machen muss. Oder noch besser: absagt.* Johanna mustert ihr Spiegelbild in dem femininen Oberteil und grinst. *Blümchen. Ich sehe aus wie verkleidet.* Sie verreibt einen Klecks Haargel zwischen den Fingern und stylt sich die feuchten Haare aus der Stirn. Dann greift sie zur Waffe. *Macht sich gar nicht schlecht, das Lederholster mit der Walther P99 über der beige-roten Seide.*

***

Im Hausflur des quadratisch-praktisch-langweiligen Neubaus in der Moerser Südstadt ist die Temperatur noch leidlich angenehm. Axel Holtz, der am Vortag in sein verlängertes freies Wochenende gestartet ist, stellt kopfschüttelnd ein weißes Fahrrad mit blumenbekränztem Lenker zur Seite. Wer hat das vor der Wohnungstür seines Vaters abgestellt? *So schnell nehmen die Lebenden den Raum ein, den die Toten freigeben.* Dabei ist der Gang auch ohne zusätzlichen Krempel schon schmal. Wenn es hier brennen würde …

Er zieht den schweren Schlüsselbund, an dem er sämtliche auffindbaren Schlüssel aus der Wohnung gesammelt hat, aus der Hosentasche und fragt sich, welcher der richtige ist. Das letzte Mal war er im Mai hier, um Papiere und einen Anzug für den Bestatter rauszusuchen. Während er einen nach dem anderen ausprobiert, fällt sein Blick auf den Strohblumenkranz über dem Spion. Ist das noch der, den seine Mutter vor ewigen Zeiten in irgend so einem VHS-Kurs gebastelt hat? Die Blüten sind längst verblichen, Strohfasern ragen wie Stacheln aus der Rundung. *Den nehme ich als Erstes ab.*

Endlich springt die Tür mit einem Klicken auf. Er pult mit den Fingernägeln an der Heftzwecke, mit der der Kranz auf dem Türblatt befestigt ist. Keine Chance, dafür braucht er einen Schraubendreher oder ein Messer. Die kleine Wohnung ist abgedunkelt, der Mief abgestandenen Zigarrenqualms und zu lange nicht gereinigter Vorhänge löst die Essensdüfte aus dem Flur ab. Axel reißt die Balkontür auf, zieht den Rollladen hoch. Im »Gatzweiler Alt«-Aschenbecher auf dem Couchtisch türmen sich Asche und Stummel von Zigarillos, die sein Vater in seinen letzten Lebenstagen geraucht haben muss. Schlaganfall, Krankenhaus, Tod. Es ist alles so schnell gegangen. Er stellt den Ascher auf den Balkon und schaut sich im Wohnzimmer um.

Die Dinge im Raum blinzeln, als müssten sie sich erst wieder an das Licht gewöhnen. Der schwarzlederne Fernsehsessel fleht mit seinen speckigen Lehnen um Gesellschaft. Aus der rustikalen Eichenanrichte, die viel zu wuchtig für das kleine

Wohnzimmer ist, starren ihn blind gewordene Glasscheiben abweisend an. Und der rotbraune Perserteppich, auf dem Axel schon als Kind gespielt hat, zeigt verschämt seine Flecke.

Er will das nicht sehen. Am liebsten würde er auf dem Absatz kehrtmachen.

Aber der Vermieter drängt, und Axel hat den ersten Übergabetermin schon verbaselt. Er geht von Raum zu Raum, öffnet Rollläden und Fenster. Wann hat er seinen Vater zuletzt besucht? Die letzten Jahre hat er ihn genau zwei Mal im Jahr zum Essen ausgeführt: an dessen Geburtstag und an Weihnachten. Noch bevor er in die erste Schublade der Anrichte schaut, um nach wichtigen Papieren zu suchen, beschließt er, in der kommenden Woche einen Entrümpler zu beauftragen.

Nur ein paar Erinnerungsstücke nimmst du mit. Alles andere soll ein Profi machen.

Den überdimensionierten Fernseher könnte sein Sohn David vielleicht brauchen. Studenten haben ja nie Geld. Musikstudenten schon gar nicht. Axel sortiert ein paar Versicherungsunterlagen und Rechnungen aus der linken Lade. In den anderen ist nur Gedöns: Wegwerffeuerzeuge, Streichhölzer, ein Flaschenöffner, ein Korkenzieher. Daneben ein Vorrat an Zigarren und Zigarillos, Werbebroschüren, eine Taschenlampe und – ganz hinten – ein Stapel Fotos.

Er blättert sie durch, zögert. Das eine von seinen Eltern kennt er noch gar nicht. Sie sind jung darauf, um die dreißig vielleicht, unverbraucht, mit glatten, leuchtenden Gesichtern. Sein Vater trägt einen dunkelbraunen Anzug mit Schlaghose, seine Mutter ein orange-grünes Kleid mit geometrischen Mustern. *Fucking siebziger Jahre.* Da muss es ihn schon gegeben haben. Trotzdem sind die beiden Menschen auf dem Foto für ihn wie Fremde. Axel legt das Foto auf den Stapel mit Unterlagen und steckt den Rest zurück in die Schublade.

Das »gute Kaffeeservice« hinter den blinden Glastüren ist lange nicht benutzt worden, es fühlt sich stumpf an in seinen Händen und erinnert ihn mehr an die Kaffeekränzchen seiner Mutter als an seinen Vater. Wo ist die Zeit geblieben? Seine

Mutter liegt schon seit elf Jahren auf dem Friedhof an der Rhein-berger Straße in Moers. Schwülheiße Mittagsluft quillt in die Wohnung und intensiviert den Mief von Staub und Alter noch. Axel schwitzt, sein Herz geht in den Galopp, beginnt zu stol-pern. *Verdammt. Wieso geht das wieder los?* An der offenen Balkontür atmet er tief durch, bis er sich besser fühlt.

Nur noch einen kurzen Blick in die restlichen Schränke werfen. Das ist schließlich keine Wohnungsdurchsuchung hier. Draußen im Wagen warten sein Kontrabass und seine gepackte Reisetasche auf ihn. Das Jazzfestival in Bamberg beginnt um acht mit einem Eröffnungskonzert. Und auf den Workshop morgen freut er sich seit Monaten. »Swing und Synkopierung für Bassisten«. Ob sein Vater so unvernünftig war, Bargeld in der Wohnung zu verstecken?

Auf dem Weg in die Küche schaut er unentschlossen ins Schlafzimmer. Nein. Den Kleiderschrank wird er auf keinen Fall durchwühlen. Das fühlte sich schon beschissen genug an, als er die Sachen für den Bestatter raussuchen musste. Soll der Ent-rümpler sich über Kohle freuen, falls er welche findet. Halbher-zig nimmt er den Inhalt der Küchenschränke in Augenschein, vermeidet es aber, den Kühlschrank zu öffnen. Immerhin an den Müll hat er im Mai gedacht, sonst würde der vermutlich schon unter der Spüle herauswuchern.

Und jetzt raus hier. Er schließt Fenster und Rollläden, nimmt Unterlagen und Foto an sich. Der Duft nach geschmorten Zwie-beln im Flur lässt seinen Magen knurren. Es ist spät geworden gestern im Biergarten am Stadtwaldhaus in Krefeld. Die Traditi-onsschänke, die gerade ihren hundertzwanzigsten Geburtstag feiert und mitten in einem von einem Seidenfabrikanten ge-stifteten Waldgelände liegt, ist eines seiner Lieblingsziele. Das musste einfach sein an einem freien Wochenende. Seit Wochen hat Axel Kneipen und Biergärten gemieden, um ein paar Pfunde zu verlieren. Hat seine Ernährung umgestellt und Sport ge-macht. Der Besuch gestern war eine Ausnahme. Dafür hat er heute Frühstück und Mittagessen ausfallen lassen.

Sein Wagen hat sich in der Augustsonne aufgeheizt, er startet den Motor und stellt den Lüfter der Klimaanlage auf die höchste Stufe. Bevor er auf die Autobahn fährt, wird er sich Kaffee und belegte Körnerbrötchen beim Bäcker organisieren. Das Diensthandy klingelt. Warum hat er es nicht zu Hause gelassen? Axel ignoriert den Klingelton und sucht über das Navi auf dem Display nach dem nächsten Bäcker. In Moers kennt er sich nicht aus, seine Eltern sind erst im Ruhestand hergezogen. Die kühle Luft tut gut, richtige Entscheidung, sich voriges Jahr den neuen Wagen zu kaufen. Als er losgefahren ist, klingelt erneut das Handy. Vielleicht ist das Johanna. Er zögert. Die Erinnerung an ihren ersten gemeinsamen Fall ploppt vor seinem inneren Auge auf. Doch bevor er zum Smartphone greifen kann, springt die Ampel auf Grün, und das Klingeln ist verstummt. Aber nur kurz. Den dritten Anruf nimmt er über die Freisprechfunktion an.

»Eigentlich habe ich ja frei«, mosert er leicht genervt ins Mikro. »Wenn nicht gerade irgendwo eine Leiche rumliegt, würde ich –«

Die Kriminalrätin unterbricht ihn. »Es tut mir wirklich leid, Herr Holtz.« – Mist, die Chefin und nicht Johanna. Cornelia Gruber klingt tatsächlich ein wenig zerknirscht. »Wir haben eine Meldung mit Verdacht auf Freiheitsberaubung. Kollegin Brenner ist mit Herrn Kivelitz zum Einsatzort unterwegs.« Sie räuspert sich. »Vielleicht stellt sich die Sache als harmlos heraus, aber falls es sich tatsächlich um eine Entführung handeln sollte, hätte ich Sie gerne vor Ort. KOK Kivelitz hat mit Außeneinsätzen kaum Erfahrung, und KHK Brenner –«

Möchte ich lieber nicht allein ermitteln lassen, ergänzt Axel den Satz in Gedanken. »Wo?« Er steuert den Kombi auf den Parkplatz eines Supermarkts, der gerade zu seiner Rechten auftaucht. Ohne verspätetes Frühstück fährt er nirgendwo hin.

»Geldern-Walbeck. Ich schicke Ihnen die genaue Adresse.« Seine Chefin legt auf.

Das bedeutet dann wohl, dass er nach Walbeck anstatt nach Bamberg fährt. So ein Mist! Und die Spargelsaison ist auch längst vorbei. Er parkt den Wagen in der Nähe des Eingangs und drückt auf Rückruf. Was ist eigentlich genau vorgefallen in Walbeck? Entführungen sind selten geworden in Zeiten von Telefonüberwachung, GPS-Ortung und Drohneneinsatz. Aber bei Gruber ist besetzt.

Die Schlange vor der Bäckereitheke im Vorraum des Supermarkts ist lang. Axel schnappt sich einen Einkaufswagen und füllt an der Obsttheke einen Beutel mit Äpfeln. Da passiert anderthalb Jahre lang kein Kapitalverbrechen im Kreis Kleve, und ausgerechnet an dem Wochenende, an dem er zu einem Jazzfestival fahren will, wird jemand entführt? Im beschaulichen Spargeldorf Walbeck?

An der Kühltheke mit den Fertigsnacks packt er Hähnchenwraps, einen Nudelsalat und einen Caffè Latte in seinen Wagen.

Wer soll da eigentlich gekidnappt worden sein? Bei Entführungen geht es meist um viel Geld, die Täter kundschaften ihre Opfer vorher akribisch aus, um ihr Risiko so klein wie möglich zu halten. Vielleicht ist einfach nur eine frustrierte Ehefrau abgehauen und hat ein paar Möbel umgeworfen, weil sie es mit ihrem Typen nicht mehr ausgehalten hat. Oder irgendwelche Kleinkriminelle haben sich einen schlechten Scherz mit einem Erpresserbrief erlaubt.

Das Diensthandy brummt in seiner Hosentasche: »Straelener Straße 96, Familie Bredenscheid«.

Wieso ist bei dem Andrang nur eine Kasse auf? Diesmal zückt Axel seinen Dienstausweis und wendet sich an den jungen Angestellten, der das Spirituosenregal vor dem Kassenbereich auffüllt.

»Ich habe gerade einen Einsatz reinbekommen. Könnten Sie mich abkassieren?«

Auf dem Weg zum Wagen nimmt er den Deckel von dem gekühlten Kaffee und trinkt. *Zu stark gesüßt, aber egal.* Beim Anblick des Kontrabasses im Fond wird ihm schwer ums Herz. *Na dann, adieu, Bamberg. Aber nach dem Drama mit Johanna beim letzten Mal ...* Bis zum Ruhestand will er definitiv nicht noch einmal eine Kollegin wiederbeleben müssen. Und falls sich die vermeintliche Entführung bis zum Abend als Fehlalarm herausstellen sollte, könnte er seinen Workshop morgen noch erreichen.

***

Johanna fährt das Fenster auf der Fahrerseite herunter, aber der Fahrtwind, der ins Innere des Wagens strömt, fühlt sich mehr nach Daunendecke als nach Abkühlung an. Wie kann Patrick bei dieser Hitze noch im gelben Wollpullunder rumrennen? Der IT-Spezialist wischt und tippt auf dem Beifahrersitz seit zwanzig Minuten ungerührt auf seinem Tablet-PC herum.

»Was treibst du da eigentlich?« Johanna greift, ohne um Erlaubnis zu fragen, nach Kivelitz' unvermeidlicher Flasche Cola light. In der Eile hat sie ihr Wasser im Büro stehen lassen.

»Ich recherchiere zu unserem Opfer. Die Familie Bredenscheid hat eine interessante Vergangenheit.«

»Definiere ›interessant‹.« Igitt, schmeckt der Süßstoff eklig. Die B 9 führt in einem Bogen um Aldekerk herum und wird zur Klever Straße. Warum ruft Silvia nicht zurück?

»Der Vater des verschwundenen Josef Bredenscheid war ein strammer Nazi. Von 1935 an NSDAP-Ortsgruppen-Propagandaleiter im Kreis Kleve, 1941 befördert ins Gaupropagandaamt in Düsseldorf. Ist nach dem Krieg aber schnell rehabilitiert worden.«

»Wie so viele.« Johanna gibt Patrick die Flasche zurück und lupft den Sicherheitsgurt, der ihr in die Schulter schneidet. Dieses blöde Seidenshirt. Ob Silvia sauer ist, dass sie den Besichtigungstermin nicht schafft? »Und der Sohn? Hast du auch was zu unserem Entführungsopfer?«

»Geboren 1937 in Geldern, vor vier Jahren verwitwet, eine Tochter, keine Vorstrafen. Er war im Berufsleben Arzt, zuletzt am Wilhelm-Anton-Hospital in Goch.« Er hält Johanna das Tablet hin. Auf einem Foto auf der Homepage der Klinik ist ein asketisch aussehender Mann mit vollem grauem Haarschopf im weißen Kittel zu sehen. »Seit 2002 im Ruhestand.«

»Da saß er noch nicht im Rollstuhl«, merkt Johanna an. Sie

lassen Kerken hinter sich. Nur noch ein paar Minuten bis zum Tatort. Sie drückt auf Wahlwiederholung, aber sie erreicht wieder nur Silvias Mailbox.

»Hinter dem Gewächshaus musst du links abbiegen.« Kivelitz steckt das Tablet zurück in die graue Umhängetasche und reibt seine Handflächen an der Cordhose trocken. Doch die Hitze? Oder Nervosität? Er ist der Typ, der am liebsten im Büro bleibt, im Hintergrund Informationen beschafft und alle auf dem Laufenden hält.

»Danke, dass du mitgekommen bist. Mit Tom wäre ich nicht so gerne –«

»Schon klar«, unterbricht er sie. Die Konflikte zwischen Tom und Johanna sind ihm unangenehm, das ist ihm auch bei Teamsitzungen anzumerken.

Schweigend fahren sie an der JVA Geldern vorbei, dahinter durch bräunlich gelbe Felder, auf denen die Getreideernte in vollem Gange ist. Die Bremsen von Johannas altem Golf quietschen, als ein Erntefahrzeug unvermittelt auf die Landstraße einbiegt. Allmählich sollte sie sich von dem Wagen trennen. Nicht mal die Lackschäden vom Unfall im Fall der ermordeten Kinderärztin hat sie ausbeulen lassen. Aber seit ihrer Rückkehr an den Niederrhein war so viel anderes zu regeln. Erst die Reha. Dann der Umzug von Berlin nach Krefeld, den sie noch immer als Downgrade empfindet. Gemildert nur durch die Liebesbeziehung zu Silvia, die so beunruhigend anders ist als alles, was Johanna bisher erlebt hat.

»Vielleicht hätten wir doch besser einen Dienstwagen genommen.« Sie zupft das geblümte Blusenshirt von ihrer schweißfeuchten Haut. »Der hätte wenigstens eine funktionierende Klimaanlage.«

Patrick sitzt stoisch neben ihr. »›An der Mortel‹ – da müssen wir rein.«

Sie lässt einen Radfahrer passieren und biegt rechts ab. Das mutmaßliche Entführungsopfer wohnt an der Straelener Straße, Johanna geht vom Gas und hält nach den Kollegen von der Schutzpolizei Ausschau.

»Da vorn.« Kivelitz deutet auf ein riesiges Grundstück, das von einem wuchtigen schmiedeeisernen Zaun umgrenzt ist. Eine ebenso hohe Buchenhecke, der man ansieht, wie sehr sie unter der Trockenheit leidet, verwehrt die Sicht auf das Wohnhaus. Johanna parkt den Wagen vor dem geöffneten Tor, das mit einem Flatterband vor unbefugtem Betreten geschützt wird.

»Hier liegen vier Stolpersteine. Gehen die auf das Konto von Bredenscheids Vater?« Sie deutet auf die kleinen Gedenktafeln aus Messing, die der Künstler Gunter Demnig seit den neunziger Jahren zum Gedenken an die Opfer des Nationalsozialismus in Bürgersteige einlässt. In Berlin waren sie ihr vor dem Haus eines Freundes zum ersten Mal aufgefallen.

»Haus und Grundstück gehörten in den dreißiger Jahren einem jüdischen Rechtsanwalt, der enteignet und ermordet wurde.« Patrick schießt Fotos von Trottoir und Zufahrt. »Vermutlich hat sich der alte Bredenscheid das Anwesen unter den Nagel gerissen.«

Wir sind hier zwar nicht auf Geschichtsexkursion, aber lass ihn mal machen.

Johanna fischt Handschuhe und Überzieher aus dem Kofferraum und drückt Patrick seine Exemplare in die Hand. Dann beugt sie sich unter dem Flatterband durch und betritt das parkähnliche Grundstück. Zwei steinerne Löwen, aus deren Mähnen schon lange niemand mehr den Taubendreck gekratzt hat, bewachen die Einfahrt. Hinter einer riesigen alten Eiche in der Biegung der Zufahrt thront eine weiß getünchte Stadtvilla mit Sprossenfenstern, turmähnlichem Erker und einer von kannelierten Säulen umgebenen Veranda zwischen gelbgrün verdorrten Rasenflächen.

»Nicht schlecht.« Johanna stößt einen anerkennenden Pfiff aus. »Das muss ein Vermögen wert sein. Selbst hier am Niederrhein.«

Patrick rümpft die Nase. »Trotzdem klebt da Blut dran.« Er beginnt, nun auch die Villa zu fotografieren. Sie geht auf die Kollegen in Uniform zu, die den Boden vor Haustür und Garage nach Spuren absuchen.

»Die Frau Kommissarin … lange nicht gesehen.« Thorsten Hilgers, der sie schon bei ihrem ersten Fall am Niederrhein am Tatort erwartet hat, kommt auf Johanna zu und reicht ihr die Hand. Sein Blick bleibt an ihrem Hals hängen. »Ganz schön heftig, die Sache damals. Dein Einstand hat für viel Gesprächsstoff bei den Kollegen hier am Niederrhein gesorgt.«

Johanna berührt mit den Fingerspitzen die Narbe, die der Luftröhrenschnitt hinterlassen hat. »Darauf hätte ich gerne verzichtet, kannst du mir glauben.« Wenn Axel nicht rechtzeitig den Notarzt … Sie drängt den Gedanken beiseite. »Aber jetzt geht's mir wieder gut.« Sie schaut sich nach Kivelitz um, der in weitem Bogen über die Rasenfläche läuft und irgendwas in sein Handy diktiert. »Was wisst ihr bislang?«

»Der Notruf ging um zwölf Uhr achtundvierzig bei der Leitstelle ein. Als wir zehn Minuten später eintrafen, war eine verletzte Person vor Ort. Der Mann hat sich als Niels Houben ausgewiesen, Fahrer eines privaten Krankentransport-Anbieters. Er hatte den Bewohner des Hauses wie jeden Freitag zur Dialyse gebracht und anschließend wieder abgeholt.«

»Wo war der Dialysetermin?« Die Wahl des Entführungszeitpunkts spricht auf jeden Fall für eine geplante Tat.

»Im St.-Clemens-Hospital in Geldern gibt es ein Nierenzentrum. Dort musste Josef Bredenscheid dreimal die Woche hin.«

»Und Houben fährt ihn jedes Mal?« Auch einen Verletzten darf man nicht von vornherein als möglichen Täter ausschließen.

»Jap. Heute ist er um kurz nach zwölf mit seinem Patienten wieder hier angekommen. Laut seiner Aussage wurde er von hinten niedergeschlagen, als er den Rollstuhl aus dem Transporter ziehen wollte.«

»Dann hat er den Täter nicht sehen können.«

Hilgers macht einen zustimmenden Laut und wischt sich den Schweiß von der Stirn. »Wir konnten ihn nur kurz befragen, weil seine Kopfverletzung ziemlich geblutet hat. Der Notarzt wollte ihn so schnell wie möglich zur Untersuchung ins Krankenhaus bringen lassen.«

Kivelitz taucht neben Johanna auf und deutet mit dem Kinn auf eine edel aussehende Holzrampe, die von der Einfahrt aus die drei Stufen zur Haustür überwindet. »Klasse Konstruktion. Die hat bestimmt einiges gekostet.«

»Außenbesichtigung der Villa abgeschlossen?«, foppt Johanna ihn und zieht die Überschuhe über die Sneaker. Die Nitrilhandschuhe bleiben an ihren verschwitzten Fingern kleben, als sie sie überstreifen will. Bäh, ist das Kautschukmaterial unangenehm bei der Hitze.

»Außerdem sind da Blutspuren in der Garage«, ruft Patrick jetzt und linst von außen ins Innere.

»Schnellmerker.« Hilgers, der ihren Kollegen die ganze Zeit stirnrunzelnd beobachtet hat, zieht die Augenbrauen hoch. »Ist das dein neuer Partner? Kenne ich gar nicht.«

»Oberkommissar Patrick Kivelitz. Herr und Meister unserer IT im KK11. Aber mit Menschen hat er's nicht so. Sei nett zu ihm.« Sie zwinkert dem Streifenkollegen zu.

»Verstehe. Und wo steckt Axel? Noch im Urlaub? Oder hat er das Kommissariat gewechselt?«

»Urlaub«, erwidert Johanna kurz angebunden. Die Zeit drängt, wenn das Opfer einer Entführung so alt und vorerkrankt ist wie Josef Bredenscheid. Sie will so schnell wie möglich die erste Besichtigung des Tatorts abschließen. »Houben ist doch sicher auf der Einfahrt niedergeschlagen worden.« Sie geht den Bereich vor der Haustür in Zeitlupe ab. Den winzigen dunklen Fleck da, den sollen die Spurensicherer untersuchen. »Wie ist er in die Garage gelangt?«

»Der oder die Täter müssen ihn hineingezogen haben. Auf jeden Fall kam er dort gefesselt und geknebelt wieder zu sich, und der Krankentransporter samt Patienten war verschwunden.« Hilgers, dessen Hemdkragen dunkel vom Schweiß ist, folgt Johanna in die Garage.

»Wie konnte er dann den Notruf absetzen?« Neben dem dunkel glänzenden Blut im hinteren Teil des Raums liegen die Stücke einer zerschnittenen Kordel und eine monströse Astschere.

»Ein Essensauslieferer der Caritas hat ihn gefunden. Der Anruf ging von seinem Handy raus.«

»Und wo ist dieser Zeuge?« Was zum Teufel treibt Patrick da schon wieder? Sie brauchen dringend die Spusi.

»Der war schon weg, als wir ankamen.«

Johanna runzelt die Stirn. »Der ist abgehauen und hat den Verletzten hier allein zurückgelassen?« Das ist allerdings sehr merkwürdig.

»Jap. So schaut's aus.«

Kivelitz ist zurück Richtung Straße getrottet und läuft den vertrockneten Rasen mit so gleichmäßigen Schritten ab, als wollte er ihn vermessen. »Wir brauchen Lars und seine Leute!«, ruft sie ärgerlich in seine Richtung. »Sorg dafür, dass die so schnell wie möglich anrücken.« Dann wendet sie sich wieder Thorsten Hilgers zu. »Woher wissen wir, dass er von der Caritas kam?«

Der deutet mit dem Kinn auf die Styroporbox, die auf der Motorhaube des Oldtimers thront. »Die hat er vergessen. Ist hinten ein Aufkleber der Caritas Kevelaer drauf.«

Johanna grinst. »Er hatte es offensichtlich eilig.« Aber das müsste sich problemlos rauskriegen lassen, wer der Mann war. Eine ideale Aufgabe für Kivelitz, der inzwischen immerhin telefoniert.

»In welches Krankenhaus wurde der Fahrer gebracht?« Sie müssen Houben zeitnah noch einmal befragen, um die Fahndung nach dem Krankentransporter anzuleiern.

»St.-Clemens in Geldern.«

Dasselbe Krankenhaus, in dem auch die Dialyse war. Gut, dann können sie zwei Fliegen mit einer Klappe schlagen. »Konntet ihr schon mit Nachbarn sprechen, ob die etwas Verdächtiges beobachtet haben?« Irgendwie müssen der oder die Täter ja hergekommen sein. Und vermutlich schon in den Wochen zuvor den Tatort ausspioniert haben.

Hilgers schüttelt den Kopf. »Auf der einen Seite sind nur Felder. Auf der anderen haben wir geklingelt, aber da war niemand.«

In Johannas Hosentasche vibriert ihr Privathandy. Ist das endlich Silvia?

»Okay, danke. Ich setze die Kavallerie in Bewegung. Das schreit wirklich nach einer Entführung.«

So ein Mist. Das Wochenende ist gelaufen. Die Chefin muss sofort die Tochter von Bredenscheid kontaktieren. Wenn es um Lösegeld geht, werden die Entführer sich an sie wenden. Sie geht zu Patrick hinunter, der seine Grundstücksbegehung am Zaun zur Straße fortsetzt.

»Was treibst du hier eigentlich? – Versuche lieber, bei der Caritas rauszukriegen, wer heute für die Essensauslieferung eingeteilt war. Wir brauchen den als Zeugen. Und dann müssen wir die Nachbarn und –« Sie hält inne, weil am Ende der Straße ein vertrauter dunkelroter Kombi auftaucht. Axel? Wieso ist der hier? Johanna geht dem Wagen entgegen und spürt Erleichterung und leise Dankbarkeit, als sich die schwere Gestalt ihres Kollegen aus dem Wageninneren schält.

✳✳✳

Noch zehn Thermoboxen mit Essen. Justin hat das Gefühl, seine Füße nehmen in den Plastiklatschen ein Bad. Die letzte Oma hat ihm wie jeden Tag eine halb geschmolzene Tafel Schokolade in die Hand gedrückt und seine Haare getätschelt. Voll verpeilt, die Alten! Komisch gestunken hat's bei der auch. Er geht aufs Gas, wirft die Schoki mit Schwung aus dem Fenster und schaut im Rückspiegel zu, wie der Fahrer hinter ihm abbremst und trotzdem noch volle Möhre drüberbrettert.

Alles gut, Bruder, nix passiert, reg dich nicht auf.

Die nächste Adresse auf der Liste ist Rosengarten 87. Dafür braucht er das Navi nicht. Justin biegt von der B 9 Richtung Holländer See ab und fährt auf den Friedhof zu. Schon drei viertel zwei.

Die Sache in Walbeck hat ihn bestimmt zwanzig Minuten gekostet. Und der Dicke wollte auch noch, dass er auf die Bullen wartet. An einem Freitag, wenn alle im Schwimmbad abhängen oder sonst wo chillen? Für 'n Arsch, Alter. Keinen Bock.

Justin passiert den Kreisverkehr und wirft einen Blick auf den Skatepark zur Linken. Nur zwei Teenies rollen in der sengenden Sonne ihre Boards über die Halfpipe. Er überholt einen Anzugträger auf einem E-Scooter, biegt in den Rosengarten ein, nimmt die nächste Box aus dem Kofferraum und klingelt. Warum macht der Opa nicht auf? Nicht, dass der verreckt ist bei der Hitze. Und wenn, ist das Food eh egal. Justin stellt die Box vor der Haustür ab und macht sich vom Acker. Soll der Kollege morgen das dreckige Geschirr mitnehmen. Er kapiert sowieso nicht, warum die bei der Caritas kein Wegwerfzeugs verwenden. Umwelt und Klimawandel und so. Schon klar. Wäre aber viel einfacher.

Was Larissa wohl gerade so treibt? Er will endlich Feierabend machen. So 'nen steilen Zahn darf man nicht zu lange allein lassen.

Vor der nächsten Ampel checkt er sein Smartphone. Keine Message für ihn. Dafür hat sie was auf Instagram gepostet. Unter dem Foto von Larissa mit Luka in seiner dämlichen Mistkarre steht: »Der Tag ist wie gemacht fürs Freibad, Leute.«

Luka? Bei Justin schrillen sämtliche Alarmglocken. Baggert der Typ sein Mädchen an, während er arbeiten muss? Er schlägt wütend aufs Lenkrad. Was ist das für 'ne abgefuckte Scheiße? Und Larissa fährt auch noch darauf ab, die Bitch. – Na klar, Lukas Eltern haben Kohle, und Luka fährt den BMW vom Papi. Das findet sie natürlich cool. Dabei ist der Typ total der Spacko, der kriegt selbst nix auf die Reihe und tanzt seinen Alten auf der Nase rum. Und so einer will ihm die Freundin ausspannen? – Never, Babo. Hafti würde sich das nicht gefallen lassen. *Und mit mir, mit Justin Richarz, macht Luka das auch nicht. Ich bin doch kein Opfer.*

Er überprüft die Essensliste und beschließt, nur noch die drei Boxen auszuliefern, die auf dem Rückweg nach Kevelaer zur Klosterküche liegen. Er kann ja behaupten, dass bei den anderen keiner aufgemacht hat. Und dann von Kevelaer aus zum Waldfreibad Walbeck. Das dauert mit dem Rad bestimmt dreißig Minuten. So ein verdammter Mist. Er hupt, als die Mutti vor ihm auch im dritten Anlauf nicht rückwärts in die Parklücke kommt und den Weg versperrt. Jetzt klingelt auch noch sein Handy. Hoffnung keimt auf. Vielleicht langweilt sich Larissa mit dem Spacko und will nun wissen, wann er ins Freibad kommt.

»Herr Richarz?« Die Stimme gehört nicht Larissa, sondern Frau Eickmanns. Die organisiert die ganze Rumgurkerei mit dem Food. »Die Polizei hat sich bei mir gemeldet, die möchten mit Ihnen sprechen.«

»Hey, ich hab nix gemacht.« Weshalb verteidigt er sich überhaupt? Geht die doch nichts an, warum die angerufen haben.

»Das behauptet auch niemand.« Sie spricht mit ihm in einem so beschwichtigenden Tonfall, als wäre er ein krankes Kaninchen. »Es geht um eine Zeugenaussage. Sie haben heute die Tour zu Herrn Bredenscheid gemacht?«

»Schon. Ja.«

»Und dabei vor dem Haus einen Verletzten auf dem Grundstück gefunden?«

Das hat man nun davon, wenn man hilft. »Aber ich kann da gar nix zu sagen. Keine Ahnung, was vorher passiert ist.«

»Sie brauchen nicht immer gleich rotzusehen, wenn die Polizei was von Ihnen will.« Frau Eickmanns lacht leise.

Macht die sich über ihn lustig?

»Das haben Sie gut gemacht mit dem Notruf. Sie haben einem anderen Menschen geholfen.«

Wird das hier das Evangelium, oder was? Justin muss sich wider Willen eingestehen, dass es sich gut anfühlt, von der Eickmanns gelobt zu werden. »Ich bin weitergefahren, damit das Essen nicht kalt wird.« Ein bisschen schleimen kann nicht schaden. »Wäre doch schade, wenn das leckere Schnitzel –«

»In diesem Fall hätten Sie mich durchaus anrufen und auf die Polizei warten können«, unterbricht die Eickmanns ihn. In ihrem Büro klingelt ein zweites Telefon. Manchmal hat die Frau wirklich Stress. »Wie auch immer … die Kripo Krefeld wird sich bei Ihnen wegen der Zeugenaussage melden. Ich habe dem Beamten Ihre Adresse und Ihre Handynummer gegeben, das ist doch hoffentlich kein Problem.«

Kein Problem? Besonders über die Handynummer ärgert Justin sich. »Nein. Natürlich. Ich meine, natürlich nicht.« Jetzt verhaspelt er sich auch noch.

»Dann lasse ich Sie jetzt weiterfahren. Stellen Sie den Wagen nachher hinter den Tücheneingang und geben Sie den Schlüssel an der Pforte ab. Ich wünsche Ihnen ein schönes Wochenende, Herr Richarz!«

Er hört noch, wie sie sich hastig auf der anderen Leitung meldet. Dann wird die Verbindung unterbrochen. *Schönes Wochenende? Von wegen!* Das geht ihm auf die Eier, dass er die Polizei am Hals hat. Auch wenn die nur quatschen wollen. Dabei hat er dem Dicken nicht mal seinen Namen gesagt. Wie sind die auf ihn gekommen?

Er schmeißt einen Haftbefehl-Song an und geht aufs Gas. Seine nächste Kundin ist die Oma mit den lila Haaren in Veert. Ihr Köter kläfft jedes Mal wie wild, wenn er klingelt. Und Larissa hängt mit Luka im Freibad ab. Fuck! Wieder muss das Lenkrad dran glauben. Das passt ihm alles gar nicht.

Justin angelt seine Sonnenbrille aus der Mittelkonsole und heizt über die B 9 Richtung Kevelaer. Hinter ihm scheppert das Geschirr in den Styroporkisten. Gequirltes Schnitzel, denkt er und grinst. Was fährt der Typ mit der Kappe vor ihm denn so verschnarcht? Alter … Er setzt zum Überholen an, sieht den Trecker auf der Gegenfahrbahn und drückt das Gaspedal bis zum Anschlag durch. Das wird knapp, alle hupen wie wild, als er gerade noch rechtzeitig vor dem klapprigen Opel wieder einschert. *Macht euch nicht ins Hemd, hat doch geklappt.* Seine Laune bessert sich.

»Ich bin jung, ich bin wild, ich bin asozial«, singt er lauthals mit. Würde Hafti brav die Essen zu Ende ausliefern? Nein, der würde sich um sein Mädchen kümmern!

Er kann der Eickmanns ja erzählen, dass ihm nach dem Telefonat plötzlich schlecht geworden ist. Weil er an das ganze Blut gedacht hat und an den armen alten Mann, der irgendwo gefangen gehalten wird. Sie hat selbst gesagt, dass für Notfälle andere Regeln gelten als sonst.

Die Reifen des Fiesta jaulen auf, als er beim U-Turn den Bürgersteig mitnimmt, aber er muss so schnell wie möglich zurück an die Abzweigung zur Walbecker Straße. Der Opel von eben kommt ihm entgegen, wieder hupt der Kappenmann und gestikuliert. *Halt einfach die Fresse, du Opfer!* Er muss gleich erst einmal ein ernstes Wörtchen mit Luka reden.

✳✳✳

Muss die Zeugenbefragung ausgerechnet in ein Krankenhaus führen? Axel hält seine Hände unter den Spender mit Desinfektionsmittel und versucht vergeblich, die Erinnerung an den Abend im Mai zur Seite zu drängen. Der Geruch des Sterilliums, das kaltweiße Licht auf der Intensivstation … Nach dem Anruf hatte er seinen Vater inmitten von Schläuchen und piepsenden Geräten vorgefunden, ein bewusstloses Stück Mensch, das unter dem steifen gelben Bettzeug verloren aussah.

»Alles okay?« Johanna verreibt das Sterillium in ihren Handflächen und mustert ihn prüfend. Vor Bredenscheids Haus hatte sie ihn gar nicht erst aussteigen lassen, sondern sofort zum St.-Clemens-Hospital am nördlichen Stadtrand von Geldern dirigiert.

»Klar. Alles okay.« Er verkneift es sich, sie auf ihren krebsroten Kopf und die Unruhe anzusprechen, mit der sie alle dreißig Sekunden aufs Privathandy schaut. Stress mit ihrer Freundin? Er kapiert sowieso nicht, wie Johanna sich in die spröde Frau Dr. Dengendorf verlieben konnte. Aber wo die Liebe hinfällt … Sie folgen den Schildern zur Notaufnahme, diesmal greift die Kollegin zu ihrem Diensthandy.

»Frau Gruber hat den Chef des Krankentransportunternehmens inzwischen erreicht. Wir suchen nach einem dunkelblauen VW Caddy, die Fahndung nach dem Wagen ist raus.«

»Hat er kein Ortungssystem eingebaut?« Die Fahrzeuge der

Rettungsdienste sind seit Jahren schon mit GPS-Ortung ausgestattet. Aber Johanna schüttelt den Kopf.

»Ist ein privater Anbieter von Krankenfahrten. Die heißen ›Aesculap on the road‹.«

»Aesculap on the road«. Klingt wie eine missratene Mischung aus Tradition und dem krampfhaften Bemühen, modern zu sein. »Dann hoffen wir, dass der irgendwem aufgefallen ist. Ein Transporter kann sich schließlich nicht in Luft auflösen.«

»Solange er nicht wie blöde durch die Gegend brettert oder über rote Ampeln fährt, wird den jeder für einen ganz normalen Krankentransport halten.« Johanna schiebt eine Hand zwischen Lederholster und das geblümte Oberteil, in dem er sie noch nie gesehen hat.

Passt gar nicht zu ihr. Aber wenigstens hat sie ihre Waffe »an der Frau«. Seine Kollegin fährt gern ohne die Walter PP zu Einsätzen, was ihm schon mehr als einmal Bauchschmerzen bereitet hat.

Er lässt ihr den Vortritt an der Tür zur Notaufnahme und muss sofort zwei Pflegekräften ausweichen, die ein Bett zu den Aufzügen schieben. Darin liegt ein alter Mann am Tropf. Vielleicht ein Opfer der anhaltenden Hitzewelle? War gestern Abend noch in den Lokalnachrichten, dass die Ambulanzen seit zwei Tagen von Dehydrierten und Kreislaufkollabierten überlaufen werden.

Während Axel zusieht, wie das Bett im breiten Krankenhauslift verschwindet, fallen ihm die bis zuletzt vollen grauen Haare seines Vaters ein. Auf seinem Totenbett erschienen sie ihm wie ein unwirklicher Kontrast zu dem mageren, faltigen Männergesicht. *Er kam mir vor wie ein Fremder. Dabei hatte ich ihn fünf Monate vorher noch besucht.*

»Kommst du?«, dringt Johannas Stimme an sein Ohr. Das Stimmengewirr an der Anmeldung der Notaufnahme ist ohrenbetäubend. »Niels Houben liegt in Zimmer 1.5 auf der Beobachtungsstation.« Sie runzelt die Stirn. »Was ist los mit dir?«

»Ist nur die Hitze.« Er will gerade nicht über seinen Vater reden.

Im Krankenzimmer mischt sich ein Unterton von Schweiß in den obligatorischen Geruch nach Putz- und Desinfektionsmitteln. Der Junge mit Schulterverband im ersten Bett ist vielleicht sechzehn oder siebzehn Jahre alt, sein rechter Fuß wippt im Rhythmus der Musik, die blechern aus den Kopfhörern dringt. Der Mann am Fenster mit Kopfverband muss dann der Fahrer sein.

»Herr Houben?« Weil Johanna schon wieder mit ihrem Handy beschäftigt ist, ergreift Axel das Wort. »Kripo Krefeld. Hauptkommissare Brenner und Holtz. Wie geht es Ihnen?«

Der Angesprochene, dessen Chinoshorts gerade noch unter dem kurzärmligen Krankenhausflügelhemd hervorlugen, zuckt die Achseln. »Die Platzwunde musste genäht werden. Und wegen der Gehirnerschütterung wollen die mich über Nacht zur Beobachtung hierbehalten. Den Grillabend heute muss ich knicken.« Er streicht unzufrieden über seinen immensen Bauch, der ihn wie einen gestrandeten Wal aussehen lässt.

Vielleicht besser so, denkt Axel. Gegen den ist er ja schlank und rank. »Können Sie uns die Person beschreiben, die Sie überfallen hat?«

»Der Schlag kam von hinten, wie hätte ich da jemanden sehen sollen?«

Durch den geöffneten Fensterflügel dringen lautes Gelächter und Zigarettenqualm herein.

»Und vorher auf dem Grundstück? Ist Ihnen irgendetwas Ungewöhnliches aufgefallen?«

Houben verneint. »Da war niemand. Ist der Transporter noch nicht wiederaufgetaucht?«

»Von Herrn Bredenscheid und dem Wagen fehlt jede Spur.« Die Kollegin könnte sich ruhig mal an dem Gespräch beteiligen. »Wir müssen leider von einer Entführung ausgehen.

»Hammer!« Der Mann setzt sich im Bett auf und lehnt sich stöhnend mit dem Rücken gegen die Wand. »Der war zwar ein alter Stinkstiefel, aber so was, das wünscht man niemandem.« Er trinkt einen Schluck aus der Wasserflasche auf dem Beistelltisch. »Mein Handy lag übrigens im Wagen, ich konnte meinem Chef noch gar nicht Bescheid sagen.«

»Er ist informiert, machen Sie sich keine Sorgen.«

Der Teenager im Nachbarbett hat die Stöpsel aus den Ohren genommen und hört aufmerksam zu. Noch verkneift Axel sich eine Bemerkung zu Vertraulichkeit und sozialen Medien.

»Auch wenn Ihnen nichts Besonderes aufgefallen ist, erzählen Sie mir einfach den Ablauf des Tages heute.« Manchmal fallen Zeugen beim chronologischen Erzählen Einzelheiten ein, an die sie vorher nicht gedacht haben. »Wann haben Sie Josef Bredenscheid zur Dialyse abgeholt?«

»Um halb acht, wie jeden Freitag. Ich habe ihn in der Ambulanz des Nierenzentrums abgegeben und dreieinhalb Stunden später wieder aufgepickt. Dann sind wir zurück zu seiner Villa gefahren.«

Axel hat sich nie Gedanken darüber gemacht, wie lange eine Dialyse dauert. »Und was tun Sie während der Wartezeit?« Niels Houben macht auf ihn zwar nicht den Eindruck, kriminelle Energie zu haben, aber er will auf Nummer sicher gehen.

»Da standen andere Krankenfahrten auf dem Terminplan. Ich musste eine alte Dame aus Issum zur Bestrahlung fahren, und dann kam noch eine Verlegung nach Duisburg ins Bethesda rein.«

»Haben Sie Josef Bredenscheid regelmäßig gefahren? Sie sagten ›jeden Freitag‹.«

»Genau, ich bringe ihn jeden Montag, Mittwoch und Freitag zur Dialyse. Immer von halb acht bis circa halb eins.«

Bei so viel Regelmäßigkeit könnte Houben im Vorfeld von den Tätern ausspioniert worden sein. »Ist in den letzten Wochen dabei irgendwas außer der Reihe passiert?«

Aber der Fahrer schüttelt vehement den Kopf und fasst sich gleich darauf stöhnend an die Schläfen. »Ich hab höllische Kopfschmerzen. Dabei haben die mir schon Schmerzmittel –«

Johanna unterbricht ihn. »Entführer spähen ihre Opfer gerne vor der Tat aus, darauf will mein Kollege hinaus. Waren da mal unbekannte Personen vor dem Grundstück? Ein fremdes Fahrzeug?«

Sie ist ja doch noch geistig anwesend. »Oder ist Ihnen jemand von der Dialysestation gefolgt? Hat Ihren Transporter in Augenschein genommen? Sie in ein Gespräch verwickelt?«

»Ich kann mich an nichts erinnern, nein.« Houben trinkt erneut und fächert sich mit dem weit ausgeschnittenen Krankenhaushemd Luft auf die Haut. »Manchmal sind Kinder neugierig, wenn ich die Rampe für den Rollstuhl anlege. Aber Erwachsene –« Er bricht ab und denkt nach. »Nein.«

»Und heute Mittag?« Johanna steckt endlich ihr Handy weg. »Stand das Tor zur Straße auf, als Sie vor dem Grundstück angekommen sind?«

»Das ist immer geschlossen. Herr Bredenscheid hat einen Handsender an seinem Schlüsselbund, mit dem er es öffnen kann. Den hat er nie aus der Hand gegeben.«

Klingt, als hätte der alte Mann Angst vor Eindringlingen gehabt. Sie müssen unbedingt seinen Vermögensstatus checken.

»Er hat also das Tor geöffnet, Sie sind die Einfahrt hochgefahren – hat er das Tor hinter Ihnen geschlossen?«

Houben schüttelt, diesmal vorsichtig, den Kopf. »Ich musste ja wieder raus, deshalb blieb es offen. Im Hausflur gibt es einen Überwachungsbildschirm, da konnte er das Grundstück einsehen und das Tor hinter mir schließen.«

Axel wirft Johanna einen Blick zu. Wenn es Überwachungskameras gibt, gibt es vielleicht auch Aufzeichnungen.

»Auf jeden Fall habe ich die Türen am Heck des Transporters geöffnet und mich gebückt, um die Sicherung des Rollstuhls zu lösen. Dann war da nur ein plötzlicher Schmerz am Kopf … und weg.«

»Haben Sie vorher ein Geräusch gehört? Vielleicht eine Stimme?« Jetzt, da sie wach geworden ist, will seine Kollegin so schnell nicht lockerlassen. »Oder einen Geruch: Zigaretten … ein Rasierwasser … irgendetwas?«

Houben sieht sie überrascht an. »Sie haben recht, da hat jemand mit tiefer Stimme ›Tut mir leid‹ gesagt, bevor der Schlag mich traf.«

»›Tut mir leid‹?«, mischt sich Axel ein. »Er hat sich entschuldigt, bevor er Sie niedergeschlagen hat?« Wie höflich, denkt er sarkastisch.

»Ich hab es zumindest so verstanden.«

»Und wann sind Sie wieder zu sich gekommen?«

Ein Pfleger mit Rollstuhl kommt ohne Anklopfen in den Raum und schiebt Axel ohne Umschweife zur Seite. »Entschuldigung, aber ich muss Herrn Houben zum CT bringen.«

»Noch drei Minuten«, grätscht Johanna sofort dazwischen. »Wir ermitteln in einer Straftat, bei der jemand akut gefährdet ist.«

Der junge Mann verschwindet murrend zurück auf den Gang.

»Es dürften nur ein paar Minuten gewesen sein«, erzählt Houben weiter. »Ich lag gefesselt in der Garage, und der Caddy war weg.«

Könnte hinkommen. Der Notruf ging um zwölf Uhr achtundvierzig ein.

»Und dann hat der Essensauslieferer Sie gefunden?«

Houben grinst. »Ja, komischer Typ. Ich hab mich schon gewundert, wer mit so wummernder Rapmusik die heilige Stille bei Bredenscheid stört.«

»Hatten Sie ihn vorher schon gesehen?«

»Nee, normal bin ich weg, bevor das Essen kommt.« Der Schweiß läuft inzwischen in Strömen unter Houbens Verband hervor. »Der war sehr jung, vielleicht Anfang zwanzig. Haare abrasiert bis auf ein paar Zentimeter am Oberkopf. Graue Jogginghose und schwarzes T-Shirt mit irgend'nem Aufdruck. Und so komische Plastiklatschen. Da stand fett ›Brudi‹ drauf. Ich habe mich noch gewundert, dass der mit so Latschen Auto fährt.«

Brudi. Was für ein komisches Deutsch.

»Dann war der Haftbefehl-Fan«, mischt sich der Teenager aus dem Nebenbett ein.

»Haftbefehl?« Axel versteht nur Bahnhof.

»Ein Deutschrapper mit Künstlernamen Haftbefehl«, erklärt Johanna.

Der Junge streckt ihr seinen erhobenen Daumen entgegen. »Genau. Haftbefehl aka Aykut Anhan aka Hafti.«

Aka. Also known as. Immerhin das kennt Axel. »Danke für die Aufklärung, junger Mann. Übrigens, was Sie hier aufschnappen, fällt unter die Schweigepflicht.« Er deutet mit dem Kinn auf das Smartphone. »Ich will nichts davon in den sozialen Medien lesen, verstanden? Wenn Sie unsere Ermittlungen ausplaudern, hetze ich den Staatsanwalt auf Sie.«

»Wir müssen jetzt wirklich ins CT«, platzt der Pfleger erneut in den Raum. »Die Termine sind eng getaktet.«

»Vielen Dank!« Johanna macht dem Rollstuhl Platz. »Wir brauchen bloß noch Ihre Kleidung für die Spurensicherung, Herr Houben.«

Während sich der dicke Mann stöhnend in den Rollstuhl wuchtet, deutet er auf ein schwarzes Stoffbündel und ein Paar Turnschuhe auf dem Boden unter seinem Bett.

»Ist aber alles voller Blut.«

»Kein Problem. Damit haben wir öfter zu tun.« Die Kollegin hat tatsächlich eine Asservatentüte dabei, die groß genug ist. »Und Ihre Hose müssen wir auch mitnehmen«, erklärt sie Houben.

»Dann drehen Sie sich wenigstens um«, meckert er, zieht aber brav seine Shorts aus. »Nackt und kein Handy. Ich bin von der Welt abgeschnitten.«

Axel grinst. Richtig! Vielleicht lässt sich der Transporter über die Handynummer orten. Er notiert die Ziffern, während er dem Rollstuhl mit Houben hinterherläuft. »Alles Gute!«, wünscht er ihm zum Abschied und ist froh, dass er das Gebäude verlassen kann.

Krankenhäuser sind bei der Hitze noch unerträglicher als zu anderen Zeiten.

✷✷✷

»Die Dialyseambulanz ist gleich da drüben.« Johanna verstaut die Asservatentüte zwischen Kontrabass und Reisetasche in

Axels Kombi. »Vielleicht ist dort heute Morgen etwas außer der Reihe passiert.«

Ob Silvia immer noch bei der Hausbesichtigung ist? Die ganze Zeit während der Befragung hat sie immer wieder Fotos geschickt, aber seit gut fünf Minuten bleibt Johannas Handy stumm.

»Du willst da auch noch eine informelle Befragung starten?« Axel trinkt in großen Zügen aus seiner Flasche und hält sie ihr anschließend hin. »Die Chefin wartet in Kempen bei Bredenscheids Tochter auf uns.«

Ausgerechnet in Kempen. Johanna verzieht das Gesicht. In den mehr als anderthalb Jahren, die sie wieder am Niederrhein lebt, hat sie einen weiten Bogen um den Ort und ihr Elternhaus gemacht. Sie nimmt einen großen Schluck Wasser.

»Puh. Was ist das denn?« Das ist kein Mineralwasser, die lauwarme Brühe schmeckt eher undefinierbar süß. »Vitaminwasser – Vitamin C, E und B12«, liest sie laut vom Etikett ab. »Ist da Süßstoff drin?«

»Weiß nicht. Es hat einen hohen Gehalt an Mineralstoffen und Vitaminen. Genau das Richtige bei der Hitze.«

Klingt nach frisch aus dem Chemielabor der Lebensmittelindustrie. »Danke, aber …« Sie gibt Axel die Flasche zurück. Seit dem Tod seines Vaters hat der Kollege einen regelrechten Gesundheitstick. »Auf jeden Fall schließt die Ambulanz gleich. Wenn wir zuerst nach Kempen fahren, treffen wir später niemanden mehr an. Und morgen ist Samstag.«

Axel guckt immer noch beleidigt aus der Wäsche. »Glaubst du, die haben wirklich was, was uns weiterhelfen könnte?« Er stellt den isotonischen Drink zurück in den von der Sonne aufgeheizten Wagen. »Die Ortung von Houbens Handy muss auf den Weg gebracht werden, die Kleidung muss zur Kriminaltechnik, und falls bei der Tochter des Entführten eine Lösegeldforderung eingeht, sollten wir vor Ort sein.«

»Gib mir fünf Minuten. Du telefonierst mit Patrick wegen der Ortung, und ich springe kurz in die Ambulanz.«

»Sturkopf.« Axel schmeißt die Fahrertür zu und sucht dann

Abkühlung im Schatten des Gebäudes. »Du bist knallrot im Gesicht. Pass lieber auf, sonst gibt das im Alter Hautkrebs.«

»Danke für die Warnung.« Gibt er anderen jetzt auch noch Ratschläge? Das kann sie ja gar nicht leiden. – Auf dem Weg zum Eingang der Ambulanz bietet sie ihr Gesicht demonstrativ der Sonne an und dreht sich tänzerisch um die eigene Achse. Im Prinzip hat der Kollege recht. Bei ihrer hellen Haut … Sie durfte schon als Kind nicht ohne diesen albernen rosafarbenen Stoffhut in die Sonne, den ihre Mutter für schick hielt. Und im Freibad musste sie sich mit eklig klebriger Sonnencreme einschmieren.

Während Johanna auf den Aufzug wartet, vibriert das Handy. Endlich.

»Silvia, wie ist es gelaufen?« Sie wartet, bis das ältere Ehepaar den Lift verlassen hat, und drückt auf die Taste für die dritte Etage. Soll sie hoffen, dass es geklappt hat? Oder lieber nicht?

»Nicht gut.« Silvia klingt verstimmt. »Vor mir war eine junge Familie mit ihrem reizenden Töchterchen da. Die Kleine hatte im Ernst ein rosa Tüllkleidchen an, und in ihren Haaren steckte ein Reif mit glitzernden Schmetterlingen.«

Johanna muss lachen. Ihre Freundin liebt zwar selbst Kleider und Röcke, aber hasst gleichzeitig jede Form von Verniedlichung und Kitsch.

»Und nach mir stand schon ein älteres Ehepaar in den Startlöchern. Der Typus: ›Wir haben noch gelernt, was sich gehört, und machen keinen Schmutz.‹« Sie spricht den Satz so blasiert ins Telefon, dass Johanna erneut lachen muss. »Das Haus ist toll, aber die Vermieterin hat geschaut, als hätte sie einen Frosch verschluckt, nachdem ich erklärt habe, dass ich mit meiner Freundin einziehen möchte. Sie will sich morgen melden.«

»Dann hast du kein gutes Gefühl.« Johanna konstatiert es mit einer gewissen Erleichterung. Was spricht dagegen, dass alles so bleibt, wie es ist?

Im Wartebereich der Nierenambulanz ist es leer, nur ein einzelner Patient steht am Empfangstresen und füllt Papiere aus. Johanna setzt sich auf die Lehne eines roten Ledersofas.

»Es wäre nett gewesen, wenn du dabei gewesen wärst«, beschwert sich ihre Freundin. »Ist wirklich jemand entführt worden bei euch am Niederrhein? Oder ist die Person wiederaufgetaucht?«

Bei euch am Niederrhein. Als ob Düsseldorf ein anderes Universum wäre. »Nein, die Person ist nicht wiederaufgetaucht«, antwortet sie mit Nachdruck. »Und ich musste gerade im Krankenhaus einen Zeugen befragen, der niedergeschlagen wurde.« Denkt Silvia etwa, sie würde sie belügen, nur um sich vor dem Termin zu drücken?

Die Frau am Empfang schaut neugierig herüber, ihr Blick bleibt erstaunt an der Waffe hängen. Johanna wendet sich ab und senkt die Stimme: »Aber du kannst mir vielleicht weiterhelfen. Das Opfer ist ein alter Mann, sitzt im Rollstuhl und ist nierenkrank. Wenn er nicht rechtzeitig vor dem nächsten Dialysetermin am Montag freikommt … wie lange hält er das durch?«

»Das ist so pauschal schwer zu sagen.« Silvia wechselt sofort in den professionellen Tonfall, den sie als Rechtsmedizinerin bei allen fachlichen Fragen draufhat. »Das hängt davon ab, ob er Begleiterkrankungen wie Diabetes oder Bluthochdruck hat. Was im Alter häufig vorkommt. Dann braucht er neben der Dialyse regelmäßig Medikamente, muss seine Ernährung salz- und kaliumarm gestalten und den Flüssigkeitshaushalt kontrollieren.«

Ich stehe total auf ihre Kompetenz und ihre sachliche Art, fällt Johanna auf. Und jetzt muss ich das Wochenende voraussichtlich durcharbeiten, so ein Shit.

»Ohne Dialyse tritt eine Urämie auf, eine krankhafte Erhöhung der Schadstoffkonzentration im Blut. Es kommt zu Übelkeit und Erbrechen … zu Schwäche und Verwirrtheit und letztlich zum Tod.«

Das klingt nicht gut. Unwahrscheinlich, dass der Täter Medikamente besorgt hat oder sonst auf solche Feinheiten Rücksicht nimmt.

»Und wie lange dauert es von der verpassten Dialyse bis zum

Tod?« Johanna hebt die Füße vom Boden, um der Reinigungskraft, die den Wartebereich wischt, Platz zu machen.

»Zwischen fünf und zehn Tage. Das hängt vom Allgemeinzustand des Patienten ab.«

Der wird bei einem Fünfundachtzigjährigen vermutlich nicht gut sein. Also müssen sie eher von fünf Tagen ausgehen.

»Manchmal haben die Nieren noch einen Rest an Filterleistung. Aber auch dann führen die erhöhten Schadstoffe irgendwann zur Bewusstlosigkeit. Die Person bekommt nicht mehr mit, dass der Tod eintritt.«

»Wir haben also maximal eine Woche, um unser Entführungsopfer zu finden.«

Am Ende des Gangs kommt eine Frau in weißem Kittel aus einem der Patientenzimmer. Eine Ärztin? Fünf Minuten sind auch schon längst um, Axel scharrt draußen vermutlich mit den Hufen. »Danke, Silvia. Ich muss Schluss machen. Keine Ahnung, wie spät es heute Abend wird.«

»Oder ob es überhaupt heute Abend wird.« Ihre Freundin seufzt. »Dann esse ich das Sushi eben alleine.«

Seitdem sie einen Kurs in einem japanischen Restaurant in Oberkassel gemacht hat, hat Silvia die Zubereitung von Sushi wirklich drauf. »Heb mir was auf. Und … sorry wegen eben.«

»Hauptkommissarin Johanna Brenner, Kripo Krefeld.« Sie erwischt die Frau im Kittel gerade noch, bevor die hinter der nächsten Tür verschwinden kann. »Ich hätte ein paar Fragen zu …«

Die Ärztin, auf deren Namensschild »Dr. Anke Müller« steht, unterbricht sie sofort. »Haben Sie einen Beschluss?« Sie bleibt mit der Hand auf der Türklinke stehen und starrt penetrant auf die Narbe an Johannas Hals.

»Es geht nicht um eine Auskunft zu Gesundheitsdaten. Heute Vormittag war ein Herr Josef Bredenscheid hier zur Nierenwäsche. Ich möchte nur wissen, ob während dieser Zeit irgendetwas passiert ist, was anders war als sonst. Irgendwelche Streitigkeiten? Fremde Personen, die hier nicht hingehören?«

»Außer Ihnen laufen auf der Station keine fremden Personen herum. Und weiter kann ich Ihnen nichts zu Herrn Bredenscheid sagen.« Dr. Müller verschwindet hinter der Tür, bevor Johanna noch etwas sagen kann. Mit der ist aber nicht gut Kirschen essen. Ist die immer so unfreundlich?

Die Angestellte an der Rezeption hat die Szene beobachtet und zuckt entschuldigend mit den Achseln, als Johanna sie anschaut. »Tut mir leid. Dann darf ich auch nichts sagen.«

Schon klar. Johanna schluckt ihren Ärger herunter. Axel wartet, sie hat keine Zeit für eine Auseinandersetzung. »Richten Sie Frau Dr. Müller aus, dass ihr Patient vermutlich in Lebensgefahr schwebt und wir unter Zeitdruck ermitteln. Es wäre schön gewesen, wenn sie mir Auskunft gegeben hätte.« Im Hinausgehen sieht sie einen Wasserspender im Wartebereich und beschließt, sich die Zeit für eine Erfrischung zu nehmen. Axels Gebräu draußen kann sie auf keinen Fall trinken.

»Was ist mit dem alten Mann passiert?«, spricht die Reinigungskraft sie mit weichem slawischem Akzent von hinten an. In den dunkelblauen Kittel ist mit oranger Schrift »Reinigung Piepenbrock« eingestickt. Darunter ein Nachname mit vielen o und i.

»Das darf ich Ihnen leider nicht sagen, Frau …« Johanna kann den Namen kaum aussprechen. »Wojciechows …?« Sie zieht den untersten Becher aus dem Stapel und füllt ihn.

»Wojciechowski.«

Klingt wie Musik, denkt Johanna. Das Wasser ist angenehm erfrischend, sie füllt den Becher gleich noch einmal auf.

»Er ist kein freundlicher Mensch, aber ich wünsche ihm nichts Schlechtes«, erklärt Frau Wojciechowski und wischt mit ihrem gelben Putzlappen mechanisch immer wieder über die obere Kante des Zeitschriftenständers. »Ich habe ihn heute Morgen gesehen. War alles wie immer.« Sie spricht im Flüsterton und schaut zur Rezeption hinüber, als befürchtete sie, von dort getadelt zu werden. »Der alte Mann war ungeduldig wie immer. Der junge dicke Mann war freundlich wie immer. Aber kein Streit.«

»Ein junger dicker Mann? Sie meinen bestimmt den Fahrdienst, den Herrn Houben.«

»Ich kenne seinen Namen nicht. Aber er kommt jedes Mal mit dem alten Mann.«

Dann muss es Niels Houben sein. »Und sonst ist Ihnen niemand aufgefallen, der hier nicht hingehört ... vielleicht auch draußen auf dem Parkplatz?« Johanna geht mit dem Becher langsam in Richtung Treppenhaus und bedeutet ihr mit dem Kopf, ihr nach draußen zu folgen.

Frau Wojciechowski schüttelt den Kopf. »Was ich gesehen habe, nein. Aber vor ein paar Monaten ist etwas Merkwürdiges passiert.« Sie zieht die Augenbrauen über der Nasenwurzel zusammen. »Das war sehr unheimlich. Die Frau hat geschrien. Sie ist dann gestorben. Ein paar Wochen später. War sehr krank. Aber ich glaube, war Selbstmord. Vielleicht. Niemand will etwas sagen. Aber ich habe trotzdem so was gehört.«

Das klingt chaotisch. Johanna versteht nur Bahnhof. »Welche Frau? Eine andere Patientin?« Weil die Ärztin sich vom Flur her der Rezeption nähert, zieht sie die Reinigungskraft aus dem Blickfeld ins Treppenhaus. »Warum hat sie geschrien?«

»Ich weiß es nicht. Alle haben gesagt, sie war ein bisschen verrückt. Krank im Kopf oder so.«

Der Anruf auf ihrem Diensthandy kommt von Axel. Johanna brummelt ein kurzes »Kann gerade nicht, Moment noch« und drückt ihn weg.

»Und diese Frau ist Herrn Bredenscheid hier begegnet?«

»Genau. Sie haben beide im Wartezimmer gesessen. Die Frau hat den Mann ganze Zeit angeguckt. Ungefähr so ...« Frau Wojciechowski starrt Johanna mit weit aufgerissenen Augen und geöffnetem Mund an. »Und dann hat sie plötzlich geschrien. Als ob sie den Teufel gesehen hätte.«

»Kannten die beiden sich? Haben sie miteinander geredet?« Vielleicht hat die Reinigungskraft auch zu viel Phantasie und schmückt gerade etwas aus, das ein harmloser Zwischenfall war.

»Gar nicht. Nein. Das war ja das Komische. Er hat in seinem

Rollstuhl gesessen und ein bisschen gemeckert, weil er warten musste. War ein Gerät kaputt und viele Patienten.«

»Vielleicht hat sie etwas missverstanden. Sich angegriffen gefühlt.«

Frau Wojciechowski streicht eine Strähne ihrer blond gefärbten Haare, die mit Kämmchen am Hinterkopf hochgesteckt sind, hinters Ohr. »Das weiß ich nicht. Tut mir leid. Aber das war eine arme Frau. Lieb. Aber hat viel geweint, viel Angst gehabt vor der Dialyse.«

»Wissen Sie, wie sie hieß?« Dann könnte sie zur Sicherheit überprüfen, ob es eine Verbindung zwischen den beiden gab.

»Nein. Da müssen Sie die Frau Doktor fragen.« Sie nimmt Kehrblech und Handfeger vom Reinigungswagen und sammelt einige Brötchenkrümel auf, die im Treppenhaus vor dem Aufzug liegen. »Ich muss weiterarbeiten. Entschuldigung.«

»Nur ganz kurz: Sie sagten, die Frau ist kurz nach dieser Begegnung gestorben.« Johanna wirft den Wasserbecher in den blauen Müllbeutel.

»Ja. Ich habe ein Gespräch gehört zwischen Dr. Müller und der Krankenschwester. Sie hat viele Tabletten geschluckt. Noch gar nicht so alt. Ich war sehr erschrocken.«

»Wie alt?«

»Vielleicht sechzig Jahre. Ein bisschen dick, aber bestimmt früher mal eine hübsche Frau. Bevor sie krank geworden ist.«

Erneut klingelt Johannas Diensthandy. »Ich muss auch weiterarbeiten.« Sie reicht Frau Wojciechowski die Hand. »Vielen Dank.«

Diesmal wartet sie nicht auf den Aufzug, sondern läuft die Treppen im Sturmschritt nach unten. Axel trommelt ungeduldig auf dem heißen Autodach herum.

»Mensch, was dauert das so lange? Die Chefin hat schon nachgefragt, wo wir bleiben.«

»Sorry.«

»Hat es wenigstens etwas gebracht?« Er startet den Motor und gibt die Adresse von Nina Schulte ins Navi ein.

»Josef Bredenscheid kann maximal eine Woche ohne Dialyse

überleben.« Das ist ein viel größeres Problem als die ungeduldige Chefin. »Wir haben nicht viel Zeit. Und es gab einen merkwürdigen Zwischenfall.«

* * *

Im Waldfreibad in Walbeck tobt der Bär. Die Liegewiese, die nur einen Steinwurf von der niederländischen Grenze entfernt ist, verschwindet unter Handtüchern und Sonnenschirmen, Kühltaschen und Getränkeflaschen. Vor den Duschen wird Justin fast von einer Horde kichernder Teenager umgerannt.

Alter Falter, bleibt mal cool, ist Platz für alle da.

Aber klar, dass am letzten Wochenende der Sommerferien alle noch mal ins Schwimmbad wollen. Er scannt die Wasseroberfläche nach Larissas blonden Haaren mit der leuchtend roten Strähne ab. Wo steckt sie? Am Spaßbecken rutschen zwei kleine Mädchen mit ohrenbetäubendem Kreischen ins Wasser, dort wird Larissa eher nicht sein. Es riecht nach Sonnencreme und Pommes frites, das Wetter ist aber auch megageil. Und er soll arbeiten?

Kannste vergessen, Frau Eickmanns. Justin schiebt die Sonnenbrille auf die Stirn und steuert zwischen den Grüppchen von Menschen über das gelbgrüne Gras. Wo zum Teufel haben Larissa und Luka sich versteckt? Er geht rüber zu dem krummen Baum, unter dem sie beim letzten Mal abgehangen haben. Da ist sie auch nicht. Ein Kleinkind stolpert ihm vor die Füße, beginnt zu weinen, weil Justin auf seine Sandschaufel getreten ist.

»Pass doch auf!«, fährt ihn die arrogante Kuh an, die das Baby eilig auf den Arm nimmt und tröstet.

»Sorry, da konnte ich echt nichts dafür.« Soll die Bitch halt besser auf ihr Kind aufpassen. Er umrundet die Bank unter der fetten Eiche und macht sich auf den Weg zurück zu den Wasserbecken. Vielleicht ist Larissa am Sprungturm, manchmal gibt es echt coole Cracks dort zu sehen.

Ein vertrautes Lachen von rechts hinten bremst ihn aus. Die

wird doch nicht mit Luka an *ihrem gemeinsamen* Lieblingsplatz auf dem Sonnenfleck zwischen den Bäumen abhängen! Sein Gesicht brennt vor Zorn, als er aus der Deckung des Baumstamms sieht, wie Luka seinem Mädchen den Rücken eincremt. Der macht doch absichtlich langsam! Der befummelt die doch! Justin geht näher heran. Und der Spacko bemerkt ihn nicht mal, während seine Fingerspitzen seitlich bis zum Ansatz ihres Busens wandern.

»Hey!« Justin stürzt auf die beiden zu. »Nimm deine Griffel von meiner Freundin!« Er packt Luka von hinten an den Schultern und reißt ihn zurück.

»Was willst du von mir? Ich hab ihr bloß den Rücken eingecremt.« Luka hat den ersten Schreck schnell überwunden und springt auf die Beine.

Dieser blöde Motherfucker mit seinen gegelten Haaren und dem unverschämten Grinsen. Justin würde ihm am liebsten eine reinhauen, aber dann gibt es Stress mit der Badaufsicht, und er wird am Ende rausgeschmissen.

»Bloß den Rücken eingecremt? Laber keinen Scheiß.« Denkt das Muttersöhnchen, er wär blöd? So leicht kommt Luka nicht aus der Nummer raus. »Du wolltest an ihre Titten.« Sie stehen sich eine Spur zu nah gegenüber, Stirn an Stirn, Justin kann die Mitesser auf Lukas Nase sehen.

Larissa schiebt sich zwischen die beiden. »Kommt. Keinen Stress heute!« Sie gibt Justin einen Kuss. »Er hat mich nicht angebaggert. Echt nicht.«

Fuck, sie sieht geil aus in dem hellblauen Bikini. Voll die krasse Figur. Vielleicht sollte sie bei »Germany's Next Topmodel« mitmachen. Justin zieht sie an sich und beugt seine Nase an ihre Halsbeuge runter. Wie gut sie riecht. Larissa lacht, als sie seinen Schwanz spürt. Dann macht sie sich los.

»Komm, lass uns chillen.« Sie zieht ihn zu ihrem Handtuch. Über die verspiegelte Sonnenbrille hinweg sehen ihn ihre Augen in der gleichen Farbe wie der Bikini an. »Du bist früh. Haste dich beeilt mit dem Essen?«

Wie auf Kommando klingelt sein Handy. Hat sich schon der

Erste bei der Eickmanns beschwert, weil er sein Essen nicht bekommen hat? Aber das ist nicht die Nummer der Caritas auf dem Display. Dann sind das bestimmt die Kripos. Justin zögert.

»Ich hab früher Schluss gemacht. Es gab eine voll krasse Geiselnahme.« Er drückt das Telefonat weg.

»Eine Geiselnahme? Echt?« Larissa lässt die Dose Cola sinken, aus der sie gerade trinken wollte.

»Klar. Ich denk mir das nicht aus.« Fühlt sich gut an, Larissas ungeteilte Aufmerksamkeit zu haben. Luka tut natürlich so, als würde ihn das nicht interessieren, und schmiert sich Sonnencreme auf seinen aufgepumpten Bizeps. »Bei dem Opa hier in Walbeck war überall Blut, als ich ankam.« Ein bisschen ausschmücken würde er die Geschichte ja noch dürfen. »Und in der Garage lag ein gefesselter Typ. Den hatten sie voll übel zugerichtet.«

Larissa hängt an seinen Lippen. »Krass. Was hast du dann gemacht? Haben die dich auch bedroht?«

»Beinahe. Aber dann sind sie lieber mit dem Alten abgehauen. Ich hab sie noch von hinten gesehen.« Okay, das war gelogen. Aber der Zweck heiligt die Mittel. Er setzt sich neben sie auf das Handtuch und spielt mit dem Kettchen um ihr Fußgelenk. »Ich habe erst mal den Typen befreit, der hatte so ein Kreuz.« Justin gestikuliert mit den Händen ungefähr das Doppelte seiner Schulterbreite. »Das müssen mindestens zwei gewesen sein, die den umgehauen haben.« Dass der fette Fahrer von hinten niedergeschlagen worden war, musste Larissa ja nicht wissen.

»Gut, dass dir nichts passiert ist.« Sie streckt ihre langen Beine aus und wippt mit den lackierten Fußnägeln. »Wenn du ein paar Sekunden früher da gewesen wärst und die hätten dich angegriffen ...« Sie atmet geräuschvoll Luft durch ihre gespitzten Lippen aus.

Wahnsinn, er kriegt schon wieder Lust auf sie. Justin streicht über ihre gebräunten Schienbeine, umfährt die Kniescheibe und wandert auf die Innenseite ihrer Oberschenkel. »Du hättest dir echt Sorgen um mich gemacht?«

»Hey. Nicht hier.« Larissa zieht lachend seine Hand weg, als er den Schritt ihres Bikinis erreicht.

»Und wer soll da entführt worden sein?«, mischt Luka sich ein.

»Der alte Mann, habe ich doch gesagt.« *Kann Luka sich nicht einfach verziehen?* »Dem ich das Essen am Bringen war.« Er sortiert die rote Strähne aus ihren langen Haaren und wickelt sie um seinen Zeigefinger. Luka sieht immer noch skeptisch aus.

»Der Opa hat eine fette Villa mit 'nem eigenen Park drumrum und 'nen alten Benz in der Garage. Die wollen bestimmt Kohle«, fügt Justin erklärend hinzu. Schon wieder klingelt sein Handy. Dieselbe Vorwahl wie eben. »Null – zwo – eins – fünf – eins. Ist das nicht Krefeld?«

»Ich glaub schon. Wer is 'n das?« Larissa schaut über seine Schulter.

»Das sind bestimmt die Kripos. Ich soll denen erzählen, was ich gesehen habe.«

»Oh, die Bullen. Die werden noch deine besten Freunde«, spottet Luka.

Der hat gut reden. Der hat Kohle von zu Hause, der hat es nicht nötig, einen Bruch zu machen.

»Geh besser dran!« Larissa deutet auf das Display. »Vielleicht wissen die schon was über Lösegeld oder so.« Dass sie so voll auf die Sache abfährt, hätte er gar nicht gedacht. Na gut, wenn sie es cool findet, dann telefoniert er halt mit den Kripos.

»Ja? Hallo?« Er bemüht sich, seiner Stimme einen tiefen Klang zu geben. »Mit wem spreche ich?«

»Kriminaloberkommissar Ostermann.« Die Männerstimme am anderen Ende klingt streng und ist wenig beeindruckt. Klar, der Typ ist ein Bulle.

»Sind Sie Herr Justin Richarz? Und haben Sie heute um zehn vor eins den Notruf für die Straelener Straße abgesetzt?«

Er nickt Larissa zu und deutet mit dem Daumen der freien Hand nach oben. »Ja genau. Das war ich. Ich hab den Typen in der Garage gerettet.«

Warum er sich vom Tatort entfernt habe, will der Bulle jetzt wissen.

Moment mal. Meckert der ihn an, obwohl er geholfen hat? »Ja, Mann, ich musste weiterarbeiten. Meine Chefin hat Ihnen sicher gesagt, dass das Essen warm zu den –«

Die schneidende Stimme unterbricht ihn. »Wir brauchen Ihre Zeugenaussage. Melden Sie sich so schnell wie möglich im Präsidium Krefeld. Das ist Nordwall 1 bis 3. Fragen Sie am Empfang nach Kommissar Ostermann vom KK11.«

Er soll sofort nach Krefeld fahren? »Ist klar. Ja.« Er setzt eine geschäftsmäßige Miene auf, als Luka nun doch interessiert zu ihm herüberguckt. »Sie können sich auf mich verlassen. Ich komme, sobald es meine Zeit erlaubt.« Dabei ballt er die Hand zur Faust und streckt den Mittelfinger hoch. »Tschüss, Herr Kommissar.«

»Sobald es meine Zeit erlaubt«, äfft Luka ihn grinsend nach, als er aufgelegt hat.

Der denkt wohl, ich kann mich nicht gewählt ausdrücken, wenn es erforderlich ist.

Larissa dagegen sieht frustriert aus. »Musst du jetzt dahin?«

»Ach was. Das hat Zeit bis morgen, Süße.« Er wird sie auf keinen Fall wieder mit dem Penner allein lassen. *Das könnte Luka so passen.* Justin küsst sie auf die warmen Lippen. Alter, schmeckt sie gut. Er dehnt den Kuss aus und nimmt die Zunge dazu. Ihm doch egal, wenn Luka zugucken muss. Dann stellt er sein Handy vorsichtshalber komplett aus. Die Kripos haben ihn auch immer warten lassen. Als sie ihn wegen dem Bruch in den Kiosk verhört haben.

»Huhu! Hier sind wir!« Larissa richtet den Oberkörper auf und winkt in Richtung Wiese, wo Jasmin, Ole und der Rest der Clique im Anmarsch sind. Er wäre zwar lieber mit ihr allein, aber dann wird er wenigstens das Beste aus dem Nachmittag machen. Im Aufstehen zieht er sein T-Shirt aus und klatscht die Ankommenden ab.

»Wenn ihr Hunger habt, ich hab Schnitzel und Schoko-pudding im Wagen.« Verstohlen mustert er Jasmins üppiges

Hinterteil im neonfarbenen Tanga, als die ihr Kleid über den Kopf zieht. Wenn er nicht mit Larissa zusammen wäre, würde er glatt versuchen …

Als hätte seine Freundin seine Gedanken gelesen, legt sie ihm eine Hand auf die Schulter. »Justin hat eine voll krasse Geschichte erlebt, die steht morgen bestimmt in der Zeitung.«

Na gut, wenn sie unbedingt will … dann erzählt er die Story halt noch mal, bevor er das Essen holt. Zufrieden sieht er zu, wie die anderen ihre Decken ausbreiten und Getränke auspacken. Das verspricht ein cooles Wochenende zu werden.

***

Die Doppelhaushälfte der Familie Schulte im Westen von Kempen steht in einer Reihe weiß getünchter Würfelhäuser mit schmucken, gut gewässerten Vorgärten und auffallend hoher SUV-Dichte vor den adretten Garagen. Johanna geht intuitiv auf Abwehr. Alles zu sauber und geordnet hier. Reinlichkeit als Selbstzweck und immer noch der Wagen als Statussymbol. *Und meine Eltern leben nur einen Steinwurf entfernt von hier.*

Während Axel im Schritttempo die Wohnstraße entlangfährt, hält sie Ausschau nach ihrem Golf, mit dem Kivelitz von Walbeck herkommen sollte. Tatsächlich parkt er ein paar Hausnummern von der Familie Schulte entfernt auf dem Bürgersteig.

»Stell dich doch dahinter.« Falls der oder die Täter das Haus der Schultes beobachten sollten, wären zu viele Pkw auf der Einfahrt der Familie verdächtig. Axel setzt den Blinker.

»Hast du Patricks Gesicht gesehen, als ihm klar wurde, dass er mit deiner alten Karre fahren soll?«

Johanna muss lachen. Tatsächlich hat Kivelitz den Wagenschlüssel mit einer Mischung aus Entsetzen und Unglauben von ihr angenommen. »Wird Zeit, dass der mal häufiger von seinem Schreibtisch wegkommt.« Beim Aussteigen hält Axel sich an der Autotür fest, sie registriert es mit Sorge. Das hat sie in letzter Zeit häufiger beobachtet.

Du solltest dich durchchecken lassen, liegt ihr auf der Zunge zu sagen. Aber dann würde er nur wieder dichtmachen. Jedes Mal, wenn sie ihn in den letzten Monaten auf seinen Gesundheitstick angesprochen hat, war er anschließend schlecht gelaunt.

»Bin halt keine dreißig mehr, ich muss was tun«, hat er sie angepflaumt, als wäre sie noch zu jung, um mitreden zu können.

Axel hat sich wieder gefangen und angelt sein Tablet aus der Reisetasche. Auf dem Weg zur Hausnummer siebzehn umrunden sie den Zivil-Pkw auf der Einfahrt, den Uneingeweihte für einen x-beliebigen Besucher halten könnten, der aber den Technikern vom LKA Düsseldorf gehört. Ein fast zwei Meter großer junger Mann öffnet die Tür.

»Polizei? Dann immer hereinspaziert. Die Party hat schon begonnen.«

Na, der hat aber gute Laune dafür, dass sie wegen eines Verbrechens hier sind.

»Genau. Brenner und Holtz vom KK11. Verraten Sie uns, wer Sie sind?«

»Maximilian Schulte, meine Eltern sind dadrin.« Er geht voran zu einer Glastür, hinter der Cornelia Gruber mit einer Frau um die fünfzig auf einem geschmackvoll geblümten Stoffsofa sitzt. »Mama! Papa! Noch mehr Staatsmacht.«

Das offene Wohnzimmer ist voller Menschen. Johanna nickt Patrick zu, der mit zwei Technikern am Esstisch über das Equipment für die Fangschaltung gebeugt steht. Ein zweiter Sohn beobachtet die Beamten neugierig von seinem Platz auf einer Sessellehne aus. Und der Mann auf der Terrasse, der beim Telefonieren auf und ab läuft, ist vermutlich Bredenscheids Schwiegersohn.

»Nina Schulte«, stellt sich die Frau vor, während sie vom Sofa aufspringt. »Gibt es etwas Neues?«

»Leider noch nicht.«

Frau Schulte hat kleine Lachfältchen in den Augenwinkeln, und in ihren schulterlangen braunen Locken blitzen erste graue Strähnchen auf. Ein rüschenbesetzter rot-weißer Flatterrock bauscht sich beim Gehen um ihre Beine und verleiht ihren Bewegungen etwas Tänzerisches.

»Ein Souvenir aus unserem Spanienurlaub«, sagt sie fast entschuldigend, als sie Johannas Blick bemerkt. »Mein Mann und ich sind gestern erst zurückgekommen.« Für eine Frau, deren gebrechlicher Vater in Lebensgefahr schwebt, ist sie erstaunlich gefasst.

»Wir fahnden nach dem Krankentransporter, mit dem Ihr Vater entführt wurde. Und befragen weitere Zeugen. Aber noch gibt es keine konkreten Hinweise auf seinen Aufenthaltsort.«

»Die sollen Opa ruhig eine Weile behalten«, mischt Maximilian sich ein. Während Axel mit der Chefin zu den Kollegen geht, stellt sich der Junge von der Sessellehne schweigend zu seiner Mutter. »Felix, mein Bruder«, erklärt der Große.

Maximilian und Felix also. Johanna schaut in zwei offene sonnengebräunte Gesichter, aus denen Unbekümmertheit und ein gesundes Selbstbewusstsein sprechen.

»Seid ihr wegen eures Großvaters hier?« Die beiden sind bestimmt schon über zwanzig, die dürften längst studieren oder sonst wie auf eigenen Beinen stehen.

»Nee, wir wohnen hier.« Maximilian sieht sie erstaunt an. »Familie und so.«

»Wir haben doch genug Platz«, erklärt Nina Schulte. »Max hat sein Reich im Keller und Felix oben unterm Dach.«

Und Mama kocht und wäscht. Johanna wird nie verstehen, wie man freiwillig auch nur einen Tag länger als nötig bei seinen Eltern leben kann. Für sie war es ein einziges großes Aufatmen, als sie nach dem Abi ihren konservativen Vater und die weinerliche Mutter hinter sich lassen und nach Berlin ziehen konnte.

»Warum bist du so schlecht auf deinen Großvater zu sprechen?«, hakt sie beim Älteren nach.

»Weil er ein alter Nazi ist. Und er hat Mama und Papa immer nur gedisst.«

»Sei nicht so frech, Max!« Nina Schulte ist die große Klappe ihres Sohnes sichtbar unangenehm.

»Ist doch wahr!« Er verschränkt die Arme vor der Brust, dann grinst er seinen Bruder an. »Weißt du noch, wie der sich aufgeregt hat, als ihr die Aktion mit den Stolpersteinen in der Schule gemacht habt?«

Dann haben sich die Enkel dafür eingesetzt, dass vor dem Grundstück ihres Großvaters Stolpersteine verlegt werden? Das hat allerdings einen gewissen Sprengstoff. Allmählich werden die Jungs Johanna sympathisch.

»War eine Aktion meines Geschichts-Leistungskurses«, erklärt Felix. »Wir haben am Holocaustgedenktag Spenden gesammelt. Und dann habe ich halt das Haus von Opa vorgeschlagen, das hat früher einer jüdischen Familie gehört.«

Sie nickt. »Hat mein Kollege mir eben erzählt. Finde ich mutig, die Aktion mit den Stolpersteinen. Gab es nur deshalb Streit mit eurem Großvater, oder war da noch –«

»Möchten Sie etwas trinken?«, unterbricht Nina Schulte das Gespräch demonstrativ. »Die Hitze ist ja nicht zum Aushalten. Dass das hier am Niederrhein immer so schwül werden muss.«

Ohne die Antwort abzuwarten, läuft sie in die Küche, ihre Sandalen klackern über den Fliesenboden.

Auch gut, vielleicht kann sie dort in Ruhe mit der Tochter reden. »Hat Frau Gruber mit Ihnen über die Umstände der Entführung gesprochen?«

Nina Schulte holt eine große Glaskaraffe aus dem Schrank und schneidet mit routinierten Bewegungen eine Zitrone in Scheiben. »Nur kurz.« Sie hält in der Bewegung inne, zieht das Fleisch ihrer Wangen nach innen und dreht sich dann abrupt zu Johanna um. »Bitte halten Sie mich nicht für herzlos. Ich wünsche meinem Vater nichts Schlechtes, aber ... meine Söhne haben schon recht. Er ist ein schwieriger Mensch.« Als ihr auffällt, dass sie mit gezücktem Messer vor einer Polizistin steht, wirft sie es hastig ins Spülbecken. »Entschuldigung. Auf jeden Fall habe ich seit dem Tod meiner Mutter vor vier Jahren keinen Kontakt mehr zu ihm.«

Noch jemand, der keinen Kontakt zu seinen Eltern hat. Johanna hat gleich nach dem Abitur die Zelte bei ihren Eltern abgebrochen und außer sporadischen Telefonaten mit ihrer Mutter jeden Besuch verweigert.

»Sie werden Ihre Gründe haben. Wir können uns unsere Eltern nicht aussuchen.« Spielt die Nazivergangenheit von Josef Bredenscheids Vater in dieser Familie bis heute eine Rolle? »Trotzdem gehen wir davon aus, dass die Entführer zu Ihnen Kontakt aufnehmen werden. Sie sind seine einzige Tochter, und die wissen vermutlich nicht um Ihr angespanntes Verhältnis.«

Nina Schulte öffnet das Gefrierfach unter dem Kühlschrank und holt einen Beutel mit Crushed Ice heraus. »Seine einzige Tochter, ja.« Die Eisstücke fallen klirrend in die Glaskaraffe. »Dabei habe ich mir als Kind immer so sehr Geschwister gewünscht.« Plötzlich sieht sie verloren aus in ihren verspielten Klamotten. »Dann hätte ich wenigstens Verbündete gehabt.«

Auch das kommt Johanna vertraut vor. Trotzdem geht es hier um eine Ermittlung, nicht um die Aufarbeitung von Vater-Tochter-Beziehungen. »Ist Ihr Vater vermögend? Dem Haus und Grundstück nach zu urteilen, könnte es den Tätern um Lösegeld gehen. Die meisten Entführungen laufen auf erpresserischen Menschenraub hinaus.«

Schulte füllt die Karaffe mit Mineralwasser auf. »Vater hat Geld, ja. Mein Großvater hat bei den Nazis Karriere gemacht.«

»Als Propagandaleiter der NSDAP.«

»Genau.« Nina Schulte stößt geräuschvoll Luft durch beide Nasenlöcher aus und zieht erneut die Wangen nach innen, als wollte sie vermeiden, die Zähne zusammenzubeißen. »Ich habe ihn nicht mehr kennengelernt. Vielleicht besser so. Die Gnade der späten Geburt.« Sie stellt eine Reihe leerer Gläser auf ein Tablett und schenkt in zwei davon Zitronenwasser ein. »Meine Eltern haben an der Nordsee gelebt, als ich geboren wurde. Ich war erst zwei, als wir nach dem Tod meines Großvaters zurück an den Niederrhein gezogen sind.« Sie reicht Johanna ein Glas. »Aufgewachsen bin ich dann in dem Haus in Walbeck, das Sie schon kennengelernt haben. Als Kind habe ich geglaubt, die Geister der jüdischen Familie spuken bei uns und wollen sich an mir rächen und mich töten.« Sie hebt die Karaffe von der Arbeitsplatte, um das Kondenswasser darunter wegzuwischen.

»Und als ich älter wurde, habe ich mich geschämt, dort zu leben.«

»Haben Sie als Kind schon begriffen, was der Familie des Anwalts passiert ist?« Die Säure der Zitrone lässt Johanna eine Gänsehaut über die Kopfhaut laufen.

»Nicht explizit. Aber irgendwie hatte ich verstanden, dass sie tot sind. Und dass es nicht richtig war, dass wir in diesem schönen großen Haus wohnten.« Sie wischt die feuchten Hände an ihrem Rock ab und schüttelt den Kopf. »Mein Großvater ist nach dem Krieg nicht einmal zur Rechenschaft gezogen worden. Der muss irgendeinen guten Leumund gefunden haben, die haben sich alle gegenseitig gedeckt.«

»Aber warum nennt Ihr Sohn Ihren Vater einen ›alten Nazi‹? Der war bei Kriegsende doch selbst noch ein Kind.«

»Weil er ein Ewiggestriger geblieben ist. Härte, Disziplin, Schwächere verachten, niemals Gefühle zeigen.«

»Und dann ist er Arzt geworden?« Das passt für Johanna nichts ins Bild.

Nina Schulte trinkt und verzieht das Gesicht. »Ist das sauer geworden. Sagen Sie doch was!« Sie füllt weiteres Mineralwasser auf. »Vater hat nicht aus Menschenliebe Medizin studiert. Der Beruf hat ihm Karrierechancen eröffnet. Gute Verdienstmöglichkeiten, gesellschaftliches Ansehen.«

Das Foto im Netz vom Wilhelm-Anton-Hospital mit Bredenscheid fällt Johanna ein. »Seit wann sitzt Ihr Vater eigentlich im Rollstuhl?«

»Er hatte kurz nach seiner Pensionierung einen Skiunfall. Die Piste war vereist, er ist auf einen Felsbrocken gestürzt, und der hat ihm die Wirbelsäule zertrümmert.«

Felix, der sich lautlos der Küchentür genähert hat, mischt sich in die Unterhaltung ein. »Danach wurde Opa noch grantiger. – Die Fangschaltung ist eingerichtet.« Seine Augen leuchten. »Was gibt's zu essen heute?«

»Er studiert Informatik«, erläutert Nina Schulte und öffnet den Kühlschrank. »Hier sind noch Frikadellen. Ich kann Bratkartoffeln machen.«

»Och nö, Bratkartoffeln sind doof.« Ihr Sohn schiebt die Unterlippe vor.

»Dann bestellen wir Pizza. Ihre Kollegen werden sicher auch Hunger haben.«

»Machen Sie sich um uns keine Gedanken.« Johanna lehnt dankend ab, als Frau Schulte ihr den Teller mit den kalten Frikadellen hinhält.

Felix dagegen greift zu und beißt im Stehen in eine hinein. »Hast du auch erzählt, dass Opa immer auf Papa und seinen Klienten herumgehackt hat?« Er spricht mit vollem Mund, ein Fleischkrümel fällt auf den Boden, und seine Mutter bückt sich sofort, um ihn wieder aufzuheben.

»Mein Mann arbeitet als Sozialpädagoge bei der Suchtberatung in Viersen. – Nimm dir bitte einen Teller, Felix!«

»Für Opa sind Alkoholiker nicht krank, sondern einfach nur Abschaum. Die sollen verrecken. Oder noch besser: gleich an die Wand gestellt werden.«

»Felix!«

Die Jungs nehmen wirklich kein Blatt vor den Mund. Aber wenn Josef Bredenscheid sogar seine eigene Familie »gedisst« hat, wie Max es ausgedrückt hat, wird er auch sonst im Leben keine Konfrontation scheuen. »Hat Ihr Vater sich Feinde gemacht? Beruflich oder privat?«

»Jeder würde dem Alten die Pest an den Hals wünschen.« Der Sohn greift sich eine zweite Frikadelle und Senf.

»Das reicht, Felix! Du gehst jetzt ins Wohnzimmer und kümmerst dich um die Pizza.« Frau Schulte drückt ihm einen Flyer in die Hand. »Und frag die Damen und Herren von der Kripo auch nach ihren Wünschen!« Sie hebt das Tablett mit den Gläsern an. »Sie wollten wissen, ob er Feinde hat. Früher sicherlich. Aber heute? Er ist ein alter Mann, er lebt seit Jahren völlig zurückgezogen. Könnten Sie vielleicht das Wasser –?«

Johanna folgt ihr mit der Karaffe zurück ins Wohnzimmer. Hoffentlich gibt es bald einen Hinweis auf den Transporter. Oder eine Nachricht von den Entführern, dass man mit ihnen in Verhandlungen treten kann.

»Schöne Bluse haben Sie da an«, reißt Nina Schulte sie aus ihren Gedanken.

Ausgerechnet auf Silvias Bluse spricht sie mich an. Johanna verteilt Zitronenwasser auf die Gläser und sieht zu, wie Felix mit dem Flyer die Runde macht. *Heute also Pizza mit den Kollegen anstatt Sushi mit Silvia.*

❊❊❊

Draußen senkt sich die Dämmerung des Hochsommertags in leuchtenden Blautönen über die Stadt, während drinnen das zwölfköpfige Team des Kommissariats 11, »Todesermittlungen und Delikte am Menschen«, in der dritten Etage des Polizei-präsidiums Krefeld zusammenkommt. Halb zehn am Abend, und die Temperaturen verharren immer noch bei stickigen ein-unddreißig Grad. Axel checkt die Wetter-App und seufzt: Ein Ende der Hitze ist nicht in Sicht. Und sein Isodrink ist auch leer.

Neun Männer und drei Frauen sitzen mit verschwitzten missmutigen Gesichtern um den Besprechungstisch. *Die sind genauso angepisst wie ich,* denkt Axel. Ermittlungsarbeit anstatt eines freien Wochenendes mit Schwimmen, Gartenparty oder Besuch im Biergarten. In Bamberg beim Jazzfestival steuert das David Murray Trio sicher gerade dem Höhepunkt des Konzerts entgegen. Er wollte den großen Saxophonisten schon vergange-nes Jahr in Spanien hören, aber da hat ihm ein Wasserrohrbruch in seiner Wohnung einen Strich durch die Rechnung gemacht. *Und diesmal eine Entführung.*

Die Luft im Raum ist genauso lähmend wie die Stimmung. Kollegin Brenner reißt Fenster und Türen der gegenüberliegen-den Büros auf, aber anstelle von Kühlung bringt sie Durchzug und Unruhe in die aufgeheizte Atmosphäre.

»Sollen wir uns alle erkälten?« Tom Ostermann, der sofort nach Johannas Einstieg in Krefeld mit ihr auf Konfrontation gegangen ist, knallt die Tür des Besprechungsraums zurück ins Schloss. Johannas Miene spricht Bände, aber sie hält den Mund. Besser so. Die Auseinandersetzungen zwischen Tom und ihr führen zu nichts. Der junge Kollege ist zwar klug genug, seine homophoben und rechten Ideen nicht offen zu kommunizieren, aber auch Axel begegnet ihm mittlerweile mit Vorbehalt. Anfangs hat er Tom nur für unerfahren und überambitioniert gehalten. Aber inzwischen mehren sich die Anzeichen, dass er mehr an Waffen und tätlichen Auseinandersetzungen interessiert ist, als für einen Polizisten geboten wäre. Nach dem Einsatz bei einer Demo von Klimaschützern vorigen Monat gab es Beschwerden über den unverhältnismäßigen Gebrauch seines Schlagstocks. *Ich fürchte, da könnte was dran sein.*

»Bislang haben wir keinerlei Hinweis auf den dunkelblauen VW Caddy oder den Aufenthaltsort des Opfers«, schließt die Kriminaldirektorin ihre Ausführungen, mit denen sie alle Kollegen des KK11 auf Stand gebracht hat.

Axels Magen knurrt. Die Familie Schulte war gastfreundlich, aber er hat die Pizza dankend abgelehnt. Zu viel Fett, zu viele Kohlenhydrate. Vielleicht hätte er wenigstens einen Salat nehmen sollen.

»Die Täter haben noch keinen Kontakt zur Familie des Opfers aufgenommen?«, vergewissert sich der Staatsanwalt, der wie alle anderen sein freies Wochenende abbrechen und zurück in den Dienst kommen musste. In T-Shirt und Shorts bietet Thomas Wittkopf einen ungewohnten Anblick.

Cornelia Gruber schüttelt den Kopf. »In den neun Stunden seit der Entführung hat sich niemand gemeldet. Ich hoffe, den Tätern ist klar, wie fragil der Gesundheitszustand von Josef Bredenscheid ist.« Unter ihren hochgegelten kurzen schwarzen Haaren stehen Schweißperlen, und ihr auffälliges rotes Brillengestell rutscht zum x-ten Mal den Nasenrücken herunter, worauf sie es energisch wieder nach oben schiebt. »Eine Fangschaltung ist eingerichtet, und Kollegen vom LKA überwachen heute Nacht das Haus. Morgen früh um sieben müssen wir übernehmen. Herr Kivelitz, kümmern Sie sich ab dann um die Technik?«

Die Chefin ist die Einzige im Team, die alle Mitarbeiter konsequent siezt. Sie wartet, bis Patrick den Einsatz abnickt, und ordnet ihm Krüger, einen schweigsamen Mittvierziger, als zweiten Kollegen zu.

»Ich habe die Bredenscheids gegoogelt, die waren früher eine große Nummer am Niederrhein«, merkt Tom Ostermann an. »Kurt Bredenscheid hat nach dem Krieg Karriere als Politiker gemacht und saß bis zu seinem Tod Mitte der siebziger Jahre im Landtag.«

»Wie so viele Naziverbrecher, die ihre Weste schneller reingewaschen hatten, als man gucken konnte.« Diesmal geht Johanna sofort an die Decke. »Dass du so einen gut findest, war ja klar.«

Sie hat zwar recht, aber … Axel hat überhaupt keine Lust auf den unfruchtbaren Streit, der zwangsläufig folgen wird.

Tom starrt Johanna wütend an. »Der Kollegin Brenner fällt mal wieder nichts Besseres zu einer sachlichen Information zum Vater des Opfers ein, als mir zu unterstellen, dass ich –«

Die Chefin unterbricht das Gezänk. »Es ist mir völlig egal, wer oder was der Vater des Opfers war. Selbst wenn er ein Massenmörder gewesen wäre … unsere Aufgabe ist, diese Entführung glimpflich zu beenden und die Täter von heute zur Verantwortung zu ziehen.« Sie wirft Johanna und Tom einen scharfen Blick zu. »Herr Oehmen, was hat die Auswertung der Spuren am Tatort ergeben?«, wendet sie sich dann an den Leiter der Spurensicherung.

»Bislang bestätigen sie nur die Aussage des Fahrers, dass er auf der Einfahrt niedergeschlagen wurde und in die Garage geschleift worden sein muss.« Lars Oehmens Hemd ist nach mehreren Stunden Beweissicherung in der sengenden Sonne dunkel von Schweiß. An solchen Tagen beneidet Axel ihn nicht um seinen Job.

»Wir haben Blut- und Schleifspuren gefunden. Und wir untersuchen die Kordel, mit der er gefesselt wurde, auf DNA«, fährt Oehmen fort. »Auch die Kleidung von Niels Houben haben wir dank der Kollegen mittlerweile in der KTU.« Er nickt Axel und Johanna zu. »Mit etwas Glück haben die Täter Faserspuren darauf hinterlassen, als sie ihn von der Einfahrt zogen.«

Was bedeutet, dass die Kriminaltechniker jeden Zentimeter des Stoffs abkleben und untersuchen werden, denkt Axel. »Houben wiegt bestimmt hundertdreißig Kilo. Das war keine Kleinigkeit, den durch die Gegend zu schleifen. Falls ihr DNA sicherstellen könnt, sollten wir die sofort durch alle Datenbanken jagen.« Für erpresserischen Menschenraub braucht man eine Menge krimineller Energie und Planung. »Vielleicht ist einer der Täter vorbestraft.«

»Apropos vorbestraft.« Gruber wendet sich an den Kollegen Ostermann. »Was haben Sie zu dem Essenslieferanten herausfinden können? Der war doch auch kein unbeschriebenes Blatt.«

»Er heißt Justin Richarz, ist einundzwanzig Jahre alt und fährt aufgrund einer Jugendstrafe Essen für die Caritas aus.« Tom linst auf seine Notizen. »Hat nach dem Hauptschulabschluss eine Lehre als Maler und Lackierer begonnen, aber nach einem halben Jahr wieder abgebrochen und lebt seither von Gelegenheitsarbeiten. Seit 2019 haben wir ihn wegen kleinerer BTM-Vergehen, Cannabis und Ecstasy, im System. Im Februar dieses Jahres ist er mit einem Kumpel in einen Kiosk in Nettetal eingebrochen, deswegen die Sozialstunden.«

Axel starrt auf den Kranz Kondenswasser, den die Flasche in seiner Hand auf dem Resopaltisch hinterlässt, und denkt an die Kränze auf dem Wohnzimmertisch seines Vaters. *Die waren kleiner, wahrscheinlich von Bierflaschen. Er hatte die gleiche Vorliebe für ein gut gekühltes Alt zum Abendessen wie ich.*

»Mir fehlt die Aussage von Herrn Richarz.« Wittkopf blättert in den Papieren, die die Kriminaldirektorin ihm vor der Besprechung vorgelegt hat.

»Er hat den Tatort nach dem Notruf verlassen. Ich habe ihn am Nachmittag zwar telefonisch erreicht, aber er ist nicht wie versprochen auf dem Präsidium erschienen.« Ostermann spielt mit dem Siegelring an seinem Finger. »Seither ist sein Handy ausgeschaltet. Und auf meine Nachrichten meldet er sich nicht zurück.«

Staatsanwalt und Kriminaldirektorin sehen sich an. »Sollten wir ihn als Tatverdächtigen in Betracht ziehen?«, fragt Gruber in Toms Richtung.

Der zuckt die Achseln. »Sein Alibi für die Tatzeit ist felsenfest. Um zwölf Uhr war er definitiv in Kevelaer bei der Caritas und hat seinen Fahrdienst angetreten. Aber falls er mit einem Komplizen zusammenarbeitet –«

»… wäre das gar nicht so dumm«, ergänzt Axel den Satz. Das könnte eine erste Spur sein. »Richarz bekommt bei seinen Sozialstunden mit, dass der alte Herr Bredenscheid vermögend ist. Das Grundstück … die Villa … Durch den Fahrdienst hat er Gelegenheit, sich mit dessen Lebensgewohnheiten vertraut zu machen. Ein wenig Small Talk: ›Wie geht es Ihnen? – Ach, Sie kommen von der Dialyse, müssen Sie da regelmäßig hin?‹« Er wäre nicht der erste junge Mann mit kleinkrimineller Vorgeschichte und chronischer Geldnot, der Lunte riecht.

»Sein Komplize schlägt den Fahrer kurz vor der Essenslieferung nieder und entführt Josef Bredenscheid. Und Richarz kann kurz darauf den unbeteiligten Retter spielen und den Fahrer befreien.«

»Aber warum ist er dann nicht am Tatort geblieben, um die Unschuldsnummer bis zum Ende durchzuziehen?«, wirft Johanna ein. »Ihm muss doch klar sein, dass das für uns merkwürdig aussieht.«

Umso mehr, als er sich anschließend auch nicht wie versprochen für seine Aussage meldet.

»Und wenn er den Tatort verlässt, hätte er wenigstens seine Tour zu Ende fahren müssen.« Ostermann hat noch einen Trumpf im Ärmel. »Die hat er aber abgebrochen – laut Caritas gab es Beschwerden über fehlende Mahlzeiten, und das Fahrzeug hat er ebenfalls nicht zurückgebracht.«

»Das reicht für einen Anfangsverdacht. Ich werde versuchen, beim Richter den Beschluss für eine Handyortung zu erwirken.« Thomas Wittkopf wischt seine verschwitzten Handflächen an den Shorts ab. »Versuchen Sie – unabhängig davon – weiter, ihn zu erreichen!«, trägt er Ostermann auf. »Den Durchsuchungsbeschluss für das Haus des Entführten bekommen wir auf jeden Fall. Frau Brenner, Herr Holtz –?«

»Wir fahren morgen früh als Erstes hin.« Axel sucht Johannas Blick, aber die starrt unverwandt auf Wittkopf und sieht belustigt aus. »Dann können wir gleich die Nachbarn befragen. Das Grundstück liegt zwar etwas abgeschirmt von der Straße am Ortsausgang, aber vielleicht hat trotzdem jemand etwas beobachtet.« Jetzt fällt auch ihm der orangefarbene Fleck auf dem weißen T-Shirt des Staatsanwalts auf. Sieht aus wie Möhrenbrei für Wittkopf junior. Seine Frau hat im Frühjahr das zweite Kind bekommen.

»Wer befragt den Pflegedienst und die Reinigungskraft?« Cornelia Gruber verteilt die Aufgaben an die Kollegen und stemmt dann ihre Körperfülle ächzend an der Tischkante nach oben. »Wir sehen uns morgen Mittag wieder hier zur Besprechung. Und alle bleiben jederzeit über ihr Diensthandy erreichbar.«

Seufzen und das Geräusch von Stühlerücken machen sich im Raum breit. Alle haben es eilig, nach Hause zu kommen. Axel freut sich auf eine kühle Dusche und etwas zu essen.

»Moment noch, Kollegen!«, hält die Kriminaldirektorin ihr Team zurück. »Ich will nicht, dass die Entführung die Runde in den Medien macht. Also absolute Nachrichtensperre! Trichtern Sie das den Zeugen bei den Befragungen ein.«

Braucht sie doch nicht extra zu erwähnen, ist doch Standardprozedere bei Entführungen, denkt Axel. Der Raum leert sich, vor den Fenstern gehen die Blauschattierungen in nächtliches Grau über. Johanna muss Thomas Wittkopf tatsächlich auf den Fleck angesprochen haben, denn der Staatsanwalt kratzt schulterzuckend am Stoff auf seiner Schulter herum. Der macht es richtig. Im Nachhinein tut es Axel leid, dass er zu wenig Zeit mit seinen eigenen Kindern verbracht hat, als sie klein waren. *Und nun erwartet Marie selbst ihr erstes Kind.* Es fühlt sich immer noch unwirklich an, dass er Großvater wird. *Ich sollte sie unbedingt mal wieder anrufen.* Im April hat sie ihm von ihrer Schwangerschaft erzählt. Sechs Wochen vor dem Tod seines

Vaters. »Der eine kommt, der andere geht«, hatte seine Ex-Frau auf der Beerdigung gesagt. Scheint was dran zu sein an den alten Spruchweisheiten.

»Kommst du mit raus, oder willst du hier dein Nachtlager aufschlagen?« Kollegin Brenner hat ein ironisches Grinsen im Gesicht.

»Sorry. Ich war in Gedanken woanders.«

Von draußen dringt das Heulen von Martinshörnern herein. Johanna lehnt sich aus dem letzten noch geöffneten Fenster und starrt in die Dunkelheit. »Ich glaube, da brennt's schon wieder. Scheint ganz in der Nähe zu sein.« Sie seufzt und wirft sich ihren Rucksack über die Schulter. »Nicht unser Job. Sehen wir uns morgen um acht vor Bredenscheids Grundstück?«

»Jep.« Er sieht ihr nach, während sie mit fast unmerklichem Hinken den Raum verlässt. Er hat ihr noch gar nicht erzählt, dass er Großvater wird.

Opa. Wie sich das anhört. Stirnrunzelnd schiebt er seine Unterlagen zusammen, schließt das Fenster und macht sich ebenfalls auf den Weg nach Hause.

Samstag, 6. August

Johanna angelt ihr Diensthandy vom Nachttisch und gähnt. Sechs Uhr dreißig. Zeit aufzustehen. Silvias schmale Schultern schimmern im ersten Tageslicht, das durch die Zwischenräume des Rollladens fällt, goldbraun, aber sie widersteht der Versuchung, ihr einen Kuss aufs Schlüsselbein zu drücken. Bloß nicht so früh aufwecken an einem Samstagmorgen. Dann ist Silvias Laune direkt wieder im Keller.

Barfuß tappt sie über den Holzboden zum Kleiderschrank und nimmt frische Klamotten heraus. Was war eigentlich gestern Nacht los? So sauer hat sie Silvia noch nie erlebt, dabei konnte sie doch nichts für ihren Einsatz in Walbeck. Johanna schließt die Schlafzimmertür behutsam hinter sich und wankt in die Küche. Die Nacht war kurz, sie fühlt sich schwer und klebrig. Immerhin gab es keine nächtlichen Anrufe aus dem Präsidium. Ein Kaffee und eine kühle Dusche werden die Sache schon richten. Sie legt ein Kaffeepad in die Maschine und nimmt Milch aus dem Kühlschrank. Die Reste des Sushis von gestern starren sie vorwurfsvoll an.

»Du bist das ganze Wochenende im Einsatz«, hat ihre Freundin sich beklagt. »Und ich kann gucken, wo ich bleibe.«

»Du wusstest, dass ich bei der Kripo keine geregelten Arbeitszeiten habe.«

Wie Silvia übrigens auch nicht. Wenn sie am Wochenende Bereitschaftsdienst hat, muss sie selbst manchmal von jetzt auf gleich an einen Leichenfundort oder in die Ambulanz für Gewaltopfer.

»Und das Haus ist weg.« Silvia fuchtelte beim Nachschenken mit der Weißweinflasche herum. »Wir müssen bestimmt wieder wochenlang suchen, bis etwas Geeignetes angeboten wird.«

Wieder wochenlang suchen? Ich hatte keine Ahnung, dass »*wir« überhaupt suchen.* Aber für ihre Freundin scheint das Zusammenziehen schon länger ein Thema zu sein. *Ohne dass sie mit mir darüber gesprochen hat.* Der Gedanke behagt Johanna nicht. Letzte Nacht hat sie die Klappe gehalten, wollte nicht noch Öl ins Feuer gießen.

»Wir haben doch keinen Zeitdruck«, hat sie abgewiegelt. Warum plötzlich diese Eile? Es läuft gut, so wie es ist. In Silvias geräumiger Wohnung ist an den Wochenenden Platz für zwei. Man muss sich nicht unbedingt jeden Tag sehen, um eine erfüllte Beziehung zu führen.

»Warum habe ich das Gefühl, du willst gar nicht zusammenziehen?« Mit diesen Worten ist Silvia ins Bad verschwunden und hat sie wie einen begossenen Pudel stehen lassen.

Johanna hängt die Bemerkung nach, während sie sich nach einer halben Tasse Kaffee unter die Dusche stellt und lauwarmes Wasser über ihren Körper fließen lässt. *Ich habe mir noch nie Gedanken darüber gemacht, ob ich zusammenziehen will. Auf jeden Fall hätte sie vorher mit mir darüber reden sollen.* Sie stellt den Regler auf gerade so warm, dass sie nicht friert, aber kalt genug, dass ihre Glieder sich mit Kühle aufladen können. An heißen Sommertagen läuft sie danach am liebsten noch eine Weile nackt und nass durch die Wohnung, aber dazu bleibt heute keine Zeit. In Walbeck steht um acht die Hausdurchsuchung von Josef Bredenscheids Villa an. Sie fährt bestimmt eine Stunde, auch wenn die Autobahn leer sein wird. Nach der zweiten Hälfte der Tasse Kaffee und einem Toast macht sie sich auf den Weg.

»Guten Morgen!« Axel wartet vor der Einfahrt zum Bredenscheid'schen Anwesen auf sie. »Noch müde?«

Soll sie ihm von dem Streit mit ihrer Freundin erzählen? Axel mag die Rechtsmedizinerin nicht besonders, und Johanna entscheidet sich gegen Beziehungstalk.

»Ich war spät im Bett. Hätte gestern Nachmittag einen Termin mit Silvia gehabt«, sagt sie ausweichend.

»War sie sauer? Du kannst doch nichts dafür, dass wir einen Einsatz hatten.« Er mustert sie interessiert.

Sie zuckt die Schultern. »Hast du den richterlichen Beschluss?« Lieber das Thema wechseln, bevor er auf die Idee kommt zu fragen, was für eine Art Termin das war.

Axel nimmt das zusammengefaltete Papier vom Beifahrersitz und grinst. »Wurde ja auch Zeit, dass bei euch der Honeymoon vorbei ist.«

Honeymoon. Was für ein bescheuerter Ausdruck. »Hab ich mich die letzten anderthalb Jahre aufgeführt wie ein verknallter Teenager, oder was stört dich daran?«

Er hebt abwehrend die Hände. »Sei doch nicht gleich beleidigt. So habe ich das nicht gemeint.«

Wie hat er es dann gemeint? »Warum stehen wir eigentlich draußen herum? Willst du auf Lars und seine Leute warten?«

»Auch. Aber vor allem auf den Schlüsseldienst. Nina Schulte hat keinen Schlüssel zum Haus ihres Vaters, schon vergessen?«

Richtig, sie haben Frau Schulte vergeblich nach einem Schlüssel gefragt.

»War übrigens tatsächlich ein Feuer gestern Abend«, fährt Axel fort. »Ein altes Gehöft in Krefeld-Traar.«

»Wieder Brandstiftung?« In der Scheune in Neukirchen-Vluyn war Brandbeschleuniger gefunden worden.

»Der Sachverständige von der Feuerwehr untersucht noch.« Er faltet den Durchsuchungsbeschluss auseinander und überfliegt ihn.

Der letzte Scheunenbrand ist nicht mal eine Woche her. Hoffentlich weitet sich die Sache nicht zu einer Serie aus. Johanna nimmt Handschuhe und Überzieher aus dem Wagen und macht auf dem Weg zum Tor bei den Stolpersteinen halt, die im Licht der Morgensonne glänzen. Die Familie des jüdischen Rechtsanwalts hieß Mendel. Alle vier Familienmitglieder wurden 1941 nach Riga deportiert und danach zu unterschiedlichen Zeitpunkten ermordet. Johanna schluckt. Die kleine Hedwig war neun Jahre alt, als sie umgebracht wurde.

Hinter den Stolpersteinen quillt ein duftender Lavendelbusch über den Bürgersteig, der vom Summen der Insekten erfüllt ist. Ein Rudel Wildgänse erhebt sich schnatternd vom nahe gelegenen Rübenacker und fliegt in großem Bogen Richtung

Steprather Mühle. Der Niederrhein in seiner friedlichsten Form. Noch ist die Wärme erträglich, die Sonne beginnt gerade erst, die Luft zu erhitzen.

»Mor-gen!« Eine freundliche Stimme reißt Johanna aus ihren Gedanken. Ein Teenager in Laufschuhen tritt vom Nachbargrundstück auf den Gehweg und macht Aufwärmhüpfer.

»So früh schon sportlich?« Zu den Nachbarn wollten sie nach der Durchsuchung gehen. Vielleicht sollten sie dem Schlüsseldienst einen Zettel ans Tor hängen und die Befragung vorziehen.

»Gleich ist es zu heiß.« Der schlaksige Junge stützt sich mit einer Hand auf der Hüfte ab und zieht mit dem anderen Arm den Oberkörper in die Dehnung. »Was ist eigentlich passiert? Hier war gestern schon so ein Auftrieb.«

»Kennst du Herrn Bredenscheid?« Blöde Frage. Josef Bredenscheid ist sein Nachbar, schilt Johanna sich. Sie sieht sich nach Axel um, aber der läuft den Bürgersteig am Zaun ab, die Augen stur auf den Boden gerichtet, als würde er nach Patronenhülsen oder Zigarettenstummeln suchen. Das haben die Kollegen der Spurensicherung gestern längst getan.

»Nur so 'n bisschen. Der wollte nichts mit uns zu tun haben.« Der Junge richtet sich auf und geht in die Dehnung der anderen Seite. »Gab es einen Notfall? Ich habe den Krankenwagen in der Einfahrt gesehen.«

Axel ist offensichtlich ergebnislos am Ende des Zauns angelangt und schlendert zurück zu ihnen. Der Schlüsseldienst ist nicht in Sicht.

»Der RTW war für jemand anderen«, erklärt Johanna dem Jungen. Wie viel soll sie ihm erzählen? Er ist höchstens vierzehn oder fünfzehn. »Es gab einen Überfall auf deinen Nachbarn«, erklärt sie schließlich. »Hast du außer dem Krankenwagen in den letzten Tagen irgendwas Ungewöhnliches beobachtet?«

»Einen Überfall? Ist er ausgeraubt worden?« Er hält mitten in seinen Übungen inne und sieht aus, als würde er vor Neugier platzen.

»Jakob, was ist hier los?« Ein Mittvierziger mit Bauchansatz und einem Schweißband im schütter werdenden Haar taucht fast zeitgleich mit Axel neben ihnen auf. Vater-Sohn-Sport. Johanna hält dem Mann ihren Polizeiausweis hin.

»Kripo Krefeld. Wir müssen davon ausgehen, dass Ihr Nachbar gestern Mittag entführt wurde. Ist Ihnen vielleicht etwas Ungewöhnliches aufgefallen? Fremde Personen auf dem Grundstück? Merkwürdige Geräusche im Garten oder unbekannte Pkws auf der Straße?«

»Bredenscheid wurde entführt?« Zu Johannas Überraschung lacht der Mann auf. »Da hat wohl jemand die Schnauze endgültig voll gehabt. Mit dem alten Herrn ist nicht gut Kirschen essen. Vermutlich tyrannisiert er sogar seinen Entführer.«

»Papa! Er sitzt im Rollstuhl.« Jakob scheint mehr Mitgefühl mit dem Opfer zu haben.

»Wie meinen Sie das, dass jemand die Schnauze endgültig voll haben könnte?«, fragt Johanna nach. »Hatten Sie Schwierigkeiten mit ihm?«

Im Hintergrund klingelt Axels Diensthandy. Vielleicht haben sich die Entführer gemeldet.

»Natürlich hatten wir Schwierigkeiten. ›Es kann der Frömmste nicht in Frieden leben, wenn es dem bösen Nachbarn nicht gefällt.‹« Der Mittvierziger klingt verärgert. »Kennen Sie den Spruch? Exakt so war es mit Bredenscheid.«

Axel beendet das Telefonat und kramt in seiner Tasche im Heck seines Kombi. Offensichtlich kein Lebenszeichen vom Opfer.

»Entschuldigung. Simon Dahmen ist mein Name.« Jakobs Vater streckt ihr die Hand entgegen. »Aber Bredenscheid hat wirklich ständig Stunk gemacht. Zuerst ging es um überhängende Äste, zu laute Musik oder Rauch von unserem Grill, der angeblich zu ihm hinüberzog. Das Übliche halt.«

»Bis er dann auf unseren Hund geschossen hat«, wirft Jakob ein.

»Josef Bredenscheid hat eine Waffe?« Axel, der nur einen Teil des Gesprächs aufgeschnappt hat, wird hellhörig. »Der Schlüsseldienst verspätet sich. Da ist ein Mitarbeiter krank«, sagt er leiser in Johannas Richtung.

»Ein Luftgewehr. Damit hat er vor zwei Monaten auf unserem Grundstück rumgeballert. Er hat behauptet, die Tauben nähmen überhand, weil wir sie füttern. Aber in Wirklichkeit ging es um Djamal, da bin ich sicher.« Dahmen legt seinem Sohn einen Arm um die Schultern und zieht ihn näher zu sich heran, wie um ihn zu beschützen.

»Ihr Hund heißt Djamal?« Diesen Namen hat Johanna noch nie für einen Hund gehört. Und tatsächlich grinst Jakob und schüttelt den Kopf.

»Djamal ist mein syrischer Bro. Der lebt seit letztem Winter bei uns, weil er keine Familie mehr hat.«

»Meine Frau und ich haben uns entschlossen, einen minderjährigen Flüchtling aufzunehmen«, erklärt sein Vater. »Und Herr Bredenscheid, dem unsere Kinder eh schon ein Dorn im Auge waren, hatte offensichtlich ein Problem damit.«

»Vor allem, weil er ein Fascho ist.« Diesmal ist es Jakob, der kein Blatt vor den Mund nimmt.

So ähnlich hat sie das doch gestern schon von seinen Enkeln gehört. »Das Schießen mit einer Druckluftwaffe ist in Deutschland maximal auf dem eigenen Grundstück erlaubt.« Und zwar auch nur dann, wenn die Mündungsenergie maximal sieben Komma fünf Joule beträgt, referiert Johanna das Waffengesetz in Gedanken. »Hat er Ihren Hund getötet?« Auch wenn Simon Dahmen eher wie ein gestresster Familienvater als ein Kapitalverbrecher wirkt, wäre das tote Lieblingstier der Familie ein Motiv.

»Unser Labrador hatte Gott sei Dank nur eine Verletzung am Hinterlauf. Die hat der Tierarzt geflickt.« Dahmen nimmt den Arm von den Schultern seines Sohns, der die ganze Zeit zappelt. »Aber für Djamal waren die Schüsse ein Horror. Der kommt aus einem Kriegsgebiet, der hat danach nächtelang im Schlaf geschrien. Wir waren so erleichtert, dass er endlich wieder gesprochen hat, und dann ballert dieser Idiot –« Er bricht mitten im Satz ab. Die wenigen Zentimeter Wangenhaut, die über seinem Bart zum Vorschein kommen, laufen vor Erregung rot an.

»Djamal spricht nicht?«, hakt Johanna nach.

Dahmen grüßt eine ältere Dame, die auf dem Fahrrad an ihnen vorbei Richtung Zentrum fährt. »Als er im November bei uns ankam, war er stumm. Seine Eltern sind bei einem Bombenangriff ums Leben gekommen, mehr wissen wir nicht. Er hatte gerade Vertrauen zu uns gefasst. Zu seinem neuen Leben hier.«

»Bis der alte Idiot sein Gewehr rausgeholt hat«, ergänzt Jakob.

»Haben Sie Bredenscheid angezeigt?« Axel schlägt eine Wespe zur Seite, die vor seinem Gesicht herumfliegt.

»Das Verfahren läuft noch. Kommt aber wahrscheinlich nicht viel bei rum. Ein Hund ist vor dem Gesetz bloß ein Gegenstand. Und Djamals Retraumatisierung … wie sollen wir das nachweisen? Außerdem kann man sein Leid mit keinem Bußgeld wiedergutmachen.«

»Wie alt ist der Junge?« Johanna hat Respekt vor einer Familie, die ein Flüchtlingskind aufnimmt.

»Letzte Woche neun geworden.«

»Weil wir das so festgelegt haben!« Jakob grinst und kickt einen Kiesel auf dem Bürgersteig zwischen seinen Füßen hin und her. »Der Arzt hat gesagt, das können auch ein paar Monate mehr oder weniger sein.«

Simon Dahmen brummt zustimmend.

»Hatte er keine Papiere bei sich?«

Ein Wagen in Metallicsilber fährt langsam und suchend an ihnen vorbei.

»Die waren unvollständig. Aber auch mit einem Ausweis –«, Dahmen zuckt die Schultern. »In Syrien wird ein neugeborenes Kind nicht unbedingt am Tag seiner Geburt den Behörden gemeldet. Manchmal warten die Eltern wochenlang damit und suchen sich einen geeigneten Tag als offiziellen Geburtstag aus.«

Johanna hat von dem Brauch schon mal gehört. »Und Sie haben das so ähnlich gemacht und den Juli zum Geburtstagsmonat erklärt.«

»Sommer, Schulferien … ja, wir dachten, das sei ein guter Zeitpunkt.«

Der silberne Wagen kommt zurück und bremst vor der

Gruppe ab. »Entschuldigung. Ist das hier die Hausnummer fünfundsechzig?«

»Der Schlüsseldienst, ich kümmere mich drum.« Axel winkt den Fahrer auf die Einfahrt.

»Gehen Sie jetzt in die Gruft?« Jakob sieht so neugierig aus, als wollte er den Männern am liebsten folgen.

»Jakob!« Dahmen gibt seinem Sohn spielerisch einen Punch auf den Oberarm. »Bloß weil Herr Bredenscheid alt ist –«

»Das mein ich doch gar nicht. Aber er hat die Rollläden vom Wohnzimmer jahrelang nicht mehr hochgemacht. Und er sitzt auch nie im Garten. Der lebt nur noch im Dunkeln.«

Die Durchsuchung ruft, auch wenn Johanna gern mit dem Rest der Familie geredet hätte. »Wie viele Geschwister hast du, Jakob?« Herr Dahmen hat von Kindern im Plural gesprochen.

»Zwei Brüder und eine nervige Schwester.«

Vier eigene Kinder und ein Pflegekind! Johannas Respekt vor den Dahmens wächst. »Wir müssen Sie später leider noch mal belästigen. Falls Ihrer Frau oder einem Ihrer Kinder etwas aufgefallen ist, das uns weiterhilft.«

»Vielleicht Djamal!« Jakob tänzelt auf der Stelle und checkt seine Pulsuhr. »Der ist wie so ein Wachhund, immer Ohren und Augen auf, der kriegt alles mit.«

Kriegskind. Fluchterfahrung, denkt Johanna. Nur wenn er nicht spricht, wie soll er uns das mitteilen?

Als hätte der Teenager ihren Gedanken gelesen, fährt er fort: »Der kann super zeichnen, alles aus dem Gedächtnis. Wenn man die Bilder sieht, denkt man: Boah, dass der sich die ganzen Einzelheiten gemerkt hat!«

»Das stimmt.« Dahmen fährt sich über den Bart. »Wenn jemand sich an etwas erinnert, ist es Djamal. Klingeln Sie einfach bei meiner Frau.«

Johanna drückt ihm ihre Visitenkarte in die Hand. Dann beeilt sie sich, hinter Axel her zur Villa zu kommen.

**

Axel starrt auf das Lametta, das rot und golden neben den Lichterketten in künstlichem Tannengrün funkelt. Als er auf den Knopf der Fernbedienung auf dem Wohnzimmertisch gedrückt hat, hat sich nicht nur die Beleuchtung des Tannenbaums angeschaltet, sondern auch eine kleine Stereoanlage neben dem Baum. Der helle Gesang eines Kinderchors erfüllt das Wohnzimmer mit »O du fröhliche«.

Was zum Teufel ... wir haben Hochsommer!

Auf dem gemauerten Kaminsims tummeln sich Porzellanengel und strecken ihm frisch aufgesteckte rote Kerzen entgegen. Die vierstöckige Weihnachtspyramide aus dem Erzgebirge muss ein Vermögen gekostet haben und wird umkränzt von gebrauchtem, sorgsam zusammengelegtem Geschenkpapier und Schleifenband. Axel ist sich nicht sicher, ob er lachen oder sich gruseln soll. Ein verhaltenes Rufen aus der Eingangshalle holt ihn in die Gegenwart zurück. Das muss Johanna sein, er öffnet die schwere Holztür zum Flur, die bei seiner Ankunft abgeschlossen war und die der Schlüsseldienst gleich mit geöffnet hat.

»Komm mal hier rein, das musst du dir angucken!«

»Ach, da steckst du. Im Zimmer mit den ewig geschlossenen Rollläden.« Johanna breitet die Arme aus und dreht sich einmal um die eigene Achse. »Ich finde das hier auch schon nicht schlecht.« Der Eingangsbereich hat Abmessungen wie ein Ballsaal und eine Deckenhöhe von mehr als drei Metern. Die gelblichen Natursteinplatten machen genauso wie das riesige Ölgemälde, das eine Jagdszene mit Reitern und Hunden zeigt, einen edel verstaubten Eindruck. Vor der verspiegelten Stirnseite räkelt sich die Bronzefigur eines nackten römischen Kriegers, und zur Rechten führt eine geschwungene Holztreppe mit kunstvoll gedrechseltem Geländer nach oben.

»Alles alt und gediegen, ja.« Axel folgt ihr ungeduldig durch die Halle, während sie sich im Vorübergehen einen ersten Eindruck von den zahlreichen Räumen mit ausgehängten Türen verschafft. »Aber das Wohnzimmer ist wirklich strange«, beharrt er.

»Du siehst aus, als hättest du einen Geist gesehen. Hat er seine Frau auf dem Sofa aufgebahrt?« Johanna deutet auf das dunkle Paneel mit Monitor, das neben der prunkvollen Eingangstür in die Wand eingelassen ist. »Das muss die Fernsteuerung des Tors sein, von der Niels Houben gesprochen hat.«

»Modernste Haustechnik, ja.« Ist ihm auch schon aufgefallen. Die Sicherheitsanlage fällt genau wie ein nachträglich eingebauter Aufzug an Schienen aus dem Rahmen. Axel lässt Johanna den Vortritt, als sie endlich das Wohnzimmer erreichen und seine Kollegin genau wie er instinktiv zurückweicht.

»Ein Weihnachtszimmer?« Die Lichter des Baums spiegeln sich in ihren Pupillen. »Deswegen bleiben die Rollläden unten. Jakob sagt, das ist schon seit Jahren so.«

»Die Flügeltür war abgeschlossen, als ich reinkam. Der Hausherr wollte definitiv nicht, dass jemand mitkriegt, dass er hier jeden Tag Weihnachten feiert.« Der Kinderchor ist bei »O Tannenbaum« angekommen, und Johanna lässt die Holzfiguren auf der Weihnachtspyramide kreisen.

»Nach allem, was wir über Josef Bredenscheid wissen, war er nicht sentimental veranlagt. Warum hat er diesen Raum so konserviert?« Sie wendet sich dem Couchtisch zu und beginnt, Geschenkpapierreste und Karten durchzusehen.

»Und der Engel flüsterte ›Frieden‹.« Axel schüttelt den Kopf. Der ganze Raum wirkt wie eine Reinszenierung von Heinrich Bölls Erzählung »Nicht nur zur Weihnachtszeit«, die er als Fünfzehnjähriger in der Schule lesen musste. Wie soll er sich in diesem Ambiente auf Polizeiarbeit konzentrieren? Er schaltet die Stereoanlage aus und drückt auf den Schalter für die elektrischen Rollläden.

»Welcher Engel?« Johanna hält eine Packung Lebkuchen in der Hand. Die Kollegin ist zu jung für Nachkriegsgeschichten.

»Ach, das ist ein Zitat aus einer Geschichte über eine alte Dame, die ihre Familie mit ihrem Weihnachtsspleen in den Wahnsinn treibt.« Tageslicht flutet den Raum und verwandelt den gespenstischen Zauber in staubige Tristesse.

»Abgelaufen im August 2018.« Sie legt das Gebäck beiseite

und hält ein Paar selbst gestrickte Wollsocken hoch. »Geschenk von seiner verstorbenen Frau?«

»Vielleicht ihr letztes.« Er nickt.

Ihr letztes gemeinsames Weihnachtsfest. Unwillkürlich schweifen seine Gedanken erneut ab. Wie ist es seinem Vater mit dem Tod von Mama eigentlich ergangen? *Fernsehen und Bier und Zigaretten. Und ab und zu was Gutes zu essen.* Mehr weiß Axel nicht von seinem Alltag als Witwer. *Hat er am Ende wirklich nicht mehr vom Leben gewollt?*

»Da könntest du recht haben. Sie muss Anfang 2018 gestorben sein.« Johanna fährt mit dem Zeigefinger durch den Staub auf dem Tisch. »Lieber Josef! Frohe Weihnachten und ein gutes neues Jahr«, liest sie von einer Weihnachtskarte ab. »Geldern-Walbeck, im Dezember 2017, deine Elly.« Sie kraust die Nase. »Ein bisschen unpersönlich, findest du nicht?«

»Er scheint sie geliebt zu haben, wenn er diesen Raum nach ihrem Tod nicht mehr verändern wollte.« Vielleicht fühlt Axel sich deshalb so unbehaglich. Weil er ungebeten in die Intimsphäre des alten Mannes eindringt. »Lass uns durch die anderen Zimmer gehen, bevor Lars und seine Leute kommen. Ich glaube nicht, dass uns dieses Heiligtum bei unseren Ermittlungen weiterhilft.«

Küche und Esszimmer geben nur wenig her, überall dunkle schwere Holzmöbel mit Freiräumen dazwischen, damit Josef Bredenscheid sich im Rollstuhl selbstständig bewegen kann. Das Arbeitszimmer mit Kirschbaumsekretär und Bücherwand fesselt dagegen sofort seine Aufmerksamkeit. Während seine Kollegin noch den Aufzug bewundert, der auf Knopfdruck durch ein Loch in der Decke auf Schienen in den ersten Stock gleitet, greift Axel zu der Zeitschrift, die neben der Computertastatur liegt.

»Compact – Magazin für Souveränität«, liest er vor. »Das ist dieses rechtsextreme Blatt von Jürgen Elsässer.«

Johanna holt den Aufzug zurück nach unten. »Dann haben die Enkelsöhne recht, und unser Opfer sympathisiert mit den Neonazis.«

»Hier ist ein ganzer Stapel von den Dingern.« Axels Magen fühlt sich beim Überfliegen der Überschriften an, als würde eine Faust ihn zusammendrücken. »Geschichtslügen gegen Deutschland. Sonderheft 2021.« Elsässer ist ihm schon übel aufgestoßen, als er während der Flüchtlingskrise Bundeswehrsoldaten aufgerufen hat, die Grenzen auf eigene Faust zu schließen. »BRD-Sprech: Holocaust: Wie ein Begriff in unsere Welt kam«, liest er weiter vor. »Oder die hier: ›Ein Bild lügt mehr als tausend Worte: die Kolportagen der Wehrmachtsausstellung‹.«

»Der Verfassungsschutz hat ›Compact‹ schon auf dem Schirm.« Johanna bleibt cooler als er. »Das könnte für unseren Fall interessanter sein.« Sie beugt sich über eine Kamera mit wuchtigem Teleobjektiv, die auf einem Stativ in Sitzhöhe vor dem Fenster positioniert ist. »Was hat er hier getrieben?«

»Vögel beobachtet«, entgegnet Axel ironisch. Erst jetzt fällt ihm auch das Fernglas auf, das auf der Schreibplatte des Sekretärs griffbereit liegt. Die Kladde daneben ist mit handschriftlichen Aufzeichnungen gefüllt.

»Donnerstag, 4. August: 22.46 Uhr. Immer noch laute Musik im Garten der …« Die Schrift des alten Mannes ist schwer zu entziffern. Ist das ein a? Oder ein o? »… Dahmens. Im wiederholten Falle Polizei rufen.« Bredenscheid hat also wirklich seine Nachbarn bespitzelt. Er blättert zurück und überfliegt ein paar Einträge. »Oder vor drei Wochen: ›Schon wieder Einkaufsgeld aus Küche verschwunden. Ich verdächtige Putzfrau, weil Pflegedienst die ganze Zeit in meiner Nähe war. Nächsten Montag Falle stellen!!!‹ – Mit drei Ausrufezeichen.«

»Der hat sich rundherum nur Freunde gemacht.« Johanna schüttelt den Kopf. »Was wir wohl auf seinem PC finden?« Sie schaltet den hellgrauen Tower an, der im Schneckentempo hochfährt. »Der Rechner ist voll Neunziger.«

Genauso wie die kantige Tastatur auf dem Sekretär, denkt Axel. In Sachen Computer hat Bredenscheid offensichtlich nicht so viel Wert auf Technik gelegt. Dafür sieht das Teleobjektiv aus wie die Teile der Sportjournalisten, die am Wochenende im Fußballstadion Fotos schießen. Er beugt sich zum Sucher hinunter.

»Wow!« Unwillkürlich stößt er einen Laut der Bewunderung aus. Bei dem Rotkehlchen, das im Schatten eines Baumes in der trockenen Erde nach Nahrung sucht, könnte er jede einzelne Feder zählen. Er richtet das Objektiv auf eine Lücke in der Buchenhecke. Mit tonlosem Schnarren justiert es die Brennweite, dann kann er zwischen verschwommen erscheinendem Laub die Terrasse der Nachbarn erkennen, wo ein schlaksiger Junge Gläser und Tassen auf einer gepunkteten Tischdecke verteilt.

»Der ist passwortgeschützt«, lässt Johanna aus dem Hintergrund unzufrieden verlauten.

»Vielleicht hat er es irgendwo notiert. Tun doch viele.« Ein Hund läuft über die Terrasse, das muss der angeschossene Labrador sein, von dem Herr Dahmen gesprochen hat.

Sie dreht die Tastatur um und sucht den Tower ab. »Ich kann nichts finden.«

»Dann geben wir Patrick die alte Kiste. Der kriegt das bestimmt in null Komma nix hin.« Das ist wirklich mal ein geiles Objektiv. Axel nimmt die Fenster im oberen Stockwerk ins Visier. »Wahnsinn. Ich kann die Zeit auf der Uhr im Kinderzimmer lesen. Das Bett ist übrigens ungemacht. – Josef Bredenscheid kann seine Nachbarn im Schlafzimmer bespitzeln, wenn er das will.«

»Sehr sympathischer Wesenszug.« Johanna durchwühlt die Schubladen des Sekretärs, dann gibt sie die Suche nach dem Passwort auf.

Das Tuckern eines VW-Busses dringt durch die offen stehende Tür ins Haus. Endlich. Die Spurensicherer! Er schaltet die Kamera aus und nimmt sie aus dem Stativ. »Soll alles die KTU untersuchen. Vielleicht findet sich auf den Datenträgern ein Motiv für die Entführung.«

»Nacktfotos von Frau Dahmen oder von kleinen Jungs?«

Letzteres will Axel sich gar nicht vorstellen. »Lars' Leute sollen auch überprüfen, ob die Überwachungskamera den Bürgersteig vor dem Tor aufgezeichnet hat. Auf jeden Fall muss

Bredenscheid jeder Menge Leuten auf die Füße getreten sein. Irgendwer will ihn vielleicht bezahlen lassen. Im wörtlichen wie im übertragenen Sinn.« Er stellt sich in die Plexiglaskabine des Aufzugs. »Ab nach oben. Dann kann ich den gleich einmal ausprobieren.«

✻✻✻

Alter Falter! Die Kripos sind ganz schön hartnäckig. Justin sitzt auf der Bettkante und starrt auf die haufenweise entgangenen Anrufe, die auf seinem Phone aufpoppen. Dabei hat er doch gar nix gemacht. Vielleicht sollte er wirklich besser gleich im Präsidium vorbeigehen.

»Komm zurück ins Bett.« Larissa ist aufgewacht und zieht neckisch am Bund seiner Boxershorts. Die schnurrt ja wie ein Kätzchen! Der Sex gestern war aber auch geil. Das hat ihr gefallen, dass er die coole Sau war, die nicht nur Schnitzel für alle ausgeben konnte, sondern auch eine krasse Geschichte zu erzählen hatte. Justin gibt seiner Freundin einen Kuss auf den Mund, der weich und verschlafen schmeckt. Dieser Schlafzimmerblick von ihr, der hat was. Er tastet sich mit den Lippen über ihre Wangen runter zum Hals. Ihr lustvolles Stöhnen schiebt die Zeugenaussage auf seiner To-do-Liste endgültig nach hinten. Ich hab Wochenende, denkt er. Da müssen die Bullen Verständnis für haben.

Eine halbe Stunde später liegt er zufrieden und gelöst neben Larissa. Nur sein Magen signalisiert ihm, dass es höchste Zeit für ein Frühstück ist.

»Soll ich schnell Brötchen holen?« Er drückt ihr einen letzten Kuss auf die Schulter, bevor er sich aufrichtet. Plötzlich schießt ihm ein blöder Gedanke durch den Kopf. »Ich hab die Karre von der Caritas noch. Die muss zurück nach Kevelaer.«

»Muss das jetzt sein?« Larissa sieht nicht begeistert aus.

»Ich bin auf Bewährung, wenn die mir einen Diebstahl anhängen, gehe ich in den Knast.« Justin schnappt sich sein Handy.

Er muss die Eickmanns sofort anrufen und ihr erklären, dass ihm schlecht war gestern und er fast umgekippt wäre und dass seine Freundin ihn erst wieder aufpäppeln musste und dass er den Wagen und das Geschirr …

»Och menno.« Larissa dreht sich auf die Seite und stützt den Kopf auf dem linken Arm ab. »Ich dachte, wir fahren zum Straßenmalwettbewerb. Ein bisschen abhängen, Eis essen, Musik hören und Leute gucken.« Sie zieht einen Schmollmund.

»Machen wir doch auch.« Er sammelt seine Klamotten vom Boden auf und stolpert fast über seine Latschen. »Ich bin gleich zurück. Dann fahren wir mit deinem Roller in die City, okay?« Zu blöd, dass er kein eigenes Auto hat.

»Kannst du den Wagen nicht bis Montag behalten? Ist doch Wochenende.«

»Die Alten brauchen auch Samstag und Sonntag ihr Fresserchen, Süße.«

»Na gut.« Larissa setzt sich im Bett auf und mustert eingehend ihre langen blau lackierten Fingernägel. »Aber beeil dich! Ich warte nicht ewig.«

Will sie etwa wieder mit Luka losziehen? Dieser Typ ist echt das Letzte. Man spannt einem Kumpel nicht sein Mädchen aus.

»Pass auf: Du setzt Kaffee auf und machst dich ausgehfein. Und wenn du aus dem Badezimmer kommst, sitze ich hier schon mit dem Frühstück.«

In der Nasszelle, die genauso winzig ist wie der Rest des Apartments, wirft Justin sich zwei Hände voll Wasser ins Gesicht. Zähneputzen und Duschen müssen warten. Stattdessen krallt er sich Larissas Haargel und stylt seine Haare am Oberkopf hoch. Geht doch. Aber muss er ausgerechnet heute so einen beschissenen Pickel am Kinn kriegen? Das ist echt ungerecht. Als er Larissa einen Abschiedskuss geben will, sitzt die immer noch im Bett und tippt auf ihrem Smartphone herum.

»Ich beeil mich. Bis gleich!« Er steckt Handy und Portemonnaie in die Hosentasche. Wo ist bloß der Autoschlüssel? Der Tisch, der zum Arbeiten und Essen gleichermaßen herhalten muss, ist mit Zeugs übersät.

»Guck mal! Da wäre ich auch gerne!« Larissa hält ihm ein Foto von Instagram entgegen. Ist das der Eiffelturm? Justin beugt sich über das Smartphone. Ja klar, das ist Larissas Freundin Marie, die vor dem Eiffelturm ein Victoryzeichen macht.

»Macht die mit ihren Alten Urlaub in Paris?« Marie ist so 'ne ähnliche Nummer wie Luka, die wurde schon mit 'nem goldenen Löffel im Mund geboren.

Larissa ignoriert seine Frage. »Lass uns nächstes Wochenende auch hinfahren. Ein bisschen shoppen. In irgend'nem Club abtanzen. Ist bestimmt voll cool da.«

Jetzt will sie nach Paris! Wie soll er das denn bezahlen? Mädchen sind echt anstrengend. Aber klar, Larissa ist 'ne klasse Frau. Der muss man was bieten.

»Wenn ich mit meinen Arbeitsstunden durch bin, okay?« Bis zum nächsten Wochenende kann er auf keinen Fall die Kohle für den Trip nach Frankreich auftreiben. Und Larissa mit ihren paar Euro als Azubine auch nicht. »Die von der Caritas sind voll zufrieden mit mir, die Eickmanns hat mir schon einen Job angeboten.« Stimmt so zwar nicht, aber wenn er sie lieb fragt, kann sie bestimmt nicht Nein sagen. »Dann verdiene ich richtig Kohle, und wir fahren gleich eine ganze Woche nach Paris.« Er quetscht sich neben Larissa auf die Bettkante und streicht ihr eine Haarsträhne aus dem Gesicht. »Was hältst du davon? Ist eh besser im Herbst. Überall die bunten Blätter an der Schommselisee und der –«, wie hieß der Fluss noch mal, egal, »und wir machen ganz viel Lamour. Ist doch die Stadt der Liebe.«

Larissa sieht ihn skeptisch an. »Das dauert noch so lange. Ich will endlich was erleben. Ist so öde in diesen Käffern hier.«

»Versteh ich voll. Wir machen das, Süße. Du nimmst dir Urlaub, und ich schaff die Kohle ran.« Aber seine Freundin hört gar nicht mehr zu, sondern ist schon wieder mit ihrem Smartphone zugange.

»Guck doch mal! Wie cool ist das denn!« Im nächsten Eintrag auf Instagram posiert Marie mit einem dunkelhäutigen Mann in Arbeitskleidung, der neben einem Kehrwagen steht und ernst in die Kamera schaut.

»Hier ist alles diverse. C'est Luc. Il est très gentil und sehr ausdauernd ;)« lautet die Bildunterschrift.

Justin weiß zwar nicht, was dieses »gentil« heißt, aber dass die feine Abiturientin Marie im Hotel neben dem Zimmer ihrer Eltern heißen Sex mit einem PoC-Typen hat, glaubt er nicht. Da liegt ja der Autoschlüssel neben dem Wasserkocher in der Küchenzeile.

»Die blufft doch nur. Die gibt bloß an.« Das Smartphone in seiner Hosentasche vibriert und jagt ihm einen Schreck ein. »Ich muss los. Wir sprechen gleich beim Frühstück darüber, okay?« Er linst auf das Display. Die Vorwahl sieht schon wieder nach den Bullen aus. Er drückt das Gespräch weg und wählt die Nummer der Caritas-Zentrale, bevor die Kripos erneut anrufen können. »Ja. Hier ist Justin Richarz.« Im Rausgehen wirft er Larissa eine Kusshand zu. »Ich wollte Bescheid sagen, dass ich gleich den Wagen bringe. Gestern war mir voll schlecht, ich hatte da ja einen Verletzten gefunden, und –«

Der Typ am anderen Ende der Leitung unterbricht ihn. Der weiß aber auch gar nicht Bescheid. Justin nimmt die vier Etagen nach unten im Laufschritt und rennt im Erdgeschoss fast in eine Omma, die mit Einkaufsroller und Stock aus ihrer Wohnung schlurft.

»Nee, ich fahr Essen aus. Ich bin nicht von der Pflege.«

Die Eickmanns hat Wochenende. Sie ist »nicht im Haus«, sagt der Typ, als er nachfragt. Hätte er auch selbst drauf kommen können.

»Is ja auch egal, ich bin in 'ner Viertelstunde mit der Karre da.«

Die Sonne knallt echt hart vom Himmel, der Fiesta hat gefühlte Backofentemperatur. *Da hätte Duschen sowieso nichts gebracht. Erst mal Musik.* Justin hat gerade seine Playlist von Haftbefehl gestartet, da rufen die Bullen schon wieder an. Mist, jetzt kann er nicht mal sein Phone anlassen. Wütend schaltet er es aus und das Autoradio ein. Was gibt's denn da so für Sender? Den weichgespülten Mist auf WDR 4 kann er auf jeden Fall nicht hören. 1LIVE spielt gerade Coldplay mit dieser koreanischen

Band. *Von mir aus. Vielleicht kommt gleich was zu dem ent-führten Opa in den Nachrichten.* Er wendet mitten auf dem Fürstenberger Ring und ignoriert das Hupen des Typen in dem fetten SUV. *Nun hab dich nicht so. Ich hab's eilig.*

***

Die Haut in Johannas Nacken brennt und spannt, das wird einen ordentlichen Sonnenbrand geben. Selbst schuld, wenn sie ihren Strohhut zu Hause liegen lässt. Sie schiebt sich neben Axel durch das Gewusel auf dem Markt in Geldern, wo das Straßenmalfestival für quirlige Fülle in dem Städtchen sorgt.

»Guck dir das an!« Johanna bleibt beeindruckt stehen. Der Kopf eines Tigers wirkt so dreidimensional, als würde er sich aus dem Pflaster erheben. Ein paar Sekunden lang schaut sie der jungen Frau zu, die im Schneidersitz auf dem Bürgersteig sitzt und mit geübten Kreidestrichen die Mähne des Tigers gestaltet. Rock und Hände sind voller Flecke, und auch in ihren langen Rastalocken hängt der bunte Kreidestaub, weil sie sie immer wieder mit den Händen zurück über die Schulter wirft.

Axel brummt zustimmend. »Sieht super aus, aber ich frage mich, wie wir in dem Gewühle die Kinder der Dahmens finden sollen. Um zwölf ist Besprechung im Präsidium.«

Richtig, die Teamsitzung ruft. Und immer noch gibt es keine Nachricht der Entführer. Johanna schießt mit dem Smartphone ein Foto des im Wachsen begriffenen Tigers und legt einen Euro in das Sammelkörbchen der Malerin. Dann folgt sie Axel vorbei am Drachenbrunnen auf seinem Rundgang über den Markt-platz.

Viel werden sie gleich im KK11 nicht vorzuweisen haben. PC und Kamera aus Josef Bredenscheids Haus müssen erst aus-gewertet werden, und die Nachbarsfamilie konnte keine Hin-weise auf fremde Personen oder Fahrzeuge geben. Der einzige spektakuläre Fund in der Villa war eine funktionstüchtige Mau-ser HSc in Bredenscheids Schlafzimmer. Die Pistole aus der Zeit des Nationalsozialismus, die für Polizeikräfte vorgesehen war, im Krieg aber von militärischen Einheiten genutzt wurde, war samt Restmunition in hervorragend gepflegtem Zustand. Genauso wie das Luftgewehr, das den Hund der Nachbarn verletzt hat. Aber es geht bei ihren Ermittlungen nicht um unerlaubten Waffenbesitz. Johanna sucht die Malenden nach den Kindern der Dahmens ab. Nur Frau Dahmen war noch im Garten und damit beschäftigt, den Frühstückstisch abzuräumen, als sie endlich mit Axel hinübergehen konnte.

Ihr Mann bringe die Kinder gerade zum Straßenmalwettbewerb in die Innenstadt, hat sie erklärt. Und außer dem Streit wegen des Luftgewehrs fiel ihr auch nichts ein. »Da fragen Sie lieber Emily und Jakob. Die haben ihre Augen und Ohren immer und überall offen.« Sie lachte. »Auch da, wo sie das gar nicht sollen.«

Am Marktbrunnen spielt ein Gitarrist französische Chansons und hat eine Traube Zuhörer um sich geschart. Nicht nur die Straßenmaler, sondern auch Musiker bewerben sich in Geldern alljährlich um Preise. Vor dem griechischen Restaurant ein paar Meter weiter läuft Johanna beim Duft des gegrillten Fleischs das Wasser im Mund zusammen. Ein Toast zum Frühstück hält nicht lange vor. Aber dahinten ist ein Eiscafé. Vielleicht kann sie …

»Habe ich Zeit für ein Eis?«

»Sonst noch Wünsche?« Axel deutet auf die Schlange vor der Eisdiele. »Wir sind nicht privat unterwegs. Halt lieber Ausschau nach den Kindern.«

Tut sie ja. Aber bislang hat sie noch kein Kind zeichnen sehen, das ungefähr neun Jahre alt ist und die Physiognomie eines syrischen Jungen hat. Und auch kein Mädchen mit Klimaschutzplakaten. »Emily können Sie nicht verfehlen«, hat Frau Dahmen gesagt. »Sie will Flyer gegen den Kiesabbau verteilen.«

»Lass uns auf der Issumer Straße weitersuchen«, schlägt sie Axel vor. Auch hier flirrt die Luft von fröhlichen Stimmen und dem Sound der Straßenmusiker, überall gibt es die Entwürfe der Kreidezeichnungen zu sehen, und die vielen jungen Menschen, die ins Malen vertieft sind, verbreiten eine Atmosphäre von kreativer Leichtigkeit. Vor einer Buchhandlung schnappt sie ein paar Fetzen in englischer Sprache auf. Heute so international am Niederrhein, denkt sie erstaunt.

Nach wenigen Schritten ist es der Kollege Holtz, der vor einem Mann mit einem trommelähnlichen Ding aus Metall stehen bleibt. Mit Handflächen und Fingern entlockt er der Schale, die aussieht wie zwei an den Öffnungen zusammengesetzte Woks, sphärische Töne.

»Was da an Obertönen mitschwingt.« Axel ist die Begeisterung ins Gesicht geschrieben. »Und du hast beides: Rhythmus und Melodie gleichzeitig.« Hat er nicht gerade noch gedrängt, dass sie arbeiten müssen?

»Klingt für mich wie eine ganze Sammlung Klangschalen.« In der Tat sehr entspannend, wenn man nicht gerade dringend Ermittlungsergebnisse bräuchte.

Der Musiker unterbricht sein Spiel. »Das ist eine Hang Drum. Wurde in der Schweiz erfunden.« Er hält Axel das Instrument entgegen.

Der klopft mit dem Knöchel seines Zeigefingers auf das gebürstete Metall. »Wie ist sie gestimmt?«

»Sie sind auch Musiker?« Der Hangdrumspieler freut sich sichtlich über das fachliche Interesse.

»Axel, wir müssen.«

»Diese hier ist pentatonisch in C-Dur gestimmt. Aber ich habe auch ein integrales Hang, der Hals ist zwei Oktaven oberhalb des Grundtons in D3 –«

Johanna unterbricht die Ausführungen des Trommelnden, die für sie Fachchinesisch sind. »Mein Kollege ist kein Musiker. Wir sind Polizisten und müssen dringend weiter.«

»Na dann.« Der Mann drückt Axel eine selbst gebrannte CD in die Hand. »Schenke ich Ihnen. Steht meine Website drauf.«

Vor der Kreuzung zur Kapuzinerstraße fällt Johanna endlich eine riesige Pappe mit der Aufschrift »Stoppt den klimaschädlichen Kiesraubbau! Rettet das Grundwasser!« ins Auge. Das Mädchen in Shorts und bauchfreiem Shirt muss die vierzehnjährige Tochter der Dahmens sein. Und der Junge, der mehr

Kreide im Gesicht und auf Armen und Beinen hat, als auf dem Bürgersteig zu sehen ist, Djamal. Auf dem Asphalt vor ihm zeichnen sich die ersten Gerippe von zerbombten Häusern ab. Sie tauscht einen Blick mit Axel. Das Sujet ist genauso verstörend wie die Tatsache, dass ein so junger Mensch so gut zeichnen kann. Die Perspektive, die Proportionen, alles wirkt stimmig. Djamal schaut nicht einmal hoch, als sie sein Werk mustern.

»Er kann sooo toll zeichnen und malen. Er ist ein Genie«, erklärt die junge Klimaschützerin und drückt Johanna einen Flyer in die Hand. »Am Niederrhein werden jedes Jahr vierzig Tonnen Kies abgebaut. Ein Großteil davon wandert ins Ausland. Helfen Sie dem Klima und unterzeichnen Sie die Petition gegen das Landeswassergesetz.«

»Du bist Emily Dahmen?« Johanna stellt sich in den Schatten eines Geschenkeladens.

»Ja, warum?« Emilys Augen, die genauso kristallblau wie ihre eigenen sind, mustern Johanna in einer Mischung aus Misstrauen und Trotz. »Stört es Sie, dass ich hier protestiere? Ich will nur der Natur eine Stimme geben.«

»Finde ich gut, wir haben bloß –«

»Außerdem passe ich auf meinen Bruder auf.« Sie geht neben ihm in die Hocke. »Der hat eine Menge Schreckliches erlebt.«

Emilys Widerborstigkeit nimmt Johanna sofort für das Mädchen ein. *In ihrem Alter habe ich gegen die Castortransporte demonstriert und mit der Schule Geld für die Erdbebenopfer in Afghanistan gesammelt.*

»Und jetzt ist er mein Bruder. Auch wenn er dunklere Haut hat und in einem anderen Land geboren wurde.«

»Das hat der alte Beethoven schon gehofft, dass alle Menschen Brüder werden.« Axel klingt resigniert.

»Beethoven?« Emily steht wieder auf. »Wieso denn das?« Zum ersten Mal wirkt sie neugierig. Offener. Aber er geht nicht auf ihre Frage ein.

»Kripo Krefeld«, beendet er das Geplänkel mit lauter Stimme und zieht seinen Ausweis heraus. Djamal zuckt zusammen.

»Ich habe die Organisatoren gefragt, ob ich das mit dem

Plakat und den Flyern machen darf.« Emily schaut nun doch eingeschüchtert auf den Ausweis. »Sie können bei der Stadt nachfragen. Und außerdem bin ich erst vierzehn.«

»Keine Sorge, deswegen sind wir nicht hier.« Johanna muss sich das Lachen verkneifen. Axel sieht aus, als hätte er gerade so gar keine Lust auf Klimaschutz und engagierte Teenager. »Vielleicht habt ihr mitbekommen, dass euer Nachbar entführt worden ist«, kommt sie zum Thema.

»Papa hat's beim Frühstück erzählt, ja.« Emily gibt Axel den Ausweis zurück und lehnt sich erleichtert an die Hauswand.

»Habt ihr in den letzten Tagen vielleicht einen Streit beobachtet? Oder Fremde, die sich auf dem Grundstück aufgehalten haben?«

Das Mädchen sieht nachdenklich aus. »Herr Bredenscheid war eigentlich immer allein. Bis auf den Pflegedienst und was er sonst noch so an Hilfe brauchte natürlich.«

Jetzt beginnt es auch hier, so verlockend nach Essen zu riechen. Johannas Magen knurrt. Ein zweiter Junge in Djamals Alter balanciert drei Portionen Pommes frites auf einem aus Pappe improvisierten Tablett an ihr vorbei und stellt sie neben der Kreidezeichnung auf den Boden.

»Deine Fritten!« Der Essenslieferant lässt sich im Schneidersitz neben den Kreideschachteln nieder. Djamal fackelt nicht lange und greift mit schwarzen Fingern zu.

»Das ist Paul, mein anderer Bruder.« Emily nimmt sich ihre Portion vom Boden.

»Hallo, Paul. Hast du vielleicht gesehen, dass Herr Bredenscheid mit jemandem Streit hatte?«

Der Elfjährige tunkt eine Pommes in die Mayonnaise und schiebt sie sich in den Mund. Dann schüttelt er entschieden den Kopf. »Nee. Außerdem ist der blöd. Der hat auf unseren Hund geschossen.«

»Stimmt. Das war extrem blöd. Und strafbar.« War das gerade ein winziges Innehalten bei Djamal, als sein Ziehbruder einen Streit verneint hat? Irgendwie muss sie mit ihm in Kontakt kommen. Johanna setzt sich zu den Jungs auf den Boden.

Axel tippt mit dem Zeigefinger auf seine Armbanduhr. Ihr doch egal, muss das Team halt warten.

»Darf ich auch eine?« Johanna deutet auf Djamals Pommes. Seine dunklen Augen, die den Blickkontakt bislang vermieden haben, schauen sie für den Bruchteil einer Sekunde an, schließlich nickt er. Sie kaut eine Weile schweigend, dann fragt sie vorsichtig weiter. »Du hast einen Streit gesehen, richtig?«

Djamals Körper spannt sich an, er starrt auf ihren Hals. *Die Narbe macht ihm Angst.* Johanna legt eine Hand über den Kehlkopf. »Die ist von einer Operation«, lügt sie.

»Er spricht nicht«, mischt Emily sich ein. »Übrigens wegen dem asozialen Bredenscheid, den Sie gerade retten wollen.« Aber Djamal hat seine Starre überwunden und zupft an Pauls Shorts.

»Stimmt, ja! Du hast recht.« Paul schlägt sich theatralisch mit der flachen Hand vor die Stirn. »Da war so ein Typ vor dem Tor, der sich aufgeregt hat, weil er nicht reindurfte. Der hat in die Sprechanlage gebrüllt.«

»Wann war das? Kannst du ihn beschreiben?«

»Vor ein paar Tagen, aber –« Paul sieht Djamal hilfesuchend an. »Der war älter. Nicht so alt wie Herr Bredenscheid, aber er hatte so graue Igelhaare.«

»Du meinst, er hatte einen Mecki? Ganz kurze, abstehende Haare?«

»Ja, mit so 'nem Dreieck.« Paul macht mit Daumen und Zeigefinger eine Geste an seiner Stirn.

Prägnanter Haaransatz also. Sie klaut sich eine zweite Pommes, diesmal aus Pauls Schale. »Wie groß war er denn? Weißt du noch, was er anhatte?«

»So groß wie Papa vielleicht.«

»Also um die eins achtzig«, vermutet Johanna laut.

»Aber was der für Klamotten anhatte … keine Ahnung.«

Wieder zupft Djamal an Pauls Shorts. Dann macht er ein brummendes Geräusch und hält ein imaginäres Lenkrad zwischen seinen Händen. Der Junge ist wirklich ein guter Beobachter.

»Stimmt. Der hatte eine Busfahreruniform an. So mit 'nem Hemd und 'ner dunklen Hose. Obwohl es heiß war.«

»Stand da zufällig NIAG drauf?« Endlich ist auch Axel, der die Befragung für vergebene Liebesmüh gehalten hat, interessiert.

Auf der Fahrt nach Geldern kamen ihnen eben die Busse der Niederrheinischen Verkehrsbetriebe entgegen, die wegen des Straßenmalwettbewerbs Sonderfahrten anbieten.

»Ich glaube schon.« Paul klingt unsicher. »Auf jeden Fall hat der Busfahrer immer wieder gesagt, er will nur mit ihm reden.« Er wischt sich Mayonnaise aus dem Mundwinkel. »Aber worüber der reden wollte, habe ich nicht gehört.«

»Hat er Herrn Bredenscheid bedroht?«, fragt Johanna nach.

»Nee, eher im Gegenteil. Er hat gesagt, er will ihm nichts tun.«

Sie runzelt die Stirn. Musste Josef Bredenscheid befürchten, dass der Besucher handgreiflich werden würde, wenn er ihn aufs Grundstück ließe?

»Habt ihr mitbekommen, wie euer Nachbar reagiert hat?«

Paul und Djamal schütteln synchron den Kopf. »Ging nicht durch die Sprechanlage«, sagt Paul kauend. »Wir sind nur vorbeigelaufen auf dem Weg ins Schwimmbad.«

Djamal wendet sich wieder seiner Kreidezeichnung zu. Für ihn ist offensichtlich alles gesagt, was gesagt werden musste. Mit zielstrebigen Strichen skizziert er den roten Umhang einer Superman-Figur über der Trümmerlandschaft. Die Botschaft schnürt Johanna die Luft ab. Was mag er in seinem kurzen Leben schon an Grauen erlebt haben? Sie widerstrebt dem Impuls, ihm mit den Fingern durch die Haare zu fahren. *Nicht deine Baustelle. Wenigstens ist er bei den Dahmens gut aufgehoben.*

»Danke für eure Hilfe.« Sie nimmt ein Stück Kreide und malt einen Smiley auf die Essenspappe, bevor sie aufsteht. Zum ersten Mal stiehlt sich die Andeutung eines Lächelns auf Djamals Gesicht. »Gibst du mir noch ein paar Flyer für die Kollegen?«, wendet sie sich an Emily.

Die sieht sie überrascht an. »Klar.« Sie drückt Johanna gleich

einen ganzen Stapel der selbst kopierten Blätter in die Hand.
»Tut mir leid, dass ich am Anfang so pampig war.«

»Gehst du unter die Umweltaktivisten?«, fragt Axel amüsiert, als sie sich auf den Weg zum Wagen machen.

»Sie haben doch recht. Wenn man nicht protestiert, werden sich die Interessen der Abbaugesellschaften und der Bauwirtschaft immer durchsetzen. Geld regiert die Welt.«

»Mir fehlt da der Idealismus, dass Protest daran etwas ändert.« Ihr Kollege rennt so schnell durch die Fußgängerzone, dass sie in dem Gewühle kaum hinterherkommt.

»Und deine Kinder? Solltest du dich nicht wenigstens denen zuliebe engagieren?« Die genaschten Pommes lassen ihren Magen nur umso mehr knurren.

»So à la ›Parents for Future‹, meinst du?«

»Was ist daran falsch?« In manchen Dingen versteht sie ihn einfach nicht.

＊＊＊

Die Gänge und Büroräume des KK11 sind wie ausgestorben. Im Besprechungsraum versuchen zwei Fliegen wieder und wieder, durch die geschlossenen Fenster nach draußen zu kommen, bis sie erschöpft auf der Scheibe innehalten. Leere und halb volle Wasserflaschen stehen zwischen verlassenen Gläsern noch vom Vorabend herum.

»Wo sind die alle? Haben wir nicht Lagebesprechung?« Axel wischt sich den Schweiß von der Stirn. Wozu haben sie sich beeilt, wenn niemand hier ist? Sein Herz bummert im Galopp. Aber nicht mal Patrick, der sonst immer die Stellung vor seinen Bildschirmen hält, sitzt auf seinem Platz.

»Keine Ahnung. Ich muss meinen Nacken kühlen.« Kollegin Brenner verschwindet stöhnend Richtung WC.

Das kommt davon, wenn man nicht hören will. Axel kann sich die Schadenfreude nicht verkneifen. Hat er ihr doch gestern schon gesagt, dass sie aufpassen muss mit ihrer hellen Haut. Jetzt ist ihr Hals krebsrot.

Die Mittagssonne knallt auf den Besprechungsraum an der Südseite des Präsidiums. Er schließt die Jalousien und sammelt leere Flaschen zusammen. Das ist wirklich unerträglich heiß hier drin. Haben sich die anderen vielleicht auf eine andere Etage verzogen? Am Wochenende gibt es freie Kapazitäten in allen Kommissariaten. Im Büro, das ebenso verwaist ist wie der Rest der Etage, stellt er den Tischventilator auf die höchste Stufe und greift zum Telefon. Der diensthabende Kollege am Empfang lässt sich Zeit, ehe er abnimmt.

»Axel hier, KK11. Sag mal, weißt du, wo meine Kollegen stecken? Wir sollten um zwölf Dienstbesprechung haben, und inzwischen ist es schon fast ein Uhr.«

»Die Polizeipräsidentin ist vor 'ner Stunde gekommen. Zusammen mit dem Oberstaatsanwalt. Muss mit eurer Entführung zusammenhängen.«

Mist. Die Chef-Chefetage und die oberste Riege der Staatsanwaltschaft laufen zur Besprechung beim KK11 auf, und sie kommen bald eine Stunde zu spät. »Dann weiß ich Bescheid. Danke.«

Johanna schleppt sich zurück ins Büro, in der einen Hand balanciert sie einen Kaffeebecher, aus dem der Milchschaum quillt, mit der anderen hält sie sich eine Mineralwasserflasche aus dem Getränkeautomaten in den Nacken. »Du hast nicht zufällig was gegen Sonnenbrand dabei? Ich hätte mir in Geldern was in der Apotheke holen sollen.«

»Oder es erst gar nicht so weit kommen lassen. Hautkrebs ist mittlerweile die häufigste Tumorart in Deutschland. Statistisch gesehen erhöht jeder Sonnenbrand das Risiko für –«

»Weiß ich selbst«, unterbricht Johanna ihn. »Manchmal gehst du mir mit deinem Gesundheitstick ganz schön auf die Nerven.«

War ja nur gut gemeint. Dann soll sie nicht wegen ihres Sonnenbrands jammern. »Oben tagt übrigens gerade der Krisenstab samt Oberstaatsanwalt und Polizeipräsidentin.«

Johanna lässt den Kaffeebecher mitten in der Aufwärtsbewegung wieder sinken. »Ich rufe trotzdem erst Patrick bei den

Schultes an. Der hat mir eben eine Not-SMS geschickt. Bei Ralf Schulte liegen die Nerven nach der Nacht wohl blank.«

Richtig, Kivelitz ist bei der Tochter des Opfers. War ihm entfallen, dass die Chefin ihn zum Wacheschieben verdonnert hat. *War einfach zu spät und heiß gestern Abend.*

»Ich hatte auch so eine merkwürdige Unterredung mit Herrn Schulte.« Beim Gespräch unter dem Apfelbaum im Garten war der Schwiegersohn eigenartig genervt. »Er tat gerade so, als hätte sein Schwiegervater ihnen absichtlich eine Belagerung durch die Kripo eingebrockt.«

»Patrick geht nicht dran.« Johanna knallt ihr Handy auf den Tisch und reißt eine Schreibtischschublade auf.

»Schultes einzige Sorge war, dass sich seine Frau bei dem Trubel im Haus nicht auf den Unterricht am Montag vorbereiten kann. Die Sommerferien gehen ja zu Ende.«

»Wer weiß, was der mit seinem Schwiegervater schon so alles erlebt hat?« Johanna angelt ein Snickers aus der Schublade und beißt hinein. »Hab ich einen Hunger.«

Wie macht sie das eigentlich, ständig Süßes essen und trotzdem so schlank bleiben? Das muss ihr jugendliches Alter sein. Axel lässt sich gegen die Lehne des Bürostuhls sinken und schließt die Augen. Noch einen kurzen Moment hier sitzen, bevor sie oben in die Krisensitzung platzen. In Bamberg begänne gleich sein Workshop zu »Backbeats und Synkopierung im Jazz«. Da würde er zwar auch schwitzen, aber wenigstens in angenehmer Mission.

Mit geschlossenen Augen hört er zu, wie Johanna beschwichtigend auf Kivelitz einredet, der nun doch drangegangen ist. Dazwischen ihr gutturales Lachen. Schade, dass er sie nicht zum Singen überreden kann. Jedes Mal, wenn er es versucht, zeigt sie ihm einen Vogel.

»Kein Lebenszeichen von Bredenscheid. Und keine Forderungen.« Sie knüllt die Verpackung des Schokoriegels zusammen. »Mist! Merkwürdige Entführung.«

Er öffnet die Augen wieder und rappelt sich im Stuhl auf. »Und wenn es dem Täter gar nicht um Geld geht –« Bis auf das

Ticken der Uhr und das Summen der Fliegen ist es gespenstisch still im KK11.

»Sondern um Rache, meinst du?« Johanna fährt mit dem Zeigefinger über den Rand des Kaffeebechers.

Sie spricht nicht weiter, aber Axel weiß auch so, worauf sie hinauswill. Draußen herrschen fünfunddreißig Grad im Schatten. Das würde selbst ein junger, gesunder Mensch, den man unter massivem Stress in eine Blechkiste einsperrt, ohne Wasser kaum überleben.

Über den Flur nähert sich das hämmernde Stakkato von Schritten. Das klingt nach Ärger. Die Kriminaldirektorin steht im Türrahmen und wedelt mit einer Zeitung herum.

»Woher weiß die Presse von der Entführung?« Sie lässt die aktuelle Ausgabe der Neuen Ruhr Zeitung vor ihm auf den Schreibtisch fallen.

»Dramatische Entführung am Niederrhein« lautet die Schlagzeile auf der ersten Seite. Darunter ein Foto von Bredenscheids Anwesen, auf dem die Spurensicherer ihrer Arbeit nachgehen.

»Wir haben alle Zeugen auf ihre Schweigepflicht hingewiesen«, verteidigt Axel sich. »Das muss jemand durchgesteckt haben, der gestern Mittag beteiligt war.«

Johanna greift nach dem Blatt und betrachtet forschend das Foto. »Da sind nur noch Lars Oehmen und seine Leute auf dem Grundstück. Die Kameraperspektive … der Winkel … die Schatten vor dem Haus. Sieht aus, als wäre das Bild am späten Nachmittag gemacht worden. Der Fotograf hat auf jeden Fall von außen über den Zaun und die Hecke hinweggeknipst.«

»Was ist eigentlich mit dem Essensauslieferer?« Sollte Tom diesen Kleinkriminellen nicht ranschaffen? »Vielleicht hat der seine Chance gewittert, der Presse gegen Cash was zu stecken.«

»Er hat sich nicht mehr gemeldet. Ostermann ist unterwegs zu seiner Meldeadresse.« Gruber nimmt die Brille von der Nase und wischt mit einem Taschentuch den Schweiß aus dem Gesicht. »Das Kerlchen kann was erleben!« Wenn sie wütend ist, wirkt die klein gewachsene Kriminaldirektorin wie ein Tier, das faucht und um sich schlägt. »Ich wollte zwar erst Montag eine Pressekonferenz ansetzen, aber jetzt stehen wir unter Zugzwang.«

So erbost, wie sie ist, wundert es Axel umso mehr, dass sie keinen Rüffel fürs Zu-spät-Kommen kriegen. »Wir haben keine Lösegeldforderung. Eine PK könnte Trittbrettfahrer anlocken«, wendet er ein. Bei den meisten Entführungen wird versucht, die Öffentlichkeit außen vor zu lassen, um die Täter nicht nervös zu machen und das Opfer damit noch mehr zu gefährden. Ganz zu schweigen von Nachahmungstätern, die sich durch erfolgreiche Erpressungen ermutigt fühlten.

»Das ist mir bewusst, Herr Holtz.« Da ist es wieder, das fauchende Tier. »Aber die Gefahr ist durch den Zeitungsartikel jetzt schon gegeben. Wir müssen den Spieß umdrehen und die Aufmerksamkeit der Bevölkerung für unsere Ermittlungen nutzen.«

»Sie wollen eine öffentliche Suchmeldung nach dem Opfer herausgeben?« Er wechselt einen Blick mit Johanna, die schweigend ihren Kaffee trinkt. Das bedeutet maximalen Stress für die nächsten achtundvierzig Stunden. Die Menge der Anrufe, die erfahrungsgemäß aus allen Ecken der Republik kommen, kann das KK11 unmöglich allein stemmen.

»Nach dem Opfer und dem Tatfahrzeug.« Die Stimme des Staatsanwalts ist ruhig und bestimmt. Wittkopf, heute wieder in tadellos weißem Hemd und anthrazitfarbener Bügelfaltenhose, ist lautlos ins Büro gekommen und nickt Axel und Johanna zur Begrüßung zu. »Wir haben uns mit der Polizeipräsidentin und dem Oberstaatsanwalt darauf verständigt, für siebzehn Uhr eine Pressekonferenz anzusetzen. Die Mitarbeiter der Pressestelle sind informiert.«

Noch mehr Kollegen, die ihr Wochenende kurzfristig abbrechen müssen. Axel sollte nicht schadenfroh sein, aber der Schmerz über Bamberg sitzt tief, und geteiltes Leid ist halbes Leid.

»Außerdem werden wir die sozialen Medien einbinden«, fährt Wittkopf fort. »Sie bekommen Verstärkung aus den Kommissariaten 12 und 14.« Die Zwölfer sind für Wirtschaftskriminalität und Cybercrime zuständig, und die Vierzehner bearbeiten Körperverletzungsdelikte und häusliche Gewalt. »Ich will, dass jedem Hinweis so schnell wie möglich nachgegangen wird.« Nur das Kneten seiner langen Finger verrät, dass auch er nervös ist. »Für die Öffentlichkeitsfahndung nach Josef Bredenscheid brauchen wir die Einwilligung seiner Tochter. Und ein aktuelles Foto des Opfers. Kümmern Sie sich darum, Frau Brenner?«

Johanna runzelt die Stirn. »Kivelitz und Krüger sind bereits bei der Familie Schulte. Vielleicht könnten die –«

Gruber unterbricht sie. »Herr Schulte hat sich über die Anwesenheit der Kollegen beschwert.« Heute kommt der Ärger aus allen Richtungen. »Ich weiß nicht, was da vorgefallen ist, aber Sie werden die Herren ablösen, Frau Brenner. Seien Sie diplomatisch, und fressen Sie notfalls vorher Kreide. Ich erwarte, dass Sie die Wogen wieder glätten.«

Johanna soll es also richten. Axel sieht, wie ihr das Blut in den Kopf steigt. Die Frauen sind wie Feuer und Wasser, obwohl Gruber ihr Einsatz bei der Entführung des Teenagers imponiert hat. Was sie natürlich nie laut gesagt hätte, aber er kennt die Chefin lange genug, um zu wissen, wie sie tickt.

»KOK Kivelitz soll mit den Kollegen vom Zwölften die Telefonzentrale organisieren, sagen Sie ihm das!«, bestimmt Gruber weiter.

»Bin schon auf dem Weg.« Johanna schnappt sich ihren Rucksack und stellt Axel den Rest ihres Kaffees hin. »Kümmerst du dich um den Busfahrer?«

»Busfahrer?«, fragen Gruber und Wittkopf unisono, aber Johanna ist schon auf dem Gang verschwunden. Dann muss er erklären, was die Kinder erzählt haben.

Die Chefin ist nicht überzeugt. »Konnten die den Mann beschreiben?«

Axel zuckt die Schultern. »Nur so ungefähr.«

»Wie wollen Sie ihn dann unter mehreren hundert Fahrern der Niederrheinischen Verkehrsbetriebe ausfindig machen?« Sie schüttelt energisch den Kopf. »Ich brauche Sie zur Vorbereitung der Pressekonferenz, Herr Holtz. Sie haben keine Zeit für einen Abstecher nach Moers.« Die NIAG-Zentrale in Moers ist der erste Anlaufort für die Kollegen von der Schutzpolizei, wenn bei Unfallschäden mit Busbeteiligung ermittelt werden muss.

»Haben Sie im Haus des Opfers keine Hinweise auf ein Motiv gefunden?« Gruber greift nach jedem Strohhalm.

»Wie es aussieht, ist Bredenscheid ein ziemlich unangenehmer und streitlustiger Zeitgenosse. Wir haben also eher zu vie–«

Ein Klopfen am Türrahmen unterbricht Axel. Tom Ostermann glänzt wie eingeölt. »Richarz war nicht zu Hause«, erklärt er.

Ist der wirklich so eitel, oder ist das nur Schweiß? Axel schaut halb bewundernd, halb geringschätzig auf Toms breites Kreuz und den definierten Bizeps.

»Und Richarz' Handy ist seit Stunden wieder abgeschaltet«, fährt Tom fort. »Wenn Sie mich fragen, sollten wir den allmählich zur Fahndung ausschreiben.«

✻✻✻

Diese Drecknester am Niederrhein. Ohne Auto biste echt verloren. Nicht mal ein Bus fährt samstags von Kevelaer nach Geldern. Justin wendet sich ärgerlich von der Haltestelle der Linie 53 vor dem Krankenhaus ab und macht sich zu Fuß auf den Weg Richtung Bahnhof. Der Niers-Express, die Regionalbahn zwischen Kleve und Düsseldorf, geht auch am Wochenende. Da ist er sich sicher. Mit dem sind Larissa und er schon häufiger samstags in die Altstadt an den Rhein gefahren. Er drückt auf Wahlwiederholung, aber sein Mädchen geht immer noch nicht ans Handy. Ist die noch mal eingeschlafen, nachdem er sich auf den Weg zur Klosterküche gemacht hat? Oder steht sie unter der Dusche, bis sie Schwimmhäute kriegt? Den Gedanken an Luka scheucht Justin energisch beiseite. Seine Süße wird nicht zwei Tage hintereinander denselben Scheiß bauen, oder? Er stellt sein Handy aus. Wegen der Kripos. Sicher ist sicher.

Schon Mittag. Sein Magen macht Palaver, und die Zunge klebt ihm vor lauter Brand am Gaumen. Der Supermarkt da vorne hat einen Bäcker drin, da kann er wenigstens das Brötchenholen schon erledigen.

Was geht denn hier ab? Die Brötchenschlange reicht bis unter die Werbung für irgendeinen veganen Körnerfraß. Und nur zwei Schlampen hinter der Theke. Voll nervig, hier anzustehen.

Nach Paris will Larissa. Vielleicht sollte er echt mit der Eickmanns reden. Larissa muss ab Montag auch wieder zurück in Berufsschule und Friseursalon. Da könnte er ein paar Wochen Fahrerei dranhängen. Gibt beschissenere Jobs, oder?

Boah eh, jetzt sucht der Zombie vor ihm stundenlang Kuchen aus. Jedes Stück einzeln. Dabei muss er dringend zurück nach Geldern. Die zweite Bedienung ist an der Kaffeemaschine zugange, fummelt da mit Milchschaum rum oder füllt Bohnen nach oder irgendwas. So kann das ja nicht vorangehen. Justin rückt der Alten vor ihm ein bisschen auf die Pelle, damit sie kapiert, dass sie einen Zahn zulegen soll. Sie tritt demonstrativ zwei Schritte zurück und wirft ihm diesen Blick zu, den er so gut kennt. Den sie ihm schon als Kind zugeworfen haben, so ein Mix aus Abscheu und Mitleid.

»Ich hab meine Zeit nicht gestohlen«, fährt er sie an. Er hasst diesen Blick. Und nur weil sie 'ne teure Shoppingbag von Louis Vuitton am Arm hat und dicke Klunker trägt, soll sie sich bloß nichts einbilden. Wenn er mal die fette Kohle verdient, wird er Larissa auch so was umhängen.

»Das merkt man. Keine Zeit zum Waschen gehabt?« Sie wendet sich kopfschüttelnd der Bäckertussi zu. »Bei manchen könnte etwas Deo nicht schaden.«

Justin kriegt Puls. Die Bitch ist wirklich unverschämt. Dabei schimmelt die schon unter ihrem gespachtelten Make-up. Aber wenn er hier Terz anfängt, schmeißen die ihn raus, und er muss sich woanders neu anstellen. Er will zurück nach Geldern. Zu Larissa. Damit Luka nicht auf dumme Gedanken kommt.

»Was darf's denn sein?«

Jetzt hätte er beinahe verpennt, dass er dran ist. Justin nimmt

Brötchen und eine Cola aus dem Kühlregal. »Und noch 'nen Coffee to go, aber 'nen starken.« Er braucht Koffein. Tragetasche hat er nicht dabei, aber bezahlen will er dafür auch nicht. Er klemmt Cola und Brötchentüte unter den linken Arm und kippt drei Päckchen Zucker in den Kaffee, bevor er Richtung Ausgang marschiert.

Am Zeitungskiosk im Eingangsbereich springt ihn die Schlagzeile der NRZ an. Der Alte ist tatsächlich entführt worden! Endkrass. Und die Bude auf dem Picture daneben ist doch die Villa in Walbeck. Die Zeitung muss er unbedingt Larissa mitbringen. Vielleicht kann er denen sogar ein Interview anbieten. Gegen Knete natürlich. Er ist schließlich dabei gewesen.

Die Sonne hat draußen endgültig auf Vollgas geschaltet, er legt Brötchen und Zeitung auf der Reihe eingezäunter Einkaufswagen ab, um die Flasche zu öffnen. Kalte Cola kann manchmal echt geil sein. Vielleicht noch mal versuchen, Larissa zu erreichen. Kaum hat er das Handy wieder an, klingelt das Teil auch schon. Hinter ihm murrt jemand, dass er im Weg steht. – Ja, ja, er geht ja gleich. – Schon wieder so 'ne komische Nummer, bestimmt noch mal die Bullen. Warum lassen die ihn nicht endlich in Ruhe? Er weiß doch auch nicht mehr als der Dicke, den er losgebunden hat. Den haben sie bestimmt schon befragt. Justin starrt wie gelähmt auf das Display, bis das Klingeln aufhört. Sollen sie ihm halt auf die Mailbox quatschen. Hinter ihm wartet jetzt nicht mehr nur die murrende Oma auf einen Einkaufswagen, sondern mindestens drei andere Kunden. Sind die immer so schlecht gelaunt?

»War wichtig«, motzt er. Die sollen sich mal wieder einkriegen. Er lässt die leere Colaflasche stehen, sammelt seinen Einkauf ein, lehnt sich mit dem Hintern aufs Geländer und schwingt die Beine nacheinander zur Seite darüber. Und tschüss! Der Kaffee schlabbert aus der Öffnung im Deckel, aber da kann er sich grad nicht drum kümmern, er muss zum Bahnhof. Der RE 10 kommt in fünf Minuten, und der fährt am Wochenende nur jede Stunde.

Warum gehen heute alle auf Abstand zu ihm? Sogar der Typ

in dem grauslichen Hawaiihemd, der vor ihm am Fahrplan stand. Justin schaut an sich hinunter, sein T-Shirt hat Schweißränder unter den Achseln und Kaffeeflecke auf der Brust. Bevor er das Handy wieder ausschaltet, tippt er eine SMS an Larissa: »Habe schon super Brötchen gekauft, muss kurz nach Hause, frische Klamotten holen. Danach eine Bubble Waffle im Eiscafé Augusto?« Larissa steht auf Bubble Waffles. Am liebsten mit zwei Toppings und Schokostreuseln extra. Kostet auch alles extra, aber der Monat ist noch jung.

Justin steigt in den Niers-Express und wählt einen Sitz abseits der anderen Fahrgäste. Er müffelt ja wirklich ein bisschen, ist ihm selbst peinlich. Verlegen versteckt er sich hinter der Zeitung und studiert den Artikel. Da steht nichts drin von Lösegeld. Aber so reiche Typen werden immer wegen Kohle entführt. Bestimmt Nachrichtensperre oder so was. Sieht man doch immer im Fernsehen. – Das Foto unter dem Text ist cool. Die vielen Typen in weißen Ganzkörperanzügen. Die werden sauber geschwitzt haben. Ob sie auch seinen Kaugummi von der Einfahrt gekratzt haben? Dann liegt der gerade hübsch eingetütet irgendwo bei den Kripos in der Kühlung. Vielleicht hoffen die, der Täter hätte den ausgespuckt, und untersuchen die DNA. CSI und so, weiß ja jeder. Wenn das am Ende bloß seine Spucke war, werden die enttäuscht sein. Ihn kennen die ja schon. Der Gedanke amüsiert ihn.

Ob die Protzvilla die ganze Zeit überwacht wird? Justin hat eine geniale Idee. Wenn »Herr B.«, wie die NRZ ihn nennt, länger nicht zu Hause ist, könnte er den alten Benz leihen. Er bräuchte natürlich ein Kennzeichen, damit er nicht auffällt. Aber wie cool wär das denn, mit dem alten Schlitten zwischen den Ferraris, Porsches und Jaguars auf der Kö Runden zu drehen? So voll vornehm und mit Stil. Was für einen Sound so ein alter Motor wohl macht?

»Nächster Halt: Geldern.« Die Ansage reißt ihn aus seinen Träumen. Vielleicht doch keine ganz gute Idee, ein Auto kurzzuschließen, wenn man vorbestraft ist. Das halbe Abteil steigt mit ihm aus, ist bestimmt wegen dem Straßenmalwettbewerb.

Justin hastet zu seiner Bude. Zahnbürste, Duschgel, frische Klamotten. Und dann zu Larissa. Die Idee mit dem Benz lässt ihn nicht mehr los. Sein Bro Moritz macht einen auf Kfz-Mechaniker. Die Autowerkstatt verkauft auch Karren, da müssen die gelbe Kennzeichen für Probefahrten haben. Vielleicht kann Moritz was organisieren. Den wird er gleich mal anrufen. Im Treppenhaus kommt ihm der langhaarige Typ von oben entgegen.

»Da war jemand von der Polizei für dich da.«

Jetzt wird ihm doch ein bisschen mulmig. Dass die sich die Mühe machen, hier persönlich aufzulaufen.

»Der wollte eine Nachricht hinterlassen.« Der Langhaardackel sagt das nicht mal unfreundlich. Justin hat den Verdacht, dass der selbst kifft oder Benzos schmeißt oder so.

»Danke.« Er drückt sich an seinem Nachbarn vorbei und nuschelt: »Muss erst mal unter die Dusche.«

Tatsächlich. Die Kripos haben ihm den Liebesbrief direkt an die Wohnungstür gehängt. Da steht was von »dringend« und »unverzüglich« und dass sie einen Antrag auf Vorladung durch den Staatsanwalt stellen werden, wenn er nicht erscheint. Fuck, fuck, fuck! Er faltet den Zettel wieder zusammen und pappt ihn zurück an die Tür. Dann sammelt er im Eiltempo seine Klamotten ein. Den Briefkasten macht er heute auf keinen Fall leer. *Ich wusste von nichts. Ich war das ganze Wochenende bei meiner Freundin, und mein Handy ist mir im Schwimmbad ins Wasser gefallen.* Die sollen ihm mal schön weiter hinterherlaufen.

***

»Wie viele von Ihnen kommen denn heute wieder?«, fragt Ralf Schulte Johanna schon an der Haustür. »Ich fühle mich wie im Belagerungszustand.«

»Ich löse meine Kollegen ab. Es wird gleich ruhiger.« Sie versucht es mit einem verständnisvollen Gesicht, obwohl ihr sein Verhalten suspekt ist. Wenn Angehörige von Entführungsopfern abweisend sind, weil sie Angst haben, dass die Anwesenheit der Polizei die Täter verstört – okay. Aber Schulte wirkt, als wäre er selbst nervös. Als würde er jeden Beamten als potenziellen Widersacher betrachten. Im Wohnzimmer sitzt Henning Krüger mit den Nesthockern auf dem Sofa und gibt ein lebhaftes »Best of« seiner Arbeit bei der Kripo zum Besten.

Sieh an, der Kollege ist nicht immer so schweigsam wie auf dem Präsidium.

»Da kommt Verstärkung«, begrüßt Maximilian sie. Anders als ihr Vater scheinen die Jungs die Anwesenheit der Kripo immer noch spannend zu finden. »Sie haben aber 'nen fetten Sonnenbrand.«

Blitzmerker. Auf blöde Bemerkungen kann sie verzichten. Ihre Haut brennt wie Feuer.

»Wo finde ich eure Mutter? Ist sie zu Hause?« Sie braucht die Einwilligung in die Öffentlichkeitsfahndung so schnell wie möglich. Bis siebzehn Uhr bleibt nicht viel Zeit.

Aber bevor einer der Söhne antworten kann, donnert Ralf Schulte von der Terrassentür ungehalten dazwischen. »Natürlich ist sie zu Hause, wo soll sie sonst sein?« Sein rundes Gesicht läuft bis unter den Ich-habe-Urlaub-ich-muss-mich-nicht-rasieren-Bart rot an. »Liegt mit Migräne im Bett. Von dem ganzen Stress hier, wenn Sie es genau wissen wollen.«

Der hat aber ordentlich Druck im Kessel. »Das tut mir leid, aber trotzdem muss ich –«

»Dabei müsste Nina sich auf den Unterricht vorbereiten.« Schulte ist noch nicht fertig. »Montag beginnt das neue Schuljahr. Aber Sie denken wahrscheinlich auch, Lehrer sind faul und wehleidig und –«

»Mensch, Papa! Chill mal.« Max schüttelt den Kopf. »Die Kommissarin kann doch nichts dafür, dass irgendwelche Idioten Opa entführt haben. Sie muss sich auch ihr Wochenende um die Ohren schlagen.«

Das hat er ja mal gut erkannt. Schon wieder vibriert das Privathandy in ihrer Hosentasche. Allmählich nervt Silvia. Die schickt seit zwei Stunden dauernd Links zu irgendwelchen Mietangeboten für Häuser im Großraum Niederrhein. Johanna ignoriert die Nachricht.

»Die Telefonüberwachung ist ein Standardverfahren bei Entführungen, Herr Schulte.« Was hat die Gruber ihr so schön aufgetragen? *Die Wogen glätten.* »Die Staatsanwaltschaft beauftragt uns damit, wir haben keinen Einfluss darauf.«

»Mein Schwiegervater ist länger als vierundzwanzig Stunden verschwunden. Wäre da nicht längst ein Anruf oder Schreiben gekommen, wenn es um Erpressung ginge?«

»Möglich. Deshalb muss ich mit Ihrer Frau sprechen. Wir ziehen in Erwägung, an die Öffentlichkeit zu gehen.«

»Wir sagen Ihnen schon Bescheid, wenn noch was kommt, dafür brauchen Sie nicht vor Ort zu sein.« An Schultes schütter werdendem Haaransatz stehen Schweißperlen. »Ich halte diesen Aufriss hier sowieso für übertrieben. Da hat irgendjemand ein Hühnchen mit meinem Schwiegervater zu rupfen. Der wird sich nicht melden, da können Sie noch so viele Fangschaltungen einrichten.«

Johanna kennt diesen Typ Mann. Der ist angepisst, wenn jemand in seinen Machtbereich eindringt, wenn er die Kontrolle über das Geschehen verliert. »Wir hoffen alle, dass wir den Einsatz schnell beenden können.«

Er starrt sie ausdruckslos an, dann murmelt er etwas Unverständliches und marschiert in den Garten. Das Spannungslevel im Raum nimmt um einige Volt ab.

»Meint ihr, ich kann kurz mit eurer Mutter sprechen?«, wendet sie sich tief durchatmend an die Söhne.

»Ich sag ihr Bescheid.« Felix springt auf. »Ihr Kollege ist übrigens auch oben. In meinem Zimmer.«

Wieder vibriert das Handy an Johannas Hintern. *Silvia tut ja gerade, als ob wir morgen obdachlos wären, wenn wir uns nicht um eine Bleibe kümmern.*

»Ich geh eine rauchen.« Krüger nutzt die Gelegenheit und verschwindet Richtung Haustür. Sie riskiert einen Blick auf das Handy. Fünf neue Nachrichten.

»Ihr IT-Kollege ist schon ein bisschen strange, oder?« Jetzt klappt auch Max seine zwei Meter irgendwas aus dem Sofa. »Der hat sich seit heute Morgen mit unseren Colavorräten in Felix' Zimmer verbarrikadiert. Er braucht einen Drucker, hat er gesagt.«

Sie zuckt abwesend die Achseln. Patrick werden die Spannungen mit Ralf Schulte zu viel gewesen sein. »Er ist gut in dem, was er tut«, erklärt sie Max, während sie auf die Schnelle durch die Nachrichten scrollt.

Ein alter Bauernhof »mit Potenzial«. Als ob sie Zeit hätten, sich um eine Dauerbaustelle plus tausend Quadratmeter Garten zu kümmern. Die »luxuriöse Doppelhaushälfte« bei Weeze ist am Arsch der Welt. Da fahren sie sich jeden Tag einen Wolf zur Arbeit.

»Mama fragt, ob Sie zu ihr hochkommen können.« Felix steht am Fuß der Treppe. Sie sollte sich nicht mit Privatkram befassen.

»Na klar. Danke.« Sie stellt das Handy lautlos.

»Zweite Tür rechts. Steht offen.« Er verschwindet nach draußen zu seinem Vater, der gerade das Kabel eines Rasenmähers abrollt.

Im Schlafzimmer der Eheleute herrscht seltsam wassergrünes Dämmerlicht. Die Rollläden hängen auf Lücke, und ein blaugrüner Vorhang filtert die ovalen Flecke des Tageslichts, die noch den Weg hereinfinden. Willkommen im Aquarium. Fühlt sich gleich zehn Grad kühler an. Nina Schulte hat den Oberkörper im Fünfundvierzig-Grad-Winkel auf Kissen gelagert und sieht erschöpft aus.

»Ich muss mich für meinen Mann entschuldigen.« Sie legt eine Hand an die Nasenwurzel und schließt die Augen. »Vielleicht geht ihm die Sache doch mehr an die Nieren, als er zugibt.«

Der schert sich einen Dreck um seinen Schwiegervater, denkt Johanna, aber sie hält die Klappe.

»Wie geht es Ihnen?« Sie schließt geräuschlos die Tür.

»Ich habe seit fünfzehn Jahren mit Migräne zu tun. Schön ist es nicht, aber man lernt, damit umzugehen.«

Allmählich gewöhnen sich Johannas Augen an das Tiefsee-Feeling. Auf dem Nachttisch liegt eine Schachtel Tabletten, ein kaum angerührtes Glas Wasser steht daneben. Unter Nina Schultes Augen zeichnen sich dunkle Ringe ab.

»Bringen Sie Neuigkeiten von meinem Vater?«

»Leider nein.« Johanna sieht sich nach einer Sitzmöglichkeit um, um nicht von oben herab sprechen zu müssen, findet aber weder Hocker noch Stuhl. »Deshalb würden wir gerne öffentlich nach ihm fahnden. Wir befürchten, dass sein Gesundheitszustand es nicht erlaubt, länger abzuwarten.« Sie lässt den Zeitungsartikel unerwähnt. Zögernd geht sie vor dem Bett in die Hocke. »Dazu bräuchten wir Ihre Einwilligung, Frau Schulte.«

Nina Schulte stemmt sich von den Kissen ins Sitzen hoch und sieht Johanna ängstlich an. »Ich soll mich vor ein Mikrofon setzen und die Täter bitten, ihn freizulassen?« Sie schüttelt energisch den Kopf. »Das mache ich nicht. Das kann ich nicht.«

»Keine Angst, Sie müssen nicht selbst bei der Pressekonferenz erscheinen.« Ein tränentriefender Appell ist vermutlich das Letzte, was der Chefin vorschwebt. »Unsere Kriminaldirektorin würde etwas formulieren, wenn Sie einverstanden sind. Aber es wäre gut, wenn Sie ein Foto Ihres Vaters zur Verfügung stellen könnten.«

Immer noch sieht Nina Schulte skeptisch aus. »Unsere Nachbarn ... die Freunde meiner Söhne ... meine Schülerinnen und Schüler ... ich will nicht, dass alle erfahren, was passiert ist.«

»Wir brauchen Sie und Ihre Familie nicht zu erwähnen. Wir müssen nicht einmal erklären, dass es überhaupt Angehörige gibt.« Was auch im Hinblick auf Trittbrettfahrer nicht unklug wäre.

Nina Schulte nickt. »Gut. Dann bin ich einverstanden. Sie können Max nach einem Foto fragen, er weiß, wo die auf unserem Rechner sind.«

»Danke.« Johanna steht auf und wendet sich zum Gehen.

Aber Frau Schulte hält sie zurück. »Die ganze Nacht habe ich mich gefragt, ob es mir etwas ausmachen würde, wenn er stirbt. Ob ich überhaupt um ihn trauern würde.« Sie zerrt den

Ehering über das Gelenk und dreht ihn mechanisch immer wieder um den Ringfinger. »Ich bin zu keinem Schluss gekommen. Ich spüre nur Distanz.« Da ist nichts mehr von der Frau im verspielten Rock, die Johanna gestern empfangen hat. »Das ist irgendwie traurig, oder? Er ist doch … mein Vater.«

Ihr eigener Vater poltert durch Johannas Gedanken. Wie sie es gehasst hat, wenn er Karneval dauerbetrunken zotige Witze gerissen hat.

»Sie werden Ihre Gründe haben.« Sie bleibt abwartend stehen.

»Er war immer … so distanziert. Auch als ich noch ein Kind war. Eine Autoritätsperson. Eine Sammlung von Regeln und Vorschriften und Strafen. Ich bin immer nur vor ihm weggelaufen.«

Johanna verkneift sich die Frage, ob Josef Bredenscheid sie geschlagen hat. Oder ihre Mutter.

»Für ihn zählte immer nur Gehorsam. Und Disziplin. Und als ich einen Mann geheiratet habe, der sich um Suchtkranke kümmert, hat er aus seiner Verachtung keinen Hehl gemacht. Für ihn sind die Klienten meines Mannes Versager und Schwächlinge. Eine Last für die Gesellschaft.«

Wie für meinen Vater Lesbischsein abartig ist. Johannas Nacken brennt wie Feuer, sie hat das Gefühl, in dem abgedunkelten Raum keine Luft mehr zu bekommen.

»Mein Vater, der Arzt. Ach Gott, was war er stolz auf seinen weißen Kittel. Als ich klein war, kam er mir so allmächtig vor.«

»Ist das nicht immer so mit Eltern, wenn man Kind ist?«

Nina Schulte starrt auf ein Foto ihrer Kinder als Teenager, das neben dem Kleiderschrank hängt. »Dabei ist er eigentlich ein schwacher Charakter, der Macht ausüben musste, um sich stark zu fühlen. Der es genossen hat, wenn –«

»Ich würde Ihren Sohn jetzt gerne nach einem Foto fragen«, unterbricht Johanna sie. »Die Pressekonferenz ist in zwei Stunden.« Außerdem ist sie nicht die Therapeutin dieser Frau.

»Ja, tun Sie das. Entschuldigung.« Der Ehering rutscht zurück an seinen Platz. »Hoffentlich hat der Spuk bald ein Ende.«

Der Spuk außen vielleicht. Der Spuk im Inneren ist viel schwerer loszuwerden. Johanna öffnet die Zimmertür.

»Versuchen Sie, ein bisschen Ruhe zu finden.« Erleichtert taucht sie aus dieser Unterwasserwelt auf. »Gute Besserung!«

***

Justin schnorchelt Eiswasser durch den Strohhalm seiner Cola. Fuck, fuck, fuck! Er hätte mit nach Düsseldorf fahren sollen. Dann müsste er nicht in einem Fast-Food-Tempel abhängen und sich die ganze Zeit den Kopf zerbrechen, was Larissa gerade treibt. Was soll er mit dem angebrochenen Samstagabend allein anfangen?

Bis zu den Bubble Waffles war alles okay. Dann fand Larissa es plötzlich langweilig mit den Straßenmalern auf dem Markt in Geldern.

»Nix los hier«, hat sie gemeckert. »Das ist so ein Dorf.«

»Eben wolltest du noch beim Straßenmalwettbewerb abhängen, Leute gucken und so.« Justin hat da schon geahnt, dass die Sache nicht in seinem Sinne enden würde.

»Na und? Jetzt finde ich es voll öde.« Sie hat ihre glänzenden langen Haare zum x-ten Mal nach hinten geworfen und die Lippen geschürzt. »Guck dir die Crowd doch an. Entweder spießig, scheintot oder irgendwie schmierig.«

Justin war sich nicht sicher, was sie mit »schmierig« meinte. Vielleicht die Kreidezeichner, die waren wirklich alle ziemlich verschmiert.

»Dann lass uns schwimmen gehen«, hat er vorgeschlagen. »Am Heitkampsee ist bestimmt –«

»Och nööö. Nicht schon wieder schwimmen.« Sie hat einen Taschenspiegel aus der schwarz-weiß-karierten Handtasche gekramt und sich die Lippen nachgezogen. »Ich will irgendwohin, wo was los ist.«

Klar, eine wie Larissa will bewundert werden. Vor allem, wenn sie sich so perfekt gestylt hat wie heute. Das kurze rote Top hat nicht nur ihren knusprig braunen Bauch, in den er am liebsten reinbeißen würde, zur Geltung gebracht. Es hat auch perfekt mit dem Lippenstift und der Strähne in den Haaren harmoniert. Ihm war völlig klar, was für eine scharfe Braut er da sitzen hatte.

»Du, ich hab 'ne coole Idee.« Vielleicht klappte es ja mit dem Benz heute Abend. Sein Kumpel Moritz wollte nach Dienstschluss versuchen, ein gelbes Kennzeichen aus dem Autohaus zu schmuggeln. An seinem Chef vorbei. »Wir könnten heute Abend eine Spritztour nach –«

»Was geht ab, ihr Süßen?« Ausgerechnet Luka, Motherfucker und Muttersöhnchen, hat ihn mitten im Satz unterbrochen und ihn dabei auch noch blöd angegrinst. Wenn nicht Jasmin und Ole danebengestanden hätten, hätte er ihm eine gelangt. Er hatte so was von keinen Bock, schon wieder den ganzen Tag mit der Clique abzuhängen.

»Wir sind beschäftigt. Zieh Leine!«

Aber so leicht hat Luka sich nicht abwimmeln lassen. »Bock auf die Rheinwiesen in Düsseldorf? Da ist bestimmt Party heute Abend«, hat er gemeint.

Ab da war die Sache gelaufen. Larissa war natürlich megabegeistert, totales Gekreische mit Jasmin über irgendeinen Typen auf Instagram, ja klar, lass mal fahren. Und so weiter und so fort.

Justin zieht wütend einen letzten Schluck Eiswasser durch den Halm, bis es im Becher gurgelt und gluckst. Die gut gelaunten Teenies am Nebentisch nerven ihn. Das Gedudel aus den Boxen über ihm nervt auch. Und der Typ, der ständig mit Besen und Kehrblech am Stil zwischen den Tischen rumwuselt, als wollte er einen vertreiben, nervt noch viel mehr. Er zerdrückt den Cokebecher mit der linken Hand und sieht zu, wie sich die Sehne am Unterarm rausdrückt. Er ist doch kein Opfer! Das soll Luka ihm büßen.

»Fuck!« Die Teenies glotzen doof, als er mit der flachen Hand auf die Tischplatte schlägt. Wie alt sind die? Zwölf? Dreizehn? Auf jeden Fall jünger als sein eigener kleiner Bruder. »Wollt ihr Stress? Geht mir nicht auf den Senkel.«

»Schon gut«, sagt ein dürrer Rotschopf, das hässliche Mädchen neben ihm kichert nervös.

Justin lässt den zerquetschten Becher aufs Tablett fallen und zeigt den Teenies beim Aufstehen den Stinkefinger. Der Kehrmann hört auf zu kehren und beobachtet ihn. Vielleicht besser abhauen, bevor der Terz macht. Aber das Tablett kann der Typ selbst abräumen.

Auf dem Parkplatz draußen ist es immer noch kuschelig warm, obwohl es schon nach sieben ist. Und nun? Wo soll er heute pennen? Zu sich kann er nicht wegen den Bullen. Einen Schlüssel zu Larissas Bude hat er nicht. Und zu seiner Mutter und seinem Bruder ... nee, da schläft er lieber irgendwo draußen an der Niers. Vielleicht kann er bei Moritz abhängen, auf den ist wenigstens Verlass. Justin macht sich auf den Weg zurück ins Städtchen.

Larissa, die Bitch, hat ihn einfach stehen lassen eben. Zuerst hat sie noch »Komm doch mit« gesagt. Aber als er nicht wollte, hat sie ihn »Spielverderber« genannt und war so schnell weg, da hatte er die Bubble Waffle noch nicht mal bezahlt. Hätte er sich bei Großkotz Luka auf die Rückbank quetschen sollen, während der vorne Larissa bespaßt? Nur über seine Leiche. Diese Angeberei mit dem SUV geht ihm so was von auf die Eier.

Er schlurft lustlos die Weseler Straße lang. Wenn er Knete hätte, wäre alles anders. Dann würde er Larissa sofort nach Paris einladen. Er entscheidet sich gegen einen Abstecher zu Penny und lässt die Liebfrauenschule und die Kfz-Zulassungsstelle hinter sich. Eines Tages wird er es allen zeigen. So wie Hafti, der fährt jetzt mit dem Maybach durch Frankfurt. »Als ich damals rappte am Block, habt ihr mich ausgelacht, genau dieselben Bastarde kommen heut angekrochen und fragen mich nach 'nem Tausender.« Genau so! Dann lässt er, Justin Richarz, sich von niemandem mehr verarschen. Dann sollen die nur kommen.

Ausgerechnet vor dem Amtsgericht, an das er keine guten Erinnerungen hat, macht sein rechter Latschen schlapp. Das Ding aus Gummi, das die Zehen hält, löst sich einfach von der

Sohle. Was ist das denn für 'ne Sauqualität? Wenn das der Hafti wüsste. Vielleicht sollte er ihm das mal stecken.

Justin pfeffert den kaputten Schlappen in das Grün am Straßenrand und humpelt mit einem Schuh weiter über den staubigen Bürgersteig. Er müsste dringend wissen, was Larissa so postet. Aber wenn er sein Handy anschaltet, hat er die Bullen an den Hacken. Vielleicht bloß kurz gucken, das muss drin sein. Er öffnet erst Instagram, dann Twitter. Nichts. Überhaupt nichts. Sieht Larissa gar nicht ähnlich. Die scheint ja sehr beschäftigt zu sein.

Ist zwar ärgerlich, aber er braucht jetzt erst mal Schuhe. Justin biegt in die Friedrich-Spee-Straße ein. Die Kripos werden schon nicht mit 'nem Streifenwagen seine Bude überwachen. Er will das Handy gerade wieder wegstecken, als ihm in den Push-up-Nachrichten das Wort »Entführung« ins Auge springt. Alter, da geht richtig was ab! Eine Pressekonferenz haben die gemacht, hoffentlich ist das Video noch online. Er folgt der Verlinkung, bingo, da hocken gleich fünf Tussen und Typen von der Staatsmacht an den Mikrofonen. An der Wand dahinter steht dick und fett »Polizeipräsidium Krefeld«, drum herum mehrere Wappen oder so was. Ob sie die Entführer geschnappt haben? Oder ist der Opa tot?

Vor der Tankstelle am Geldertor setzt er sich auf ein Mäuerchen und wischt die Mischung aus Staub und Schweiß von der Fußsohle. Barfußlaufen nervt. Er steckt seine AirPods in die Ohren.

Erst labert der Typ in Uniform, der ganz rechts sitzt, rum. Was hat der alles an Gestrüpp auf seiner Schulterklappe? Muss ja ein ganz hohes Tier sein. Normal sind da bloß Sternchen. »Die Anwesenden sind: Polizeipräsidentin sowieso – bla, bla, bla«, er stellt die anderen alle vor. Dann spricht die lange Dünne in der weißen Bluse, er hat vergessen, wer das noch mal war: »Gestern um circa zwölf Uhr dreißig wurde … bla, bla, bla«, das weiß er ja schon.

Plötzlich schießt ihm das Blut in den Kopf. Ob die auch was von ihm erzählen? Er hat schließlich den Fahrer gefunden. Die werden doch nicht öffentlich nach ihm suchen, bloß weil er Besseres zu tun hat, als bei der Kripo abzuhängen?

»Der Verletzte wurde circa eine halbe Stunde später von einem Mitarbeiter der Caritas, der Essen ausliefern wollte, gefunden.«

Glück gehabt. Justin streckt seine Beine aus und atmet durch. Jetzt ist er schon ein »Mitarbeiter der Caritas«. Cool. Erleichtert steckt er sich einen Kaugummi in den Mund und sieht zu, wie an einer der Zapfsäulen 'ne Brünette mit hochgesteckten Haaren aus ihrem Cabrio steigt.

Geile Beine. Schade, dass der Rock nicht kürzer ist.

Als er wieder aufs Display schaut, haben die ein Foto von Bredenscheid eingeblendet.

»Das Opfer sitzt im Rollstuhl und ist dringend auf Medikamente angewiesen, bla, bla, bla. Bitte an die Entführer, zumindest die Medikamente … bitten auch die Bevölkerung um Mithilfe.«

Also ist der nicht tot, sondern die suchen noch. – Echt jetzt, fünfundachtzig Jahre hat der auf dem Buckel? Dann ist der – Justin rechnet nach, gibt auf halber Strecke auf, weil er durcheinandergekommen ist – irgendwann bei den Nazis geboren. Den Wahnsinn mit Judenverfolgung und Hitlergruß kennt er nur aus Filmen. Er presst den Kaugummi mit der Zunge vor die Zähne und spannt seine Lippen, um eine Blase zu formen. Die Brünette ist fertig mit Tanken und beugt sich in das Cabrio, um ihre Handtasche vom Beifahrersitz zu nehmen. Der Rock rutscht ein paar Zentimeter hoch, Justin lehnt den Oberkörper vor, bis sein Gesicht mit ihrem hübsch verpackten Hinterteil auf gleicher Höhe ist. Immer noch zu lang, nichts zu sehen außer Oberschenkeln.

Mist, jetzt hat er bei der Pressekonferenz nicht aufgepasst. Die Kaugummiblase platzt und bleibt am Kinn hängen. Hastig schiebt er sie zurück in den Mund. Der Typ mit dem Gestrüpp auf den Schulterklappen übernimmt gerade die Leitung. Nun dürfen die Journalisten Fragen stellen. Vielleicht wird das spannender, er regelt die Lautstärke hoch.

Ganz schöner Aufriss im Präsidium. Und die wollen alle was wissen. Was die Bullen schon unternommen haben. Ob es konkrete Spuren oder Verdächtige gibt. Wie viele an dem Fall dran sind. Wie hoch die Chancen überhaupt stehen, dass der Opa überlebt. Die Tussi mit den blond gesträhnten Locken kloppt sich fast um das Mikro. Sie fragt nach 'ner Lösegeldforderung. Jetzt wird es interessant. Das würde ihn auch mal interessieren, wie viel der alte Mann so wert ist.

Die Kripos wollen nichts dazu sagen. »Aus ermittlungstaktischen Gründen«, nennen sie das. Aber der Lockenkopf beißt sich fest: Wenn es Kontakt zu den Entführern gäbe, hätte sich der Staatsanwalt wohl kaum zu einer Öffentlichkeitsfahndung entschlossen. Er würde doch nicht die Geldübergabe gefährden.

Die Gesichter der Kripos werden verschlossen, Justin kennt diesen Blick. »Sie werden verstehen, dass wir …«, faselt der Moderatorenbulle. Aber Herr Bredenscheid sei vermögend, unterbricht ihn die Lockenfrau, und wenn Geld nicht das Motiv sei, müsse man sich schon fragen, was sonst dahinterstecken könnte. Der mit dem Gestrüpp auf den Schultern sieht aus, als hätte er in eine Zitrone gebissen. Aber antworten tut er nicht. Auch nicht der Moderatorenbulle. Stattdessen übernimmt die rothaarige Kurze auf der linken Seite, die ihr krass wuchtiges Brillengestell ständig befingert, weil es ihr aus dem Gesicht rutscht.

Jetzt also Zickenkrieg. Justin grinst. Sie solle sich mal nicht den Kopf zerbrechen, sagt die Brillenschlange, das würde die Kripo schon selbst machen, die Ermittlungen gingen in alle Richtungen, wichtig sei nur die Situation des Opfers, bla, bla, bla.

Er drückt auf »Stopp« und zieht den Zeitanzeiger am unteren Rand des Videos eine Minute zurück. Wie die Kripos überall in die Gegend starren, als die Journalistentussi nach Lösegeld fragt. Er würde das Leben seiner Mutter darauf verwetten, dass noch niemand Geld gefordert hat.

Justin mustert die Zehen seines rechten Fußes, an denen der Straßendreck bis zum Nagel geklettert ist. Und wenn die regelrecht auf eine Lösegeldsache warten? Ihm steigt schon wieder das Blut in den Kopf. Okay, ist ein bisschen riskant. Aber Larissa würde staunen, wenn er sie mit allem Schnick und Schnack nach Paris einladen würde. Eine Woche, zwei Wochen, drei Wochen. *Solange du willst, Süße.*

Kann er doch nichts dafür, dass die Knete in der Welt so ungerecht verteilt ist. Manchmal muss man ein bisschen nachhelfen. Er kann der Caritas ja auch was spenden. Anonym natürlich. Die Eickmanns klagt immer, dass ihr Computer hoffnungslos veraltet ist. *Da kann keiner was gegen haben, dann haben alle was davon.* Er springt auf und läuft fast vor das weiße Cabriolet, mit dem die Brünette gerade von der Tankstelle fährt. Ab nach Hause. Es gibt einiges zu regeln.

Sonntag, 7. August

Ein Knattern weckt Johanna, sie schreckt hoch und ist sofort in Alarmbereitschaft. Auf der Straße vor dem Haus der Schultes jagt jemand die Drehzahl seines Rollers hoch, dann entfernt sich das Motorengeräusch, und es wird wieder still.

Zwei Uhr vierunddreißig, zeigt die Digitaluhr im Gästezimmer. Sie hat gerade mal eine Stunde geschlafen und fühlt sich zerschlagener als vorher. Seufzend reißt sie die viel zu dicke Bettdecke von den Beinen und stellt sich ins offene Fenster. Das Grillfest bei den Nachbarn schräg gegenüber ist beendet, nur das Zirpen der Grillen und das Heulen zweier kämpfender Katzen sind noch zu hören.

Warum hat sie sich auf die Diskussion mit Silvia am Telefon eingelassen? So wichtige Themen sollte man immer von Angesicht zu Angesicht besprechen. Jetzt hängt ihr die Abfuhr ihrer Freundin nach. Die wollte sämtliche Hausvorschläge durchgehen, obwohl es schon nach Mitternacht war.

Zuerst hat Johanna den Ball flach gehalten, hat mit unverschämt hohen Kaltmieten, zu weit entfernten Grundstücken und Böden und Bädern aus dem vorletzten Jahrhundert argumentiert. Aber als Silvia immer fordernder wurde, ist ihr der Kragen geplatzt: »Was ist eigentlich los mit dir? Erst überrumpelst du mich mit deiner Idee zusammenzuziehen und stellst mich mit einem Besichtigungstermin vor vollendete Tatsachen. Und jetzt willst du das unbedingt durchziehen, während wir unter Hochdruck ermitteln und ich nach einem anstrengenden Tag bei der Familie eines Entführungsopfers sitze? Du gehörst doch selbst zur Branche. Du müsstest wissen, dass es günstigere Zeitpunkte gibt.«

»Gibt es die?« In der Stimme ihrer Freundin lag beißende Ironie.

»Was soll das, Silvia?«

»Sehen wir uns dieses Wochenende noch?« Die Gegenfrage hat distanziert, fast bedrohlich geklungen. Und Johanna konnte sie nicht mit einem klaren Ja oder Nein beantworten. Eine Entführung ist eine so volatile Angelegenheit, da kann sich die Einsatzsituation stündlich ändern.

Aus der Ferne schallt übermütiges Lachen und Kreischen einiger Jugendlicher, die unbeschwert die Sommernacht feiern, zu ihr ins Zimmer. Der Gedanke an Silvia macht sie unruhig. *Stellt sie unsere ganze Beziehung in Frage, bloß weil ich ihre plötzliche Ungeduld nicht verstehe?*

Sie kratzt die Haut in ihrem Nacken, die brennt und juckt. An Weiterschlafen ist nicht zu denken. Auf dem Weg ins Bad, in dem Nina Schulte ihr eine frische Zahnbürste und Handtücher herausgelegt hat, lauscht sie ins Haus hinein. Alles ruhig. Hoffentlich findet die Familie ein wenig Erholung und Schlaf.

Die Migräne von Bredenscheids Tochter hatte gerade nachgelassen, als die Ausstrahlung der Pressekonferenz zum Streit zwischen dem Ehepaar führte. »Warum tust du dir das an?« – »Ich will das sehen!« – »Du solltest dich lieber schonen und wieder ins Bett gehen.« – »Nein, ich bleibe unten, es geht um meinen Vater!« – »Ausgerechnet dein Vater … der hat es nicht verdient, dass du dir seinetwegen Sorgen machst.« – »Um wen ich mir Sorgen mache, musst du schon mir überlassen.« – »Siehst du, wie gereizt du bist? Dir geht es doch nicht gut, leg dich lieber wieder hin.«

So ging das hin und her, bis Max rief: »Haltet endlich die Klappe, man kann ja gar nichts verstehen!«

Johanna schließt die Tür des Badezimmers hinter sich und flucht, als sie die Tageslichtleuchte über dem Spiegel einschaltet. Auf Schultern und Nacken bilden sich kleine, mit Gewebeflüssigkeit gefüllte Blasen. Das ist kein harmloser Sonnenbrand mehr, das ist eine regelrechte Verbrennung. Da gehört Brandsalbe drauf, sie muss morgen unbedingt in eine Notapotheke. Sie nimmt eines der Handtücher, tränkt es mit kaltem Wasser und legt es über die glühende Haut. Ihr gerötetes Gesicht starrt ihr über dem Waschbecken entgegen. *Beschwer dich nicht, als wärst du nicht von klein auf daran gewöhnt, dass du aufpassen musst.*

Im Flur geht eine Tür, die Stufen der Holztreppe knarzen. Da hat wohl jemand genauso viel Durst wie sie. Sie trinkt ein paar Handvoll aus dem Wasserhahn und kühlt das Handtuch noch einmal runter. Auf dem Weg zurück ins Gästezimmer spürt sie einen Luftzug. Der Gang ist dunkel, aber jemand hat die Haustür geöffnet, draußen quietscht etwas. Ist das einer der Jungs, der sich heimlich aus dem Haus schleicht? Aus dem Alter sind die doch raus. Oder hat es eine Lösegeldforderung gegeben, und die Familie will sie ohne Wissen der Polizei erfüllen? Das wäre eine Erklärung für Schultes aggressives Verhalten.

Johanna schleicht zur Treppe und beugt sich über das Geländer, bis sie den Eingangsbereich überblicken kann. Ralf Schulte kommt mit einem Umschlag zurück ins Haus und verschwindet in der Küche. Da stimmt irgendwas nicht. Wenn der Motorroller nicht zu einem Partygänger auf dem Heimweg gehörte, sondern der Fahrer ein Erpresserschreiben eingeworfen hat … Sie stürzt nach unten, das Handtuch rutscht von ihren Schultern.

In der Küche riecht es verbrannt. Schulte steht vor dem Spülbecken und hält ein Feuerzeug an das Blatt Papier in seiner Hand.

»Was machen Sie da?« Das Adrenalin vertreibt Müdigkeit und brennende Haut aus dem Fokus ihrer Aufmerksamkeit. Noch ein Brandstifter, wenn er auch nur Papier in Flammen aufgehen lassen will. Sie reißt ihm das Blatt aus der Hand und erstickt die auflodernde Flamme unter dem Wasserstrahl.

»Wieso schlafen Sie nicht?« Er lässt das Feuerzeug auf die Arbeitsplatte fallen. Von schlechtem Gewissen keine Spur.

»Ist Ihnen bewusst, dass Sie gerade ein Beweismittel vernichten, Herr Schulte?« Johanna hält den Brief mit der angekokelten, nassen Ecke über das Spülbecken. Es fällt ihr schwer zu glauben, was der Schwiegersohn des Entführungsopfers gerade tun wollte.

»Da erlaubt sich jemand einen schlechten Scherz mit uns. Dreihunderttausend Euro! Wer entführt einen Menschen für dreihunderttausend Euro?«

Vielleicht ist ihm ja ganz recht, wenn sein Schwiegervater nie wieder auftaucht. Jetzt ist Schluss mit Kreidefressen, wie die Chefin von ihr verlangt hat. »Sie haben eine Straftat begangen, die mit einer Freiheitsstrafe bis zu einem Jahr geahndet werden kann.« Das Löschwasser zieht sich durch die Kapillaren des Papiers nach oben und verwischt bereits die unterste Zeile der in Tinte gedruckten Computerschrift.

»Ich will bloß meine Frau vor unnötigem Stress schützen. Ihre Öffentlichkeitsfahndung war nämlich eine saublöde Idee. Jeder Depp kann nun versuchen, Geld von uns zu erpressen.«

»Geben Sie mir endlich ein Handtuch! Oder Küchenkrepp!« Bei so viel Dreistigkeit kann Johanna schlecht cool bleiben. »Die Entscheidung, ob das hier von einem ›Deppen‹ stammt, müssen Sie uns überlassen.« Sie reißt Schulte das Geschirrtuch aus der Hand und legt das Erpresserschreiben samt Tuch auf den Küchentisch. Mit einem Zipfel tupft sie das überschüssige Wasser auf und überfliegt die Zeilen. Die Schrift ist lesbar geblieben. Wenigstens etwas. »Gibt es einen Umschlag dazu? Die Arbeit der Kriminaltechnik haben Sie mit Ihrer Aktion so gut wie unmöglich gemacht.«

Statt einer Antwort greift Ralf Schulte in den Mülleimer und zieht mit spitzen Fingern ein zusammengeknülltes weißes Etwas heraus.

Johanna deutet auf den Tisch. »Neben den Brief legen. Es reicht, wenn Ihre Fingerabdrücke drauf sind, ich muss den nicht auch noch in die Hand nehmen.« Feuchtes Kaffeemehl bröckelt von einem der Knicke, als er den Umschlag ablegt.

»So recht, Frau Kommissar?«

Johanna wird immer wütender. »Kommissar*in*. Wo waren Sie eigentlich am Freitagmittag?« Vielleicht ist die Frage übertrieben. Dass er in die Entführung seines Schwiegervaters verwickelt sein könnte, glaubt sie trotz allem nicht. »Auf jeden Fall werden Sie unseren Technikern Ihre Fingerabdrücke zum Abgleich geben.« Die Spurensicherer. Sie müsste sie informieren. Aber ihr Smartphone liegt oben im Gästezimmer, und sie will Schulte nicht aus den Augen lassen.

»Was ist passiert? Warum riecht das hier so komisch?« Nina

Schulte steht in der Küchentür und blinzelt ins Licht. Die Haut um ihre Augen ist genauso zerknittert wie der Briefumschlag auf dem Tisch.

»Bitte bleiben Sie der Küche fern, Frau Schulte. Ich erkläre Ihnen alles.« Die Frau sieht trotz ihrer Sommerbräune noch blasser aus als am Nachmittag im Bett. *Das fehlte noch, dass die mir zusammenklappt.* »Warten Sie im Wohnzimmer, Ihr Mann bringt Ihnen etwas zu trinken.« Johanna stellt sich schützend vor den Tisch, aber Frau Schulte hat das Schreiben schon entdeckt.

»Was ist das? Ist das etwa –?« Sie schwankt, als sie sich an ihrem Mann vorbei in die Küche schieben will. Johanna greift reflexartig fester als notwendig nach ihrem Handgelenk. »Nichts anfassen!« Die Küche ist zu klein für so viele Personen. *Vor allem, wenn man Spuren sichern muss.*

»Eine Nachricht von meinem Vater? Mir wird ganz schlecht.« Sie klammert sich an Johannas Schulter.

Ihr Sonnenbrand. Der Schmerz treibt Johanna Tränen in die Augen, sie unterdrückt ein Stöhnen. Endlich greift Ralf Schulte seiner Frau unter die Arme und führt sie in den Wohnraum.

Johanna verlässt ebenfalls die Küche und schließt erleichtert die Tür von außen. Hier lässt sie niemanden mehr rein.

»Brauchen Sie einen Arzt?« Frau Schulte versinkt fast in den gehäkelten Kissen auf dem geblümten Sofa.

»Ist nur mein Kreislauf. Kein Arzt.« Sie legt die Füße auf den gepolsterten Hocker neben dem Couchtisch. Der steht voller angefangener Wasser- und Colaflaschen. Johanna nimmt zwei frische Gläser aus dem weiß lackierten Vitrinenschrank und schenkt beiden Eheleuten ein.

»Ich informiere jetzt die Spurensicherung. Bis die hier sind, betritt niemand mehr die Küche!«

Ralf Schulte nickt grimmig und setzt sich neben die Füße seiner Frau. Wenigstens die Söhne scheinen zu schlafen. Johanna greift zum Festnetzhörer im Flur und wählt die Nummer der Leitstelle.

»Das ist ein schlechter Scherz. Ein Trittbrettfahrer. Ich war gleich gegen die Öffentlichkeitsfahndung«, hört sie Schulte im Hintergrund sagen.

Nina Schulte richtet sich aus dem Kissenberg auf und trinkt. »Bloß weil du an einen Trittbrettfahrer glaubst, kannst du doch nicht einfach den Brief verbrennen.« Ihre Stimme ist jetzt fester, in ihr Gesicht kehrt Farbe zurück. »Bist du völlig verrückt geworden?«

»Genau das wollte ich verhindern«, entgegnet ihr Mann säuerlich. »Dass du dich für nichts und wieder nichts aufregst.«

Johanna bleibt in der Wohnzimmertür stehen.

»Ich bin kein Kind! Das musst du schon mir überlassen, ob ich mich aufrege oder nicht!«

»Wenn der Absender deinen Vater wirklich entführt hätte, hätte er doch einen Beweis beigelegt.« Schulte hält hartnäckig an seiner Version fest. »Ein Foto mit der aktuellen Tageszeitung. Oder einen Link zu einem Video.« Er starrt Johanna wütend an.

Da sehen Sie, was Sie angerichtet haben, soll ihr das wohl sagen. Sie ignoriert ihn.

»Meine Kollegen sind in einer Stunde da«, wendet sie sich stattdessen an Nina Schulte. »Wenn es noch eindeutige Spuren des Täters auf dem Schreiben gibt, werden sie die finden.« Sie sehnt sich nach einem Bett. Nach kühlender Salbe. Und vielleicht noch mehr nach freundlichen Worten von Silvia.

»Wie konntest du das tun?« Bredenscheids Tochter ist noch nicht fertig mit ihrem Mann. »Egal, was er getan hat, er ist immer noch mein Vater!«

Wie mein Vater mein Vater ist, auch wenn er sich für seine lesbische Tochter geschämt hat.

»Du wolltest die vielleicht einzige Chance, ihn lebendig wiederzusehen, still und heimlich vernichten!« Sie fährt sich durch die Haare, die nach dem im Bett verbrachten Tag strähnig herabhängen. »Was steht überhaupt in dem Schreiben? Wie viel Geld wollen die Entführer?«

»Dreihunderttausend Euro«, antwortet Johanna so ruhig wie möglich. Sie muss aufhören, jedes Mal an ihre eigene Vater-Beziehung zu denken, wenn Nina Schulte von ihrem Vater spricht.

»Das können wir irgendwie auftreiben. Wir haben ein Tagesgeldkonto und die Sparverträge für die Jungen.« Sie wirkt wie befreit, endlich etwas tun zu können. »Wenn die Bank weiß, wofür wir das Geld brauchen, zahlen die uns sicher auch die Kapitallebensversicherung aus.«

»Lass uns das morgen besprechen.« Wieder wiegelt Ralf Schulte ab. »Du brauchst etwas Schlaf. Soll ich dir eine Tablette holen?«

Der ist aber hartnäckig im Bemuttern. Johanna wird das Gefühl nicht los, dass die Fürsorge aufgesetzt ist. Da muss etwas anderes dahinterstecken, auf das sie sich keinen Reim machen kann. Und Nina Schulte denkt offenbar nicht daran, zurück ins Bett zu gehen.

»Bis wann brauchen wir das Geld?« Sie ignoriert den Vorschlag ihres Mannes. »Wird in dem Brief ein Zeitpunkt oder Ort angegeben?«

»Sie sollen es Sonntagabend auf einem Autobahnrastplatz übergeben.«

»Sonntagabend?« Frau Schulte springt auf. »Das ist ja … heute. Wie soll ich an einem Sonntag so viel Geld beschaffen?«

Johanna drückt sie zurück aufs Sofa. Sie hat befürchtet, dass der knappe Zeitrahmen Panik auslösen würde. »Wir werden uns gemeinsam mit Ihnen um das Geld kümmern. Die Staatsanwaltschaft hat in solchen Fällen weitreichende –«

»Macht, was ihr wollt!«, fällt Ralf Schulte ihr ins Wort. »Ich gehe zurück ins Bett.« Mit einem letzten unfreundlichen Grunzen verschwindet er nach oben.

Meine Güte, nicht einmal in dieser Situation lässt er sie ausreden. Auch seine Frau sieht ihm fassungslos hinterher.

»So kenne ich ihn gar nicht«, sagt sie tonlos. »Wollte er den Brief wirklich verbrennen?«

Johanna schweigt. Was soll sie dazu sagen? Für die Eheprobleme der Schultes ist sie nicht zuständig. Eher in ihren Aufgabenbereich fällt die Einschätzung, ob die Frau, die wie ein

Häufchen Elend vor ihr sitzt, überhaupt in der Lage sein wird, wie verlangt um achtzehn Uhr auf dem Rastplatz an der A 40 in Rheurdt zu sein und dort weitere Anweisungen entgegenzunehmen. Das sind zwar keine zwanzig Kilometer von hier, aber in diesem Zustand kann sie nicht ans Steuer. Notfalls muss eine Kollegin mit der passenden Statur und Größe sie doubeln.

»In einem hat Ihr Mann recht, Frau Schulte. Es wäre wirklich gut, wenn Sie etwas schlafen könnten. Ich bleibe unten und kümmere mich um meine Kollegen. Außer der Sicherung der Spuren wird heute Nacht nichts mehr geschehen.«

Die Angesprochene nickt zwar, bleibt aber sitzen. Sie wirkt wie versteinert. »Ich begreife es immer noch nicht, dass er mir den Erpresserbrief unterschlagen wollte.«

Johanna seufzt. »Wir besprechen das morgen. Einverstanden?« Sie braucht ihr nicht auf die Nase zu binden, dass die Kripo sich ebenso wie sie für sein Motiv interessieren wird. »Gehen Sie wieder ins Bett. Oder wollen Sie lieber auf dem Sofa schlafen?« Sie würde neben jemandem, der sie gerade so hintergehen wollte, nicht zur Ruhe kommen. »Ich kann in der Küche auf meine Kollegen warten.«

Nina Schulte nickt, in ihren Augen glitzern Tränen. »Lieber wäre mir das hier unten.«

»Dann bis morgen früh.« Johanna schließt die Tür hinter sich und wankt erschöpft zurück in die Küche. Womöglich hat Ralf Schulte recht. Dieses Erpresserschreiben ist tatsächlich unprofessionell. Aber Profis hätten auch Bredenscheids Tochter entführt, um das Geld ihres Vaters zu erpressen. Eine instabile Geisel wie ein sehr alter Mensch oder ein Kind ist ein viel zu großes Risiko.

Sie muss eingenickt sein, als Türenschlagen auf der Einfahrt sie weckt. Kurz vor vier. Sie öffnet den Männern aus Lars' Team die Haustür, bevor sie die Klingel drücken.

***

Das Messer ist riesig und schwer, es zappelt und schlingert in seiner Hand, als führte es ein Eigenleben. Schneiden, er muss schneiden, sonst kommt die schwarze Krähe zurück. Er presst die Klinge in die glibberige Scheibe gekochten Bluts, spießt ein mächtiges Stück auf die Gabel. Es passt nur quer in den Mund, er versucht zu kauen, aber der Bissen bläht sich auf, nimmt ihm die Luft zum Atmen.

»Trödel nicht herum, sonst rufe ich den Doktor«, zetert die Krähe an seinem Ohr, ihre Finger kneifen in seinen Oberarm. Nicht den Stiefelmann! Er presst die Lippen aufeinander und kaut. Der Bissen knirscht zwischen seinen Zähnen wie Sand, seine Zunge tastet etwas Gummiartiges. »Geraspelte Knochen«, flüstert ihm der Chor der Kinder aus dem Schlafsaal ins Ohr. Er hustet und spuckt, er rudert mit den Armen, er will aufspringen und weglaufen, aber etwas schlägt an seinen Kopf, drückt ihn zurück auf den Stuhl.

Er öffnet die Augen. Wo ist er? Was ist passiert? Sein Schädel dröhnt, das Licht der Morgensonne, das durch die Fenster des Wagens in den Laderaum strahlt, schmerzt.

Schon wieder ein Traum von dem alten Horror. Hinter seinen Schläfen pulsiert ein Stechen, der saure Geschmack in seinem Mund holt den Ekel aus dem Traum zurück. Das waren ein paar Gläser Alt und Korn zu viel gestern Abend. Er schiebt sich von der Ladefläche seines Wagens ins Freie und geht um den Wagen herum zum Beifahrersitz. Da muss noch irgendwo eine Sprudelflasche liegen. Wie viele Herrengedecke hat er getrunken, nachdem in der Kneipe die Pressekonferenz auf dem Bildschirm in der Ecke gelaufen war? Die Hitzewelle und die Entführung waren die einzigen Gesprächsthemen an der Theke.

Das Mineralwasser in der Plastikflasche ist lauwarm, die Kohlensäure futsch. Trotzdem stürzt er es herunter wie ein Verdurstender, fährt sich mit der Zunge über die Zähne, die pelzig und rau sind.

Wo ist er hier eigentlich gestrandet? Der Feldweg, auf den er den Wagen im Suff gefahren haben muss, führt durch Maisfelder und Sommergerste. Irgendwo zwischen Xanten und Sonsbeck muss er hier sein. Das Leuchten und Wogen schmerzt in seinen verkaterten Augen. Er leert seine Blase in den Grünstreifen am Feldrand und zieht sich in den Schatten einer Erle zurück. Wie soll es jetzt weitergehen? Zurück zum Hof? Bei der Erinnerung an den Caddy in der Scheune bekommt er weiche Knie.

Heul nur, du Memme. Deine Eltern kannst du so um den Finger wickeln, aber mich beeindruckt das nicht.

Er schlägt mit der Stirn gegen die aufgebrochene Rinde des Stamms. Hört das denn nie auf? Wird die Stimme ihn für den Rest seines Lebens verfolgen? Seit Monaten hat er das Gefühl, wahnsinnig zu werden. Er lässt sich unter der Erle ins Gras fallen und schließt die Augen. Er kann nie wieder zurück nach Hause.

Die frühe Morgenluft duftet nach dem geschnittenen Stroh des Sommergetreides und dem Fell der Kühe, die auf der Wiese neben dem Gerstenfeld weiden. In den Ästen der Erle zwitschert es mehrstimmig. Er legt den Kopf in den Nacken und versucht, die Vogelstimmen zuzuordnen. Der schwarze Vogel mit dem gelben Schnabel ist eine Amsel. Auch den Wellenflug einer Meise erkennt er noch. Aber dieser unscheinbare braune Kamerad? Ein Zaunkönig?

In die Stimmen der Vögel mischt sich das Summen der Insekten, die in dem Blühstreifen neben dem Feld Pollen und Nektar sammeln. Dahinter leuchten die Ähren des noch nicht abgeernteten Weizens goldgelb in der aufgehenden Sonne unter dem Flaum ihrer Grannen. Nur einzelne Mohnblüten stehen noch aufrecht und rot dazwischen. Der Rest ist verblüht. Trotz der Hitze ein sicheres Zeichen für das Herannahen des Herbstes. Vor dem Horizont der so früh an einem Sonntagmorgen menschenleeren Landschaft schiebt sich ein erster Traktor ins Bild. Die Sommergetreide wollen geerntet werden, bevor sie endgültig vertrocknen. Da wird auch am Wochenende gearbeitet, das kennt er von seinem Vater, der noch selbst als Landwirt seine Runden auf den Feldern drehte. Mit Idylle hatte das wenig zu tun. Und als Kind hatte er es ungerecht gefunden, wenn er am Wochenende beim Ausmisten des Schweinestalls oder bei der Apfelernte helfen musste.

Und trotzdem gehöre ich hierher.

Hier am Niederrhein ist er geboren. Hierher ist er nach dem Scheitern seiner Ehe zurückgekehrt. Und hier musste er seine Eltern und seine Schwester beerdigen.

Mit dem Dröhnen im Schädel kann er nicht überlegen, was er machen soll. Erst mal braucht er dringend ein Aspirin und eine Zahnbürste. Er stemmt sich hoch und geht zurück zum Wagen. Die Uhr am Armaturenbrett bestätigt ihm, dass er den Beginn seiner Sonntagsschicht längst verpasst hat. Er sollte sich krankmelden. Sonst fährt Rolf am Ende bei ihm zu Hause vorbei, um nach ihm zu sehen. Rolf, sein Kollege und bester Freund. Skatbruder, Mit-Radtourer und Tröster in Birgits Krankheitszeit.

Er nimmt sein Handy aus dem Handschuhfach. Die Batterieanzeige blinkt rot. Und das Ladekabel für den Zigarettenanzünder liegt natürlich zu Hause. Das Knattern des Traktors wird lauter und holt ihn aus seiner Starre. Die Felder gehören jemandem, er sollte von hier verschwinden. Langsam lässt er den Wagen über den Feldweg rollen, bis er auf die Landstraße stößt.

***

Axel prallt vor dem Besprechungsraum des Dezernats 11 zurück und seufzt. Halb sieben am Sonntagmorgen und die Kollegen aller drei beteiligten Dezernate sitzen und stehen schon dicht gedrängt um die Tischreihen herum. Noch ist die Lautstärke im Präsidium piano, er sieht in müde, lustlose Gesichter. Gespräche flackern nur hier und da auf, bevor sich jeder wieder seinem Getränk oder irgendwelchen Akten widmet. Johanna kann er in dem Gewimmel nirgendwo entdecken, in ihrem gemeinsamen Büro hat die Chefin zwei zusätzliche Beamte an einem improvisierten Arbeitstisch untergebracht.

Axel mustert unschlüssig seine Thermoskanne mit grünem Tee. Der soll ja den Blutdruck senken und dank seiner Flavonoide das Immunsystem pushen und Entzündungsprozesse eindämmen. Aber gerade hat er auf das farblose Gesöff so gar keine Lust. Noch zehn Minuten bis zum Beginn der Besprechung. Das reicht, um sich einen Kaffee zu holen.

Vor dem Automaten an der Cafeteria steht eine lange Schlange. Hatte der Kiosk am Nordwall nicht auf, als er gerade daran vorbeigefahren ist? Er hastet durch das Foyer, in dem noch die Stühle der gestrigen Pressekonferenz aufeinandergestapelt sind. War das ein Auftrieb gestern! Der WDR, RTL, ntv … alle großen Sendeanstalten hatten jemanden geschickt, obwohl der Termin so kurzfristig angesetzt worden war. Der Vertreter der Springer-Presse hatte Wind von der Nazivergangenheit der Familie Bredenscheid bekommen und witterte eine Verschwörung irgendwelcher Linksextremer. – Die Antifa am Niederrhein? Axel muss immer noch grinsen, wenn er daran denkt.

Während er im Laufschritt die zweihundert Meter zum Stehkaffee zurücklegt und das Kleingeld aus seinem Portemonnaie abzählt, steigt der Groll auf diese Jolanda Prinz wieder in ihm hoch. »J. P.« Das Kürzel unter der Titelstory der Neuen Ruhr Zeitung gehört zu einer freien Mitarbeiterin, die ihm noch unsympathischer wurde, als er ihre unangenehm metallische Stimme hörte. Das war schon unverschämt, wie sie die Kollegen mit ihren Fragen nach einer Lösegeldforderung in die Ecke drängen wollte. Und woher sie von der Entführung an der Straelener Straße gewusst hat, wollte sie natürlich auch nicht sagen. »Quellenschutz.«

Der Kaffee ist eine Spur zu heiß und zu bitter, aber um Klassen besser als der aus dem Automaten. Die Straße ist leer, noch schläft die Stadt, er genießt den Augenblick der Ruhe. Über den Wohnhäusern am Ostring steht die Sonne in den Startlöchern für ihre Klettertour den Horizont hinauf. Für heute ist ein neuer Hitzerekord am Niederrhein vorhergesagt. Axel checkt die Wetter-App. Abkühlung kommt frühestens übermorgen. Blöder Klimawandel.

Das vertraute Motorengeräusch von Kollegin Brenners

schrottreifem Golf nähert sich von Westen. Er schaut zu, wie sie mit Schwung rückwärts in eine Parklücke vor der Industrie- und Handelskammer einparkt. Gekonnt ist gekonnt, denkt er. Dann stemmt sie sich samt ihrem klobigen Rucksack aus dem Wagen.

»Guten Morgen!« Bei ihrem Anblick hält er ihr intuitiv seinen Kaffee hin. Die Ringe unter Johannas Augen sind tiefer als seine, und selbst ihre Sommersprossen scheinen unter der Erdanziehung zu leiden. »Hast du überhaupt etwas geschlafen letzte Nacht?«

»Eine Stunde.« Sie schüttelt den Kopf. »Kein Kaffee mehr, danke. Ich hab schon fünf Tassen intus. Sonst hätte ich die Nacht nicht überstanden. Diese Familie zu bewachen ist schlimmer, als einen Sack Flöhe zu hüten.«

»Ich hab's schon gehört. Wollte der Schwiegersohn wirklich das Erpresserschreiben verbrennen?« Das Verhältnis zu seinem Ex-Schwiegervater war zwar auch nicht immer rosig, aber so was …

»Yes!« Johanna zischt das »s« durch ihre Schneidezähne. »Reiner Zufall, dass ich das rechtzeitig mitgekriegt habe. Der Typ ist mir wirklich suspekt.«

Ein dunkelgrüner Mini Countryman rauscht über den Nordring heran und parkt dann unter mehrmaligem Vor- und Zurückfahren nicht ganz so elegant ein wie Johanna.

»Die Chefin kommt. Lass uns reingehen.« Axel widersteht dem Impuls, ihr den Rucksack abzunehmen, obwohl Johanna schon ihren Körper wie einen nassen Sandsack mit sich herumzuschleppen scheint. Zu viel Ritterlichkeit geht bei ihr nach hinten los. »Oben brummt es vor Kollegen. Vielleicht kannst du dir heute Mittag 'ne Mütze Schlaf gönnen.«

»Vor der Lösegeldübergabe?« Sie kraust die Nase, ihre Sommersprossen rappeln sich auf. »Warten wir ab, wie Gruber die Vorbereitung verteilt.« Im KK11 nimmt sie als Erstes ihre Waffe ab. »Ich bring sie in den Tresor.«

Axel betritt zögerlich den Besprechungsraum. Einige der anwesenden Kollegen und Kolleginnen kennt er nur vom Sehen.

Bei den Dezernaten 12 und 14 gab es in letzter Zeit viele Wechsel. Die Gespräche verstummen schlagartig, als die Kriminalrätin und der Staatsanwalt den Raum betreten. Johanna schiebt sich hinter den beiden hinein und schließt die Tür.

»Ich begrüße Sie zur ›großen Lage‹ im Entführungsfall Josef Bredenscheid. Wie Sie alle hätte ich auch gerne länger geschlafen, aber die Situation hat sich in den letzten Stunden zugespitzt.« Die Stimme der Chefin ist auch so früh am Morgen schon fest und durchdringend. »Es gibt eine Lösegeldforderung, die Übergabe wird für heute, achtzehn Uhr, gefordert.«

Ein kurzes Gemurmel hebt im Raum an. Bildet er sich das bloß ein, oder ist die Luft jetzt schon verbraucht hier drin? Axel bricht der Schweiß aus. Er hätte sich den Kaffee verkneifen sollen. Er lehnt sich an die Wand neben der Tür und verflucht seine Pumpe, die auf einmal losstürmt, als würde er einen Hundert-Meter-Lauf hinlegen.

»Alles klar bei euch? Die Brenner sieht ja fertig aus heute Morgen.« Lars schiebt sich neben ihm in den Raum.

»Lass ruhig offen!« Er stößt das Türblatt weiter auf. »Nachtschicht bei der Familie.«

Er lässt die Informationen über das Lösegeldschreiben, die er schon kennt, an sich vorüberziehen. Ob er wirklich mal zum Arzt gehen sollte? Sein Herz rennt nicht nur, es blubbert auch immer wieder.

»Wir haben keine Fingerabdrücke auf dem Brief oder dem Umschlag gefunden«, referiert Gruber.

Aber wenn seine Pumpe kaputt wäre, könnte er doch nicht so problemlos joggen, wie er es seit Juni tut, oder?

»Das Lösegeld wird aus dem Fundus der Polizei vorgestreckt. Weil Nina Schulte nach Einschätzung der Kollegin Brenner mit der Übergabesituation überfordert ist, werden wir eine Beamtin ans Steuer des Wagens setzen.«

Axel fragt sich, ob die Leitungsebene schon ein passendes Double ausgeguckt hat, aber dazu sagt die Chefin nichts. Stattdessen geht es um Überwachungstechnik und zivile Begleitfahrzeuge bei der Übergabe.

»Herr Holtz, Sie leiten die Aktion.« Gruber schaut ihn an. *Muss das sein?* Er spricht es nicht aus. Aber ein Großeinsatz am Abend des heißesten Tages im ganzen Jahr ist wirklich nicht das, worauf er gerade scharf ist. Er nickt, schweigt. Cornelia Gruber fasst weiter zusammen: Justin Richarz sei weder unter seiner Meldeadresse anzutreffen, noch habe er sich gemeldet wie zugesagt. Das könne man endgültig nicht mehr unter Nachlässigkeit oder Unzuverlässigkeit verbuchen. Diesmal schickt sie zwei der Kollegen vom Zwölften los, die ihn aus dem Bett holen sollen.

»Wenn Sie ihn nicht antreffen, werden wir erneut beim Richter auf eine Handyortung drängen.«

Wittkopf nickt zustimmend, dann ist eine Kollegin von der Telefonhotline an der Reihe. Alle Hinweise auf einen VW Caddy mit Rollstuhlzeichen seien bislang ohne Ergebnis überprüft worden. Die gesichteten Fahrzeuge waren entweder andere Fahrzeugtypen oder konnten den Routen regulärer Krankentransporte zugeordnet werden. Interessanter sei da schon der Hinweis eines Landwirts aus Walbeck, der sich eine Stunde nach der Pressekonferenz telefonisch gemeldet habe. Seine Felder grenzten unmittelbar an die Kleinbahnstraße, die wiederum ganz in der Nähe des Tatorts in spitzem Winkel zur Straelener Straße führe.

Kivelitz blendet über den Beamer einen Stadtplan von Geldern-Walbeck ein und setzt einen Marker auf die Kleinbahnstraße.

Dem Gemüsebauern sei dort bereits am Freitagabend ein Fahrrad aufgefallen, das in dem Blühstreifen am Rande seines Spitzkohlfelds lag. Es handelte sich um ein teures Herrenrad der Marke Émonda, das nicht abgeschlossen gewesen sei.

Der Stadtplan an der Wand verschwindet zugunsten eines Fotos von besagtem Fahrrad. So könnte der Täter natürlich an den Tatort gelangt sein. Die Kraftfahrzeuge in der Nähe von Bredenscheids Haus waren samt und sonders den Anwohnern zugeordnet worden.

Der Landwirt habe zunächst vermutet, dass der Besitzer

des Rads in der Nähe seiner Felder austreten gegangen sei. Als es einige Stunden später immer noch dort lag, habe er einen Unfall befürchtet, aber niemanden in der Nähe entdecken können.

»Nachdem er dann im Radio von der Entführung gehört hat, ist er leider selbst aktiv geworden und hat das Rennrad auf dem Hänger seines Traktors zum Hof transportiert«, schließt die Kollegin ihren Bericht. »Wir haben es gestern am späten Abend dort sichergestellt und uns den genauen Fundort zeigen lassen.«

Wieder ein Foto an der Wand, Axel erkennt im letzten Tageslicht niedergedrückte Gräser und Blüten, einen staubigen Feldweg.

»Ist es codiert?« Ein stämmiger Kollege vom Vierzehnten mischt sich ein.

»Leider nein.«

»Manchmal kann man es auch über die Rahmennummer einem Besitzer zuordnen«, sagt er. »Wenn der Händler die Zahlung anhand der Nummer dem Käufer zuordnen kann.«

Gruber winkt ungeduldig ab. »Das dauert mir alles zu lange. Heute ist Sonntag, die Händler haben geschlossen. Das Rad geht in die KTU, vielleicht finden sich Fingerabdrücke auf dem Rahmen.«

»Immer doch, gerne«, stöhnt Lars neben Axel so piano, dass die Chefin es nicht hören kann.

»Habt ihr eigentlich Schweinkram auf den Datenträgern aus Bredenscheids Haus gefunden?«, flüstert Axel ihm zu. Die Sicht durch das Teleobjektiv in die Schlafräume der Nachbarsfamilie war beunruhigend detailliert.

»Hättest du Bedarf?«, feixt Oehmen zurück.

Axel stößt ihn mit dem Ellbogen in die Seite. »Blödmann.«

Lars schüttelt den Kopf. »Nein, da war nichts.«

Vorn hat Johanna mit Cornelia Gruber eine Diskussion über Bredenscheids Schwiegersohn begonnen.

»Wenn Ralf Schulte Geld braucht, muss er doch nur warten, bis sein Schwiegervater stirbt«, wendet die Chefin ein. »Das dürfte bei dessen Vorerkrankungen nicht mehr allzu lange dauern.«

»Vielleicht ist es dringend«, wirft ein Kollege vom Dezernat 12 ein.

Klar, der hat ständig mit Betrug und Glücksspiel zu tun. Axel stellt erleichtert fest, dass die Unruhe in seinem Brustkorb ebenso plötzlich aufhört, wie sie begonnen hat. Er sollte sich nicht verrückt machen. Ist bestimmt nur der Stress.

»Haben Sie bei der Hausdurchsuchung ein Testament gefunden? Oder einen Hinterlegungsschein?«, will der Staatsanwalt von Oehmen wissen. »Die Tochter hat den Kontakt zu ihrem Vater abgebrochen. Vielleicht wollte er sie enterben, dann hätte der Schwiegersohn ein Motiv.«

Bei der Villa wäre auch der Pflichtteil sicher mehr wert als die geforderten dreihunderttausend Euro, denkt Axel, aber er hält die Klappe.

»Im Schlafzimmer war ein Safe, den wir nicht öffnen konnten«, erläutert Lars. »Ich kann also nichts Genaues dazu sagen.«

»Dann werde ich mich an das zuständige Amtsgericht in Geldern wenden.« Wittkopf erhebt sich.

Auch Gruber rafft ihre Papiere zusammen. »Josef Bredenscheid ist seit zwei Nächten in der Gewalt seines Entführers. Wir wissen alle, was das bedeutet!« Sie schiebt ihre Brille zurück auf die Nase. »Und bestellen Sie den Schwiegersohn zur Befragung ins Präsidium, Frau Brenner.«

***

Der Kerl macht Johanna wahnsinnig. Seit anderthalb Stunden beharrt Ralf Schulte darauf, dass er den Erpresserbrief bloß deshalb verbrennen wollte, weil er ihn für unglaubwürdig hielt und seine Frau schützen wollte.

»War dumm von mir«, war das einzige Eingeständnis, zu dem er sich schulterzuckend herabgelassen hat. Und plötzlich taucht sein Anwalt auf, haut in dieselbe Kerbe und spricht von einer

»emotionalen Ausnahmesituation«, einer »völlig überforderten Familie« und »irrationalen Handlungen unter Stress«.

»Das ist eine Zumutung, dass Sie meinen Mandanten in dieser belastenden Situation so lange hier festhalten. Er gehört an die Seite seiner Frau.«

»Gut. Sie können gehen«, hat Gruber schließlich gesagt.

An diesem Punkt hat Johanna die Flucht aus dem Vernehmungsraum ergriffen. Ihre Augen brennen vor Erschöpfung inzwischen fast so wie ihre Haut. Im KK11 wimmelt es von Kollegen aus den anderen Kommissariaten, die Hinweise aus der Bevölkerung bearbeiten und die Geldübergabe vorbereiten. Sie sucht Zuflucht im Waschraum der Damentoilette und lässt mal wieder das Wasser so lange laufen, bis der Strahl kalt genug ist, um Erfrischung zu bringen.

Mein neuer Lieblingsplatz. So weit ist es mit mir in den letzten zwei Tagen gekommen.

»Alles in Ordnung mit dir?« Axel bleibt anders als Kivelitz nicht in der Tür stehen, die er mit Schwung aufgerissen hat.

»Wird das zur Gewohnheit, dass männliche Kollegen mir bis aufs Klo folgen?«

Er versteht die Anspielung auf Patrick nicht und zieht ein wenig irritiert die Brauen nach oben. »Du siehst so fertig aus. Ich dachte –«

»Schon gut!« Sie stellt das Wasser ab und sucht im Spiegel nach Axels Blick. »Ich glaube Schulte kein Wort! Und Gruber lässt ihn ziehen, obwohl wir keine plausible Erklärung für die nächtliche Aktion von ihm bekommen haben.«

»Er wird sich wegen Vernichtung eines Beweismittels verantworten müssen.« Der Kollege bleibt gelassener als sie. »Alles Weitere müssen wir dem Richter überlassen.«

»Sieht so aus.« Johanna erwischt beim Abtrocknen von Gesicht und Hals eine der Brandblasen und zieht scharf die Luft ein.

»Du meine Güte. Lass mal sehen.«

Will er sie etwa verarzten? »Vorsicht, Herr Kommissar!« Sie muss trotz ihres Elends grinsen. »Ganz dünnes Eis, mit einer

Kollegin auf der Damentoilette erwischt zu werden. Da ist der Hashtag ›MeToo‹ nicht weit.«

Axel hebt abwehrend die Hände und verschwindet rückwärts zurück in den Flur. »Sorry. Bin schon weg. Aber du solltest da wirklich einen Arzt draufschauen lassen.«

»Das sagt gerade der Richtige.« Johanna schließt die Tür mit Nachdruck hinter ihm. Sie hätte ja sogar eine Ärztin an der Hand. *Aber die ist gerade sauer auf mich, und ich werde auch heute wahrscheinlich keine Gelegenheit haben, das mit ihr zu klären.*

Eine hysterisch klingende Frauenstimme im Flur des Kommissariats unterbricht ihre Gedanken. Warum ist Nina Schulte im Präsidium? Die hatte geschlafen, als Johanna das Haus der Familie verließ. Einen Wimpernschlag lang befürchtet sie, die Leiche Josef Bredenscheids könnte gefunden worden sein. Aber das Geschrei klingt wütend. Fassungslos.

Ein Menschenknäuel steht am Ende des Gangs, alle reden gleichzeitig aufeinander ein. Axel versucht, das streitende Ehepaar Schulte zu beschwichtigen. Gruber und zwei Kollegen vom Betrugsdezernat unterstützen ihn dabei. Johanna will sich verdrücken, aber die Chefin hat sie schon gesehen und winkt sie heran.

»Helfen Sie mir, die Schultes in mein Büro zu bringen. Das geht hier ja zu wie im Tollhaus.« Die Kriminaldirektorin scheucht die Kollegen zurück in ihre Büros, und Johanna schiebt die aufgebrachte Nina Schulte durch den entstehenden Freiraum.

»Kommen Sie!« Vielleicht erfährt sie ja doch noch Schultes Motiv für das Verbrennen des Erpresserschreibens. »Was ist passiert? Ich konnte nur verstehen, dass es um Geld geht.« In Grubers Büro drückt sie Frau Schulte sanft auf einen der Stühle und dreht sich einen zweiten so zurecht, dass sie ihr gegenübersitzt.

»Ich wollte unsere Finanzen –«, setzt Nina Schulte an, wird aber sofort von ihrem Mann unterbrochen.

»Lass uns das zu Haus besprechen. Das hat nichts mit der Entführung zu tun.«

Gruber, die den Raum als Letzte betreten hat, schließt die Tür hinter sich und mustert ihn misstrauisch. »Wenn Sie Ihre Frau nicht ausreden lassen, verweise ich Sie meines Büros.«

Schulte verzieht sich an das geöffnete Fenster und presst die schmalen, bartumringten Lippen zusammen.

»Ich wollte die Unterlagen für die Bank zusammensuchen«, beginnt Nina Schulte erneut. »Wir müssen ihnen das Geld doch zurückgeben.« Sie beginnt wie am Vortag damit, sich die Nasenwurzel zu massieren. »Normalerweise kümmert sich mein Mann um unsere Finanzen, deswegen wollte ich mir einen Überblick verschaffen.«

Die klassische Rollenverteilung, denkt Johanna, nickt Nina Schulte aber aufmunternd zu.

»Unser ganzes Geld ist weg!« Ihre Stimme klingt brüchig. »Das Tagesgeld, unser Depotsparplan.« Ein Ruck geht durch sie, sie richtet sich im Stuhl auf und fixiert ihren Mann. »Sogar die Kapitallebensversicherung hast du aufgelöst! Was hast du mit unserem Ersparten gemacht?«

Zum ersten Mal seit Freitag erlebt Johanna, wie Schulte in die Defensive gerät. Das war es also, was er die ganze Zeit verbergen wollte.

Er weicht dem Blick seiner Frau aus und schweigt. Von mir erfahrt ihr nichts, sagt seine Körpersprache.

»Du hattest als Einziger außer mir Zugang dazu«, schreit sie ihn an. »Hast du eine Wohnung für eine heimliche Geliebte angezahlt? Oder dir einen Porsche Cayman gekauft?«

»Nein. Natürlich nicht.« Er streicht sich mit einer hilflosen Geste über den Bart. »Ich bringe das wieder in Ordnung, Nina. Ich verspreche es.«

»Dann rede endlich!« Frau Schulte hat nichts mehr von der leidenden und verloren wirkenden Person an sich, als die Johanna sie kennengelernt hat. Ihre verschwitzten Locken stehen in alle Richtungen wie die Schlangen der Medusa. »Du bist mir eine Erklärung schuldig.« Sie starrt ihn herausfordernd an.

»Die bekommst du, Schatz. Aber bitte unter vier Augen. Lass uns nach Hause fahren.« Schultes Stimme ist schmeichelnd.

Jetzt versucht er es wieder auf die liebevolle Tour. Johanna schüttelt unmerklich den Kopf. *Was für ein unsympathischer Typ.*

»Du willst dich bloß aus der Affäre ziehen. Und rede nicht mit mir wie mit einem kranken Hund!« So leicht lässt seine Frau sich nicht besänftigen.

»Das ist unsere Privatsache, das geht hier niemanden etwas an.«

»Vielleicht ja doch«, mischt sich Cornelia Gruber ein und baut sich vor dem massigen Schulte auf. »Wenn Sie sich verschuldet haben, wirft das ein neues Licht auf die Entführung Ihres Schwiegervaters.«

Schulte schaut missmutig auf sie hinab. Die Kriminaldirektorin reicht ihm gerade mal bis zum Kinn. »Wovon sprechen Sie? Was hat das eine mit dem anderen zu tun?«

Johanna verspürt eine klammheimliche Freude. Klar, dass der keine Lust hat, sich vor der Polizei auszuziehen. Ist doch offensichtlich, worauf die Chefin hinauswill.

»Vielleicht können Sie die dreihunderttausend Euro Lösegeld selbst am besten brauchen.« Die Kriminaldirektorin weicht keinen Zentimeter zurück, schiebt nicht mal ihre rutschende Brille wieder nach oben. »Und haben es sich anders überlegt und deshalb versucht, den Brief zu vernichten.«

»Ich entführe doch nicht meinen Schwiegervater.« Er sieht fast hilfesuchend zu seiner Frau hinüber. »Nina! Du weißt, dass ich das nicht tun würde.«

Aber die spielt ungerührt mit ihrem Ehering. »Ich weiß gerade gar nichts mehr. Bis eben hätte ich auch nie gedacht, dass du mein Geld zur Seite schaffst und nicht einmal den Mut hast, mir zu sagen, wofür du es gebraucht hast.«

»Ich hab es nicht ›zur Seite geschafft‹. Ich wollte es vermehren.« Ralf Schulte geht zum Gegenangriff über: »Was heißt eigentlich ›dein Geld‹? Wenn schon, dann war das unser gemeinsames Geld.«

»Werd nicht spitzfindig.« Sie lässt von dem Ring ab und hebt ihre Handtasche vom Boden auf.

»Ich hole das wieder rein. Ich habe da einen todsicheren Tipp. Mach dir keine Gedanken, Schatz.«

Wenn er nur einmal hinschauen würde, würde er sehen, dass es gerade keine gute Idee ist, seine Frau »Schatz« zu nennen. Johanna tauscht einen Blick mit Axel, der die Szene amüsiert beobachtet. Abwarten. Reden lassen, sagt seine Miene.

»Ist das hier dein ›todsicherer Tipp‹?« Nina Schulte zerrt ein Bündel Papiere aus der Tasche und hält sie ihrem Mann anklagend hin.

Johanna versucht vergeblich, einzelne Worte auf den Zetteln zu entziffern.

»Du hast meinen Schreibtisch durchwühlt?« Die Farbe in Schultes Gesicht wechselt von Hellrot zu Dunkelrot.

»Nachdem ich entdeckt hatte, dass unsere Konten geplündert sind, ja!« Sie springt auf und verteilt die Papiere auf der Tischplatte. »Das sind alles Schuldscheine von einer dubiosen Spielhalle.«

Der Suchtberater hat ein Suchtproblem. Johanna pfeift leise durch die Zähne. Die Beträge auf den Schuldscheinen bewegen sich im fünfstelligen Bereich. Da kommt einiges zusammen.

»Es ist gut, dass Sie uns informiert haben, Frau Schulte.« Der Rest des Ehestreits gehört wirklich ins Private. »Ich schlage vor, wir kümmern uns erst einmal um Ihren Vater. Es ist, wie gesagt, möglich, dass das Geld von der Staatsanwaltschaft bereitgestellt wird.«

»Ich bin noch nicht fertig.« Nina Schulte zerrt an ihrem Ehering, der nicht über den von der Hitze geschwollenen Finger gleiten will. »Als mir klar wurde, was er angestellt hat, habe ich unseren Bankberater aus dem Bett geklingelt.«

An einem Sonntagmorgen. Alle Achtung!

Ralf Schulte dreht seiner Frau den Rücken zu, als könnte er ihr nicht länger ins Gesicht sehen.

»Weißt du, was der mir erzählt hat?« Sie zerrt und presst am Ring und stößt einen wütenden Triumphlaut aus, als er endlich über das Gelenk gleitet und zu Boden fällt. »Du hast unser Haus beliehen! Das ist wirklich irre.«

Von draußen schwappt der gleichmäßige Lärmpegel des Straßenverkehrs in den Raum und bleibt für einige Sekunden das einzige Geräusch im Raum. Wie lange muss man zocken, um nicht nur das Ersparte zu verlieren, sondern das Haus der eigenen Familie zu beleihen? Sicher nicht nur ein paar Monate. Doch Schulte reagiert nicht.

»Und weißt du, was das Schlimmste ist?« Seine Frau beginnt zu schniefen. »Dass mein zynischer, mein autoritärer und herrschsüchtiger Vater recht behält. Ich habe einen Versager geheiratet.« Die ersten Tränen hinterlassen dunkle Flecke auf ihrer blau gemusterten Bluse. Johanna bückt sich nach dem Ring und legt ihn unschlüssig auf den Tisch.

»Dann hättest du auf deinen Vater hören und das nicht tun sollen«, erwidert er eisig und immer noch mit dem Rücken zum Raum.

Nina Schulte starrt mit ausdrucksloser Miene auf den Ring, macht aber keine Anstalten, ihn an sich zu nehmen. »Ich muss zu meinen Kindern«, sagt sie schließlich und verlässt das Büro.

Gruber interessiert die Ehekrise im Hause Schulte weniger als ein neuer Verdacht. »Wo waren Sie am Freitagmittag zwischen elf und dreizehn Uhr, Herr Schulte? Sie haben ein Motiv für die Entführung Ihres Schwiegervaters. Natürlich können Sie von Ihrem Aussageverweigerungsrecht Gebrauch machen, aber ein Alibi wäre zu Ihrer Entlastung hilfreich.«

Der Fall nimmt eine unerwartete Wendung.

***

Das BMW 4er Coupé schnurrt wie ein Kätzchen. Justin fährt die Gänge bis ans Limit aus und ärgert sich über die Bitch vor ihm, die so langsam fährt, dass er gleich wieder auf die Bremse latschen muss.

»Soll ich dir zeigen, wo das Gaspedal ist?«, brüllt er gegen die Musik an. Cool, dass Moritz ihm den Wagen geliehen hat. Moritz ist echt okay, der Typ ist voll sein Brudi.

Die Ampel springt auf Rot, Justin stellt sich neben den Kleinwagen auf die Linksabbiegerspur und klopft im Rhythmus des Songs auf das Lenkrad. Die Alte neben ihm, die kauft er sich gleich. »Ich lieg flach im Beamer, flieg durch die Nacht im i8«, singt er mit »Hafti« mit. Ist zwar kein i8, aber der Sound ist trotzdem nicht schlecht. Der vom Motor und der von der Musik.

Justin ist nervös, seine Gedanken fahren Karussell. *Da musst du durch. Hafti würde auch cool bleiben.* Bis jetzt war noch nichts von dem Lösegeld im Fernsehen. Gut so. Als er letzte Nacht in Moritz' Bude auf dem Sofa lag und nicht schlafen konnte, ist ihm nämlich aufgefallen, dass die echten Entführer angepisst sein könnten, wenn er, Justin Richarz, abkassiert. Wo sie doch die Arbeit gemacht haben. Das war kein angenehmer Gedanke.

Die Ampel springt auf Grün, er fährt mit quietschenden Reifen an und setzt sich vor den lahmen Kleinwagen auf die Geradeausspur.

Ruhig bleiben und alles noch mal durchgehen. – Also, beim Einwerfen des Briefs hat ihn niemand gesehen. Keine Ahnung, ob bei der Tochter von dem Alten überhaupt jemand von den Bullen war in der Nacht. Und weil seine Fingerabdrücke bei den Kripos im Computer sind, hat er Handschuhe getragen, als er den Brief ausgedruckt und eingetütet hat. *Alles richtig gemacht bisher, Bro.*

Eine schnelle Karre für die Nummer auf der Autobahn hat er auch. Fehlt nur noch ein altes Prepaidhandy, damit er die Lottofee anrufen kann, ohne dass die Kripos durch die Handynummer seinen Namen rauskriegen. Denn dass die der Kohle an der Raststätte Begleitschutz geben werden, ist so klar wie 's Amen in der Kirche.

Jetzt fährt ihm so ein blöder Trecker im letzten Moment aus dem Maisfeld vor die Nase. Justin geht aufs Gas und macht einen Schwenker auf die linke Seite der Landstraße. Hoppla, den Fahrradfahrer hat er jetzt theoretisch nicht gesehen. Aber nix passiert, der hat sich geistesgegenwärtig ins Feld geschmissen und steht schon wieder auf, als er in den Rückspiegel schaut.

Bloß der Traktorfahrer hat eine Hupe, mit der man Tote aufwecken kann.

Okay, war vielleicht nicht gerade klug, er sollte heute nicht auffallen. Aber das Kennzeichen von der Karre gehört zum Autohaus. Und wenn die Bullen schlau sind, finden sie Moritz, aber der weiß von nichts und wird schon allein deshalb dichthalten. Kriegt schließlich auch was von der Kohle ab, obwohl Justin ihm nicht verraten hat, woher der Geldsegen kommt. »Geschäfte«, hat er gesagt, und sein Kumpel hat nicht weiter nachgefragt. Neue Playstation ist einfach zu verlockend.

Außerdem wird er ein bisschen Nachlaufen spielen an der Raststätte, bis er die Bullen abgehängt hat. Und die Tasche, in der die Kohle ist, wird er natürlich gar nicht erst mitnehmen. Peilsender und so. Kennt man doch aus dem Fernsehen.

Er biegt »Am Bollwerk« in die Straße ein und sucht nach einem Parkplatz. Vor dem grauen Kasten ist mal wieder alles vollgeparkt, klar, Sonntag, da sind sie alle zu Hause. Nur Larissa nicht, bei der hat er eben vergeblich geklingelt, und an ihr Handy geht sie auch nicht. Blöde Bitch! Wenn die nicht bald wieder nett ist zu ihm, wird das nichts mit Paris, das wird er ihr dann schon klarmachen.

Der Aufzug ist kaputt. Alles wie immer. *Na ja, fast.* Der Gestank im Treppenhaus ist bei dem Wetter schlimmer als sonst. Justin nimmt zwei Stufen auf einmal, während er sich durch Knoblauch, Kippen und einen säuerlichen Geruch – hat da jemand in den Keller gepinkelt? – schnuppert.

Vor der Wohnung in der ersten Etage stehen wie immer die drölfzig ausgelatschten Schuhe. Die sind von Dündar und seiner Familie, zu viele Kids für Justins Geschmack, aber Alis halt. Ein Stockwerk drüber kommt Geschrei aus der Tür rechts. Die Rüttens haben mal wieder »Beef«. Dass Frau Rütten ihren Mann nicht einfach sitzen lässt, versteht er nicht. Die sieht doch top aus.

Andererseits. Wo soll sie hin ohne Kohle? Wer hier wohnt, den hat das Leben gefickt. Aber er lässt sich nicht länger ficken. In der vierten Etage klingelt er, sein Herz klopft gegen die Rippen, und seine Füße brennen von dem Barfußlaufen gestern.

Linus öffnet ihm die Tür. »Hey, Justin!«

Alter, was ist sein kleiner Bruder gewachsen, der ist ja größer als er selbst. Aber krass mager, Justin starrt auf zwei knochige Schultern, die rechts und links aus einem verwaschenen und viel zu weiten Tanktop herausragen.

»Hey, Bro! Was geht, Mann?« Justin klatscht sich mit ihm ab. War er selbst auch so dünn in Linus' Alter? »Du musst ein bisschen mehr fressen und trainieren, du brauchst ein paar Muskeln auf den Rippen.«

Sein Bruder brummt irgendwas, Ablehnung oder Zustimmung, egal. Im Wohnzimmer, das eigentlich auch das einzige Zimmer außer den Schlafräumen ist, laufen »Die Versicherungsdetektive«. Der Couchtisch ist übersät mit Tabakkrümeln von den Selbstgedrehten seiner Mutter, und ein Glas Instantkaffee steht aufgeschraubt neben der Schachtel mit den Zigarettenhülsen. Justin starrt auf den Glatzkopf im Fernseher, der Typ ist unangenehm, der lässt sich von keinem bescheißen.

»Und Mama? Schläft sie noch?«

Linus schüttelt den Kopf. »Toilette«, antwortet er und verschwindet in die winzige Kammer, die sie sich geteilt haben, bis er abgehauen ist. Alter, ist das eng und abgespaced hier. Hatte er ja schon fast vergessen. Justin bleibt im Türrahmen stehen.

»Und? Wie läuft's so in der Schule?«

Linus zuckt mit den Schultern und starrt auf den Bildschirm, auf dem eine gepanzerte Kreatur mit Wolfsgebiss und rot leuchtendem Schwert gerade im Sprung versteinert ist. Ist sein Bruder sauer, weil er weggegangen ist? Ging doch nicht anders, das muss er doch schnallen.

»Ist das ›Doom Eternal‹? Cool.« Den Kampf gegen die Armeen der Hölle hat er bei einem Kumpel gespielt. Voll krass, dass Linus mit seinen fünfzehn Jahren an das Game gekommen ist. Eigentlich ist das ab achtzehn. »Hast du 'ne neue Playstation?«

»Von Papa zum Geburtstag.« Sein Bruder greift zum Controller und zeigt auf die Konsole der PS5, die neben dem Bildschirm steht.

Fuck. Der hatte vor ein paar Tagen Geburtstag. Deshalb ist er angepisst. Ist ihm völlig durchgegangen bei dem Stress mit der Essensfahrerei.

»Ich hab auch noch ein Game für dich«, lügt Justin. »Hab's nur gerade vergessen, sorry. Mittwoch konnte ich nicht. Musste ja arbeiten.«

Linus nickt. »Was willst du von Mama?«

»Ich brauch so 'n altes Handy. Prepaid, hat die bestimmt noch. Die hebt doch immer alles auf.«

»Was willst du mit so 'nem alten Teil? Hast du deins verloren?« Er spielt mit den Ohrmuscheln seines Headsets. Vielleicht will er lieber weiterzocken, als mit seinem alten Bruder zu quatschen.

»Ist was Geschäftliches.« Justin lauscht, aber seine Mutter ist noch nicht aus dem Bad gekommen. Wenn die 'ne Sitzung hat, kann das dauern. »Und? Wie ist sie so drauf? Kommt ihr klar?« Seit Papa endgültig abgehauen ist, als Justin elf war, ist sie 'ne Hartzerin und kriegt so gut wie nichts mehr auf die Kette.

Linus kippt den Daumen der linken Hand in die Waagerechte. Bedeutet: Könnte besser sein, aber kein Geschrei und kein Geheule. Ihre alte Geheimsprache. Wenn einer der Brüder nach Hause kam, zeigte der andere mit dem Daumen an, was gerade Sache war: Daumen hoch bedeutete gute Laune, man kann mit ihr reden, und vielleicht hat sie sogar was gekocht. Daumen runter: Sie stresst rum, hat Heulattacken, besser wieder verpissen. Waagerecht war Justin am liebsten, weil das Übermaß an mütterlichen Zärtlichkeiten bei »Daumen hoch« ihm auf die Eier gegangen ist.

»Also alles im grünen Bereich. Ich mach mir 'nen Kaffee. Trinkste einen mit?«

»Nee. Keinen Bock.« Linus' Finger fummeln am Controller herum. »Ich will Level sieben heute schaffen.«

»Dann lass die Affen mal aus 'm Zoo.« Justin schnappt sich das Glas mit dem löslichen Kaffee und verschwindet in der Küche. *Alter, ist die Küchenplatte vollgestellt!* Er füllt den Wasserkocher und spült seine alte Lieblingstasse, die mit den drei Affen drauf. Dass es die noch gibt. Sagt er ja: Hier kommt nichts weg.

»Justin! Da ist ja mein Großer! Wie geht's dir?« Seine Mutter hat die Fingernägel rosa lackiert und trägt schwarze Crocs mit Kirschen darauf.

»Alles cool, Mama.« Ob sie noch weiß, dass er die Lehre geschmissen hat? Von der Verurteilung wegen des Kioskeinbruchs hat er ihr auf jeden Fall nie erzählt. »Viel zu tun und so.«

»Hast du eine Freundin?«

»'ne Hübsche. Sie heißt Larissa.«

»Bring sie mir mal mit!« Seine Mutter reißt ihm die Tasse fast aus der Hand. »Kaffee kann ich dir doch machen! Wo du endlich zu Besuch kommst.«

Justin würde eher nie wieder hier vorbeischauen, als Larissa mitzubringen. Er sieht zu, wie seine Mutter zwei Teelöffel Kaffee in die Bechertasse füllt und das Wasser aus dem Kocher darübergießt, obwohl es noch gar nicht gekocht hat.

»Ist das heiß draußen, das wird auch jeden Sommer heißer. Wie soll man da schlafen?« Sie rührt, als wollte sie den Boden des Bechers mit auflösen. »In meinem Alter ist das nichts mehr mit der Hitze. Normalerweise hätte ich ja aufgeräumt, aber die letzten Tage …« Auf ihrem T-Shirt prangen halbmondförmige Schweißflecke unter dem Busen. Kann sie nicht wenigstens einen BH tragen? Justin zwingt sich, nicht hinzuschauen, und überlässt ihr den Platz am Spülbecken.

»Kein Stress, Mama. Ich brauch bloß 'ne alte Prepaidkarte für mein Handy. Hast du da zufällig noch eine?«

»Willste Milch?« Sie fingert eine Milchtüte aus dem Kühlschrank, die mit Ketchupflecken übersät ist. Justin ist die Lust auf Kaffee eh vergangen. Trotzdem nickt er.

»Also – hast du noch eine?«

»Du musst mal öfter vorbeikommen!« Seine Mutter gießt die Milch mit so viel Schwung in die Tasse, dass die Brühe überläuft. »Der Kleine vermisst dich. Du warst nicht mal an seinem Geburtstag hier.«

Ungeduldig nimmt er ihr die Tasse mit den Affen ab. »Ich musste arbeiten. Hab schon mit Linus gesprochen, dass er noch was von mir kriegt.« Er wischt die Spritzer mit einem Geschirrtuch von der Tasse. Da sind noch welche auf dem Boden, egal, fällt gar nicht auf. »Also – hast du noch 'ne Prepaidkarte, die du mir leihen kannst?«

»Aus der hast du als Kind immer getrunken.« Jetzt klingt sie weinerlich. »Weißte noch, als Papa noch da war, da hat er dir den Kakao –«

»Ja, na klar, Mama«, unterbricht er sie. Nicht auch noch Geheule wegen dem Alten. Das ist zehn Jahre her. Warum macht sie nichts aus sich und sucht sich 'nen neuen Freund? Für ihr Alter sieht sie doch gar nicht übel aus. »Das ist wirklich wichtig, Mama. Ich hab da ein Geschäft am Laufen. Dafür brauche ich aber so 'ne alte SIM-Karte.« Sein Blick fällt auf die Spülmaschine, die schon vor seinem Auszug kaputt war und immer noch in der Küche rumsteht. »Ich schenk dir 'ne neue, wenn du mir mit dem Handy hilfst.« Wie teuer ist eigentlich so 'n Teil? Wird schon noch drin sein, beruhigt er sich. Bei dem Gedanken an die Lösegeldübergabe kribbelt es unter seiner Haut.

»Guckste mal hier.« Sie zieht eine Schublade auf, in der Kundenkarten, Feuerzeuge, Haushaltsgummis, Rabattgutscheine, Gefrierbeutel, Nagellack, eine Schere und Unmengen anderer Kram wild durcheinanderliegen. Justin wühlt sich durch das alte Zeug und ertastet ganz hinten irgendwas Eckiges. Könnte ein Handy sein. Knöpfe und Kronkorken fallen auf den Boden, als er das Gerät herauszieht.

»Pass auf, Junge! Mach nix kaputt da.«

»Was willst du denn mit Kronkorken?« Als ob es hier etwas kaputt zu machen gäbe. »Krass. Das hat ja noch 'ne Antenne.« Er tippt auf den Plastikstummel rechts oben, so was hat er ja noch nie gesehen. Auch das Display ist winzig, und außer »Ein/Aus«, Hörersymbolen in Rot und Grün und den Zifferntasten gibt es nichts, worauf man drücken könnte.

Seine Mutter steckt sich eine Selbstgedrehte an. »Mein altes Nokia. Hier kommt nix weg. Das ist älter als du.«

Sieht man, denkt Justin. Er öffnet das Akkufach und schaut nach der SIM-Karte. Ach du Schreck. Die ist ja riesig, die passt überhaupt nicht in seine Geräte. Und die Buchse für das Ladekabel ist genauso strange. Wo soll er so 'nen breiten Stecker auf die Schnelle auftreiben? Er taucht mit dem gesamten Unterarm in die Schublade ab und sucht nach dem dazugehörigen Kabel.

Bingo! Da ist was. Der Stecker passt, er hängt das Teil an den Strom und drückt auf die Ein/Aus-Taste. Das Display leuchtet im Schneckentempo auf, die Akkuanzeige steht auf Rot. Voll retro. Aber irgendwie auch geil.

»Super. Ich muss los, Mama.« Er stopft Kabel und Handy in seine Hosentasche und hebt noch rasch die Kronkorken wieder auf. Seine Mutter saugt an ihrer Kippe.

»Ist doch Sonntag. Wo musst du denn so dringend hin? Trink erst mal deinen Kaffee!« Aber Justin drückt ihr einen Kuss auf die Wange und ruft seinem Bruder ein »Mach's gut, Bro!« zu. Er muss die Übergabe vorbereiten. Rauskriegen, wie viel Guthaben überhaupt noch auf der alten SIM-Karte ist. Den BMW und Ersatzkanister tanken. Sich im Netz angucken, wo er die Tochter von dem Alten mit der Kohle hinschickt. Die soll schön durch die Landschaft gondeln. Bis es dunkel wird und ihr Tank fast leer ist.

Er läuft durch den Knoblauchgeruch in Etage zwei, in der es mittlerweile ruhig ist, und an Dündars Schuhfamilie vorbei. Morgen wird er Larissa abholen und mit ihr nach Paris fahren. Die Grenze ist nicht weit, von Geldern aus ist man in null Komma nix in Venlo, dann über Roermond nach Belgien und Frankreich.

Abendessen in Paris, Baby, denkt Justin. Nur blöd, dass sich Larissa immer noch nicht gemeldet hat.

✳✳✳

»Der verarscht uns doch nach Strich und Faden! Soll ich wirklich über die Grenze nach Belgien reinfahren?« Die Stimme der Kollegin vom LKA, die Nina Schulte am ähnlichsten sieht und die deswegen im Wagen von Bredenscheids Tochter mit dem Lösegeld unterwegs ist, klingt angesäuert.

Kein Wunder, nach dem Gegurke vom Rastplatz an der A 40 bei Rheurdt über Venlo und Roermond bis nach Maastricht. Mittlerweile sind sie seit fast zwei Stunden unterwegs.

Axel schaut zu Henning Krüger hinüber, der neben ihm auf dem Beifahrersitz sitzt. »Da könnte sie recht haben. Wir haben nicht mal ein Lebenszeichen des Entführten.«

Gut, dass Johanna nicht mitgekommen ist. Nachdem sie am Vormittag die aufgebrachte Nina Schulte beruhigt hatte, hat Gruber ihr für den Rest des Tages freigegeben. So übermüdet wäre sie im Einsatz, wenn es hart auf hart kommt, eher ein Risiko als eine Hilfe.

Im Funkgerät des Nina-Schulte-Doubles knistert es. »Der macht sich einen Spaß daraus, uns durch die Gegend zu schicken.«

Das eben war schon der fünfte Zwischenstopp. Immer wieder: »Fahren Sie hierhin oder dorthin und warten Sie auf weitere Anweisungen!«

»Fahren Sie trotzdem langsam weiter, wir nehmen Kontakt zu den Kollegen in Belgien auf.« Die Kriminaldirektorin im Funk ist die Ruhe selbst. Dabei ist sich Axel sicher, dass es in der Einsatzzentrale gerade hoch hergeht. Anders als die Doppelgängerin fährt er auf den nächstgelegenen Parkplatz neben der A 2.

»Holtz an Zentrale. Wir bleiben bei Oost-Maarland und warten auf weitere Anweisungen.« Die niederländischen Kollegen wurden über die Lösegeldübergabe informiert, mit Holland hatten sie gerechnet. Wäre ja nicht das erste Mal, dass sich jemand vom Niederrhein über die nahe gelegene Grenze aus dem Staub machen will. Aber Belgien hatte die Leitungsebene nicht auf dem Schirm. Jetzt steht er mit dem Kollegen auf einem Parkplatz zehn Kilometer vor belgischem Hoheitsgebiet.

»Das läuft ja mal super.« Krüger öffnet die Beifahrertür und dehnt sich. »Kann ich wenigstens zwischendurch aufstehen?

Wenn ich so lange sitze, kriege ich Rücken.« Er läuft ein paar Schritte, beugt sich zu Axel ins Innere des Wagens. »Ich schlag mich kurz in die Büsche.«

»Alles klar. Aber beeil dich.«

»Ach, den Fiesta kriegen wir schon eingeholt.« Der Wagen von Nina Schulte, in dem die Kollegin gerade Richtung Grenze schleicht, hat fast zwanzig Jahre auf dem Buckel. Axel öffnet seine Wagentür ebenfalls und schaut sich auf dem Rastplatz um. Am hinteren Ende quetschen sich drei Lkw mit polnischen und litauischen Kennzeichen quer über die kleinen Parklücken. Die haben wohl keinen besseren Platz für die Wochenendruhezeit gefunden. Ansonsten nur ein paar Reiserückkehrer, die sich die Füße vertreten oder wie der Kollege schnell mal pinkeln müssen.

Bald verdrängt die schwülwarme Luft die klimatisierte Frische aus dem Wageninneren. Immer noch dreißig Grad. Axel trinkt einen Schluck Vitaminwasser und lehnt sich im Sitz zurück. Ein paar Schritte gehen täte auch seinen Knochen gut, aber einer von ihnen muss beim Funk bleiben. Auf dem Nebenparkplatz hält eine Familie mit zwei Kindern und Fahrrädern auf dem Gepäckträger.

Tatsächlich knistert das Funkgerät. »Noch ein Kilometer bis zur Grenze«, sagt die Kollegin im Fiesta.

Axel hält nach Henning Ausschau. Wenn sie nicht gleich weiterfahren, wird es schwer, den Fiesta einzuholen. Die Kinder nebenan zanken sich um eine Flasche Cola aus dem Kofferraum, während die Mutter sich träge vom Beifahrersitz erhebt.

Manche Dinge ändern sich nie, denkt Axel. Zum Beispiel, dass der Mann bei der Fahrt in den Urlaub am Steuer sitzt.

»Zentrale an alle Fahrzeuge. Fahren Sie nach Belgien rein, aber vermeiden Sie jede Aktion, die nicht direkt vom Täter gefordert wird.« Cornelia Gruber klingt immer noch seelenruhig. »Wie weit sind Sie mit der Ortung des Täterhandys, KHK Rudinzki?«

»Negativ.« Der Techniker des LKA verschluckt sich, hustet ins Funkgerät. Axel kennt diesen Rudinzki nicht persönlich, aber der Mann scheint Hunger zu haben. Willkommen im Club. Wo bleibt Henning?

»Bislang gab es nur Textnachrichten.« Rudinzki hat fertig gehustet und spricht klarer. »Deshalb ist das Gerät jedes Mal nur für Sekunden im Netz eingeloggt. Die Nummer ist zwar nicht unterdrückt, aber das muss eine sehr alte Prepaidkarte sein, auf jeden Fall nicht registriert.«

Hoffentlich wird das bald was mit der Geldübergabe und dem Zugriff. Axels Hände kribbeln beim Gedanken daran, dass es ernst werden könnte.

»Proof of Life haben wir auch nicht, richtig?« Wieder die Chefin. Einen Beweis, dass die Geisel lebt und tatsächlich in der Gewalt der Erpresser ist. Zieht sie ernsthaft in Erwägung, die Übergabe abzubrechen? Das kann er sich nicht vorstellen. Das Leben eines Entführten hat oberste Priorität und darf nicht gefährdet werden.

Immer noch keine Spur von Krüger. Axels Adrenalin steigt. Er drückt gleich mehrfach auf die Hupe. Wenn der nicht sofort zurückkommt, fährt er allein los.

Der Familienvater checkt gerade die Befestigungen der Fahrräder auf dem Dachgepäckträger, während seine Frau den Streit um die Cola schlichtet. Die Szene ist wie ein Déjà-vu. Nur dass Marie und David in dem Alter noch keine Cola trinken durften.

»Negativ. Kein Proof of Life«, bestätigt Rudinzki. »Wir haben nach dem Todesdatum seiner Frau und den Namen der Enkel gefragt. Bislang keine Reaktion.«

Nicht immer muss ein Foto ein Beweis für die Echtheit der Erpressung sein. Auch Informationen, die nur das Opfer kennt, beweisen den Kontakt. Die Kinder sind fertig mit Trinken und spielen Fangen zwischen den Lkw.

»Ich fahre auf belgisches Hoheitsgebiet«, meldet sich die Nina-Schulte-Doppelgängerin. »Bis ich eine anderslautende Anweisung bekomme, bleibe ich auf der E 25.«

Krüger kommt im Laufschritt zum Einsatzfahrzeug zurück und lässt sich schwer auf den Sitz fallen.

»Endlich!« Axel startet den Motor. Wo sind jetzt die Pänz?

Er hört eine helle Stimme, kann aber niemanden sehen. Im Schritttempo parkt er rückwärts aus.

»Sorry.« Henning zieht den Bauch ein und stopft sein Shirt, das noch seitlich über der Hose hängt, in den Bund.

»Schau lieber nach, wo die Europastraße 25 langführt.« Axel rollt langsam an den parkenden Lkw vorbei, bis er sicher ist, die Kinder hinter sich gelassen zu haben. Dann geht er aufs Gas und fädelt sich in den Autobahnverkehr ein. Die zugelassenen hundertdreißig Stundenkilometer können ihm gestohlen bleiben. Sie müssen zum Fiesta aufschließen. Krüger wischt auf dem Diensttablet herum.

»Sie endet auf jeden Fall in Palermo.« Die Schilder an der A 2 machen auf den Grenzübergang aufmerksam.

»Bis nach Italien müssen wir hoffentlich nicht«, knurrt Axel. »Dann müsste ich nämlich essen, trinken, pinkeln und tanken.«

»Erst geht es nach Lüttich und dann über Bastogne nach Luxemburg«, erklärt Krüger. Er spricht das »gn« in Bastogne mit harten Konsonanten aus, als wäre es ein deutscher Name. Im Funk bleibt es still, sie passieren die Grenze bei Moelingen.

»Liège«, kündigt das Hinweisschild an. Wie oft ist er hier mit der Familie in den Urlaub ans Meer nach Frankreich gefahren? Axel hört die Stimme seiner Tochter, die Französisch liebt und schon mit vierzehn fleißig für die Familie gedolmetscht hat. Wie charmant das klang, ihr unbeholfenes, verlegenes Gestammel. Und jetzt erwartet sie selbst ihr erstes Kind.

»Luxemburg? Vielleicht sollte die Chefin die Kollegen dort auch gleich vorwarnen.«

»Sind noch zweihundert Kilometer.« Krüger steckt sich ein Kaugummi in den Mund. »Du auch?«

Axel winkt ab. »Vielleicht wollen die Täter auf die Dunkelheit warten.« Sein Magen knurrt. Der Woopy Snack gleich hinter der schon lange abgebauten Schrankenanlage zeigt an, dass er *ouvert* ist. »Hast du auch so 'n Kohldampf?« Als die Kinder noch klein waren, haben sie auf jeder Urlaubsfahrt hinter der belgischen Grenze Pause gemacht und Pommes gegessen.

»Du meinst, belgische Pommes, innen schön weich und

außen knusprig? Mit Frittensoße und klein geschnittenen Gewürzgurken und Zwiebeln?« Offensichtlich hat auch Krüger Schmacht.

»Ich sehe, wir verstehen uns. Lass Feierabend machen!«

Anstatt ranzufahren, setzt Axel sich auf die linke Fahrspur und beschleunigt weiter, bis der silberne Fiesta auftaucht. Die Kollegin fährt konstant einhundert Stundenkilometer. Er lässt sich zurückfallen und schert drei Fahrzeuge hinter ihr wieder ein.

»Wusstest du, dass Belgien das Mutterland der Pommes frites ist?«, fragt er den Kollegen.

»Wie in ›Asterix bei den Belgiern‹?« Henning lacht. »Gehört doch zur Allgemeinbildung.«

»Stimmt. Selbst mein Sohn, der Lesen prinzipiell für eine Zumutung hält, hat die Comics verschlungen, als er dreizehn war.« Marie hatte sich sogar an die französischen Originale gewagt. Immer noch Stille im Funk. Axel gibt sich für einen Moment seinen Erinnerungen an Familienzeiten hin. War doch alles gar nicht so verkehrt, die gemeinsamen Rituale, die Urlaube, selbst Davids Schulprobleme ... *Und jetzt werde ich schon Opa. Im Herbst kann ich mit meinem ersten Enkelkind im Kinderwagen spazieren gehen.* Die Vorstellung weckt gemischte Gefühle bei ihm.

Die belgische Autobahn führt an der Maas entlang, ein ICE überholt sie auf der parallel verlaufenden Bahntrasse. Er sollte wirklich mal wieder Urlaub machen. Seit der Trennung vor fünf Jahren hat Axel all seine freie Zeit und Energie in den Jazz gesteckt. Die Schemen von Menschen in den vorbeigleitenden Rechtecken der Zugfenster wecken sein Fernweh.

»Wo hast du eigentlich diesen Sommer Urlaub gemacht?«, spricht er den Kollegen an.

Krüger hört auf, auf dem Tablet herumzuspielen. »Wir waren in Südtirol. Bozen, meine Frau wandert gerne. Und ich liebe den Schinken und den Vernatsch.« Er streicht sich grinsend über den Bauchansatz.

»Bitte nicht vom Essen reden«, fleht Axel scherzhaft. Hat

er im Handschuhfach nicht noch Pfefferminzbonbons? Sie nähern sich dem Autobahnkreuz Cheratte. »Führt die E 25 durch die Stadt?« Die Vororte von Lüttich rücken in greifbare Nähe. Krüger zoomt sich in die Karte auf dem Navigationsgerät.

»So ziemlich. Immer am Fluss entlang.« Im Funk wird es wieder lebendig.

»Ich soll hinter Lüttich bei Bastogne rausfahren und bei der ›Q8‹ auf weitere Anweisungen warten.« Die Kollegin klingt nervös, ihre Worte sind vor dem Motorengeräusch des Fiesta schlecht zu verstehen. »Was bedeutet ›Q8‹? Sind das Koordinaten?«

»Das ist eine Tankstellenkette.« Auch das weiß Axel von familiären Urlaubsfahrten.

»Q8Oils gehört zur Kuwait Petroleum Corporation und betreibt mehr als fünftausend Tankstellen in Westeuropa«, erklärt der Techniker des LKA.

Klugscheißer. Wenn ich am PC sitze, kann ich das auch googeln. Aber eigentlich ist Axel sauer, weil Rudinzki schon wieder kaut.

»Die genaue Adresse bei Bastogne ist 4141 Sprimont«, fährt Rudinzki fort. »Ist gleich hinter der Ausfahrt, können Sie nicht verfehlen.«

»Alles klar. Vielleicht werde ich da endlich das Geld los.« Sie wird auch ungeduldig, verständlicherweise.

»Was ist mit der Ortung des Täterhandys?« Zum ersten Mal klingt Cornelia Gruber angespannt. »Haben die Entführer es diesmal angelassen?«

Er ist also nicht allein mit seinem Gefühl, dass gleich etwas passieren könnte.

»Negativ. Wieder nur eine SMS.«

»Gut, dann müssen Sie weiter an der Kollegin dranbleiben. Halten Sie die Augen nach deutschen Kennzeichen offen. Ich gehe nicht davon aus, dass die Täter belgische zum Wechseln dabeihaben. Und bleiben Sie selbst unsichtbar.«

Meint sie das ironisch? Wie sollen sie im Ausland mit deutschen Kennzeichen unsichtbar bleiben? Henning kundschaftet mit den Satellitenaufnahmen von Google Maps die Tankstelle aus. »Die liegt mitten im Örtchen. Da sind Wohnhäuser und Geschäfte nebendran.«

»Vielleicht hat er einen Komplizen dort.« Axel zuckt die Schultern. »Und setzt darauf, dass wir niemanden gefährden wollen.«

»Oder er ist überhaupt nicht dort und amüsiert sich gerade, weil wir unseren Tank leer fahren.« Henning Krüger schnaubt. »Und meine Frau wollte heute ihre hausgemachten Frikadellen zum Kartoffelsalat machen.«

»Wenn du noch mal vom Essen anfängst, setze ich dich hinter der Leitplanke aus.«

***

»Und? Hast du Holtz erreicht?« Silvia steht nur in ein Badetuch gewickelt im Bad, die feuchte Luft ist erfüllt vom Verbeneduft ihres Duschgels.

Johanna fühlt sich ertappt. *Woher weiß sie, dass ich gerade versucht habe, Axel anzurufen?*

»Ist nicht so wichtig.« Sie will keinen Streit, weil der Fall sie auch nach Feierabend nicht loslässt. Von Silvias rechter Schulter lockt eine tätowierte Pusteblume, deren davonfliegende Samenschirmchen sich in kleine Vögel verwandeln. Johanna beugt sich über die duftende Haut und drückt einen Kuss auf das Schulterblatt. »Heute Nacht bist nur du wichtig.«

Tatsächlich konnte sie Axel immer noch nicht erreichen, obwohl es gleich zehn Uhr am Abend ist und die Übergabe längst hätte laufen sein müssen. Patrick hat sie auf den aktuellen Stand gebracht. Die Erpresser haben die Kollegen über Belgien zurück nach Deutschland gelotst, und immer noch ist unklar, wo die Übergabe stattfinden soll. Gut, dass sie sich nicht noch eine Nacht um die Ohren schlagen muss. Johanna spült sich den Mund aus und drückt einen gestreiften Strang Zahnpasta auf ihre Bürste.

»Eine Entführung habt ihr nicht alle Tage. Also, was sagt

dein Kollege?« Silvia rubbelt ihre schlanken, fast zerbrechlich wirkenden Beine ab, die bis knapp übers Knie von der Sonne der letzten Wochenenden gebräunt sind. Ihre Oberschenkel, die fast immer von Röcken und Kleidern bedeckt waren, sind hell geblieben. Der Kontrast verstärkt Silvias Anziehungskraft auf Johanna nur noch mehr.

»Ich habe Axel nicht erreicht«, nuschelt sie mit ihrem Zahnpastamund. »Und mein Diensthandy ist für den Rest des Abends aus, okay?«

Ihre Freundin hat ihren Blick auf die Beine bemerkt und lächelt gequält.

»Und dein Privathandy?« Sie zieht ein dünnes champagnerfarbenes Hemdchen aus Seide über, unter dem die Konturen ihrer Brüste und ihrer Hüfte sichtbar bleiben. Johannas Restmüdigkeit nach dem Schlaf am Nachmittag verfliegt. Sie spült sich den Mund aus.

»Mein Privathandy?« Wie meint Silvia das wieder? Auf ihrem privaten Handy erhält sie kaum Anrufe. Ganz selten von alten Freunden aus Berlin. Und nie von Kollegen, auch wenn Axel die Nummer kennt.

»Vergiss es. War nicht wichtig.«

Jetzt rudert sie schon wieder zurück, denkt Johanna. Genau wie eben, als Silvia sich geweigert hat, ihren Ärger beim gestrigen Telefonat zu erklären. »Vielleicht habe ich mich verrannt«, war ihr einziger Kommentar, als Johanna mit den Antipasti ihres Lieblingsitalieners in Oberkassel aufkreuzte. Dann hat sie das Gespräch für den Rest der Mahlzeit auf ihre Pläne für eine Veröffentlichung zur Arbeit in der Ambulanz für Gewaltopfer gelenkt.

Egal. Wenn sie nicht reden will, dann werde ich sie nicht drängen. Ich kann mir für heute Abend Schöneres vorstellen.

»Das kenne ich gar nicht.« Johanna schiebt einen Zeigefinger unter den Träger des Nachthemdchens und geht die Linie seines Verlaufs bis zum Rücken nach. »Du siehst toll darin aus, die Farbe passt zu deinen Augen.«

Silvias lange dunkle Locken sind vom Duschen hochgebunden, im Nacken kleben ein paar gekringelte Strähnen an ihrer feuchten Haut.

Ihr Nacken hat mich schon bei unserer ersten Begegnung verrückt gemacht. Vor anderthalb Jahren war sie, neu und unglücklich beim KK11, hinter »Frau Dr. Dengendorf« die Gänge des rechtsmedizinischen Instituts entlanggehastet und wäre anschließend in deren Büro fast umgekippt, weil sie trotz fiebriger Grippe weiterermittelt hatte. Sie stellt sich nah hinter ihre Freundin und umfasst ihre Taille mit beiden Händen. Der vertraute Duft von Silvias Haut spült eine Welle von Lust durch ihren Körper. Johanna saugt ihn so tief wie möglich ein und fährt mit den Lippen die Linie des Halses nach.

»Lass mich!« Ihre Freundin entzieht sich der Umarmung. Der scharfe Ton in ihrer Stimme fühlt sich wie eine Ohrfeige an. »Mir ist nicht danach.«

Johanna starrt immer noch auf den schimmernden Stoff. »Was ist los? Hat es mit den Häusern zu tun? Beim Essen wolltest du nicht darüber reden.«

»Es sind nicht die Häuser.« Silvia löst mit einer energischen Bewegung die Spange vom Hinterkopf und bürstet die Locken aus. »Im Prinzip hast du recht, ich hätte dich nicht mit dem Termin am Freitag überfallen sollen.«

»Aber irgendwas nimmst du mir übel.« Johanna versucht, Silvias Blick im Spiegel zu erhaschen. Die braunen Augen ihrer Freundin wirken fast schwarz, als wären Wolken aufgezogen.

»Es ist nichts. Ich hab einfach nur keine Lust auf Sex.« Trotzdem strahlt sie eine Distanz aus, die in der kuscheligen Enge des Badezimmers eine unsichtbare Wand zwischen ihnen hochzieht.

Johanna richtet ihr Handtuch auf der Stange an der Wand in gleichmäßigem Abstand zu den Halterungen aus. Silvia hasst Unordnung. Asymmetrie. Nachlässigkeit. Johanna hat das immer akzeptiert, auch wenn sie findet, dass es manchmal absurde Züge annimmt.

»Das ist wirklich alles?« Die feuchtwarme Luft macht Johanna plötzlich das Atmen schwer. Es geht nicht um Lust oder Unlust, sagt ihr Instinkt, deshalb will sie das Nein nicht akzeptieren. »Dir Lust zu bereiten ist eine meiner leichtesten Übungen.« Diesmal zieht sie Silvias Körper mit Nachdruck an ihren. *Ich will sie spüren, ich brauche jetzt diese Nähe.*

»Klar, das ist deine Lösung für alles! Da bist du gut drin.« Ihre Freundin macht sich wütend ein zweites Mal los und stürzt aus dem Bad. Johanna folgt ihr in den großen Wohnraum, in dessen offener Küche sie eben noch gemeinsam gegessen, Pläne geschmiedet und auf den Rhein hinuntergeschaut haben.

»Wo bin ich gut drin?« Jetzt wird auch Johanna wütend. »Rede endlich Tacheles. Du kannst mich nicht dauernd zurückstoßen und anschließend schweigen.«

Silvia stürzt den Rest Rotwein, der noch vom Essen in ihrem Glas ist, herunter und greift sofort wieder zur Flasche. »Darin, unverbindlich zu sein, alles in der Schwebe zu halten, da bist du gut drin. Du hast dir immer genommen, was du wolltest, oder? All die Jahre in Berlin?« Sie füllt das Glas randvoll mit Wein, als müsste sie sich Mut antrinken.

»Wirfst du mir meine Vergangenheit vor?« In Berlin hatte sie sich immer wieder ins Clubleben gestürzt. Fühlte sich schnell gelangweilt, wenn die Erregung des Fremdseins vergangen war. In Johannas Kopf drehen sich die Gedanken. *Ich habe keine andere Frau mehr angesehen, seit ich sie kenne.* Eine Mischung aus Wut, Begehren und einer unterschwelligen Angst, die sie nicht benennen kann, macht sich in ihr breit. »Denkst du, ich betrüge dich?« Vielleicht hat sie deshalb nach dem Privathandy gefragt.

Ihre Freundin zuckt die Achseln. Trinkt. Schüttelt den Kopf. »Das vielleicht nicht, aber –« Wieder versinkt sie in Schweigen.

»Vielleicht nicht?« Das tut weh. »Vertraust du mir nicht? Ich habe keine andere.«

»Doch. Ich glaube dir. Natürlich.« Silvia behält den nächsten Schluck Wein lange im Mund, bevor sie ihn herunterschluckt.

»Was ist es dann? Lass mich doch nicht so zappeln.«

Immer noch weicht Silvia ihrem Blick aus, ihre Finger umklammern den Kelch des Weinglases. »Ich frage mich manchmal –« Sie bricht erneut ab. Der Kompressor des Kühlschranks springt mit einem Beben an, das Johanna bis in ihre Eingeweide zu spüren glaubt. »Ich frage mich, was unsere Beziehung eigentlich für dich ist«, fährt Silvia fort. »Ich meine, wo siehst du uns in drei Jahren? Oder in fünf? In zehn?« Sie schaut sie an, die untergehende Sonne bringt ihre Haare zum Leuchten, und der bernsteinfarbene Kranz um ihre Iris sieht aus wie ein goldener Ring. »Siehst du uns dann überhaupt noch zusammen?«

Mein Gott, ist sie schön, schießt es Johanna durch den Kopf. Und: Da habe ich mir noch nie Gedanken drüber gemacht.

»Wir ... wir haben doch eine gute Zeit miteinander, oder?«, stammelt sie. »Muss ich heute schon wissen, was in zehn Jahren sein soll?« Sie merkt selbst, wie hilflos sie klingt. Irgendwie ertappt, obwohl sie sich gar nicht schuldig gemacht hat.

»*Eine gute Zeit*«, wiederholt ihre Freundin bitter. »Ist das alles, was du willst?«

So lange wie mit Silvia hat sie es noch nie mit einer Partnerin ausgehalten. Und ausgerechnet die zweifelt an ihrer Beziehung?

»Ich habe mich ungeschickt ausgedrückt.« Johannas Finger wandern zu ihren verbrannten Schultern, die Silvia mit Salbe versorgt hat und die trotzdem wieder zu jucken beginnen. »Du weißt, dass du mir mehr bedeutest als ... Sex.«

»Warum habe ich dann das Gefühl, dass du nie ganz bei mir bist? Als ob du ... dir immer noch den Rückzug offen halten willst. Als ob du dich nie wirklich öffnest.« Die Angriffslust ist aus Silvias Stimme verschwunden, sie klingt resigniert.

Johanna reibt mit den Fingern über dem Shirt an ihrem Sonnenbrand. *Ich verstehe sie nicht. Ich habe mich noch nie so geöffnet wie bei ihr. Und das soll nicht genug sein?* Sie schiebt die Hand unter den Stoff und kratzt heftiger.

Silvia sieht sie traurig an. »Du bist ... wir haben ...« Sie sucht nach Worten, setzt neu an. »Wir haben tollen Sex, aber –«

»Aber was?« Johanna unterbricht sie. »Willst du mir gerade sagen, dass du mich nicht liebst?« Die ersten Brandblasen platzen unter ihren Fingernägeln, sie spürt die Gewebeflüssigkeit auf der Haut.

»Ich glaube eher, dass *du* nicht ... nicht lieben kannst. Vielleicht willst du dich auch einfach nicht festlegen. Wenn du dich schon so gegen ein Zusammenleben sträubst, weil du das Gefühl hast, deine Freiheit zu verlieren …« Silvia stürzt die zweite Hälfte des Weins herunter und stellt das Glas mit Nachdruck auf der Anrichte ab.

»Das hast du falsch verstanden. Ich sträube mich doch gar nicht dagegen.« Johanna greift zu dem Rettungsanker, den ihre Freundin ihr hingeworfen hat. »Wenn du willst, suchen wir weiter nach einem Haus.« Der Kühlschrank gibt wieder Ruhe und hinterlässt eine unerträgliche Stille.

»Wenn *ich* will? Siehst du, genau das meine ich.«

Johannas Hand wandert weiter in ihren Nacken. Der körperliche Schmerz ist das Einzige, was Silvias Worte erträglich macht.

»Ich weiß, was ich will. Aber was willst du?«, fährt ihre Freundin fort.

»Wenn du weißt, was du willst, ist doch alles –«

»Nein, nichts ist klar, Johanna!« Silvia schüttelt den Kopf. »Ich kenne dich jetzt anderthalb Jahre. Anfangs habe ich gedacht, du brauchst Zeit. Da war deine schwere Verletzung. Deine Unsicherheit, ob du überhaupt am Niederrhein bleiben willst.«

Johanna zwingt sich, mit dem Kratzen aufzuhören. Das Shirt klebt an ihrer versehrten Haut. *Als ob ich in Flammen stünde.*

»Aber mittlerweile frage ich mich, ob du dich überhaupt an einen Menschen binden kannst. Oder ob das dann nicht mehr *Johanna* wäre.«

Was redet sie da? Ich will das nicht hören.

»Ich will Verbindlichkeit, Johanna. Eine Familie. Und ich bin mir nicht sicher, ob ich das mit dir haben kann.«

Eine Familie? Redet sie von Heirat und Kindern? Johanna verschanzt sich in ihrem brennenden Körper, aber Silvia hört nicht auf.

»Ich bin Mitte dreißig, meine biologische Uhr tickt. Irgendwann muss ich Entscheidungen treffen.«

Sie redet von Kindern! Sie droht mir, sich eine andere Frau zu suchen. Johanna starrt wie betäubt auf das beige Seidenhemd-chen, das sich bedrohlich fremd anfühlt.

»Das ist kein Vorwurf, Johanna. Es fällt mir total schwer, dir das –«

»Ach, halt die Klappe«, hört sie sich wie eine Wahnsinnige schreien. »Spar dir dein Mitleid! Wenn du mich nicht willst, dann verschwinde ich besser.« Wie auf Autopilot geht sie ins Schlafzimmer, um sich anzuziehen.

∗∗∗

Seine Hüfte schmerzt, er zieht die Arme an den Oberkörper und dreht sich von der rechten auf die linke Seite. Obwohl er sein Schlaflager auf der Ladefläche des Kombi diesmal vorbereitet hat, ist der Untergrund einfach zu hart für seine Knochen. In seinem Alter sollte man nicht mehr im Wagen schlafen. Er massiert die schmerzende Stelle und lauscht dabei auf die Brandung des Meeres, die durch die einen Spaltbreit geöffneten Wagenfenster bis auf seinen Parkplatz jenseits des Deichs zu hören ist.

»Du hast doch nicht etwa ins Bett gemacht, du kleiner Mist-kerl!«

»Gib endlich Ruhe!«, ruft er gequält in die menschenleere Dunkelheit. Hört das denn nie auf?

Auf der Suche nach der besten Schlafposition streifen seine Finger einen Buchrücken, der aus der Reisetasche ragt. Birgits altes Märchenbuch. Er hat es heute Vormittag beim hastigen Packen mit in die Tasche geworfen. Sie las oft darin, während ihr Blut durch die Schläuche der Blutwäsche-Maschine floss. Und als er sie an einem Morgen im April tot in ihrem Bett fand, lag der fleckige Leinenband mit dem Froschkönig darauf auf ihrem Nachttisch.

Verdammt! Musste sie ihr Leben so beenden? Mit einem Cocktail von Tabletten und Alkohol im Blut?

Klar war er manchmal genervt, wenn sie ständig niederge-schlagen war. Und wehleidig, obwohl er sich alle Mühe gab, ihr die schönen Seiten des Lebens nahezubringen.

»Ihre Schwester litt an schweren Depressionen«, hat der Hausarzt gesagt, als er den Totenschein ausstellte. »Vielleicht ist es für sie eine Erlösung.«

Erlösung. So einfach darf man sich die Sache nicht machen, oder? Sie hatten doch auch gute Stunden. Der erste warme Frühlingstag des Jahres, als er den kleinen Tisch und zwei Gartenstühle in den Innenhof gestellt und mit Birgit ihren geliebten Riemchenkuchen mit Aprikosen – Ledderkestart – gegessen hat. Der Abend, als er auf dem Dachboden einen Karton mit Videokassetten aus den Achtzigern gefunden hatte und sie sich gemeinsam »Zurück in die Zukunft« und die »Blues Brothers« angeschaut haben. Da hat sie nach langer Zeit mal wieder laut gelacht. Wenn es ihr an den Tagen nach den Dialysen besser ging, zog sie sogar manchmal allein mit ihrer Kamera los und fotografierte den Niederrhein in all seiner Schönheit. Abends hat sie die Bilder stundenlang an ihrem Laptop bearbeitet und ihm die besten gezeigt. *Da war sie fast wie früher.*

Das Signalhorn eines Schiffs reißt ihn aus seinen Erinnerungen. Er schrickt zusammen.

»Strafe muss sein. Das hast du nun davon.«

Nein! Er hält sich die Ohren zu, obwohl er weiß, dass das nicht hilft. Die Flasche Korn neben dem Kopfkissen schon eher. Mit dem Schnaps in der Hand setzt er sich in der geöffneten Heckklappe auf die Ladefläche und trinkt in großen Schlucken. Ein warmes Brennen breitet sich in Hals und Magen aus. Tröstlich. Begütigend. Alles wird gut, beruhigt er sich selbst.

Alles wird gut, hatte Birgit ihm im »Spatzennest« ins Ohr geflüstert, als sie sich nach dem Frühstück vor dem Untersuchungszimmer begegneten. Jungen und Mädchen durften nicht miteinander sprechen. Mussten den straff organisierten Tagesablauf streng getrennt voneinander absolvieren. »Alles wird gut.« – Aber das war vor der Nacht im Kellerverlies gewesen. Bevor der Stiefelmann sie grün und blau geschlagen hatte.

»Das wirst du bereuen. Dich werde ich lehren!«

Er weiß bis heute nicht, woher sie den Mut genommen hat, dem Stiefelmann den Teller mit Blutwurst und seinem Erbrochenen vor die Füße zu werfen. Sie war neun Jahre alt. Ein kleines Mädchen, das seinen Bruder schützen wollte. Eine Heldin! Der Korn macht ihn weinerlich und angenehm schwindelig. Er schlendert über den Deich auf die Nordsee zu und starrt auf die Lichter, die sich am Horizont so idyllisch und harmlos aufreihen. Da drüben ist es gewesen. Er nimmt noch einen Schluck. Die Luftlinie zwischen Dagebüll und Föhr beträgt fünfzehn Kilometer, hat er gegoogelt.

Die würde ich mit dem Fahrrad in dreißig Minuten schaffen. Wenn ich über Wasser fahren könnte. Er kichert und prostet den Wellen zu. *Und wenn ich mein Fahrrad noch hätte. Zu Fuß in drei Stunden?* Probehalber nimmt er Anlauf und springt in die Gischt. Brr, ist das kalt. Das macht ihn ja gleich wieder nüchtern. Nichts wie zurück an den Strand.

Linker Hand an der Küste glitzern die Lichter des Fährhafens von Dagebüll. Die Mole ragt ins Meer hinein, Strahler markieren die Grenzen des Pontons. Er wollte ja heute schon übersetzen. Aber anstatt in See zu stechen, ist er am Nachmittag lieber über den Badestrand geschlendert und hat den Möwen zugeschaut. Er hat es nicht eilig. Wahrscheinlich ist es sowieso eine bescheuerte Idee, zum »Spatzennest« zurückzukehren. Dabei ist ihm die Reise am Morgen an Birgits Grab noch so schlüssig erschienen. *Als ob ich einen Punkt ans Ende eines Satzes setzen würde.*

Er dreht Dagebüll den Rücken zu und läuft am Saum des Meeres Richtung Dänemark. Die dänische Grenze könnte er tatsächlich problemlos zu Fuß erreichen. Noch suchen sie nicht nach ihm. Er könnte abhauen.

Und dann? Was mache ich in Dänemark?

Der Stoff seiner Jogginghose hat sich mit Salzwasser vollgesogen, er beginnt zu frieren und kehrt um. Im Wagen wickelt er die nackten Beine in die Decke und schaltet sein Handy an. Drei Anrufe in Abwesenheit. Eine Mailboxnachricht. Das war bestimmt Rolf. Weil er nicht zum Dienst erschienen ist.

Anstatt die Nachricht abzuhören, aktiviert er die Taschenlampenfunktion und greift zu dem Märchenbuch. Das Ding muss uralt sein, vielleicht hat es schon ihren Eltern gehört. Die Ecken des Einbands sind abgestoßen, die Seiten gelblich mit abgedunkeltem Rand. Aber es riecht gut, nach Papier und Leim und einem Hauch feuchten Laubs.

»Der Froschkönig oder der eiserne Heinrich«, er liest das erste Märchen, wobei er Mühe hat, die alte Schrift zu entziffern. Der Alkohol vernebelt seine Gedanken, er kann sich nicht konzentrieren. Er blättert zu der Seite, in die Birgit ein Lesezeichen gelegt hat. Das Märchen von Brüderchen und Schwesterchen. *Na, das passt ja.* Seine Arme und Beine kribbeln, als er zu lesen beginnt. »Brüderchen nahm sein Schwesterchen an der Hand und sprach: Seit die Mutter …« Der Text verschwimmt vor seinen Augen.

»Das habe ich doch versucht, Birgit. Aber du musstest ja unbedingt einen Abgang machen und diesen Mistkerl gewinnen lassen.«

***

Justin sitzt mit angezogenen Beinen auf dem Fahrersitz des BMW und lässt die gläserne Tür der Mikrowelle auf dem Beifahrersitz nicht aus den Augen. Wann ruft die Alte endlich an? Kann das sein, dass die immer noch nicht am Rasthof Weilbach-Süd angekommen ist? Oder will die ihn verarschen?

Unschlüssig trommelt er auf seinen Knien herum. Um ihr eine Nachricht zu schreiben, müsste er das alte Nokia aus seinem Funkversteck in der Mikrowelle nehmen. Das ist ihm zu heiß. Stresst schon genug, dass er sie gleich anrufen muss, um sie zu der Brücke über seinem Feldweg hier zu lotsen.

Wie lange brauchen die Kripos, um das Teil zu orten? Im Internet stand, dass das gar nicht so schnell geht, wie die im Fernsehen immer behaupten. Und außerdem sind die Funkzellen groß. Bis die Cops ihn in der Dunkelheit gefunden haben, ist er schon längst weg.

Auf dieser Bonsaistraße hier ist es nicht dunkel, sondern finster. Null Beleuchtung, Justin kann sich nicht erinnern, wann er jemals in solcher Dunkelheit gewesen ist. Nur die Scheinwerfer der Pkw auf der Autobahn bewegen sich zum Greifen nah von links nach rechts.

Du bist ratzfatz auf der A 66. Und dann nichts wie ab nach Hause mit der Kohle.

Bis eben lief alles easy. Der Trip mit dem Coupé runter nach Frankfurt war saugeil. Ein paar blöde Baustellen haben ihn ausgebremst, aber sonst immer voll Stoff auf der linken Spur. Die Wartezeit hat er sich dann am Bahnhof vertrieben, Burger essen im Hafti-Land. Ab und zu eine SMS mit Anweisungen für die Alte tippen. Das war bis jetzt alles. *Wie brav die immer weitergefahren ist. Und die Bullen vermutlich immer hinterher.* Aber gleich könnte es ballern.

Die Luft im Wagen steht, er schaltet die Zündung ein und fährt die Fenster herunter. Er darf keinen Fehler machen. Nur kurz raus aus der Karre, sich die Kohle krallen, und dann nichts wie weg. Er muss die Scheine so schnell wie möglich in den Fußraum auskippen und die Tasche aus dem Fenster werfen. Wegen Peilsender und so. Er ist ja nicht doof.

Das Display in der Mikrowelle leuchtet auf. Das ist ihre Nummer! Justin kriegt Puls. Er drückt die Tür der Mikrowelle auf und setzt sich aufrecht hin. *Räuspern. Stimme verstellen.* Hat er eben noch geübt.

»Wo bleiben Sie denn?« Klingt ein bisschen unecht, die tiefere Stimme, aber egal. »Sind Sie an dem Rasthof?«

»Genau gegenüber dem Eingang zum Restaurant. Wie geht es meinem Vater? Ich brauche ein Lebenszeichen.« Für eine Frau, die seit Stunden durch die Landschaft kurvt und Angst um ihren Alten hat, klingt sie ziemlich cool.

»Sie wollen doch, dass er morgen wieder zu seiner Dialyse kann.« Ziemlich genialer Trick. Auf diese Weise weiß sie, dass er weiß, dass der Opa regelmäßig zur Behandlung muss. »Dann halten Sie besser den Mund und hören mir zu.« Justin schaltet die Innenbeleuchtung des Wagens ein, um die Straßennamen lesen zu können, die er sich im Burger King auf dem Unterarm notiert hat. »Sie gehen zu Fuß querfeldein zur Mainzer Landstraße. Die laufen Sie in Richtung Hattersheim, bis nach ein paar hundert Metern ein Weg links abgeht.« Kann die sich das überhaupt alles merken? Vielleicht hätte er doch besser eine SMS schreiben sollen. »Der führt über die Autobahn, und wenn Sie dadrüber sind, werfen Sie das Geld über dem Feldweg dahinter ab.«

»Mainzer Landstraße. Dann links auf den Weg über die Autobahn«, wiederholt sie. »Aber wenn ich das in der Dunkelheit nicht finde, kann ich –«

»Nehmen Sie Ihr Handy mit«, unterbricht er sie. Das Telefonat dauert schon vierzig Sekunden. »Und keine Polizei, sonst ist Ihr Vater tot!« *Sagt man doch so, oder?* Er drückt das Gespräch weg und wirft das Handy mit zitternden Fingern zurück in die Mikrowelle. Bei den letzten Sätzen hat er total vergessen, seine Stimme zu verstellen. Fuck, kann er aber nicht mehr ändern. Wenigstens ist das Nokia wieder weg vom Radar.

Und wenn sie es vermasselt? Wenn sie in der Dunkelheit den Weg nicht findet oder die Kohle nicht an der richtigen Stelle abwirft? Er kann auf keinen Fall eine lange Suche auf dem Feld hier mit Taschenlampe veranstalten. Justin trommelt unschlüssig auf dem Lenkrad herum. Er könnte die Scheinwerfer anschalten, sobald sie auf der Brücke auftaucht. Aber dann würden ihn die Bullen zu leicht finden. Vielleicht doch keine so geniale Idee, sie zu Fuß loszuschicken. Er hat den Kripos Zeit verschafft, irgendwie außen herumzufahren.

Dreiundzwanzig Uhr drei, sagt die Zeitanzeige am Armaturenbrett. Laut Google sind es fünfzehn Minuten vom Rastplatz bis zur Brücke. Scheiße, ist er nervös. Für einen Augenblick packt Justin ein Fluchtreflex. Einfach wegfahren, ab auf die Autobahn. In zwei Stunden wäre er mit der Karre zurück am Niederrhein. Er könnte einfach weitermachen wie bisher.

Du wirst doch nicht kneifen. Justin hört seinen eigenen Atem, schneller und lauter als normalerweise. Musik wäre geil, aber soll er den Wagen jetzt schon starten? Sein Körper fühlt sich an, als hätte man ihn mit Brausewasser geflutet. Ist klar, das Adrenalin, kennt er schon von dem Kioskbruch, aber trotzdem ist das hier 'ne andere Nummer. Da war er cool aufgeregt und nicht so schissig aufgeregt wie gerade. Hoffentlich kommt der Burger nicht gleich wieder retour.

Denk dran, was mit der Kohle alles drin ist. Paris für Larissa. Playstation für Moritz und eine Spülmaschine für seine Mutter. Die Sache mit dem PC für die Caritas kann er sich ja noch mal überlegen. Trotzdem müsste genug übrig bleiben, um sich eine Karre wie diese hier zu besorgen. Mit zweihundertvierzig PS in sechs Sekunden von null auf hundert. Und natürlich so eine geile Dolby-Surround-Soundanlage, wie dieser hier hat. *Bro, du hast es bis hier geschafft, du ziehst das jetzt durch.*

Die Ziffern der Digitaluhr springen quälend langsam weiter. Dreiundzwanzig Uhr neun. Was Larissa wohl gerade treibt? Ob sie brav ist und mit ihren Freundinnen abhängt oder Netflix schaut? Oder ob sie doch mit Luka …? Die Eifersucht beschleunigt seinen Puls noch mehr. *Vielleicht ist sie die ganze Nummer gar nicht wert.*

Die Tochter von dem Alten müsste die Hälfte der Landstraße gelaufen sein. *Noch sechshundert Meter bis zu dreihunderttausend Flocken.* Justins Hände sind schweißnass, seine Zunge klebt am trockenen Gaumen. An Cola oder so hat er natürlich nicht gedacht. Ein Geräusch in der Luft lässt ihn zusammenschrecken. Ist das ein Hubschrauber? Er steigt aus, verflucht seine Puddingknie. Da fliegt tatsächlich ein Hubschrauber, aber seine Lichter entfernen sich Richtung Frankfurt, vielleicht ein Rettungseinsatz, er atmet erleichtert aus, setzt sich zurück in den Wagen.

Dreiundzwanzig Uhr zwölf. Was wiegt das eigentlich, dreihunderttausend in kleinen Scheinen? Ist das schwer? Also für eine Frau, die es in einer Tasche mit Peilsender durch die Landschaft schleppt?

Irgendwie hat er gerade ein ganz blödes Gefühl. Justin startet den Motor, vielleicht sollte er doch besser abhauen, noch wissen die nicht, wer er ist. Die Bässe von Haftbefehl dröhnen beruhigend durch den Wagen, alles gut, bloß nicht die Nerven verlieren.

Dreiundzwanzig Uhr fünfzehn. Warum ist die immer noch nicht auf der Brücke? Verarschen die ihn? Justin singt den Refrain mit, »Für immer reich, bi-bin bi-bin für immer reich«. Er sollte besser lauschen, was um ihn herum passiert, aber er muss das tun, damit die Panik ihn nicht überrollt. Die Ziffern springen auf dreiundzwanzig Uhr sechzehn, sein Puls auf hundertachtzig. *Wenn in zwei Minuten keine Tasche hier runterfällt, rufe ich die Bitch noch mal an.* Das Nokia in der Mikrowelle bleibt dunkel, nur die Augen einer Katze leuchten plötzlich im Licht der Scheinwerfer vor der Stoßstange auf.

»Schleich dich, du Vieh!« Muss die ihn so erschrecken?

Dann passiert alles auf einmal, als hätte die Katze magische Kräfte gehabt. Die Dunkelheit vor den Autofenstern gerät in Bewegung, Anweisungen werden gebrüllt, Wagentüren aufgerissen, Hände zerren an ihm. Ein Schmerz zieht durch seine Schulter, als jemand ihm den Arm auf den Rücken biegt. Ein Knie im Nacken drückt ihn zu Boden, sein Gesicht ist so nah an der Erde, dass er die verdorrten Grashalme riecht und Staub in die Fresse kriegt. Justin dreht den Kopf zur Seite und beginnt zu husten. »Auf diesen Straßen klebt mein Blut«, so ist das wohl, Hafti, so fühlt sich das an. Die Katze sucht hinter ein paar Sträuchern das Weite, Justin zappelt immer noch, zu viel Adrenalin, dann gibt er endlich auf. Der Song von Haftbefehl bummert nicht länger über dem Rauschen der Autobahn, Zündung aus, dafür hört er jetzt eine Stimme, die ihm bekannt vorkommt.

Ist das der Typ, der so brutal auf ihm kniet und ihm Handschellen anlegt? Die hektischen Bewegungen der vielen Beine um ihn herum stoppen, die Verständigung der Bullen wird leiser, Justin sieht, wie der Alte in seinem Blickfeld die Waffe zurück in das Holster schiebt.

Das war's jetzt also. Er spürt die Erleichterung der Polizisten, ein Funkgerät rauscht, die verfluchten Kripos haben wieder Oberwasser.

»Justin Richarz?«, fragt die Stimme über ihm, die zu einem kahl geschorenen Bullen mit breiten Kieferknochen gehört. »Ich nehme Sie vorläufig fest wegen des dringenden Tatverdachts auf erpresserischen Menschenraub, Paragraf 239 Strafgesetzbuch. Sie haben das Recht, die Aussage zu verweigern, sowie das Recht zur Beantragung von Beweiserhebungen nach Paragraf 163a StPO.«

Das ist doch der Typ, der ihm wegen der Aussage ständig aufs Smartphone gequatscht hat.

Der Rest der Belehrung geht an Justin vorbei, während er sich vom Boden in die Senkrechte hochziehen lässt. Seine Beine zittern immer noch. »Erpresserischer Menschenraub«, hallt in seinen Ohren. Die glauben tatsächlich, er hätte den Opa irgendwo versteckt!

»Ja, ich bin Richarz, aber ich habe Herrn Bredenscheid nicht entführt«, stößt er zwischen den Hustern hervor. »Ich habe dem nur Essen gebracht, wie jeden Freitag.« Über den Feldweg kommen weitere Polizeiwagen mit Blaulicht angefahren.

So viele Bullen. Nur für ihn. Allmählich gerät er in Panik. Was haben die mit ihm vor? Wenn die aus ihm rauskriegen wollen, wo der Opa ist, foltern die ihn notfalls auch? Hört man doch immer wieder, dass die nicht zimperlich sind. Dabei kann er denen gar nichts sagen.

»Die Frankfurter Kollegen bringen Sie zur Vernehmung ins Präsidium.« Der Glatzkopf drückt ihn unsanft mit der Brust gegen ein Einsatzfahrzeug, ein zweiter Typ tastet seinen Oberkörper und seine Hosentaschen ab.

»Keine Waffen. Bloß ein Smartphone. Abgeschaltet«, meldet er.

Der Ältere, der mit Handschuhen im BMW herumgefummelt hat, hält sein Portemonnaie hoch und zieht den Personalausweis heraus. »Justin Richarz, geboren am 7. März 2001, gemeldet in der Wichardstraße«, bestätigt er.

»Hast du auch Fahrzeugpapiere, Axel?«, fragt der Glatzkopf, der ihn trotz der Handschellen immer noch so fest am Oberarm gepackt hat, als könnte er jederzeit türmen. »Schicke Karre übrigens.«

»Die habe ich geliehen. Wirklich. Die gehört dem BMW-Händler in Geldern.«

»Geliehen?« Der Bulle, der Axel heißt, hebt die Mikrowelle vom Beifahrersitz. »Dann gehört die hier zur Sonderausstattung?«

»Das ist das Paket ›Eat & Drive‹ für den kleinen Hunger zwischendurch«, spottet der Kahle. »Vielleicht haben die Frankfurter Kollegen einen Snack für den jungen Mann.«

Dem macht das Spaß, ihn zu demütigen. Wenn sein Mund nicht so trocken wäre, würde Justin ihm am liebsten ins Gesicht spucken. Er wird in Richtung des Streifenwagens gestoßen.

»Ich habe diesen Bredenscheid wirklich nicht«, beteuert er noch einmal, bevor Hände ihn auf die Rückbank drücken und die Wagentür zuschlägt.

Das ist ja mal ordentlich schiefgegangen. Mehr schief geht gar nicht.

Schlaflos I

Johanna tanzt. Blaue Lichtreflexe irrlichtern auf ihrem weißen Shirt, die Bässe wummern im Magen. Bump, bump, bump, sie gibt sich dem Dröhnen hin. Sie will einfach nur tanzen, den Körper loslassen in unreflektierter Bewegung, den Kopf abschalten. *»Als ob du dich nie wirklich öffnest. Als ob du nie ganz bei mir bist.«* Silvias Stimme hallt nonstop in ihrem Kopf wider. Was will die blöde Kuh von ihr? Noch nie hat sie sich einem Menschen so geöffnet.

Die Tanzfläche ist nur mäßig voll an diesem Hochsommerabend, Johanna hebt die Arme über den Kopf und dreht sich im Gewitter des Discolasers, der von der Spiegelkugel unter der Decke in tausend Lichtscherben zerschlagen wird. Sie badet in der Lautstärke, die Konturen ihrer Haut lösen sich in der Lichtshow auf. Immer gieriger taucht sie in die Clubatmosphäre ein wie ein Wal, den man vom Trockenen zurück ins Meer geschoben hat.

Genau das hat sie nie gewollt, dass jemand sie verbiegen will, dass jemand Ansprüche an sie stellt. *»Was ist unsere Beziehung überhaupt für dich?«*

Ja, was wohl, Silvia, was?

Dem Ausmaß ihres Schmerzes nach zu urteilen: Liebe.

Johanna will dieses Gefühl nicht, will nicht darüber nachdenken. Das Licht zuckt im Rhythmus der Musik, ihr läuft der Schweiß in Strömen hinunter, sie wischt sich die Stirn mit dem Handrücken ab. Wieso tanzt der Typ im rosa Poloshirt sie an? Hat der keine Augen im Kopf?

Sie wendet sich ab, geht auf Abstand zu seinem Gezappel. Die Sohlen ihrer Turnschuhe quietschen auf dem PVC-Boden, sie spürt es mehr, als dass sie es hört. Immer wieder sieht sie Silvia in ihrem duftigen Nachthemd mit dem Glas Rotwein in der Küche stehen. Ihre goldbraunen Augen. *»Wo siehst du uns in fünf Jahren, siehst du uns überhaupt noch zusammen?«*

Jetzt nicht mehr, schreit Johannas Herz wütend auf.

Ein Aroma von Zigarren und Männerschweiß steigt ihr in die Nase. Da tanzt der Kerl mit dem albernen Dutt auf dem Oberkopf sie schon wieder von der Seite an. Meine Güte, wie blind kann man sein?

Der Flow ist dahin, die Luft im Club ist schwül und stickig und ihr Mund wie ausgetrocknet. Das blaue LED-Band unterhalb der Theke schwebt wie ein rettendes Ufer im Raum, Johanna sucht einen Weg durch die Tanzenden Richtung Bar. Der Boden vor dem Ausschank klebt, da muss jemand sein Bier oder seinen Cocktail verschüttet haben. Sie wirft einen Blick über die Schulter, um sich zu vergewissern, dass der Dutt-Mann nicht hinterherkommt.

Du fühlst dich doch sonst nicht so unsicher.

Gerade aber schon. Das Gestikulieren und Lachen ein paar Halbstarker an der Stirnseite der Theke bringen sie durcheinander, deren Grinsen kommt ihr unverschämt vor. *Als ob ich wieder siebzehn wäre und in der Unterführung von ein paar Neonazis als Lesbe beschimpft und bedroht werde.*

Das ist lange her, ermahnt sie sich selbst. Inzwischen hat sie zwanzig Jahre Kampfsporterfahrung, sie ist Kriminalhauptkommissarin, sie musste zwei Menschen im Dienst töten, wurde selbst fast getötet.

Ich habe überlebt.

»Ein Kölsch«, ruft sie dem Barkeeper zu und starrt auf die gleichmäßige Reihe der LED-Leuchten vor ihrer Brust. Sie wird auch Silvia überleben. Das Kölsch beschlägt mit feinen Wassertröpfchen, sobald die kalte Flüssigkeit das Glas berührt, der Schaum leuchtet weiß über den Rand hinaus. Johanna schließt die Augen und trinkt durstig. Der Schweiß auf ihren Lippen mischt sich mit dem Bier … eine Zigarette … sie braucht unbedingt eine Zigarette. Seit sie am Niederrhein lebt, hat sie nicht mehr geraucht, Silvia hätte es nicht gemocht. Aber das ist nun auch egal.

Mit dem Kölsch in der Hand macht sie sich auf den Weg zum Ausgang. Vor der Tür hat sie einen Zigarettenautomaten gesehen, ein bisschen Luft kann nicht schaden. Die Stufe im Gang kommt unerwartet, ihr rechter Fuß rutscht über die Kante, Johanna strauchelt. Sie sucht mit der linken Hand nach Halt an der Wand, will das Kölsch in der rechten nicht verschütten. Dann fühlt sie sich von hinten gehalten. »Hey, hey, Vorsicht!«, sagt eine hohe Stimme sehr nah an ihrem Ohr.

Als Johanna ihr Gleichgewicht zurückerlangt und sich umdreht, sieht sie in ein grüngraues Augenpaar in einem sehr jungen Gesicht.

»Danke.« Johanna macht sich los. Die Mädchenfrau hat ihre grün-blonden Haare zu Dreadlocks gedreht, und an ihrer Oberlippe blitzt ein Piercing auf, als das Licht eines Strahlers auf sie fällt. »Cooles Shirt hast du an.« Das Mädchen trägt ein unregelmäßig gewebtes schwarzes Hemdchen, unter dem ein neongrüner Träger hervorblitzt. Darunter bedecken ebenso schwarze Pluderhosen ihre mageren Beine.

Ich wollte doch eine Zigarette, denkt Johanna und läuft weiter. Aber das Lächeln in ihrem Rücken zieht sie zurück, die Bässe dröhnen wieder verlockend, und der Rhythmus ergreift von ganz allein Besitz von ihr.

»Ich muss irgendwann Entscheidungen treffen.« – Du hast dich doch längst entschieden, Silvia. Ich bin nicht die, nach der du suchst.

Die zwei Sorten Schmerz brennen, den körperlichen in ihrem Nacken kann sie nicht loswerden, aber den seelischen, den wird sie nicht länger dulden. Die Dreadlock-Frau beobachtet sie immer noch, als Johanna das Kölsch auf der Theke abstellt und zurück auf die Tanzfläche geht. Ihre makellose weiße Haut unter den neongrünen Trägern changiert im Licht der Lasershow zwischen Blau- und Grüntönen, eine Meerjungfrau, eine Nymphe, ein Wassergeschöpf. Ihre Blicke treffen sich. Komm, wenn du was von mir willst.

Johanna beginnt zu tanzen, sie startet das alte Spiel, angucken, weggucken, angucken, flirten. Ihre Bewegungen werden lockender, sie hebt die Arme über den Kopf, streicht die schweißnassen Haare aus der Stirn, macht sich offen und weich. Das Jagdfieber übertönt den Schmerz, die Stimme des Sängers perlt über ihre Haut, die Bässe zielen direkt in den Bauch. Als die Mädchenfrau auf sie zutanzt, dreht Johanna ihr in Zeitlupe den Rücken zu und wartet ab.

Zeig mir, ob du dich vortraust. Mach mir klar, was du willst oder nicht willst.

Sie reduziert ihre Bewegungen auf ein Minimum, spürt den schmalen Körper dicht hinter ihrem. Da ist ein fremder Duft, sie dreht den Kopf zur Seite, nimmt Witterung auf. Ein letztes Mal schiebt Silvia sich in ihre Gedanken, aber bevor sie zu viel Raum einnehmen kann, spürt Johanna einen Luftstrom an ihrem verschwitzten Nacken, der ihre ganze Konzentration fordert, ihr ein unwillkürliches Lächeln ins Gesicht zaubert. Pustet die kleine Meerjungfrau sie an?

»Du hast dich aber ganz schön verbrannt«, raunt der Sopran an ihrem Ohr, feuchte Lippen berühren für eine winzige Zeitspanne Johannas Ohrmuschel. »Passt denn niemand auf dich auf?« Die Mädchenfrau ist nur noch eine Handbreit von ihr entfernt, Johanna legt den Kopf zurück, bis sie die Berührung der Dreadlocks spürt.

»Ich könnte schon auf mich aufpassen, aber vielleicht will ich es gar nicht immer.« Sie dreht sich um und atmet den fremden Duft ein, der genauso hell und süß ist wie die Stimme. *Rosen oder Maiglöckchen oder Honig.*

Die Trägerin des Duftes lacht, dann entdecken die grüngrauen Augen die Narbe unter Johannas Kehle, der Mund formt eine stumme Frage. Statt einer Antwort nimmt Johanna ihre Hand und führt sie an den Hals. Finger mit schwarz lackierten Nägeln bahnen sich einen Weg über die Narbe und die Kuhle zwischen den Schlüsselbeinen bis zum Ansatz der Brüste. Die Lust pulsiert im Rhythmus der Bässe durch ihren Bauch, ein aggressives Verlangen. *Ich bin frei. Ich bin niemandem etwas schuldig.*

»Wie heißt du?« Sie beugt sich vor. »Ich bin Johanna.«

»Und ich heiße Melissa.«

***

Justin schwitzt. Die Pritsche in der Zelle ist hart, die Wolldecke kratzt auf den nackten Beinen.

Scheiße, scheiße, scheiße.

Er reißt die Decke beiseite, stellt die Füße auf den Boden und bleibt unschlüssig auf den Brettern sitzen. Bis die Kripos ihm endlich geglaubt haben, dass er den Bredenscheid nicht entführt hat, haben sie sein ganzes Leben auseinandergenommen.

»Wo waren Sie am Freitag, nachdem Sie den Fahrer gefunden haben? Warum haben Sie das Ausfahren des Essens abgebrochen? Wer war mit Ihnen im Schwimmbad? Wie lange?« Und so weiter und so fort.

Und am Ende hat der kahle Oberbulle wegen »Gefahr im Verzug« mitten in der Nacht bei Larissa angerufen. Ob er wirklich bei ihr gepennt hat am Freitag und so. *Idiot!*

Aber wirklich krass war, wie der nach dem Telefonat dann mit so 'nem fiesen Grinsen auf der Fresse zurück in den Verhörraum kam.

»Ihre Freundin ist ja kein Kind von Traurigkeit«, hat er gesagt. Justin hat nur Bahnhof verstanden. Hat der erwartet, dass Larissa heult, wenn sie von seiner Verhaftung erfährt?

»Besonders besorgt um Sie ist die nicht«, hat dieser Ostermann weiter erklärt. »Die hat gleich 'nen Ersatzspieler am Start.«

»Tom, lass doch!« Der Frankfurter Kollege hat die Stirn gerunzelt. Der war im Ganzen nicht so gefährlich wie dieser Oberkommissar Ostermann.

»Sie meinen, die geht fremd?« Justin hat sich gefühlt, als hätte ihm jemand einen Eimer kaltes Wasser über den Kopf gegossen.

Diesmal hat der Kahle nur die Achseln gezuckt. »Immerhin hat der junge Mann, der bei ihr war, Ihr Alibi für den Nachmittag im Schwimmbad bestätigt.«

Also Luka, das Schwein!

Justin springt von der Pritsche auf und läuft in der Zelle auf und ab. Vier Schritte hin, vier Schritte zurück, vier Schritte hin. Er versucht, für seine Bitch Kohle für einen Trip nach Paris zu organisieren, und Luka nutzt das aus und macht Larissa für sich selbst klar.

Fuck! Und jetzt bin ich hier eingesperrt wie so 'n Tiger im Käfig und kann nichts machen. Er schlägt gegen die Gitter vor dem Fenster und stößt einen Wutschrei aus. Dann noch einen. Und noch einen. Tut gut, der Anspannung Luft zu machen. – Etwas hämmert gegen die Wand neben dem Waschbecken.

»Ey, Ruhe da drüben, ich will schlafen!«

Schon gut, ich bin ja schon ruhig. Er hockt sich zurück auf die Pritsche. Jemand macht sich an der Tür zu schaffen.

»Alles in Ordnung, junger Mann?« Der Aufpasser hat eine Narbe über der Wange und sieht aus, als wäre mit ihm nicht gut Kirschen essen. »Ich will hier keinen Aufstand erleben.«

Justin nickt. »'tschuldigung. Ich mach keinen Ärger mehr. Wirklich.«

»Sie schlafen besser ein Stündchen. Morgen früh um sieben kommen die Kollegen, die Sie nach Krefeld überstellen.« Der Wachmann verschwindet wieder und schließt die Zellentür hinter sich ab. Das Geräusch ist echt abgefuckt. Bei dem Bruch damals haben sie ihn nicht eingesperrt. Aber diesmal haben sie ihn an den Eiern.

Justin legt den Kopf auf das Kissen und zieht die Decke nur über seine Beine. Da hat er aber auch so richtig Bockmist gebaut. Und Moritz, sein einziger wahrer Bro, ist bestimmt sauer auf ihn. Wegen dem Auto und der Versicherung und so. Hoffentlich verliert der nicht seine Lehrstelle. *Ich muss seinem Chef sagen, dass das nur meine Schuld war. Dass ich Moritz gezwungen habe oder erpresst oder so was.* Er schließt die Augen und versucht zu schlafen. Geht überhaupt nicht. Da ist viel zu viel Wut in ihm. Auf diese fucking ungerechte Welt, auf die Bullen, auf Larissa. Und er Idiot war auch noch so blöd, seinen einzigen Anruf nach der Befragung auf sie zu verschwenden. Larissa hat ihn nicht mal zu Wort kommen lassen.

»Was für 'nen Schwachsinn hast du jetzt wieder angestellt? Ich bin raus aus der Nummer«, hat sie rumgezickt. »Ruf mich nie wieder an.« Im Hintergrund tatsächlich die Stimme von einem Macker, Luka vermutlich, dann hat sie aufgehängt.

»Gefickt vom Leben (so ist das eben).« Ein paar Hafti-Songs

würden ihm guttun. Aber sein Smartphone haben sie ihm natürlich abgenommen. Er braucht morgen in Krefeld unbedingt einen Pflichtverteidiger.

Eben haben die Kripos kurzen Prozess gemacht. Versteht er ja sogar, die mussten rauskriegen, ob er den alten Mann irgendwo gefangen hält. Und als klar war, dass er den Alten nicht entführt hat, hat der Frankfurter Bulle gesagt, dass er sich wegen Vortäuschung einer Straftat und Erpressung vor Gericht verantworten müsse und dass er aus der Nummer mit seinen Vorstrafen da nicht ohne Knast rauskomme.

Ob er wieder den Richter mit dem Hundeblick kriegt? Vielleicht kann er dem was vorheulen, und die Sache geht halb so schlimm aus.

Aber Larissa und Luka … Wie kann sie ihn so schnell abservieren? Freitag war er noch die coole Sau, und zwei Tage später …

»Die Bitch war es nicht wert, Digger«, würde Hafti bestimmt sagen. »Es gibt andere Bräute. Wein der Schlampe doch keine Träne nach.«

Die Wut setzt Justin unter Strom, er ballt die Fäuste. Aber er darf nicht wieder ausflippen, diesmal bleibt der Typ mit dem Schlüssel sicher nicht so freundlich.

»Alles gut, Bruder. Ich weiß, es kostet alles viel Kraft und viel Zeit. Aber es wird wirklich, ich glaub das Beste, Beste, Beste, Beste.« Morgen wird er dem Untersuchungsrichter vorgeführt.

✳✳✳

Drei Uhr siebenundzwanzig. Immer noch kann er die Bilder in seinem Kopf nicht abstellen. Die Stimme nicht zum Verstummen bringen.

»Die Natur verachtet Schwäche. Nicht meine Schuld, wenn ihr versagt habt. Geschieht euch recht, ihr verzogenen Blagen.«

Er hebt eine Hand und schaltet die Innenbeleuchtung des Kombi an. Verdammt! Hört das nie auf? Seine Finger zittern, als er eine Zigarette anzündet und gierig daran zieht. Was hat

Rolf ihm auf die Mailbox gesprochen? Hoffentlich ist er nicht bei ihm zu Hause gewesen.

Die vertraute Startmelodie seines Handys wirkt fremd an diesem Ort zu dieser nächtlichen Zeit. Er wählt die Nummer der Mailbox.

»Hey, Michael, wo steckst du? Ich mache mir allmählich Sorgen. Du bist noch nie unentschuldigt nicht zum Dienst erschienen. Auf dem Festnetz konnte ich dich nicht erreichen, ans Handy gehst du auch nicht.« Sein Freund pausiert, in seinem Schweigen hört er das Zögern. »Na ja, ich hoffe, du hattest keinen Unfall oder bist im Krankenhaus oder so. Ruf zurück, ja? Ist egal, wann. Kannst auch nachts anrufen.« Er beendet den Mailboxanruf, bevor die automatische Stimme weiterspricht.

Soll er Rolf erzählen, was passiert ist? Und dann? Damit brächte er ihn nur mit in die Bredouille. Tief inhaliert er den Rauch der Zigarette, nimmt ohne Pause mehrere Züge hintereinander und verspürt eine seltsame Befriedigung, als die Schleimhaut zu brennen beginnt. Seine Lunge wehrt sich, er ignoriert den Hustenreiz und quarzt weiter, als ginge es darum, einen Rekord aufzustellen. Ihm wird schwindelig und übel, aber er hält durch, bis er nur noch den Filter in der Hand hat. Im Halogenlicht am Fahrzeughimmel wabert der Qualm in dichten grauen Schlieren. Er muss raus hier. Im Licht seines Smartphones taumelt er zum Strand.

»Atmen. Tief ein- und ausatmen.« Das hat er Birgit immer gesagt, wenn ihr schlecht wurde. Jetzt muss er es selbst tun.

Allmählich beruhigt sich sein Kreislauf, der kühle nasse Sand unter den bloßen Füßen bringt ihn zur Besinnung. Stand das Wasser nicht eben noch bis hierhin? Er leuchtet vor sich in die Finsternis, der Schlick liegt in dunkelgrauen, von Prielen durchzogenen Wellenlinien vor ihm. Die schwarzen Schemen dort könnten Holzpflöcke sein. Die Doppelreihen Pflöcke sind ihm schon am Nachmittag im Wattenmeer aufgefallen, und er hat sich gefragt, welche Funktion sie haben. Was der rundliche Knubbel im Schlamm sein könnte, kann er nicht erkennen. Gibt es hier Robben?

Seine Handytaschenlampe reicht nicht bis zur Wasserlinie, etwas zieht ihn dorthin. Erst langsam, dann immer schneller watet er durch den Morast auf die Nordsee zu. Ein Käuzchen ruft in den Schatten hinter ihm, als wollte es ihn zurückholen. *Aber ich kann nicht zurück nach Hause. Nie wieder.*

Die Nacht verleiht der jähen Gewissheit eine unerträgliche Schärfe. Als die ersten Wasserzungen an seinen Fußgelenken lecken, begreift er, dass er sein Leben verloren hat. Eine wilde Lust, sich der Dunkelheit anheimzugeben, erfasst ihn. Er steckt das Handy weg, nur ein paar helle Flecke am Horizont bieten noch Orientierung. Das könnte der Leuchtturm von Öland sein. Und das dahinten … vielleicht die Lichter von Föhr.

Der Aufschlag der Hosenbeine ist schwer vom Salzwasser, der Stoff schlägt kalt um seine Waden. Er zwingt sich, weiter ins Meer zu gehen, er trotzt der Gänsehaut und der Angst, die mit dem Nüchternwerden in ihm aufsteigt. Als das Wasser bis über sein Knie reicht, tastet er nach seinem Smartphone. Noch einmal die Nachricht seines Freundes hören. Ihm Tschüss sagen. Vielleicht kann er auf die Mailbox sprechen, bevor Rolf aufwacht und drangeht. Die Meeresbrandung ist laut, er presst das Handy ans Ohr, um die Worte zu verstehen. Die Stimme seines Freundes treibt ihm Tränen in die Augen. Aber diesmal ist er selbst schuld. Diesmal hätte er eine Wahl gehabt.

»Wenn Sie den Anrufer zurückrufen wollen, drücken Sie bitte die Eins«, informiert die Computerstimme.

Etwas Glitschiges schlingt sich um seine Fußgelenke, die Kalkschalen von Krustentieren stechen in seine nackten Sohlen. Was würde er für einen Skatabend im »Biertönnchen« geben, mit Rolf und Denis nach Feierabend. Ganz normale Gespräche über den Job und Politik und Ehefrauen. Altbier. Mettbrötchen.

»Wenn Sie die Nachricht speichern wollen, drücken Sie die Zwei.«

Er hätte die Sache auf sich beruhen lassen sollen. In die nächste Kneipe gehen und sich volllaufen lassen. Aber er musste den alten Mann unbedingt zur Rede stellen.

»Wenn Sie die Nachricht löschen wollen, drücken Sie die Drei.«

Das Wasser reicht ihm inzwischen fast bis zur Hüfte. Löschen … auslöschen … ausmerzen.

»Das Leben ist ein Kampf. Nur die Besten werden überleben. Alles andere soll die Natur auslöschen, da sollte der Mensch nicht eingreifen.« Bredenscheids Stimme in seinem Kopf macht ihn wahnsinnig.

»Wir waren Kinder!« Er brüllt gegen die Brandung und das Tosen des Windes an. »Hat dir das Spaß gemacht, du elendes Nazischwein?« Ohne nachzudenken, schleudert er das Handy aufs offene Meer hinaus. »Du hast es geschafft. Jetzt habe ich wirklich kein Recht auf Leben mehr. Selbst das musstest du mir noch beweisen!«

Gischt spritzt ihm ins Gesicht, die Lichter am Horizont verschwimmen vor seinen Augen. Er war nie ein guter Schwimmer, der Wellengang gewinnt mit jedem Meter an Wucht. Es wird nicht lange dauern, redet er sich zu. Dann taucht er den Kopf unter Wasser und hebt die Füße vom Grund, macht ein paar unbeholfene Schwimmzüge. Das Salzwasser brennt in seiner Nase, er verschluckt sich, muss husten.

Es fühlt sich an wie damals. Als ich als Kind vor Verzweiflung ins Wasser gegangen bin. Nur dass diesmal keine großen Hände nach ihm greifen werden, keine starken Arme ihn aus dem Wasser heben.

»Na, mien Jung.« Der Fischer hat ihn im Kutter in seine riesige Jacke gewickelt und ihm etwas Heißes und Scharfes aus seiner verbeulten Thermoskanne eingeflößt. »Wat maks du denn für dumm Tüüg?« Die Flüssigkeit glühte im Bauch, sie machte ihn müde und benommen. Aber niemals vorher oder hinterher fühlte er sich in den Wochen auf Föhr so geborgen.

Jetzt schlagen die Wellen über seinem Kopf zusammen, sein Kopf sagt »Gut so«, aber sein Körper kann den Reflex, Luft holen zu wollen, nicht unterdrücken. Er strampelt und zappelt, hebt das Gesicht über die Wasseroberfläche. Sein Keuchen verschmilzt mit dem Tosen des Windes, bis die nächste Welle ihn überrollt. Als er wiederauftaucht und die Augen öffnet, kann er die Lichter der Insel nicht mehr sehen.

Panik erfasst ihn, er schlägt mit den Armen und versucht, sich in alle Richtungen zu drehen, aber diesmal gibt die Nordsee ihre Beute nicht mehr her. Das Wasser wirbelt seinen Körper von oben nach unten, die Finsternis um ihn herum ist so absolut, dass er manchmal nicht mehr weiß, ob er unter Wasser oder noch darüber ist.

Mit der Finsternis kommt die Kälte, eine beißende, stechende Kälte, die seine Gliedmaßen taub macht, sie seiner Kontrolle entzieht. Er sitzt am Steuer seines Busses, die Schulkinder lärmen fröhlich in seinem Rücken, das Knattern im Funk kündigt eine Meldung der Leitstelle an. Noch begreift er, dass sein Gehirn ihm die Bilder vorgaukelt. Auch sein Fahrrad ist wieder da, es steht in der Hofeinfahrt in der Sonne, er gleitet mit ihm durch die erntereifen Felder des Niederrheins. Dann duftet es nach frisch gezapftem Alt. Wie ist er so schnell ins »Biertönnchen« gekommen?

Michael ergibt sich der Nordsee, kein Strampeln, keine Gegenwehr mehr. Da steht Birgit in ihrem hellblauen Kleid in der Tür des Speisesaals. Sie ist ohne Angst, sie leuchtet voller Verheißung, und er will zu ihr, aber sie schüttelt den Kopf. »*Ich wollte dir keinen Kummer machen, Brüderchen. Du darfst nicht aufgeben.*«

Eine Woge spült ihn für kurze Zeit an die Oberfläche, Michael spürt den Auftrieb, die Stimme seiner Schwester weckt eine unüberwindbare Sehnsucht nach Wärme und Boden und Licht. Er legt den Kopf in den Nacken, *Luft*, er muss die Lunge mit Luft füllen, er darf nicht zappeln.

Der erste Atemzug bringt auch die Panik zurück. *Ruhig, ganz ruhig.* Er weiß nicht, ob es seine eigene oder Birgits Stimme ist, die gerade besänftigend auf ihn einredet. *Hier ist oben, dort ist unten*, ein zweiter Atemzug gelingt ihm, dann ein dritter. Der Sauerstoff vertreibt die Bilder, lässt ihn wieder klar denken. Als die nächste Welle über ihn schwappt, hält er die Luft in seinen Lungen und wartet, bis sie zurückweicht. Dann bringt er sich in Rückenlage, er muss seine Kräfte schonen, nur den Mund über der Wasseroberfläche halten.

Sein Körper zittert vor Kälte, aber allmählich erkennt er ein Muster im Kommen und Gehen der Wellen, wird sicherer im Rhythmus seines Atmens. Wenn er Glück hat, spült die Flut ihn an Land, bevor er erfroren ist oder sein rasendes Herz ihm den Dienst versagt. Michael verliert jedes Zeitgefühl, er weiß nicht mehr, wie lange er schon in der Nordsee treibt und ab und zu die Beine bewegt, um nicht abzusinken.

Erst der Schrei des Käuzchens reißt ihn aus seiner Überlebensmeditation. Er dreht sich auf den Bauch und versucht, in die Richtung des Schreis zu schwimmen. Und irgendwann ist da wieder Grund unter seinen Füßen. Dankbarkeit gibt ihm die Kraft, sich durch das Watt zu schleppen, bis der Boden fester wird, dann sacken die Beine unter ihm weg, und ihm wird schwarz vor Augen.

✳✳✳

»Holtz!«, brüllt Axel in sein Handy. Muss da jemand so früh am Morgen anrufen? Durch die Schlitze der Rollläden tröpfelt das erste Tageslicht.

»Papa?« Die Stimme seiner Tochter klingt gepresst.

Marie. Schwanger. Montagmorgen. Sechs Uhr dreiundzwanzig.

Auf einen Schlag sitzt er aufrecht im Bett. »Was ist los?« Das Baby soll erst im Oktober kommen.

»Habe ich dich geweckt?«

»Ist nicht schlimm.« Sie kann ja nicht wissen, dass er erst um vier ins Bett gekommen ist. »Ich hatte einen Einsatz letzte Nacht. Also, was ist passiert?«

»Ich wollte nur mal deine Stimme hören.«

Er glaubt ihr kein Wort. Wenn seine fünfundzwanzigjährige Tochter ihn morgens um kurz nach sechs anruft, um seine Stimme zu hören, muss etwas passiert sein.

»Was ist los, Marie? Geht es dir nicht gut?« *Und dem Baby?*

»Es ist nur mein Blutdruck. Der ist zu hoch.« Sie macht eine Pause, die ihm quälend lang vorkommt. »Auf jeden Fall bin ich zur Beobachtung im Krankenhaus. Seit gestern.«

Sie ist im Krankenhaus. Dann muss es ernst sein. Die Nervosität fühlt sich anders an als eben beim Zugriff. Hilfloser. Ohnmächtiger.

»Das kriegen die Ärzte sicher wieder in den Griff, Liebes.« Axel kramt in seinem Gedächtnis. Hatte Petra bei den Schwangerschaften nicht auch Probleme mit dem Blutdruck?

»Sie wissen es noch nicht.« Marie beginnt zu weinen. »Wenn der nicht runtergeht, müssen sie die Babys holen. Aber die sind doch viel zu klein.«

Babys? Plural? Axel bricht der Schweiß aus. »Moment mal. Du erwartest Zwillinge?«

»Habe ich dir das nicht gesagt?« Sie schnieft. »Zweieiig. Ein Mädchen und ein Junge. Ich sehe jetzt schon aus wie ein Wal.«

»Wo ist Dominik?« Ihr Ehemann gehört gefälligst an Maries Seite.

»Er war fast die ganze Nacht bei mir. Aber gleich hat er einen wichtigen Termin in der Kanzlei. Ich habe ihn nach Hause geschickt.«

Geld verdienen. Klar. Die beiden haben vor zwei Jahren ein Haus gekauft. »Und was machen die im Krankenhaus mit dir? Bekommst du Medikamente?« Geht das überhaupt während der Schwangerschaft?

»Ich krieg einen Blutdrucksenker über den Tropf. Und muss erst mal strikte Bettruhe halten.« Wieder weint sie. »Der Junge wiegt erst achthundert Gramm. Ich habe Angst, Papa.«

»Soll ich zu dir kommen, Marie? Ich kann in drei Stunden bei dir sein.« Sein Dienst beginnt erst am Mittag. Dann müssen die Chefin und Johanna halt einen Tag ohne ihn klarkommen. Es wird sowieso immer unwahrscheinlicher, dass sie den alten Mann noch lebend finden.

»Nein, das brauchst du nicht. Es geht gleich wieder.« Sie atmet hörbar durch, schnieft, putzt sich die Nase.

Mein kleines Mädchen.

»Ich bin immer für dich da, das weißt du.« Er möchte sie in den Arm nehmen. Jetzt. Sofort.

»Ich weiß.« Sie lacht leise.

Das klingt schon besser.

»Aber du brauchst nicht extra nach Gießen zu kommen. Die sind alle sehr nett hier auf der Station.«

Axel starrt auf das Charles-Mingus-Plakat, das über der Wäschekommode hängt. »Du kannst mich jederzeit anrufen, wenn du es dir anders überlegst.« Wie der große Kontrabassist voller Konzentration nach unten schaut, hat etwas Beruhigendes. Die Zigarre in seinem Mund, die Hände mit den fast femininen ovalen Fingernägeln auf den Saiten des Basses. »Versprich mir, dass du mich anrufst!« *Wenn was passiert.*

»Mach ich.«

»Weiß deine Mutter Bescheid?« Vielleicht braucht Marie eher die Nähe einer anderen Frau. *Wir Kerle wissen letztlich nicht, wie es ist, Kinder zu kriegen, Mingus.*

»Mama ist in Kanada. Ich will sie nicht beunruhigen.«

Das Traumziel seiner Ex-Frau. Dann ist sie endlich hingeflogen mit ihrem zweiten Mann. »Du schaffst das, Marie. Du warst immer eine Kämpferin. Und die Kleinen in deinem Bauch sind es bestimmt auch.«

Sie schweigt.

»Die Medizin hat riesige Fortschritte gemacht, seit du und dein Bruder geboren wurdet. Die wissen, was Frühchen brauchen.« Durch den Hörer nimmt er eine fremde Stimme wahr. Etwas klappert, dann meldet Marie sich wieder.

»Ich muss Schluss machen. Schwester Astrid will Blutdruck messen und so.«

»Aber du rufst mich an, wenn du mich brauchst?«

»Okay.«

»Jederzeit! Auch im Dienst.«

»Okay.«

»Du bist wichtiger als die Arbeit. Du bist immer wichtiger, hörst du?«

»Danke, Papa.«

»Und ich melde mich spätestens heute Abend wieder.«

»Tschüss, Papa.«

Im Handy wird es still. Marie hat aufgelegt.

Zwillinge! Axel wankt benommen in die Küche und stürzt die halbe Flasche Mineralwasser aus dem Kühlschrank in großen Zügen herunter. *Ich werde auf einen Schlag Doppel-Opa.*

Er reißt die Fenster auf und stellt die Wohnung auf Durchzug. Noch ist die Luft draußen ein paar Grad kühler als drinnen. Aber das wird nicht lange anhalten. Axel beschließt, sich vor dem nächsten Sommer eine Klimaanlage zu leisten. Für die paar Tage im Jahr. Elon Musk schießt seine Kumpel ins All, und er soll ein schlechtes Gewissen wegen Stromverbrauch und CO_2 haben?

Schlafen kann er auf jeden Fall nicht mehr. Er dosiert das Kaffeemehl auf die doppelte Menge und schaltet das WLAN-Radio in der Küche an. Der Ordner mit den Charles-Mingus-Platten ist auf dem Medienserver, den David ihm eingerichtet hat, ganz oben. Axel wählt den dritten Song und stellt sich in den Durchzug. Die Blechbläser und die Bassline von Mingus mischen sich mit dem Gurgeln der Kaffeemaschine. »Three or Four Shades of Blues«. Axel schließt die Augen. Es gibt so viele Schattierungen von Sorge, Angst, Unglück. Die Angst um das Leben seiner ungeborenen Kinder muss eine der schlimmsten davon sein.

Achthundert Gramm. Das sind vier Altbier ohne Glas oder sechs Kontrabassbögen oder die halbe Leber eines erwachsenen Mannes. Trotzdem.

Ihr schafft das, wiederholt er innerlich immer wieder wie eine Selbstberuhigungsformel. Marie und die zwei winzigen Wesen unter ihrem Herzen müssen es einfach schaffen.

Montag, 8. August

Gleißendes Licht kitzelt Johanna an der Wange. Hat sie den Wecker nicht gestellt? Das Fenster, durch das die Sonne auf das Bett scheint, ist auf der falschen Seite des Raums. Sie schließt irritiert wieder die Augen. Den Geruch nach zu süßem Parfüm und Schweiß kann sie dadurch aber nicht ausblenden.

Köln, tanzen, Melissa!

Sie schreckt hoch. Das Tattoo auf dem Dekolleté der Mädchenfrau bewegt sich im Rhythmus ihrer Atemzüge gleichmäßig auf und ab. *Shit, shit, shit! Was habe ich angerichtet?* Starr vor Scham bleibt sie auf der Bettkante sitzen. Die Wut und der Trotz von letzter Nacht sind verflogen. Die Lust fühlt sich schal an.

Johanna stiehlt sich aus dem Bett und sammelt ihre Klamotten und Schuhe ein. Hoffentlich weckt sie Melissa nicht auf. Sie hat keine Zeit und Kraft für Erklärungen oder Verabredungen. Über dem Schreibtisch leuchtet ein Plakat mit Antifa-Flaggen in der Morgensonne. Daneben hängt gerahmt das Schwarz-Weiß-Foto einer Demo. Ist das Melissa in der ersten Reihe? Johanna tritt näher heran. Mit tief in die Stirn gezogener Mütze zwar, aber ja. Das ist die junge Frau, in deren winzigem Apartment sie gerade übernachtet hat.

»Für die Freiheit, für das Leben, Nazis von der Straße fegen«, steht auf dem Spruchband, das Melissa mit ihren Freundinnen ausgebreitet hält. Der voll vermummte Junge hinter ihr hat auf seinem Pappschild »Oury Jalloh – das war Mord!« stehen.

Auch das noch. Wenn die wüsste, dass sie mit einer Polizistin ins Bett gegangen ist.

Die Wanduhr zeigt fünf nach sieben. Sie kommt zu spät zum Dienst. Und ihr Diensthandy ist immer noch aus. Wer weiß, was in den letzten Stunden nach der Lösegeldübergabe alles passiert ist? Hastig schließt sie die Tür des Duschbads hinter sich und zieht Jeans und BH an. Ihre Schultern sind eine rot verkrustete Wüstenlandschaft, das Shirt ist durchtränkt von

Schweiß und den Gerüchen des Clubabends. Alles ekelt sie, aber sie hat keine Wahl. Sie zieht das Shirt über ihre versehrte Haut. Dann schleicht sie auf Zehenspitzen zurück in den Wohnraum.

Der Schreibtisch ist übersät mit Soziologiebüchern und eng beschrifteten DIN-A4-Blättern. Fünftes Semester Sozialwissenschaften, hat Melissa erzählt. Johanna greift nach einem Kugelschreiber, sucht nach kleineren Zetteln. Wenigstens einen Gruß will sie hinterlassen. Die Mädchenfrau nuschelt etwas Unverständliches und dreht sich im Bett um. Johanna erstarrt zur Salzsäule, wartet ab, bis sie wieder das gleichmäßige Atmen der Schlafenden hört. Dann kritzelt sie »Danke für den tollen Abend. J.« auf die Rückseite eines Flyers für Flüchtlingshilfe. Keine Telefonnummer. Die Scham legt sich wie ein Ring um ihre Brust. Mit den Schuhen in der Hand schleicht sie aus dem Apartment und verlässt den Fünfziger-Jahre-Block wie eine Flüchtende.

Keinerlei Nachrichten auf dem Diensthandy. Johanna runzelt die Stirn. Dass sich Axel nicht mal kurz gemeldet hat, um ihr vom Ausgang der Lösegeldübergabe zu berichten … Dann war es wahrscheinlich wirklich nur ein Trittbrettfahrer, und Josef Bredenscheid ist nach wie vor verschollen.

Der Verkehr auf der A 57 in Richtung Dormagen ist mäßig. Glück gehabt, auf der Gegenfahrbahn stauen sich die Autos derer, die zum Arbeiten nach Köln reinwollen. »Die Polizei Krefeld meldet einen zweiten Fall von Brandstiftung am Niederrhein«, verkündet die Nachrichtensprecherin im Autoradio. Johanna hört nicht weiter zu. Da müssen sich andere drum kümmern. Soll sie Axel anrufen, um vom Ausgang der Übergabe zu erfahren? Der Kollege schläft bestimmt noch nach seiner Nachtschicht.

»Und nun zum Wetter.« Sie dreht das Radio lauter. »Die Saharahitze aus Afrika wird in den kommenden Tagen von kühlerer Luft aus Nordwesten abgelöst. Ab Mittwoch erwarten uns angenehme Temperaturen um die fünfundzwanzig Grad.« Wenigstens etwas. Vielleicht drehen dann alle nicht mehr so durch.

»*Ich will Verbindlichkeit, Johanna. Vielleicht sogar eine Familie.*« Es gelingt ihr nicht länger, den Streit mit Silvia beiseitezudrängen. Vielleicht hat ihre Freundin versucht, sie zu erreichen, während sie mit Melissa … Johanna tastet im Handschuhfach nach ihrem Smartphone und schaltet auch das wieder ein. Da muss sie jetzt durch. Mit dem Blick abwechselnd auf die Fahrbahn und das Display tippt sie die PIN ein. Die Benachrichtigungstöne, die ihr Kurznachrichten und Anrufe in Abwesenheit melden, hinterlassen ein dumpfes Gefühl im Magen. Später, denkt sie und lässt Dormagen hinter sich.

Je näher sie Neuss kommt, desto voller wird die Autobahn. Am Dreieck Neuss-Süd wird die Fahrbahn geflickt, sie muss vor dem Engpass abbremsen. Gleich halb acht, sie wird tatsächlich zu spät ins Präsidium kommen. Während sie im Schritttempo weiterrollt, scrollt sie durch die Textnachrichten und versucht, dabei die Stoßstange des Fahrzeugs vor ihr nicht aus den Augen zu verlieren. Sechs Anrufe in Abwesenheit. Alle von Silvia. Johanna atmet tief ein, bevor sie die Nummer der Mailbox wählt.

»Sie haben drei neue Nachrichten. Erste neue Nachricht.«
Reflexartig beendet sie die Verbindung, bevor Silvia zu sprechen beginnt. Ich kann sie sowieso nicht zurückrufen, der Dienst wartet, redet sie sich ein. Auf der rechten Fahrbahnseite hämmern Pressluftgeräte. Sie kriecht mit Tempo zwanzig eingeklemmt zwischen zwei Lastwagen über die linke Spur. Ein paar hundert Meter weiter bringen die Straßenbauer eine Teerschicht auf, es ist ruhiger, aber es dampft und stinkt. Johanna muss die Fenster schließen, obwohl die Sonne so früh am Morgen schon aufs Dach knallt.

Im Radio enden die Sieben-Uhr-dreißig-Nachrichten. Keine Meldung zu der Entführung oder einem Leichenfund. Die Stauschau sagt einen Unfall am Kreuz Neuss-West an, »Aktuell laufen die Rettungsarbeiten, dort ist nur eine Fahrspur frei, rechnen Sie mit zwanzig bis dreißig Minuten Verzögerung.«

Hat Silvia letzte Nacht wirklich gleich drei Mal auf die Mailbox gesprochen? Johanna schaltet das Radio ab und drückt die Wahlwiederholung. Die erste Nachricht ist von dreiundzwanzig

Uhr, da war sie gerade in Köln angekommen. »Bitte ruf mich zurück, ich wollte dich nicht so verletzen, ich habe das zu scharf formuliert eben, ich … du bist eine tolle Frau.« Silvias Stimme treibt ihr Tränen in die Augen, sie hätte nicht weglaufen dürfen, sie ist doch sonst nicht konfliktscheu.

Das Hupen hinter ihr bringt Johanna zurück in die Gegenwart, die Baustelle ist zu Ende, sie fädelt sich zurück auf die rechte Spur ein, bevor sie die zweite Nachricht abhört. »Also gut. Du scheinst dein Handy abgestellt zu haben. Kann ich verstehen. Ich gehe jetzt schlafen. Bitte lass uns morgen reden, ich warte auf deinen Anruf. – Johanna? – Ich will diese anderthalb Jahre mit dir nicht wegwerfen, so war das nicht gemeint. Ich will – all das mit dir haben. Irgendwann. Wenn du es dir auch vorstellen kannst.«

Der angekündigte Stau am Kreuz Neuss-West taucht vor ihr auf. Sie sollte dringend im Präsidium anrufen, aber erst muss sie wissen, warum Silvia noch ein drittes Mal angerufen hat. Obwohl sie doch schlafen wollte. Diesmal schwankt die Stimme ihrer Freundin zwischen Sorge und Unmut. »Mensch, wo steckst du? Ich glaube nicht, dass du weiterschläfst, während ich Sturm klingele. Versteckst du dich vor mir? Oder willst du mich zappeln lassen?« Sie schweigt einige Sekunden in die Leitung, dann bricht die Sprachnachricht ab.

Silvia war letzte Nacht an ihrer Wohnung in Krefeld. Um halb drei!

Schuldgefühle pressen Johanna die Kehle zusammen, sie steigt hart auf die Bremse und kommt gerade noch rechtzeitig hinter der Ladeklappe des Lkw zum Stehen. Ihr Herz springt in wilden Sätzen durch den Brustkorb, sie könnte vor Reue im Sitz zusammenschrumpfen.

Noch ist Silvia nicht im rechtsmedizinischen Institut, noch könnte sie sie anrufen. *Ich pfeif auf den Dienst, ich pfeif auf die Entführung.* Aber als sie die Unfallstelle endlich hinter sich gelassen hat und mit Warnblinker auf den Standstreifen rausfährt, wählt sie stattdessen Axels Nummer. Wie soll sie Silvia erklären, dass sie nicht zu Hause war? Alles, was sie sagen könnte, würde die Sache nur noch auswegloser machen. Sie hat es vergeigt. Silvia hatte recht, sie hat sich genommen, was sie wollte. *Und ich habe gleich zwei Frauen auf einmal verletzt. Das fühlt sich beschissen an.*

Axel geht nicht ans Handy, dafür nimmt Patrick im Präsidium schon nach dem ersten Klingeln ab.

»Wie ist es letzte Nacht gelaufen? Gibt es ein Lebenszeichen von Josef Bredenscheid?« Johanna spart sich jedes Vorgeplänkel.

»Nichts.« Kivelitz erzählt von dem Essensauslieferer, diesem Justin Richarz.

Ärgerlich, den hatten sie doch schon auf dem Schirm.

»Er wird gleich von den Kollegen aus Frankfurt nach Krefeld überstellt. Um acht ist Lagebesprechung, da kannst du ja –«

»Ich schaffe es nicht rechtzeitig.« *Nicht mal das schaffe ich, auf mich ist kein Verlass.*

Patrick schlürft irgendetwas, vermutlich seine obligatorische Cola light. Hat sie ihn jemals Kaffee trinken sehen? »Da wird die Chefin nicht begeistert sein. Axel kommt auch erst um vierzehn Uhr zurück in den Dienst.«

»Tut mir leid. Unfall auf der Autobahn, ich stecke im Stau.« Schwache Ausrede, aber ihr Privatleben geht im KK11 niemanden etwas an. »Ich bin gegen halb neun da.« *Eher gegen neun.* Ohne Dusche und frische Klamotten kann sie unmöglich im Präsidium auftauchen.

Johanna fährt zurück auf die Fahrbahn und versucht, sich auf die Arbeit zu konzentrieren. Immer noch keine Spur von Josef Bredenscheid. Und auch am dritten Tag nach der Entführung noch keine authentische Lösegeldforderung. An diesem Fall ist alles atypisch, wider jedes Lehrbuch. Wenn es nicht um Geld geht, wo könnte das Motiv für ein Kapitalverbrechen mit hohem Risiko, entdeckt zu werden, liegen?

Sie lässt das Kreuz Kaarst hinter sich und nähert sich Krefeld. Der Gurt scheuert auf der lädierten Schulter, Johanna schiebt die rechte Hand zwischen Gurt und Haut. Eine Rache der Nachfahren der enteigneten jüdischen Familie aus der Nazizeit? Nein, zu spät und zu unwahrscheinlich. Genauso wie eine

Vergeltung für einen möglichen Arztfehler, den Bredenscheid in seiner Karriere gemacht haben könnte.

Als sie einen Lkw aus Litauen überholt, fällt ihr der slawische Akzent der Reinigungskraft im St.-Clemens-Hospital wieder ein. Was hat sie vor der Dialysestation genau gesagt? Eine andere Patientin habe bei Bredenscheids Anblick geschrien, »als hätte sie den Teufel gesehen«. Und dass die Frau ein bisschen verrückt gewesen sei.

Was, wenn sie gar nicht verrückt war, sondern Grund zum Schreien gehabt hat? Wenn es zwischen ihr und Bredenscheid eine Verbindung gab? Johanna versucht, den Namen der Angestellten aus ihrem Gedächtnis zu kramen. Irgendwas mit Wolod ... oder Wosni ... Anfängerfehler. Sie hätte sich den Namen notieren sollen. Und sie muss Wittkopf nach einem Beschluss zur Einsicht in die Patientenakte der Unbekannten fragen. Sobald sie herausgefunden hat, wer die Frau war.

**

Vor dem Präsidium vergewissert sich Axel ein letztes Mal, dass er sein Handy auf maximale Lautstärke gestellt hat, bevor er es in der Hosentasche versenkt. Der Kaffee hat seine Wirkung getan, für nur drei Stunden Schlaf fühlt er sich erstaunlich frisch. *Wie es Marie wohl gerade geht? Ich weiß nicht einmal, was für Untersuchungen heute Vormittag anstehen.* Er wird sie auf jeden Fall schon am Mittag anrufen, beschließt er. Völlig ausgeschlossen, bis zum Abend zu warten.

»Hallo? Herr Kommissar?« Die Stimme, die ihn aus seinen Gedanken reißt, kommt ihm bekannt vor. »Ich habe leider Ihren Namen vergessen.« Der Nachbar von Josef Bredenscheid steht mit dem syrischen Flüchtlingsjungen vor dem Eingang des Präsidiums. Heute trägt er Hemd und Krawatte, und auf seinen Wangen zeigen sich hektische Flecke.

»Axel Holtz, guten Morgen! Ich glaube, ich habe mich Samstag gar nicht vorgestellt.« Er reicht Simon Dahmen die Hand. Dann beugt er sich zu Djamal hinunter, der eine Zeichnung in der Hand hält und unsicher ins Gesicht seines Ziehvaters sieht. »Hast du ein Bild für die Schule gemalt?« Auf dem Weg waren die Gehsteige und Busse mit Schulkindern jeder Altersstufe bevölkert, für die nach den Sommerferien der Alltag wieder beginnt.

»Das ist nicht für die Schule, obwohl ich ihn da gleich hinbringen werde.« Dahmen fordert Djamal mit einer Geste auf, Axel die Zeichnung zu zeigen. »Sie haben die Kinder doch nach Personen gefragt, die Streit mit Herrn Bredenscheid hatten.«

»Ist dir noch jemand eingefallen?« Axel schaut sich neugierig die Bleistiftzeichnung auf dem DIN-A4-Blatt an, das der Junge ihm reicht. Das Tor zur Einfahrt von Bredenscheids Grundstück ist auf Anhieb zu erkennen. Und davor steht ein Mann um die sechzig mit wütendem Gesichtsausdruck. »Wow. Du kannst als Phantombildzeichner bei uns anfangen.«

Djamals dunkle Augen erwidern für Sekundenbruchteile Axels Blick, und ein Lächeln zeigt sich auf dem Gesicht des Jungen.

»Hat er gestern Abend gezeichnet. Nachdem wir seinen ersten Platz beim Straßenmalwettbewerb gefeiert haben.« Aus dem Gesicht des Ziehvaters spricht Stolz.

»Herzlichen Glückwunsch!« Viel mehr als der Sieg interessiert Axel allerdings die Gestalt auf dem Bild. Sie trägt eine lange Bundfaltenhose mit Gürtel und ein kurzärmliges Hemd, und das Gesicht ist so detailliert wiedergegeben, dass es zur Not wirklich für eine Identifikation taugen könnte. »Ist das der Mann, von dem ihr uns Samstag erzählt habt?«

Djamals Zeigefinger deutet auf ein Emblem am Hemd. Stimmt, sein Ziehbruder hatte von einem Fahrer der NIAG gesprochen. »Der Mann trug so eine Uniform wie die Busfahrer hier? Fährst du manchmal mit dem Bus?«

»Mit seinen Brüdern«, erwidert Herr Dahmen anstelle des Jungen. »Wir müssten leider weiter. Das Büro ruft.« Er nimmt Djamal an die Hand.

»Vielen Dank, dass Sie gleich gekommen sind. Das könnte uns tatsächlich weiterhelfen.« Zumindest ist es eine Spur nach der Pleite gestern.

Zwei Kollegen in Uniform hasten an ihnen vorbei zu einem Streifenwagen. Der Junge wirkt sofort eingeschüchtert, sein Blick fixiert die Waffen an ihrer Hüfte.

»Danke, Djamal. Gehst du gerne zur Schule?« Axel will den Jungen ablenken. »Ich wünsche dir viel Spaß mit deinen Freunden.« Er nickt Simon Dahmen zum Abschied zu und läuft ins Präsidium.

Im Foyer stehen immer noch gestapelte Stühle herum. Sind die von der Pressekonferenz am Samstag übrig, oder weisen sie bereits auf die nächste PK hin? Im Flur des KK11 hängt die Frustration über den Einsatz letzte Nacht schwer wie Blei in der Luft.

»Den knöpfe ich mir gleich vor«, schimpft Tom Ostermann, der gerade den Konferenzraum verlässt. »Uns so zu verarschen!« Nach der durchwachten Nacht sieht der junge Kollege erstaunlich munter aus, denkt Axel mit einer Spur von Neid.

»Redest du von Justin Richarz?«

»Jau. Der wird gerade hergebracht. Willst du mit in die Vernehmung kommen?«

Axel schüttelt den Kopf. »Ich bin offiziell gar nicht im Dienst. Muss nur schnell im Büro was nachsehen.« Soll Tom diesem Richarz einen Denkzettel verpassen.

»Du hier, obwohl du nicht im Dienst bist, und die Brenner nicht da, obwohl sie Dienst hätte. Ihr seid echt ein Dreamteam«, schimpft Ostermann.

Der hat aber schlechte Laune. Axel beschließt, nicht auf Johannas Abwesenheit einzugehen. »Und sonst? Gibt es eine neue Spur?«

»Nichts.« Ostermann steht der Frust ins Gesicht geschrieben. »An dem Herrenrad hat Oehmen zwar dieselbe DNA wie an der Kordel gesichert, mit der der Krankenfahrer gefesselt war. Aber wir haben die nicht im System.«

»Spricht trotzdem dafür, dass es dem Täter gehört.«

Tom zuckt die Achseln. »Ich muss los, bis später.«

Axel läuft an dem Stimmenwirrwarr zwei Türen weiter vorbei, die Dienstbesprechung scheint noch nicht beendet. Ein

Täter, der mit dem Fahrrad zum Ort der Entführung kommt, muss ortskundig sein. Nicht allzu weit entfernt leben. Aber hat er die Sache allein durchgezogen? »Warst du das?«, fragt er den Mann auf der Zeichnung. »Wer bist du?« Vielleicht kann der Disponent der Niederrheinischen Verkehrsbetriebe ihm weiterhelfen.

Auf den Tischen im Büro tobt ein Chaos aus Zetteln und Akten. Noch sind die zusätzlich einquartierten Kollegen im Team, er kann in Ruhe telefonieren. Axel wählt die Nummer der NIAG-Zentrale in Moers, aber der Disponent bleibt zögerlich, als er ihm die Zeichnung faxen will. Keine Auskunft über Mitarbeiter ohne richterlichen Beschluss. Schon gar nicht am Telefon.

»Gut, dann melde ich mich wieder, sobald ich den Beschluss habe.« Die Stimmen im Flur werden lauter. Er muss sich beeilen, um den Staatsanwalt zu erwischen.

Auf dem Handy immer noch keine Nachricht von seiner Tochter. Dann geht es Marie gut, versucht er, sich zu beruhigen. Dann ist zumindest nichts Dramatisches passiert. Wie er das hasst, zur Untätigkeit verdammt zu sein! Nur abwarten und hoffen zu können ist nicht seine Stärke.

·:·:·

Etwas Warmes berührt seine Wange, er dreht den Kopf weg.
Lass mich in Ruhe.

Nicht aufwachen, sein Körper ist viel zu schwer, um sich zu bewegen, er will weiterschlafen. Aber jemand atmet an seinem Ohr, leckt über seine Hand, lässt sich nicht vertreiben. Mühsam hebt er den Arm, um den Störenfried zu verscheuchen.

Geh weg! Was willst du von mir? Seine Finger tasten weiches Fell, eine feuchte Schnauze, er öffnet die Augen. Wo ist er? Warum ist da ein Hund?

Schon das Aufsetzen kommt ihm vor wie eine Qual. Jeder Zentimeter seines Körpers schmerzt, der Border Collie neben ihm im Sand sieht ihn erwartungsvoll an.

»Wo kommst du denn her?« Er streichelt dem Tier über den Kopf, seine Stimme ist nur ein Wispern. Die Nordsee spielt mit seinen Füßen, als wollte sie den Versuch unternehmen, ihn doch noch zu verschlingen.

»Wolltest du mir das sagen? Dass die Flut kommt?« Vergeblich versucht er, sich aufzurappeln, seine Muskeln gehorchen ihm nicht, jeder Atemzug brennt in seiner Lunge. Seine Kleider hängen nass an seinem Körper, er kriecht ein paar Meter vom Meeressaum weg, hält erschöpft wieder inne.

Der Collie umrundet ihn neugierig, als wäre das ein Spiel. Die Schnauze stupst ihn sofort wieder an, als er sich kurz ausruht.

»Wie heißt du eigentlich?« Er greift nach der Hundemarke an dem roten Halsband. Wie schön warm die Haut des Tiers unter dem Fell ist, er würde am liebsten dort hineinkriechen.

»Chaaaar-ly?«, ruft eine Männerstimme. »Wo steckst du, Charly?«

Die Sonne erhebt sich gerade über den Meeresspiegel und legt einen gleißend hellen Streifen auf die Wasseroberfläche.

Ich lebe noch. Ich lebe! Er empfindet eine unerwartete, unangemessene Freude. Der Collie hat den Kopf in Richtung der Deichkrone gedreht, zögert.

»Lauf zu deinem Herrchen, Charly. Lauf!« Noch einmal fährt er mit zitternden Händen tief in das Hundefell, bis dorthin, wo es warm ist. Dann drückt er das Tier von sich weg. »Lauf!« Kein Mensch soll ihn in diesem desolaten Zustand sehen, er muss zurück zum Auto, er muss raus aus den nassen Klamotten, er muss sich ausruhen.

Der Collie springt in großen Sätzen davon, die Silhouette eines Mannes auf dem Deich leint ihn an und verschwindet hinter einer Baumgruppe.

Ein guter Zeitpunkt, ebenfalls zu verschwinden, bevor es ganz hell wird.

Beim zweiten Versuch gelingt es ihm, sich auf die Beine zu kämpfen, er reibt seine bloßen Arme, wankt ein paar Schritte auf den Deich zu. Was ist passiert, nachdem er es an Land geschafft hatte? Dunkel erinnert er sich, dass er Salzwasser erbrochen hat. *Und dann? Bin ich bewusstlos geworden?*

Sein Herz jagt, jede Zelle seines Körpers schreit nach Flüssigkeit. Er fährt sich durchs Gesicht, seine Wimpern, seine Haare sind salzverklebt. In welcher Richtung steht eigentlich sein Wagen?

Er hat keine Ahnung, wie weit er abgetrieben ist, er schleppt sich auf die Deichkrone und schaut sich um. Das sieht hier aber auch alles gleich aus. Hinter dem Strandhafer führt eine asphaltierte Straße durch das Feld, sie ist fast menschenleer so früh am Morgen. Nur eine Joggerin mit Pferdeschwanz und Stöpseln in den Ohren läuft weit genug entfernt, um seinen Zustand nicht zu bemerken.

Er geht auf ein Werbeplakat zu, das ihm bekannt vorkommt, setzt einen Fuß vor den anderen und versucht, das Zittern seiner Muskeln in Schach zu halten. »Landhof Carstensen«, steht auf dem Wegweiser, »Hofverkauf – Produkte aus ökologischer Herstellung«.

Schräg dahinter, in etwa hundert Metern Entfernung, duckt sich ein weißes Haus unter sein reetgedecktes Dach. »Osewoldterkoog«, liest er auf dem ersten Straßenschild. Die Straßen heißen hier alle Büll oder Koog oder Straat. *Bei uns am Niederrhein heißen sie Dyck oder Hövel oder Kuhl. Bin ich nicht gestern hier langgefahren?*

Ein Pflegedienst überholt ihn, kurz drauf der Kleinlaster einer Bäckereikette. Sonst begegnet er nur grasenden Schafen, als er weiter am Rand des Felds entlangschlingert. Wie weit ist das noch? So schlimmen Muskelkater hatte er nach keiner seiner Radtouren.

Der Horizont über dem Meer leuchtet in Orangerot, die Sonne nimmt Anlauf zu einem weiteren strahlenden Hochsommertag. Trotz der stechenden Kopfschmerzen kann er den Blick nicht von den Wellenkämmen nehmen, vom Tanzen und Flirren des Lichts.

Als wollte der Tag meine Wiederauferstehung feiern.

Für den Moment fühlt er sich befreit, befreit von der Stimme in seinem Kopf, von dem Anblick in der Scheune. Seine Gedanken reichen nur bis zu seinem Wagen, zu Trinkwasser und trockener Kleidung, das ist alles, was zählt. Was danach kommt?

Das muss er noch nicht wissen.

Den Hof dort drüben erkennt er wieder, er bietet Betten für Touristen an. Von hier aus ist es nicht mehr weit bis zum Parkplatz, eine von Birgits Schmerztabletten in seiner Sporttasche wird seinem dröhnenden Schädel schon Linderung verschaffen. Und später wird er sich auf Google Maps das nächste Café zum Frühstücken ...

Erschrocken fährt er mit der Hand in die Hosentasche. Gott sei Dank, der Autoschlüssel ist noch da. Ein Wunder nach dem Gestrampel und Gewirbel im Meer. Wo er schon so von Sinnen war, der Nordsee sein Handy zu opfern. Als die silbergraue Motorhaube hinter der nächsten Biegung auftaucht, fühlt es sich an wie Nach-Hause-Kommen. *Wie ein kühles Alt am Feierabend nach einem stressigen Arbeitstag. Oder wie damals das Kleid meiner Schwester in der Tür zum Speiseraum.*

Das Geräusch der Zentralverriegelung treibt ihm Tränen in die Augen, er lässt sich der Länge nach auf die Ladefläche fallen und stürzt eine ganze Flasche Wasser in einem Zug herunter. *Ich lebe noch! Ich lebe.*

***

Der Dreikanthof sieht verwaist aus. Nur eine getigerte Katze streicht Johanna um die Beine, als sie über das mit Moos bewachsene, unebene Kopfsteinpflaster auf das Wohnhaus zugeht.

»Na, wer bist du denn?« Das Fell des Tiers sieht genauso struppig und verwahrlost aus wie die landwirtschaftlichen Gebäude, die offenbar nicht mehr genutzt werden. Putz bröckelt von den Wänden des Versorgungstrakts, zwei der oberen Fensterscheiben sind eingeschlagen. An der Giebelseite der Scheune fehlen Holzplanken und geben die Sicht auf das darunter liegende Ständerwerk frei. Johanna bleibt mit dem Fuß an einem losen Pflasterstein hängen und stolpert. Die Katze sucht das Weite und miaut von einem sicheren Platz aus anklagend.

Ich wollte dich nicht treten. Johanna hat schon wieder einen Knoten im Hals, ständig sieht sie Silvias Gesicht vor sich. *Ich wollte auch nicht mit einer anderen Frau ins Bett steigen, ich wünschte, ich könnte es ungeschehen machen.*

Aber du hast es getan, sagt die andere Stimme in ihr. Du kennst dich gut genug, um zu wissen, wie das ausgehen kann, wenn du in dieser Stimmung in einen Club gehst.

Das Wohnhaus an der Stirnseite des Dreikanthofs sticht durch seine gepflegte Fassade aus den anderen Gebäuden heraus. Die dunkelgrüne Haustür und die Holzfenster sind frisch gestrichen, das Margeritenstämmchen auf der Stufe am Eingang strotzt vor Blüten. »Birgit und Michael Reintjes«, steht auf dem Klingelschild. *Der Name einer Toten.*

Bevor Johanna klingeln kann, brummt das Diensthandy in ihrer Hosentasche. Das ist bestimmt die Chefin, die im Präsidium im Dreieck springt. Aber Johanna hat die Aussage der Reinigungskraft keine Ruhe gelassen. Und wenn Gruber keinen Beschluss beantragen will …

»Hallo, Axel.« Wider Willen ist sie erleichtert. »Ich hab schon von dem Trittbrettfahrer gehört. Schöner Mist. Weshalb bist du schon wieder im Dienst?«

Er ignoriert ihre Frage. »Wo steckst du zum Teufel?«

Gleich ein Dutzend Hummeln umkreisen den großen Lavendelbusch neben der Haustür. *Schon wieder Lavendel.* Wie vor Bredenscheids Grundstück neben den Stolpersteinen.

»Ich war noch mal im St.-Clemens-Hospital. Hab da vielleicht eine Idee.« Der kindliche Wunsch, die Zeit zurückdrehen zu können, steigt in Johanna auf.

»Was für eine Idee?« Axels Stimme klingt rau. Viel Schlaf kann er nicht gehabt haben. »Du weißt, dass ich Puls kriege, wenn du alleine irgendwelchen Fährten folgst, Johanna Brenner.«

Sie muss grinsen. Bei ihrem ersten gemeinsamen Fall hatte Axel sie lebensgefährlich verletzt in einer alten Ziegelei gefunden.

»Ist wahrscheinlich eh nichts. Aber bevor Gruber mich mit Tom zum Verhör dieses kleinkriminellen Jungen abkommandiert ...« *Ausgerechnet mit Ostermann.*

»Außerdem hast du verschlafen. Verstehe.« Er klingt immer noch mürrisch.

Johanna streichelt der Katze, die erneut bettelnd um ihre Beine herumstreicht, über den Rücken. »Tut mir leid.«

»Wann bist du zurück im Präsidium? Ich weiß jetzt, wer der Mann ist, der sich mit Josef Bredenscheid am Tor des Grundstücks gestritten hat.« Axel macht eine effekthaschende Pause, und sie tut ihm den Gefallen nachzufragen.

»Ist den Kindern der Nachbarn noch etwas eingefallen?« Eine andere Erklärung kann sie sich auf die Schnelle nicht zusammenreimen.

»Djamal hat mir eine Zeichnung von der Situation am Tor vorbeigebracht.«

»Eine Art Phantombild? Aber wie bist du damit auf einen Namen gekommen?« Ein bisschen Bauchpinseln für Axels Ermittlungsarbeit kann nicht schaden. Vielleicht löst sich sein Unmut dann endgültig in Luft auf.

»Sein Arbeitgeber, die NIAG, hat ihn tatsächlich darauf erkannt. Und es kommt noch besser.« Axel macht erneut eine Kunstpause. Diesmal wird Johanna ungeduldig.

»Ihr habt ihn befragt, und er hat die Entführung gestanden.« Warum schleicht sie dann hier herum?

»Nicht ganz.« Der Kollege klingt wieder brummig. »Aber er fehlt seit gestern unentschuldigt im Dienst. Dabei hätte er eigentlich Sonderfahrten zum Straßenmalwettbewerb bestreiten sollen.«

Das ist allerdings interessant. »Wie heißt er denn nun?«

»Michael Reintjes.«

Johannas Puls geht in die Höhe. »Das könnte passen. Ich stehe gerade vor seinem Hof.«

»Du bist in Kevelaer?« In Axels Verblüffung mischt sich Ärger. »Immer wenn's drauf ankommt, bist du im Alleingang unterwegs. Während ich hier auf dich warte, damit wir gemeinsam –«

»Ich wusste nicht, dass Reintjes Streit mit Josef Bredenscheid hatte«, unterbricht sie ihn. »Ich wollte ihn bloß zu einem Vorfall bei der Dialyse seiner Schwester befragen.«

»Du meinst diese Geschichte mit der schreienden Frau?«

Johanna macht sich auf zu einem Erkundungsgang um das Haus. »Genau. Das war Reintjes' mittlerweile verstorbene Schwester. Sie hatte so was wie einen Nervenzusammenbruch, als sie im Krankenhaus auf unser Entführungsopfer getroffen ist.«

»Und das haben die dir einfach so auf die Nase gebunden?« Axel ist immer noch beleidigt. »Einen Beschluss hattest du nicht, oder?«

Durch das erste Fenster erkennt sie Küchenmöbel. Zwei halb volle Gläser und eine Wasserflasche stehen auf dem Tisch. »Ich hab in der Zigarettenpause am Nebeneingang ein Schwätzchen mit dem Pflegepersonal gehalten. Weil ich so schreckliche Angst um meine nierenkranke Mutter habe, deren gute alte Schulfreundin während der Dialysebehandlung hier gestorben ist.« Ist das ein Tablett mit Abendbrotgeschirr neben dem Herd? »Und diese Freundin – die Frau … – ach, wie hieß die noch gleich, mein Gedächtnis ist aber auch ein Sieb, seit meine Mama krank ist, der ganze Stress – auf jeden Fall wollte ich mich mal so im Vertrauen erkundigen, wie groß denn das Risiko ist, weil … den Ärzten vertraue ich einfach nicht. Und so weiter und so fort.«

Axel brummt. Sie kann nicht deuten, ob das Zustimmung oder Unmut bedeutet.

»Ich hatte sogar ein Bild meiner ›Mutter‹ dabei. Aus dem Internet gefischt. Auf jeden Fall hat's funktioniert. – ›Sie meinen sicher die Frau Reintjes. Das war aber ein Selbstmord, die war depressiv.‹«

Der Kollege schweigt immer noch, aber sie hat das Gefühl, dass er sich das Grinsen nicht verkneifen kann.

»Dann habe ich noch ein bisschen gejammert, wie tragisch so was ist und dass meine Mama sicher Blumen ans Grab bringen wollte. Und hab dann gefragt, ob sie mir sagen können, wo die

Frau Reintjes bestattet wurde – na ja. Dann hat eine andere den Friedhof in Kevelaer erwähnt.«

»Und dann war es nicht mehr schwer, die Adresse zu recherchieren«, folgert Axel.

»Genau. Das heißt, es muss bei dem Streit irgendwie um die kranke Schwester gegangen sein. Und wir haben endlich einen Anfangsverdacht. Zumal der Hof hier …« Kunstpause kann sie auch. Durch das nächste Fenster schaut sie auf einen dunkelgrün gefliesten Kachelofen und eine goldene Lampe mit beige-braun gemustertem Textilschirm. »Hier ist die Zeit stehen geblieben. Bis auf eine streunende Katze wirkt alles wie ausgestorben.«

»Du gehst da nicht alleine rein, Johanna!«

»Aber wenn Josef Bredenscheid hier irgendwo versteckt ist?« Bis Axel aus Krefeld hier sein kann, vergeht mindestens eine Dreiviertelstunde.

»Hast du deine Waffe dabei?«

Ertappt. »Wie denn? Ich war noch nicht im Präsidium heute.« Außerdem hätte sie schlecht mit der Walther PP im Krankenhaus aufkreuzen können, um *undercover* Informationen zu ergattern.

Axel seufzt. »Wann lernst du das endlich?«

»Ich wollte ihn nur nach dem Suizid seiner Schwester fragen.« Schlechtes Argument, das weiß sie selbst.

»Ja, bevor du wusstest, dass er mit Bredenscheid gestritten hat! Aber inzwischen haben wir – wie du so richtig formuliert hast – einen Anfangsverdacht.«

Das dritte Fenster an der Fassade ist kleiner als die anderen und mit einer Gardine verhängt. Ein WC?

»Du wartest auf mich, ist das klar?« Der Kollege lässt nicht locker. »Sonst erzähl ich Gruber, wie du auf Reintjes gekommen bist.«

»Das ist Erpressung«, protestiert Johanna. Sie kickt einen Kiesel über das Kopfsteinpflaster. »Gut. Ich warte. Aber schick mir wenigstens ein Foto von diesem Michael Reintjes aufs Handy.« Die Fotosuche auf Google hat mir nur irgendwelche Geschäftsleute geliefert, die allesamt nicht in Kevelaer leben.

Unzufrieden setzt sie ihre Runde um das Wohnhaus fort. Von außen hineinschauen wird sie ja noch dürfen!

Auf der feldzugewandten Seite wuchern Gestrüpp und Unkraut. Wilde Brombeeren ranken bis über die Fensteröffnungen, die auf dieser Seite des Hauses so hoch sitzen, dass sie auf Zehenspitzen gerade eben in den Raum linsen kann. Hat sich in diesem nicht gerade etwas bewegt? Johanna klammert sich mit den Fingerspitzen am Fenstersims fest und sucht mit den Sohlen der Turnschuhe an der Backsteinwand nach Halt. Mörtel bröckelt unter ihren Fußspitzen weg, sie stemmt sich weiter nach oben. Als sie in den Raum sehen kann, starrt sie ihr eigenes, angestrengtes Gesicht an. Sonst ist es dämmerig und still in dem Schlafzimmer. Die Bewegung, die sie zu sehen glaubte, muss der Reflex eines Vogels in dem Spiegel über dem Bett gewesen sein.

Sie stößt sich von der Wand ab und springt zurück ins kniehohe Gras. Ein Schwarm Fliegen stiebt auseinander und hüllt sie mit aggressivem Summen ein. Die halb verrottete Saatkrähe, deren Körper aufgerissen und voller Maden ist, hat offensichtlich schon einigen Tieren als Nahrung gedient. *Fuck!* Die widerlichen Maden sind überall, Johanna schüttelt sie angeekelt von ihrem Turnschuh.

Im Innenhof wartet die Katze mit klagendem Maunzen auf sie. »Warst du das mit der Krähe?« Vielleicht hat sie Hunger. »Tut mir leid, ich hab nichts für dich. Du musst dir eine Maus fangen.«

Die Luft wird zunehmend schwüler, ihre Klamotten kleben schon wieder auf der Haut, als sie sich in die ausgetrocknete Regentonne hinunterbeugt. »Oder hast du Durst?« Der letzte Regen am Niederrhein muss Wochen her sein. Im Lokalfernsehen klagen die Bauern über die magere Getreideernte, von den Zuckerrüben ganz zu schweigen. Johanna holt ihre Flasche aus dem Wagen und gießt etwas Wasser in einen leeren Blumenuntersetzer. Die Katze trinkt gierig. *Wenigstens eine gute Sache habe ich heute getan.*

Axel braucht bestimmt noch eine halbe Stunde, sie verzieht

sich in den Schatten der großen Scheune. Keine neuen Nachrichten von Silvia. Warum auch? Sie selbst ist an der Reihe, sich zu melden. Vorsichtig befühlt sie ihre verschorfte Haut, die nicht mehr nur brennt, sondern auch juckt. Sie muss mit Silvia reden. Aber wenn sie ehrlich ist, hat sie eine Heidenangst davor.

Was ist das für ein Geräusch, das aus dem Inneren der Scheune kommt? Sie legt ein Ohr auf den Spalt zwischen zwei Holzplanken. Das Summen und Brummen klingt, als würden dort noch viel mehr Fliegen als bei der Krähe ihr Unwesen treiben. Trotz der Hitze läuft Johanna eine Gänsehaut über den Rücken. Die Torflügel sind mit einem Vorhängeschloss gesichert, dessen metallische Oberfläche wie neu glänzt. Johanna lugt durch die Lücke zwischen den Planken ins Innere. Viel zu dunkel dadrin. Sie kann rein gar nichts erkennen. Aber irgendwie riecht es auch faulig.

Sorry, Axel, aber ich kann nicht auf dich warten. Auf der Suche nach einem geeigneten Werkzeug macht sie sich erneut auf den Weg um den Hof.

***

»Meine Güte! Dich kann man nicht eine Stunde aus den Augen lassen.« Axel sitzt neben Johanna auf einer umgedrehten alten Wassertränke. Da ist die Kollegin ihm wieder mal zuvorgekommen. Aber glücklich sieht sie trotzdem nicht aus.

»War doch nur eine Scheune, die ich aufgebrochen habe. Gefahr im Verzug.« Johanna trommelt nervös mit den Fingern auf dem Boden ihrer Wasserflasche.

Die Spurensicherer haben das Innere der riesigen Scheune trotz der sengenden Sonne, die durch die lückenhafte Dachabdeckung scheint, mit Strahlern beleuchtet. Dort muss Backofentemperatur herrschen. Der sonst so ruhige Lars Oehmen flucht irgendwas von »Fliegen« und »vom Leib halten«.

Mit dem möchte er nicht tauschen. Der Gestank des Leichnams hat Axel schon nach wenigen Sekunden neben der geöffneten Heckklappe des Caddys an den Rand des Erbrechens gebracht.

»Die Chefin war ziemlich aufgebracht, dass du heute Morgen nicht im Präsidium erschienen bist.«

Johanna zuckt die Schultern. »Ich habe angerufen und Bescheid gesagt.« Ihre Miene bleibt gelangweilt, ganz im Gegensatz zu ihren Händen, die jetzt den Schraubverschluss der Flasche auf- und zudrehen.

Klar, KHK Brenner hat keine Probleme damit, sich über Anordnungen aus der Chefetage hinwegzusetzen. Manchmal wäre Axel auch gern ein bisschen aufmüpfiger. Aber auf Scherereien mit Cornelia Gruber hat er keine Lust.

»Hör doch mal auf, mit der Flasche rumzuspielen«, sagt er. Ihr Gefummel macht ihn ganz nervös. Ein Blick auf sein Handy bestätigt, dass Marie sich immer noch nicht gemeldet hat. Warum dauert das so lange? Was stellen sie alles mit ihr an im Krankenhaus? Auf der Fahrt hierher hat er vergeblich versucht, sie zu erreichen.

Johanna setzt die Flasche ab und springt auf. »Wo bleibt die Rechtsmedizin?« Sie läuft bis zur offenen Seite des Dreikanthofs, von wo aus man über die Landstraße und die Felder sehen kann. Macht kehrt und beginnt ein nerviges Auf-und-ab-Gehen zwischen Tränke und Flatterband.

»Die stehen bestimmt im Stau. Feierabendverkehr.« Weshalb ist sie so unruhig? »Hast du schon gehört? Letzte Nacht hat es wieder einen Brand gegeben. In der Nähe von Aldekerk.« Vielleicht lenkt sie das ein bisschen ab.

Tatsächlich bleibt Johanna abrupt stehen.

»War wieder eine Scheune«, fährt er fort. »Aber diesmal hat der Funkenflug das Dach des benachbarten Wohnhauses in Brand gesteckt.« Bei dieser Witterung entzündet sich alles bei der kleinsten Gelegenheit.

»Ist jemand zu Schaden gekommen?« Johanna hockt sich zurück auf ihren Platz.

»Die Bewohner waren rechtzeitig wach. Und die Feuerwehr konnte einen Großteil des Hauses retten.«

Johanna kratzt mit finsterem Gesicht im Ausschnitt des T-Shirts herum. »Wir haben die ganze Zeit nach einem Toten gesucht.«

»Vor allem sind wir völlig umsonst die halbe Nacht mit einem Dutzend Beamten durch die Gegend gekurvt.« Seit er ruhig sitzt, spürt Axel seine Müdigkeit.

»Und dieser Michael Reintjes hat massig Zeit gehabt, sich aus dem Staub zu machen.« Johanna beugt sich zu der getigerten Katze hinunter, die immer wieder um ihre Beine streicht. »Er kann Deutschland längst verlassen haben.«

»Die Fahndung ist raus, mehr können wir nicht tun.« Amüsiert beobachtet er, wie Johanna das Tier streichelt und ihm dann Wasser aus ihrer Flasche hinstellt. Er wusste gar nicht, dass sie so tierlieb ist.

»Die muss halb verdurstet sein.« Johanna schüttelt den Kopf. »Sie säuft schon die ganze Zeit, seit ich hier bin.«

»Vielleicht hat sie Reintjes gehört.«

»Glaube ich nicht. Nach nur zwei Tagen allein wäre ihr Fell nicht so struppig und verwahrlost.«

Da hat sie vermutlich recht. Axel sieht sich am Wohnhaus nach einer Katzenklappe um, kann aber nirgendwo eine entdecken.

»Wusstest du, dass streunende Katzen sich ihre Halter oft selbst aussuchen? Sie hat dich gerade auserkoren.«

Lars Oehmen steht immer noch über den Leichnam gebeugt vor dem Caddy, während seine Kollegen den Boden rund um den Wagen mit Spurennummern versehen und fotografieren. Selbst von hier aus fällt Axel auf, dass immer wieder Bewegung in den Untergrund kommt. *Alles voller Maden.* Da wendet er sich lieber wieder der Kollegin und dem Stubentiger zu. »Katzen haben einen siebten Sinn, zu wem sie –«

»Du meinst, weil ich genauso eigensinnig und einzelgängerisch drauf bin?«, faucht Johanna ihn unvermittelt an.

Welche Laus ist der denn plötzlich über die Leber gelaufen? Er lässt ihre Einschätzung lieber unkommentiert. Genauso wie ihre verbrannte Haut, an der sie schon wieder kratzt.

Lars tritt aus der Scheune ins Freie und nimmt nach ein paar Metern aufatmend den Mundschutz ab.

»Er ist seit mindestens achtundvierzig Stunden tot«, ruft er ihnen zu. »Die Leichenstarre ist vollständig gelöst. Vermutlich aber deutlich länger, wenn ich mir das Reifestadium der Larven so anschaue.«

»Also ist er spätestens Samstagnachmittag gestorben«, überlegt Axel laut. »Vielleicht war er tot, als Reintjes von seiner Schicht bei der NIAG nach Hause kam.« Zeitlich würde das passen. Und bis auf ausgeprägte Totenflecke an den unteren Extremitäten des Sitzenden sieht der Leichnam äußerlich unversehrt aus.

»Das könnte passen. Sein Gesicht und der obere Brustbereich sind lila verfärbt, und die Halsvenen sind gestaut. Spricht für einen Herzinfarkt.«

»Kein Wunder bei seinen Vorerkrankungen plus Stress plus Hitze.« Axel ist heute auch die ganze Zeit schwummerig, aber wenigstens hat seine Pumpe noch nicht rumgesponnen, obwohl er so erledigt ist.

Lars hockt vor dem Spurensicherungskoffer und sucht Pinzette und Glasröhrchen heraus. »Was macht die Katze hier? Die hat an einem Tatort nichts zu suchen.«

Prinzipiell richtig, denkt Axel, aber falls sie doch dem Täter gehörte, wird der Hof sowieso voller Spuren von ihr sein.

»Was schlägst du vor? Soll ich sie im heißen Auto einsperren und langsam garen«, giftet Johanna den Leiter der Spusi an.

»Schlechte Laune, Frau Kollegin? Mir macht das hier auch keinen Spaß.« Oehmen richtet sich auf und wischt sich mit dem Handrücken den Schweiß von Nasenspitze und Stirn.

»Wir passen auf, dass sie nicht in die Scheune läuft«, mischt Axel sich ein. Für einen Streit hat er gerade keine Nerven. Oehmen zieht schulterzuckend den Mundschutz hoch und geht zurück an die Arbeit.

Langsam könnten Verstärkung und Rechtsmedizin wirklich mal eintrudeln. Dann könnten sie auch das Tier aus dem abgesperrten Bereich schaffen. Ein heißer Windstoß trägt den fauligen Geruch des Leichnams über den Hof. Axel beschließt, ein paar Schritte zu gehen.

Jenseits des Flatterbands auf dem Feld ist die Luft besser. Er fingert sein Handy aus der Hosentasche. Wählt Maries Nummer, aber sie geht nicht dran. *Mach dich nicht verrückt. Marie ist in guten Händen.* Die Hitze steht über den Feldern wie eine Wand. Er schlendert ein paar Schritte über die Landstraße, bis zur Einmündung des Feldwegs, in der Johanna und er geparkt haben.

»Alles in Ordnung?« Johanna steht plötzlich neben ihm.

»Das könnte ich dich auch fragen.« Er nimmt das Frotteehandtuch, das er eigentlich für die Abende im Jazzkeller im Fonds hat, aus dem Wagen und wischt sich das schweißnasse Gesicht trocken. »Ist nur das Wetter. Man wird halt nicht jünger.«

Johanna nickt. »Du hast kaum Schlaf gekriegt. Da kann der Kreislauf mal in die Knie gehen.« Ihr Blick wandert unruhig über die Landstraße. »Aber morgen soll die Hitzewelle vorbei sein, kommt ja schon Wind auf.«

»Wüstenwind! Der trocknet alles noch mehr aus.« Er nimmt einen Schluck aus der Wasserflasche, die Johanna von ihrem Beifahrersitz gezaubert hat. Die Sonne brennt unbarmherzig auf die kahle Stelle auf seinen Kopf. »Lass uns zurück in den Schatten gehen.«

»Ich kann auch allein zu Nina Schulte fahren, wenn wir hier durch sind«, schlägt sie vor. »Dann kannst du dich aufs Ohr hauen.«

Stimmt, sie müssen der Tochter die Todesnachricht überbringen. Das hatte er erfolgreich verdrängt. »Können wir später besprechen. Vielleicht will die Chefin –«

Hinter der Biegung der Landstraße tauchen gleich mehrere Fahrzeuge auf. »Endlich, die Verstärkung.«

Er läuft den Wagen aus Krefeld entgegen und weist sie ein, am Feldrand zu parken. Das Düsseldorfer Kennzeichen, das bis zum Flatterband vorfährt, gehört zur Rechtsmedizin. Okay, die Dengendorf hat Dienst, denkt er, als die Medizinerin mit einem

Assistenten aussteigt und ihm zunickt. Um die soll Johanna sich kümmern, er fasst für die Kollegen den aktuellen Wissensstand zusammen. Und wem gehört der knallrote Mini, der ein Stück zurückgeblieben ist, aber ebenfalls angehalten hat? Er kann den Fahrer durch die Spiegelung der Windschutzscheibe nicht erkennen.

»Herr Holtz?« Silvia Dengendorf und ihr Assistent stehen mit Koffern und Schutzkleidung bepackt vor dem rot-weiß-gestreiften Band und warten.

Wo zum Teufel steckt Johanna? Während er das Band anhebt, um die Rechtsmedizinerin an den Fundort der Leiche zu lassen, sieht er sie abseits am Feldrand stehen. Vielleicht ein menschliches Bedürfnis. Axel wartet, bis alle den Hof betreten haben, und lässt das Band wieder fallen.

»Habt ihr einen Beschluss für die Durchsuchung des Wohnhauses dabei?«, wendet er sich dann an Krüger. Wenn es überhaupt eine Möglichkeit auf Hinweise auf das Motiv oder den Fluchtort von Reintjes gibt, dann im Haus.

Eine weitere Frau schlängelt sich unter der Absperrung durch und stöckelt unverfroren in Pumps in Richtung Scheune. *Jolanda Prinz! Woher weiß die schon wieder von dem Leichenfund?*

»Sie haben hier nichts zu suchen, Frau Prinz. Bitte verlassen Sie das Grundstück.« Axel breitet die Arme aus und baut sich vor ihr auf. Das fehlte noch, dass die einen Blick auf den Leichnam erhascht.

Prinz zückt ihr Smartphone und richtet das Kameraauge abwechselnd auf ihn und die grell erleuchtete Scheune. »Stimmt es, dass Sie die Leiche von Josef Bredenscheid gefunden haben? Wer ist der Eigentümer dieses Hofs? Hat die Entführung mit der nationalsozialistischen Vergangenheit der Familie Bredenscheid zu tun?«

»Sie dürfen hier nicht filmen!« Er hält eine Handfläche vor das Objektiv. »Und gehen Sie zurück hinter die Absperrung, sonst werde ich Ihr Handy beschlagnahmen. Sie behindern eine polizeiliche Ermittlung.« Die Wut lässt seine Stimme beben.

Krüger wird auf die Auseinandersetzung aufmerksam und kommt hinzu.

»Sie bestätigen also, dass das der Tatort ist.« Die Journalistin der Neuen Ruhr Zeitung klingt triumphierend, aber sie nimmt das Smartphone herunter. »Sind die Bewohner des Hofs die mutmaßlichen Täter? Haben Sie sie schon festnehmen können?«

»Bitte kommen Sie mit.« Krüger greift nach Jolanda Prinz' Schulter, was die mit einem scharfen »Fassen Sie mich nicht an!« quittiert.

Axel platzt die Hutschnur. Sie haben wirklich Wichtigeres zu tun. »Wir beantworten hier keine Fragen!«, fährt er sie an. »Wenn Sie nicht sofort das Grundstück verlassen, nehme ich Sie wegen Behinderung von Polizeiarbeit und Hausfriedensbruch vorübergehend fest.«

Dass sie nun doch leicht zusammenzuckt, verschafft ihm eine gewisse Genugtuung.

»Na, na, Herr Kommissar Holtz, nicht die Contenance verlieren«, ertönt belustigt die Stimme von Dr. Dengendorf. Die hat ihn schon immer gern gefoppt. Wo zum Teufel bleibt Johanna? Sie könnte ihm wenigstens eine der Frauen vom Hals halten.

»Und vor einer offiziellen Pressekonferenz der Kripo werden Sie nicht über diesen Ort und Ihre Spekulationen berichten. Haben Sie das verstanden?«

Jolanda Prinz wendet sich schulterzuckend zum Gehen. »Das Schreiben können Sie mir nicht verbieten. In Deutschland gibt es so was wie Pressefreiheit.«

Axel folgt ihr zum Flatterband. »Bei laufenden Ermittlungen herrscht Nachrichtensperre. Sie machen sich strafbar, das sollten Sie als Journalistin wissen.«

»Dann raten Sie mal, wer mich hergeführt hat?«, sagt Prinz schnippisch und begibt sich demonstrativ langsam auf die andere Seite der Absperrung.

»Wollen Sie damit sagen, Sie haben einen Informanten in den Reihen der Polizei?« Das würde erklären, warum sie zur Unzeit auftaucht. Aber er kann es sich nicht vorstellen. Nicht in einem so heiklen Fall.

»Finden Sie es selbst heraus.« Prinz setzt eine verspiegelte Sonnenbrille auf und stöckelt zu dem roten Mini. Der Wagen wirbelt Staub auf, als sie mit Schwung wendet. Die ist er erst mal los. Das Handy an seinem Hintern vibriert. *Marie! Endlich.*

Johanna schiebt sich an ihm vorbei zu den Kollegen, Axel schaut auf sein Handy. Die Nachricht seiner Tochter ist kurz: »Alles okay so weit. Muss weiter abwarten. Melde mich heute Abend.«

»Weiter abwarten.« Das kann alles und nichts heißen. Er widersteht der Versuchung, Marie sofort anzurufen.

Dr. Dengendorf hat sich inzwischen in Schutzkleidung geworfen und flucht, weil ihr bei der Begutachtung des Toten immer wieder der Schweiß in die Augen läuft. Johanna ist in eine Diskussion mit Krüger vertieft und schüttelt den Kopf, als Axel sie mit einer Handbewegung auffordert, mit zu ihrer Freundin zu kommen. Wieso hat sie plötzlich ein Problem mit dem Anblick des Leichnams? Als er den Hof erreichte, hat sie ihn noch ohne Scheu zu dem VW Caddy geführt.

Axel schaut zu, wie die Medizinerin und ihr Assistent Totenstarre und Totenflecke überprüfen und dann die Spurensicherer zu Hilfe rufen. Die fahren den Rollstuhl über die Rampe aus dem Caddy und lösen vorsichtig die Fesseln um die Handgelenke des Toten. Während Lars Oehmen die Fesselspuren an den Handgelenken fotografiert, drückt sie zunächst mit der Fingerkuppe, dann mit dem Fingernagel in den lilaroten geschwollenen Fuß, der unbekleidet in Sandalen steckt. »Totenflecke auch mit scharfkantigem Druck nicht wegdrückbar«, sie lupft sein Hemd am Bauch und sieht darunter, »Grünfäulnis am rechten Unterbauch bereits erkennbar. Er ist also mindestens – wie lange tot?« Sie dreht sich mit Schwung zu Axel um und winkt ihn näher heran. »Herr Hauptkommissar Holtz. Sie sind doch immer besonders erpicht auf einen möglichst genauen Todeszeitpunkt.«

Wird das hier ein Quiz? Er geht widerstrebend näher heran und zieht hastig die Maske über, die der Assistent ihm grinsend reicht. »Mindestens achtundvierzig Stunden.« Der ekelerregend faulige Gestank dringt sogar durch mehrere Lagen Vliesstoff.

»Sehr schön, und was sagen uns diese Larven der grünen Schmeißfliege, Gattung Calliphora vicina, die bereits ganze Arbeit geleistet haben?« Sie pickt mit der Pinzette eine der schleimigen weißen Larven vom Hosenaufschlag des Toten und legt sie auf eine Glasschale.

Sein Magen hebt sich schon wieder, aber diese Blöße wird er sich nicht geben. »Die sagen uns, dass wir sie so schnell wie möglich einem forensischen Entomologen übergeben sollten, bevor sie weiterwachsen.« Er schaut sich nach Johanna um. Warum verhält die sich, als wäre ihre Freundin eine Fremde? Der wird er nachher was erzählen. »Und dass ich genau deshalb Kriminalkommissar und nicht Forensiker geworden bin, damit ich mir diesen Anblick nicht länger antun muss.«

»Touché, Herr Kommissar.« Dengendorf zwinkert ihm zu – oder liegt es am Schweiß, der ihr in die Augen läuft? »Und weil die Tierchen aufgrund ihrer Größe schon länger geschlüpft sein müssen, können wir von einem Todeszeitpunkt ausgehen, der deutlich länger als sechsunddreißig Stunden zurückliegt. Selbst angesichts der Sommerhitze, die die Entwicklung natürlich beschleunigt, würde ich von mindestens fünfzig bis sechzig Stunden ausgehen.«

»Sechzig Stunden?« Axel rechnet erneut zurück. »Das wäre bereits kurz nach seiner Entführung gewesen.«

Sie nickt. »Genaueres wie immer …«

»… nach der Obduktion«, spricht er für sie fertig und verzieht sich erleichtert aus dem Dunstkreis des Leichnams.

***

Das Sonnenlicht tanzt in silbrigen Sicheln auf den Wellenkämmen. Weit hinten liegt die Küstenlinie Föhrs wie eine Miniatur am Horizont, ein eiförmiger grüner Streifen mit beigem Rand. Michael Reintjes lehnt sich an die Reling und atmet tief die Salzluft ein, während die Fähre Fahrt aufnimmt.

Zum ersten Mal seit Tagen fühlt er sich ruhig. Bredenscheids Stimme in seinem Kopf ist verstummt. Ein paar Stunden Schlaf, Schmerzmittel und eine heiße Dusche auf dem Campingplatz in Dagebüll haben seinen Körper wieder funktionstüchtig gemacht. Die Schreckensbilder der letzten Tage fühlen sich an, wie in einen weichen Sepiaton getaucht. Nur der Verlust seines Handys schmerzt.

Als hätte ich meine Verbindung zu meinem Leben am Niederrhein damit endgültig gekappt.

Die Bänke an Deck der Fähre sind trotz des strahlenden Sonnenscheins mäßig gefüllt. Der Montag scheint kein Anreisetag für Touristen zu sein. Nur ein paar Familien mit kleineren Kindern sind an Bord, dazu ältere Paare, die mit Bockwürstchen oder Kuchen die Überfahrt genießen. Ein junger Typ mit gepflegtem Bart und löchriger Jeans steht neben ihm an der Reling und quatscht in sein Smartphone. Es dauert eine Weile, bis Reintjes begreift, dass er nicht telefoniert, sondern kommentiert, was vor der Kamera zu sehen ist. *Generation Handy, vielleicht ein Influencer.*

Reintjes hält sein Gesicht in die Sonne und beobachtet, wie die Insel in Zeitlupe wächst und Farbschattierungen bekommt. Hat er als Fünfjähriger auch an Deck gestanden und übers Meer geschaut? Die Anreise ins Verschickungsheim ist aus seinen Erinnerungen gelöscht. Aber wahrscheinlich mussten sie während der Überfahrt im Bauch der Fähre bleiben, weil es oben zu gefährlich gewesen wäre.

Der junge Mann mit der Beaniemütze neben ihm schwenkt mit der Handykamera von der Nordsee über die Schornsteine auf das Deck. Reintjes dreht ihm den Rücken zu und zieht die Kapuze des Friesennerzes, den er am Mittag in Niebüll gegen den Wind gekauft hat, über den Kopf. Das fehlte noch, dass er auf seinem Handyvideo im Internet auftaucht. Bislang hat er in den Nachrichten nichts von einem Leichenfund am Niederrhein gehört. Aber lange kann es nicht mehr dauern, bis die Polizei nach ihm fahndet.

Ein Mann mit einem vielleicht dreijährigen Jungen auf dem

Arm tritt neben ihn an die Reling und deutet auf die Möwen, die nahe der Küste um ein Fischerboot kreisen. Seine Eltern konnten nie mit Birgit und ihm Urlaub machen. Der Hof hatte es nicht zugelassen, die Schweine und Gänse mussten jeden Tag versorgt werden, auch in den Schulferien. *Dafür wurden wir dann in Kur geschickt.*

Reintjes fröstelt. Im Windschatten des riesigen Schornsteins sucht er sich einen Platz auf einer der Bänke und schließt die Augen. Die letzte Nacht hat ihren Tribut gefordert, er sehnt sich nach einem heißen Bad und einem weichen Bett, in dem er anschließend unter die Daunendecke kriechen kann. Vielleicht hat er Glück und bekommt auf Föhr auch ohne Reservierung ein Zimmer. Nach zwei Nächten im Pkw hat er sich das verdient, oder?

»Schläfst du?« Zum zweiten Mal an diesem Tag wird er unverhofft aufgespürt. Ein Mädchen mit rotblonden Locken unter einer froschgrünen Kapuze steht vor ihm, im Arm ein Seehundstofftier.

»Nein, aber du hast recht, ich bin müde.« *Also gibt es hier Robben.* Vielleicht war der dunkle Knubbel letzte Nacht tatsächlich eine. »Ich konnte letzte Nacht nicht gut schlafen.«

Das Mädchen schweigt und mustert ihn aus wasserblauen Augen forschend und ohne jede Angst. Die Brise hinter dem Schornstein der Fähre spielt mit ein paar Locken, die unter der Kapuze hervorlugen. Wie alt mag sie sein? Auf jeden Fall noch im Grundschulalter. Sie erinnert ihn an eine Schülerin, die jeden Morgen im Bus von der St.-Barbara-Straße bis zum Martiniplatz mitfährt. »Wo sind denn deine Eltern?«

»Irgendwo dahinten.« Sie deutet gleichgültig in Richtung Treppe zum Unterdeck, dann zuckt sie mit den grünen Anorakschultern. »Guck mal! Das ist Flocke.« Sie hält ihm die Plüschrobbe hin. »Die hat Papa mir eben geschenkt.«

»Schöner Name.« Er tippt dem Stofftier mit den riesigen kugelrunden Augen auf die Nase. »Hast du schon mal eine echte Robbe gesehen?«

Sie nickt, ihre Augen strahlen vor Begeisterung. »Wir waren in einem Robbenkrankenhaus, wo sie kleine Kegelrobben wieder gesund machen, wenn die ihre Mama verloren haben.« Sie setzt sich neben ihn auf die Bank, ihre Füße in geblümten rosafarbenen Gummistiefeln schaukeln vor und zurück. »Flocke ist auch eine Kegelrobbe. Und ich bin ihre Mama.«

Das Rentnerpaar auf der Bank schräg gegenüber beobachtet Reintjes misstrauisch.

»Ein Robbenkrankenhaus? Du meinst sicher eine Robbenauffangstation.« Er darf keine Aufmerksamkeit erregen, weil ihn ein kleines Mädchen anspricht. Demonstrativ rückt er ein Stück von ihr ab. »Wollen wir mal schauen, wo deine Eltern sind? Die suchen dich sicher schon.«

»Mama muss Leon füttern. Der ist genauso ein Baby wie Flocke.« Sie scheint nicht sehr beunruhigt, dass ihre Eltern sie vermissen könnten. In ihren Mundwinkeln kleben dunkle Krümel, vielleicht von einem der Schokoladenriegel, die unter Deck angeboten werden. »Wo sind denn deine Kinder?«

Das Ehepaar lässt ihn nicht eine Sekunde aus den Augen. Jetzt flüstert die Frau ihrem Mann hinter vorgehaltener Hand etwas zu.

Was für eine kranke Welt, wenn man gleich für einen potenziellen Kinderschänder gehalten wird, nur weil man sich mit einem kleinen Mädchen unterhält.

»Ich habe keine Kinder.« Reintjes steht auf, um die unangenehme Situation zu beenden. »Wir suchen besser nach deinen Eltern.« Die Küstenlinie der Insel rückt näher. Er kann den Hafen von Wyk erkennen, die ersten Gebäude in Ufernähe, die aussehen wie weiße und braune Würfel.

»Warum hast du keine Kinder?« Die Kleine macht keine Anstalten aufzustehen.

Gute Frage. Hätte seine Ehe gehalten, wenn Doris nicht die Fehlgeburt gehabt hätte? Oder wäre alles nur schlimmer geworden, eine Trennung mit Kind, noch mehr Probleme, noch mehr Streit?

»Meine Frau konnte keine kriegen.« Er räuspert sich. Das ist vermutlich keine angemessene Antwort für ein Kind.

»Lia?« Eine Männerstimme schallt über das Deck und hilft ihm aus seiner Verlegenheit. »Wo steckst du denn? Lia!« Zwischen den Holzbänken taucht ein hochgewachsener Mann mit Pudelmütze auf und sieht sich suchend um.

Lia heißt sie also. Passender Name für ein so helles Kind.

Das Mädchen springt endlich von der Bank. »Da ist Papa ja schon. Ich muss los.«

»Tschüss. Pass gut auf Flocke auf.«

Die Gummistiefel quietschen, als Lia so rasch und leicht wie der Wind zu ihrem Vater hüpft. Ob Birgit jemals ein so unbeschwertes und fröhliches Kind war? In seiner Erinnerung ist sie immer ernst und vorsichtig gewesen. Lias Vater hat sie energisch an die Hand genommen und redet auf sie ein. Sieht nicht so aus, als hätte er sich keine Sorgen gemacht. Reintjes schaut den beiden nach, bis sie im Inneren der Fähre verschwunden sind. Dann geht er zurück an die Reling. Auf die Blicke des misstrauischen Paars hat er keine Lust mehr.

Haben unsere Eltern sich Sorgen gemacht nach der Kinderkur? Birgit und er haben nie erzählt, was in dem Heim passiert war. *Wir waren einfach nur froh, dass der Horror vorbei war.* Und als Birgit immer wieder über Schmerzen klagte und die Niere entfernt werden musste, sagten die Erwachsenen, sie habe zu wild gespielt. Sie sei von einem Baum gefallen. Oder von einem Klettergerüst. *Wir haben uns geschämt. Dabei war es nicht unsere Schuld.*

Die Fähre nähert sich dem Hafen von Wyk, Reintjes kann die Mole mit ihren gelben Krananlagen erkennen, die grünblauen Schattierungen der Nordsee trüben sich ein. Birgit und er sind nie auf die Insel zurückgekehrt. Und er hat überhaupt nur ein einziges Mal die Ferien am Meer verbracht. Da waren Doris und er frisch verheiratet, und die Verliebtheit war groß. Ihr erster gemeinsamer Urlaub sollte ein Fest werden. Stattdessen fand er heraus, dass die überwältigende Weite des Ozeans ihn angespannt und gereizt machte. Die vielen Menschen am Strand gingen ihm ebenso auf die Nerven wie der Sand in seinen Schuhen und die Tatsache, dass die halbe Speisekarte aus Fischgerichten bestand.

Der Geschmack des Salzwassers, das ihm beim Schwimmen in den Mund schwappte, versetzte ihn in Panik. Doris drang in ihn, stellte ihm Fragen, aber damals hatte er selbst keine Erklärung dafür gehabt. Erst als Birgit Jahrzehnte später krank wurde und, an den Plänen für ihr Leben gescheitert, zurück zu ihm auf den elterlichen Hof zog, erwachten in ihm in den Gesprächen mit ihr Erinnerungen an die Zeit auf Föhr.

Und jetzt bin ich auf dem Weg zurück in unsere Kindheit, Birgit. Wie du es vorgeschlagen hast.

Neben dem Fähranleger tanzen kleinere Boote auf dem Wasser, der Sandstrand zur Linken ist von den bunten Mützen der Strandkörbe übersät. *Sieht genauso idyllisch aus wie auf den Bildern im Internet.*

Das ohrenbetäubende Hupen vor dem Hafeneinlauf reißt ihn aus seinen Betrachtungen. Es wird Zeit, runter zum Autodeck zu gehen. Den Südstrand, in dessen Nähe das »Spatzennest« liegt, kann er von dieser Seite aus sowieso nicht sehen. Aber das hat Zeit. Heute wird er sich ein Zimmer suchen, ein nettes Lokal. Heute will er den Abend genießen, nicht weiter als bis zum nächsten Morgen denken.

Auf dem Weg in den Schiffsbauch sieht er Lia mit ihrer Familie, sie hält ihrem Babybruder das Stofftier hin und bemerkt ihn nicht. Noch so eine Idylle. Reintjes bleibt unwillkürlich stehen. Für einen Moment sieht er seine Schwester dort an Lias Stelle stehen, sie muss in Lias Alter gewesen sein in jenem Sommer, als sie das hellblaue Kleid trug und die langen Zöpfe. *Morgen gehe ich zu unserem Angstort, Birgit.* Er reißt sich vom Anblick der Familie los und stolpert über die Metalltreppe nach unten. Das »Spatzennest« existiert schon längst nicht mehr. Das Gebäude muss alt und baufällig sein. Er wird sich anschauen, was davon übrig ist.

✳✳✳

»Oder möchten Sie lieber ein Eis? Ich habe eben dieses leckere Zitroneneis aus dem Supermarkt –« Nina Schulte springt zum dritten Mal von ihrem Stuhl auf und verschwindet in der Küche, bevor sie den Satz zu Ende gesprochen hat. Johanna fährt sich angespannt mit der Hand übers Gesicht. Seit Axel und sie das Haus betreten haben, um Bredenscheids Tochter die Todesnachricht zu überbringen, hat die keine drei Sekunden still gesessen. *Wasser, Tee, Kaffee, Kekse oder doch lieber einen Espresso? – Sie sehen müde aus, Herr Kommissar, oder brauchen Sie eine Kopfschmerztablette bei der Hitze, ich kenne das ja. – Max, guck doch mal im Keller nach Apfelschorle! Bring Eiswürfel mit, biete unseren Gästen etwas Melone an.*

Als ahnte sie, was wir ihr sagen müssen. Als wollte sie es so lange wie möglich hinauszögern.

»Wissen Sie, da sind kandierte Zitronenschalen drin, wirklich sehr erfrischend.« Schulte fegt zurück an den Tisch. »Sie sollten das unbedingt probieren, wo Sie schon wieder Überstunden machen müssen. Felix, hol bitte Schälchen – und noch einen großen Löffel, ich habe –«

»Frau Schulte.« Johanna nimmt ihr das Eis aus der Hand und deutet demonstrativ auf einen Stuhl. Sie will das endlich hinter sich bringen, mit dem todmüden Axel ist nicht zu rechnen, und nach der Szene mit Silvia eben am Reintjes-Hof liegt ihr eigenes Leben in Trümmern. »Wir sind hergekommen, weil wir Ihren Vater tot auf einem Grundstück bei Kevelaer gefunden haben. Es tut mir sehr leid.«

»Verstehe.« Nina Schultes Blick wandert ins Leere. Felix kommt mit den Glasschälchen zurück in den Raum und verteilt sie klappernd auf dem Tisch.

»Lass das jetzt mal. Opa ist tot.« Max zieht seinen Bruder zum Sofa, als wollte er die »Erwachsenen« nicht länger stören.

»Er befand sich noch in dem Transporter, in dem er entführt wurde«, fährt Johanna fort. Ihre Stimme klingt heiser. *Als ob ich sie eben verloren hätte, als Silvia bewusst wurde, was ich letzte Nacht getan habe.* »Wir vermuten, dass er schon wenige Stunden nach der Entführung verstorben ist. Aber genau muss die Rechtsmedizin das erst noch untersuchen.«

Wieder nickt Nina Schulte so emotionslos, als hätte sie ihr

gerade erklärt, dass sie lieber Schokoladeneis esse oder dass sie auf die Toilette müsse. Dann steht sie abrupt auf und beginnt, den Vitrinenschrank neben dem Fernseher zu durchwühlen.

Axel zuckt unmerklich die Achseln. Es war zwar nett, dass er noch mit zu den Angehörigen gekommen ist, aber in dem Zustand ist er nicht wirklich eine Hilfe.

Frau Schulte reißt die oberste Schublade auf und durchwühlt den Inhalt. Lose Fotos, Teelichter, Streichhölzer und Feuerzeuge, Stifte und diverse Eintrittskarten fliegen achtlos auf das Wohnzimmerparkett. Die Suche hat etwas Getriebenes. Aber Johanna kann sich nicht aufraffen, sie zu unterbrechen.

»Willst du Papa nicht anrufen?« Felix schaut bekümmert seine Mutter an.

»Er wird es noch früh genug erfahren.« Die Schublade fliegt mit einem Rums wieder zu.

»Aber … das ist doch eine besondere Situation.« Er sieht seinen älteren Bruder hilfesuchend an.

Klingen die Jungs so beklommen, weil ihr Großvater tot ist oder weil sich ihre Mutter so merkwürdig verhält? Wo der Vater der beiden steckt, würde Johanna allerdings auch interessieren.

Sie räuspert ihre Stimme frei. »Ihr Mann hat mit der Entführung nichts zu tun. Sie können ihm gerne –«

»Er wohnt nicht mehr hier«, unterbricht Schulte sie. »Und ich will ihn auch nicht anrufen.« Aus der zweiten Schublade fallen aus Stoff genähte Dekoherzen lautlos zu Boden, dann poltert eine Teedose aus Blech hinterher.

Sie hat ihren Mann rausgeschmissen. Alle Achtung! Dann ist sie innerhalb von drei Tagen Ehemann und Vater losgeworden, denkt Johanna lakonisch. Kein Wunder, dass die Frau am Rad dreht. Ein bronzefarbenes Weihnachtsglöckchen, eine aufgerissene Packung Wunderkerzen und ein Korkenzieher gesellen sich zu den anderen Gegenständen auf dem Boden. Die Söhne tuscheln miteinander. Endlich zieht Nina Schulte eine muschelförmige, mit schwarzem Samt bezogene Schatulle aus der Schublade und öffnet sie behutsam.

»Die hat mein Vater mir zur Erstkommunion geschenkt.«

Sie hebt ein feingliedriges goldenes Kettchen mit großem Anhänger aus dem Kästchen. »Das einzige Geschenk von ihm, das ich nie weggeworfen habe.« Das Medaillon baumelt vor und zurück, und sie folgt ihm mit den Augen, als wollte sie sich selbst hypnotisieren.

Johanna starrt mit. Sie sollte etwas Einfühlsames sagen. Etwas, das der Frau zeigt, dass sie emotional bei ihr ist. Aber sie ist wie abgeschnitten von ihrem Einfühlungsvermögen und angemessenen Worten.

»*Wo bist du gewesen?*«, hört sie Silvia wieder und wieder in ihrem Kopf fragen. Nach der ersten Untersuchung von Bredenscheids Leichnam konnte sie ihrer Freundin nicht mehr länger aus dem Weg gehen. *Warum hast du mich nicht zurückgerufen?* Das Wohnzimmer der Schultes rückt in die Ferne, während Johanna erneut vor Scham im Boden versinken möchte.

Ich konnte ihr nicht antworten. Aber sie hat es auch so verstanden.

»Johanna?« Axel stößt sie leicht mit der Schulter an und räusperte sich mahnend. »Frau Schulte möchte wissen, woran ihr Vater gestorben ist. Du hast doch mit Dr. Dengendorf gesprochen, bevor wir gefahren sind.«

Ja, ich habe mit Silvia gesprochen. Aber nicht über den Todesfall.

Johanna zwingt sich zurück in die Gegenwart. »Es war vermutlich ein Herzinfarkt.« Das weiß Axel doch auch, warum antwortet er Nina Schulte nicht selbst?

Die hat das Medaillon jetzt mit gefalteten Handflächen umschlossen. »Hätte der Entführer ihm denn nicht helfen können? Hat der einfach zugesehen?« Eine Träne läuft über ihre Wange, sie wischt sie energisch beiseite.

»Wir müssen die Obduktion abwarten, um den genauen Todeszeitpunkt … dann können wir vielleicht sagen, ob er …«, Johanna sucht nach Worten, fühlt sich wie versteinert, »also ob er allein war, als er den Infarkt hatte. Vermutlich war sein Entführer nicht die ganze Zeit bei ihm.«

»Allein? In seinem Rollstuhl eingesperrt in einem Auto?«

Bredenscheids Tochter versucht nicht länger, die Tränen zurückzuhalten.

»Mensch, Mama!« Max geht zu ihr hinüber und nimmt sie in den Arm. In der Umarmung ihres ältesten Sohns wirkt sie klein und verloren wie ein Kind. »Warum bist du traurig wegen dem Alten? Er war fünfundachtzig. Er wäre doch sowieso bald –«

Gestorben, ergänzt Johanna in Gedanken. *Ich bin für Silvia gestorben. Passé. Kein Thema mehr.*

Durch die geöffnete Terrassentür dringen Lachen und Kreischen aus dem Garten der Nachbarn herein, der Duft von Gegrilltem liegt in der Luft. Hilfesuchend sieht sie Axel an, aber der tippt auf seinem Handy herum und wirkt auch sonst mindestens genauso abwesend wie sie.

Sie will noch mal zurück zum Hof. Der Katze etwas zu fressen geben. Sehen, was die Durchsuchung des Wohnhauses ergeben hat. Aber noch ist sie nicht fertig hier. Nina Schulte hat aufgehört zu weinen und befreit sich aus den Armen ihres Sohns.

»Frau Schulte, sagt Ihnen der Name Michael Reintjes etwas?« Wo ist die Verbindung zwischen Täter und Opfer? »Oder Birgit Reintjes, das war seine Schwester.«

Schulte schnäuzt sich die Nase. »Reintjes, Reintjes.« Sie steckt das Taschentuch weg. »Aber wie gesagt. Ich hatte in den letzten vier Jahren keinen Kontakt mehr zu ihm.«

»Und davor? Wir vermuten, dass Ihr Vater Frau Reintjes bei der Dialyse begegnet ist. Dass sie sich vielleicht früher schon kannten.«

»Sie meinen, sie könnte eine Patientin von ihm gewesen sein?« Schulte setzt sich an den Tisch und legt die Goldkette zurück in den schwarzen Samt.

»Es gab im März dieses Jahres einen Vorfall in der Dialyseambulanz. Frau Reintjes soll mit panischer Angst auf Ihren Vater reagiert haben.«

Auf dem ovalen Medaillon ist ein Schutzengel eingraviert. Seine Flügel sind ein kunstvolles Geflecht aus Goldfäden und winzigen Brillanten. *Kostbares Geschenk für ein neunjähriges Mädchen.*

»Mein Vater hat nie über Patienten gesprochen.«

Telefonklingeln unterbricht das Gespräch. Felix verschwindet in den Flur.

»Außerdem war er doch schon zwanzig Jahre aus dem Dienst«, fährt seine Mutter fort. »Weshalb sollte jemand Angst vor einem alten Mann im Rollstuhl haben?«

»Das ist merkwürdig, das stimmt. Unsere Kollegen überprüfen gerade, ob es Klagen gegen Ihren Vater wegen eines Arztfehlers gegeben hat. Die Patientenakten werden allerdings nach zehn Jahren gelöscht, deshalb haben wir gehofft, Sie –«

»Mama, Telefon!« Felix steht in der Wohnzimmertür. »Papa ist dran.«

»Ich kann jetzt nicht.«

»Aber Opa ist tot.« Seine Stimme kiekst, als wäre er noch im Stimmbruch.

»Sag ihm, ich rufe später zurück.« Nina Schulte scheucht ihren Sohn samt Telefon zurück in den Flur. »Also ich weiß nichts von Klagen gegen meinen Vater. Warum fragen Sie diese Frau Reintjes nicht selbst?«

»Sie hat sich vor drei Monaten das Leben genommen. Und ihr Bruder, Michal Reintjes, ist verschwunden und dringend tatverdächtig.«

»Sie denken, er wollte sich für den Tod seiner Schwester rächen?« Schulte legt die Stirn in Falten. »Inwiefern sollte ein alter Mann schuld sein an diesem Suizid?«

»Du weißt doch, wie gemein er sein konnte«, mischt Max sich ein. »Er hat Oma und dich gequält. Und Papa auch.«

»Du tust ja gerade so, als wäre er ein Ungeheuer gewesen. Er hat mich nie geschlagen. Und meine Mutter auch nicht.«

»Trotzdem musstet ihr alle nach seiner Pfeife tanzen. Und weil Papa das nicht getan hat, hat er ihn verachtet.«

Josef Bredenscheid hat Menschen vielleicht nicht körperlich misshandelt, aber psychisch, denkt Johanna. Birgit Reintjes hat ihn »Teufel« genannt.

»Sie haben erzählt, dass Sie an der Nordsee geboren sind. Sagten Sie nicht, Ihr Vater war dort Leiter in einer Kurklinik für Kinder?« *Erwachsene können sich gegen Gequältwerden wehren. Kinder nicht.*

»Ja, wir haben in Wyk auf Föhr gelebt. Aber ich habe, wie gesagt, keine Erinnerungen daran.«

»Haben Ihre Eltern später nie von der Zeit dort erzählt? Oder gibt es Fotos?« Johanna ist selbst nicht ganz klar, worauf sie hinauswill. Aber der Kollege hängt immer noch wie ein Schluck Wasser in der Kurve auf seinem Stuhl und starrt abwesend auf sein Handy.

Nina Schulte schüttelt den Kopf. »Die Vergangenheit war nie ein Thema bei uns. Die ersten Erinnerungen, die ich habe, stammen aus dem Haus in Walbeck.«

»Wir ziehen aber nicht in den alten Kasten«, murrt Felix. »Ich will nicht nach Walbeck.«

»Wie kommst du dadrauf?« Seine Mutter sieht ihn verärgert an. »Dein Opa ist noch nicht mal beerdigt, und du verteilst sein Hab und Gut?«

»Ich dachte, wenn Papa hier im Haus bleiben will …« Felix zuckt entschuldigend die Schultern.

Die sind mehr mit der Trennung ihrer Eltern als dem Tod des Großvaters beschäftigt. Johanna beschließt, die Familie allein zu lassen. Bevor Axel ihr noch einschläft.

»Vielleicht hilft uns der Hinweis auf Föhr weiter.« Sie trinkt die Apfelschorle aus und stellt das Glas so laut auf den Tisch zurück, dass er aufschreckt. »Versuchen Sie, ein wenig zur Ruhe zu kommen. Und wenn Sie noch Fragen haben …«

»Spatzennest«, unterbricht Nina Schulte sie. »Das Kinderkurheim hieß ›Spatzennest‹.«

Dienstag, 9. August

Hier ist es also gewesen. Hier war er eingesperrt.

Reintjes starrt auf die bröckelnden Kalksandsteine des Kellerraums und versucht, das Bild in seinen Erinnerungen mit dem Anblick des fensterlosen Verlieses übereinzubringen. Nur spärlich dringt Licht durch den von Spinnweben überzogenen Belüftungsschlitz unter der niedrigen Decke. Eine vergitterte Lampe baumelt nutzlos an ihrem Kabel. Im »Spatzennest« ist der Strom sicher schon lange abgeklemmt.

Abgeplatzter Putz knirscht unter seinen Schuhen, als er den Raum betritt. An nichts von alldem kann er sich erinnern. Den Fliesenboden im Flur oben hat er sofort wiedererkannt. Aber hier unten? – Er schließt die Augen. Vielleicht erinnert ihn der Geruch an etwas. Diese Mischung aus feuchter Erde, Schimmel und Kalk. Reintjes wartet ab, aber er gräbt vergeblich nach verschütteten Gefühlen.

»Vielleicht würdest du dich eher erinnern, Schwesterlein. Ich war noch zu klein.« Ihn fröstelt im kurzärmligen Hemd, diese Kellerräume wärmen sich auch im Sommer nicht auf. »Und wo haben sie dich eingesperrt?« Mit den Händen in den Hosentaschen setzt er seinen Rundgang fort.

Neben der nächsten Tür stapeln sich uralte Briketts. Der rund gemauerte Bottich, unter dem eine Feuerstelle ist, muss ein Waschzuber gewesen sein. Ob die Ordensschwestern noch in den Siebzigern hier die Kinderkleidung gereinigt haben? Die Unmengen an Bettwäsche und Handtüchern? Reintjes kann es sich nicht vorstellen. Jetzt stinkt der Zuber nach Urin, als er den rostigen Metalldeckel anhebt, um hineinzuschauen.

Im Heizungskeller gegenüber nimmt eine Ratte Reißaus. Der Gasbrenner ist demontiert, nur Zuleitungen und Rohre vor der Wand erinnern an die Funktion des Raums. Reintjes stolpert im Dämmerlicht über eine Flasche, die klirrend über den Boden davonrollt. Dann herrscht erneut Stille.

Wie damals. Ein Schauer läuft ihm über den Rücken. *Diese plötzliche Stille.* Die Abwesenheit von Geräuschen holt nun doch eine Erinnerung in ihm hoch. Birgit hat geschrien, als Bredenscheid sie schlug. Dann brachen die Schreie von jetzt auf gleich ab. *Und ich dachte, sie sei tot.*

Der Horror der Nacht erfüllt unvermutet den Keller, ein kindlicher Horror, der ihm endlos und absolut vorkam. *Für Kinder gibt es nur ein Jetzt, kein Später, kein Morgen.* Reintjes reibt sich mit den Handflächen über die Oberarme. Was tut er hier eigentlich? Er will nicht länger im Kellergeschoss nach den Dämonen seiner Kindheit suchen.

Durch die zerbrochenen Fenster im Erdgeschoss flutet Seeluft die großen Räume. Die Türblätter und das Mobiliar sind herausgerissen, nur in der gekachelten Küche warten noch die Überreste des riesigen Herds unter einem löchrigen Ofenrohr. *Nutzlos und vergessen, wie ein ausgeweidetes Tier.* Reintjes schaudert, er sehnt sich nach Wärme, gegenüber der Küche lockt ihn Sommerlicht und verleiht dem fahlen Holz des Dielenbodens einen letzten Glanz. War das der Speisesaal?

Tastend bewegt er sich durch den sonnengesättigten Raum. Die Flügeltür zum Garten löst ein vages Gefühl von Wiedererkennen aus, aber war das nicht alles viel größer? *Der Weg von der Tür zu meinem Platz schien mir endlos, die Decken gebieterisch hoch.* Als er auf die bodentiefen Fenster zugeht, stöhnen die Holzdielen unter seinen Schritten. Die Wände sind mit Graffiti beschmiert, als hätte jemand die Autorität dieses Ortes endgültig mit Füßen treten wollen.

Vielleicht hätten wir gemeinsam herkommen sollen, Birgit. Hier wird niemand mehr gequält.

Reintjes versucht, die Anordnung der Tische zu rekonstruieren, links die Mädchen, rechts die Jungen, er konnte seine Schwester von seinem Sitzplatz aus nicht sehen, nur die Tür zum Flur hatte er im Blick. Etwa hier muss er gesessen haben. Oder doch weiter dort? Er geht in die Hocke. Wie klein ist ein Fünfjähriger, der sitzt?

Auf dem hellen Kreis an der Wand hat damals eine Uhr gehangen, fällt ihm ein, silbern mit so komischen verschnörkelten Ziffern, die er nicht lesen konnte. *Ich habe beim Essen immer darauf gestarrt, weil ich Angst hatte, nicht rechtzeitig fertig zu werden. Wer nicht rechtzeitig fertig wurde, bekam am nächsten Morgen keinen Saft zum Frühstück.*

»Bitte lassen Sie ihn spielen gehen, er hat doch einen Anstandshappen gegessen«, hört er die helle Stimme seiner Schwester. Sie steht im Türrahmen zur Küche hin, *meine Schwester im hellblauen Kleid mit langen braunen Zöpfen.*

Der »Anstandshappen« war die Regel bei ihren Eltern. Von allem einen Anstandshappen probieren, dann durften sie aufstehen. Aber die schwarze Krähe schüttelt den Kopf, hier muss er den Teller leer essen, auch wenn er der Einzige ist, der noch im Speisesaal sitzt. Und wieder gibt es diese eklige Blutwurst, *schon der metallische Geruch lässt mich würgen,* kein Wunder, dass er bis heute kein Flönz ertragen kann. *Die Fettwürfel zittern durch die Tränen vor meinen Augen, der Berg auf dem Teller ist riesig. Ein paar Bissen konnte ich mit Pfefferminztee hinunterspülen, aber jetzt ist die Tasse leer.*

An Birgits Zöpfen baumelten Marienkäfer, sie hatte diese Haarspangen mit Käfern darauf, das müssen ihre Lieblingsspangen gewesen sein.

Ich kaue an einem Stück Kartoffel, womit soll ich die Blutwurst hinunterwürgen? Eine Tasse Tee zum Abendessen, mehr gibt es nicht. Damit wir nachts nicht so oft auf die Toilette müssen.

Und Birgit stand da und ließ sich nicht verscheuchen, obwohl die Ordensschwester sie schon zweimal aufgefordert hat, in den Garten spielen zu gehen.

Lass mich nicht allein, flehe ich. Nicht laut, wir dürfen nicht miteinander sprechen. Mädchen und Jungen dürfen nicht miteinander sprechen, auch wenn sie Geschwister sind. Ich habe Angst, weil der Stiefelmann mir am Morgen bei der Aufbauspritze gesagt hat, ich darf nächste Woche nicht nach Hause, wenn ich nicht ordentlich esse. Ich bin zu mager, ich soll Mama und Papa beweisen, dass ich ein braver Junge bin.

Und die Schwestern trugen Teekannen und Schüsseln ab, in

der Küche klapperte Geschirr beim Spülen. Birgit stand im Weg rum, aber zuerst haben sie sie beim Aufräumen helfen lassen.

Ich spüre ihre warme Berührung, als sie mir im Vorbeilaufen mit der Hand über die Schulter streicht, ich versuche weiterzuessen. Ich muss das Messer mit rechts halten und die Gabel mit links. Ich versuche, die Rotwurst zu schneiden, da fällt mir das Messer auf den Boden.

»Hier wird ordentlich gegessen, wir sind hier nicht bei den Hottentotten!« Die schwarze Krähe kneift mich in den Oberarm, und ich starre auf die Uhr. Wenn die Zeiger sich doch schneller bewegen würden, ganz, ganz schnell, immer herum und herum, so schnell wie der Hund unserer Nachbarn, wenn er einem Stock hinterherjagt. Dann könnte ich einfach sitzen bleiben, bis die Zeit kommt, nach Hause zu fahren. Mama würde mir Pudding kochen und mich trösten, und ich würde ihr versprechen, in Zukunft immer alles aufzuessen mittags, damit ich nicht mehr mager bin.

»Gibt es ein Problem?« Der weiße Kittel des Doktors erscheint neben der Krähe, ich hebe rasch das Messer auf, ich schiebe mir die abgeschnittene Blutwurst in den Mund, ich kaue und würge, bitte, ich möchte wieder nach Hause. Ich zwinge mich, noch ein Stück zu essen und noch ein Stück, ich stopfe mir immer mehr auf einmal in den Mund, ich versuche, schneller zu sein als der Ekel, vergeblich.

Mein Magen pumpt das Essen wieder hoch, zurück auf den Teller, ich erbreche die ganze dunkle Masse in einem Schwall. Es wird totenstill im Raum. Ich warte auf Schläge oder zumindest Schreie. Aber der Stiefelmann lächelt nur böse und setzt sich zu mir.

»Das essen wir schön wieder auf.« Der weiße Kittel klafft über den schwarzen Stiefeln auf, seine Knie ragen über die Tischplatte hinaus, die viel zu niedrig ist für ihn. Ich sehe das Lauern in seinen Augen, dasselbe Lauern, das mich auch morgens im Behandlungsraum begrüßt, wenn ich für die Spritze die Hose runterlassen muss.

»Lassen Sie Michi in Ruhe! Sie quälen ihn ja.« Meine Schwes-

ter im blauen Kleid stürzt auf uns zu, die Marienkäfer schlagen wütend gegen ihre Schultern, wie ein Racheengel steht sie auf einmal neben mir. Und sie ist schneller als die schwarze Krähe, die ihr hinterherläuft, und auch schneller als der Doktor, der erst aufspringt, als sie ihm den Inhalt meines Tellers schon über den weißen Kittel, über seine Storchenknie und seine schwarzen Stiefel gekippt hat.

Reintjes setzt sich auf den warmen Holzboden. »Du hattest so viel Mut, Birgit. Du wolltest mich schützen, wie eine Mutter ihr Kind schützen würde.« Und hast teuer dafür bezahlt.

»Schwesterchen nahm sein Brüderchen an die Hand und sprach: Gott und unsere Herzen, die weinen zusammen.«

***

Der Gestank nach Fäulnis und Verwesung ist kaum zu ertragen. Axel starrt auf die gelb verfärbten Fußnägel des Toten auf dem Sektionstisch. Sahen die seines Vaters auf der Intensivstation auch so bröselig aus?

»Diabetikernägel wie aus dem Lehrbuch«, erklärt Dr. Dengendorf und diktiert ungerührt die Befunde der äußeren Leichenschau weiter.

Der entgeht aber auch nichts. Axel nimmt dankbar das Pfefferminz entgegen, das ihm der Staatsanwalt anbietet. Noch immer keine Entwarnung bei Marie. Im Gegenteil: Als er auf der Fahrt zur Rechtsmedizin nach Düsseldorf mit ihr telefoniert hat, war sie niedergeschlagener als gestern. Die Ärztin gebe ihr jetzt ein Medikament, damit die Lungen der Babys schneller reifen. Falls die Situation lebensbedrohlich werde und die Zwillinge geholt werden müssten, zähle jeder Tag. An dieser Stelle ihres Berichts hat sie angefangen zu weinen.

»Wo bleibt Frau Brenner?« Wittkopf wickelt sein Bonbon aus.

»Eigentlich sollte sie längst hier sein.« Axel schaut auf sein Diensthandy. Keine Nachricht von Johanna.

»Ihre Kollegin steht wohl nicht auf Autopsien.« Der Staatsanwalt sieht angesäuert aus. Er zieht das Bonbonpapier zwischen Zeige- und Mittelfinger glatt und beginnt, es dann zu immer kleineren Rechtecken zu falten.

Spielt er auf Johannas ersten Fall am Niederrhein an, weil sie damals auch bei der Leichenschau der Kinderärztin gefehlt hat? Da konnte sie nichts für ihr Fehlen, da war sie grippekrank. Er beschließt, das nicht mit Wittkopf zu erörtern. Das geht ihn nichts an. Er hat genug eigene Sorgen.

Dengendorf zieht das Tablett mit den Instrumenten näher an den Sektionstisch und greift zum Skalpell. »Dann öffne ich als Nächstes den Brustkorb.«

Als sie den ersten Schnitt setzt, beginnt Axels Herz wieder zu stolpern. *Nicht auch das noch.* Sein Puls rast in die Höhe. Die erste Hälfte der Nacht hat er geschlafen wie ein Stein, aber danach hat ihn die Sorge um Marie nicht mehr zur Ruhe kommen lassen. Alles ein bisschen viel auf einmal im Moment. Er versucht, sich auf das Mentholaroma im Mund zu konzentrieren. Die Schärfe mildert den widerwärtigen Geruch ein wenig ab.

Ich wollte doch gestern einen Entrümpler für die Wohnung meines Vaters raussuchen, fällt ihm ein. Dann geht ihm das Geräusch der Knochensäge durch Mark und Bein. Er starrt auf den Hinterkopf der Rechtsmedizinerin. Bildet er sich das Engegefühl im Brustkorb ein, oder ist mit seinem Herzen wirklich etwas nicht in Ordnung?

Die Tür öffnet sich, und Tom Ostermann betritt den Sektionssaal. »Entschuldigung. Ich habe eben erst erfahren, dass ich das übernehmen soll.«

»Ist Johanna krank?« Fäulnisgeruch und Mentholaroma mischen sich mit Toms Aftershave, als der sich dicht neben Axel stellt und sich neugierig umschaut.

»Nee, die hat Besseres zu tun. Es gibt irgendeine Spur zu diesem Reintjes.« Ostermann kraust angeekelt die Nase. »Riecht ganz schön heftig hier.«

»Deine erste Obduktion?«

»Könnte ich bitte Ruhe haben?!« Dr. Dengendorf sieht zu ihnen herüber. Tom hebt entschuldigend die Hände.

»Die führt aber ein strenges Regiment«, raunt er Axel ins Ohr. Schweigend sehen sie zu, wie die Ärztin den linken Lungenflügel entnimmt und ihrem Assistenten reicht. »Luftröhre sowie Lungenluftleiter bis in die Peripherie frei durchgängig und ohne Fremdinhalt.«

Erstickt ist Bredenscheid also schon mal nicht. Axel schluckt den letzten Rest des Hustenbonbons herunter. Johanna hat eine Spur zum Tatverdächtigen. Es wäre nett gewesen, wenn sie ihm Bescheid gesagt hätte. Aber sie war gestern bei Nina Schulte auch schon so unkonzentriert.

»Rippenbögen intakt, Lungenarterie weist röhrenförmige Fett- und Kalkeinlagerungen auf.«

Obwohl der Raum klimatisiert ist, bricht Axel der Schweiß aus. Als der Präparator den linken Lungenflügel entnimmt, droht sein Magen zu rebellieren.

Tief ein- und ausatmen. Er kann doch nicht neben Ostermann loskotzen.

Dengendorf beugt sich über den fast leeren Brustkorb, in dem Bredenscheids Herz freiliegt.

Wie klein das Herz im Vergleich zum Gesamtkörper ist. *Wie winzig sind dann erst die Herzen der Zwillinge?*

Axel schwindelt, das Gewebe flimmert vor seinen Augen. Als würde das Herz des Toten noch zittern.

Er wendet den Blick ab und fixiert die Instrumente auf dem Stahltablett.

»Ebenfalls spangen- bis röhrenförmige Fett- und Kalkeinlagerungen im gesamten Verlauf der Körperhauptschlagader«, diktiert die Medizinerin und stochert in den Gefäßen herum. »Und hier haben wir ein Gerinnsel im rechten Herzkranzgefäß, gleich oberhalb der Aortenklappe. Die Arterie ist vollständig verschlossen, in der Folge kam es zu …«

Ihre Worte leiern und gehen ineinander über. Unscharf wie im Nebel, denkt Axel, in seinen Ohren rauscht es. Dann hört er nichts mehr, weil der Raum zur Seite kippt und ihm schwarz vor Augen wird.

Als er wieder zu sich kommt, schaut er in zwei dunkelbraune Augen mit honigfarbenen Einsprengseln.

Dr. Dengendorf. Was ist passiert?

Die Liege ist schmal, er tastet mit den Fingern ihren Rand gleich neben seinem Oberschenkel. *Eine Untersuchungsliege. Ambulanz der Rechtsmedizin.* Jetzt lächeln die Augen und der Mund darunter auch.

»Da sind Sie ja wieder. Ich hatte schon Angst, ich muss den Defi holen.« Wieder ein Lächeln, auf den Wangen bilden sich Grübchen. Weshalb hat er die vorher nie bemerkt?

»Wenn Sie sich freuen, mich zu sehen, muss ich im Paradies sein.« Immer noch kreist Übelkeit in seinen Gliedern, er will sich aufrichten, aber Silvia Dengendorf drückt ihn mit erstaunlicher Kraft zurück auf die Untersuchungsliege.

»Nichts da. Erst mal Blutdruck messen und abhören.«

Wie peinlich, ausgerechnet vor dem Draufgänger Ostermann und dem Staatsanwalt umzukippen. Axel schließt die Augen.

»Hundertfünfundvierzig zu hundert. Leicht hyperton, aber noch kein Grund zur Beunruhigung. Dann schieben Sie bitte Ihr T-Shirt nach oben und drehen Sie sich auf die rechte Seite.«

Er gehorcht unwillig. »Das war nur mein Kreislauf. Bei der Hitze draußen und dem Gestank dadrinnen ist das doch kein Wunder, dass –«

»Pschscht!« Sie deutet auf die Stöpsel in ihren Ohren. Das Bruststück des Stethoskops wandert kühl über seinen linken Rippenbogen, hält hier inne, pausiert dort.

Was hört sie so lange ab? Beklemmung macht sich in ihm breit. Wenn mit seinem Herzen wirklich etwas nicht stimmt? Er will es gar nicht wissen.

»In Ordnung.« Silvia Dengendorf legt das Stethoskop zurück auf den Schreibtisch. »Dann warten wir auf die Kollegin mit dem EKG.«

Auch noch ein EKG? »Das ist nicht nötig, ich muss bloß etwas trinken.« Diesmal setzt Axel sich mit Nachdruck auf und schwingt die Beine von der Liege, aber sofort bremsen Schwindelgefühle ihn aus.

»Meine Güte. Männer!« Die Ärztin runzelt die Stirn. »Bleiben Sie liegen, Herr Holtz! Gerade noch kollabiert und jetzt so tun wollen, als ob nichts gewesen wäre. Ich lasse Sie so nicht gehen.«

»Müssen Sie nicht zurück in den Sektionssaal?« Axel bleibt beharrlich auf der Kante der Liege sitzen, bis der Schwindel nachlässt. Je klarer ihm wird, dass er umgekippt ist und nicht mal mehr weiß, wie er auf diese Liege gelangt ist, desto peinlicher ist ihm die Situation.

»Ein Kollege macht weiter, lenken Sie nicht von sich ab!« Sie reicht ihm ein Glas Wasser. »Haben Sie Vorerkrankungen am Herzen? Sind Sie vielleicht in Behandlung?«

»Nein!«, protestiert er. Er ist doch kein alter Mann.

»Und wann waren Sie zuletzt beim Hausarzt und haben sich durchchecken lassen?«

Er zuckt die Schultern und trinkt.

»Oder beim Betriebsarzt? Werden Sie nicht regelmäßig polizeiärztlich untersucht?«

»Ist eine Weile her, ich weiß nicht genau.«

Silvia Dengendorfs Stirn legt sich in Falten. Sie schüttelt den Kopf. »Auf jeden Fall gibt es viele mögliche Ursachen für Ihre Synkope.«

»Synkopen? Die zupfe ich normalerweise am Bass, wenn ich im Jazzkeller spiele.«

Sie ignoriert seine Bemerkung. »Sie sollten unbedingt in den nächsten Tagen ein Langzeit-EKG machen lassen. In Ihrem Alter kann durchaus etwas Ernstes dahinterstecken.« Sie streicht sich eine Haarsträhne aus dem Gesicht. »Und ein Leichtgewicht sind Sie auch nicht gerade.« Jetzt hat sie das spöttische Grinsen in den Mundwinkeln, das Axel jedes Mal auf die Palme bringt.

Dabei hat er in den letzten Wochen schon abgenommen. Aber die Alt-Bierchen der vergangenen Jahrzehnte und das von ihm so geliebte herzhafte niederrheinische Essen schmelzen halt nur langsam hinweg.

»Und was haben Sie mit Johanna gemacht?« Wenn die Frau Doktor ihn ärgert, ärgert er halt zurück. »Geht das auf Ihre

Kappe, dass sie gestern neben sich stand?« An Dengendorfs Gesichtsausdruck sieht er, dass er einen wunden Punkt getroffen hat.

»Das ist privat.« Sie reißt ihm das leere Glas aus der Hand und wendet sich ab.

»Sehen Sie! Meine gesundheitlichen Probleme sind auch privat.« Außerdem fühlt er sich nach dem Wasser wirklich besser. Der Schwindel ist weg, er prüft, ob seine Beine ihn tragen. »Deshalb gehe ich jetzt.«

»Wenn Sie in meinem Sektionssaal zusammenbrechen, ist das nicht mehr privat.«

Es klopft. Eine junge Frau mit Nasenpiercing, kurzen roten Locken und weißem Kittel steht in der Tür. »Hallo, Silvia.« Sie drängt sich mit einem Monitor unterm Arm an Axel vorbei in den Untersuchungsraum. »Dein Patient ist ja wieder bei Bewusstsein.«

»Dr. Kim Anderson«, liest er auf dem Namensschild.

»Und will wegrennen, sobald er die Augen aufgeschlagen hat.« Dengendorf kräuselt spöttisch die Lippen.

Zwei Ärztinnen, die sich über ihn lustig machen, sind definitiv zwei zu viel. »Meine Kollegen warten auf mich, ich muss los.«

»Es dauert nur fünf Minuten.« Dengendorf nimmt Dr. Anderson den Monitor ab und platziert ihn auf ihrem Schreibtisch. »Die sind eh noch bei der Obduktion.«

Die Pumuckl-Frau zieht ein Gewirr aus Kabeln und Elektroden aus ihrer Tasche.

Axel zögert. »Ich hatte bloß Stress in den letzten Tagen. So eine Entführung …« *Und eine Tochter mit einer Zwillingsschwangerschaft, die aus dem Ruder läuft.* Aber das wird er Dengendorf sicher nicht auf die Nase binden. »Da wir den Toten gefunden haben, kann ich mir ein paar Tage freinehmen.«

»Sie riskieren lieber einen stummen Infarkt, als ein EKG zu machen? Wie Ihre Gefäße bei einem Hinterwandinfarkt aussehen, können Sie sich gerne noch einmal bei dem Herrn ansehen, der gerade auf dem Tisch liegt.« Dengendorf deutet in Richtung Sektionssaal.

Axel brummt unlustig. Im Prinzip hat sie ja recht.

»Das ist nicht leichtsinnig, das ist einfach saublöd.« Sie stöpselt den Monitor ein und macht dann ihrer Kollegin Platz. »Sie haben Angst vor der Wahrheit, Herr Kommissar. Aber wenn Sie unbedingt weglaufen wollen …« Mit ausladender Geste weist sie auf die Tür.

Axel seufzt. Die wiederkehrenden Herzstolperer in den letzten Monaten. Die Schwindelattacken, die schon vor der Hitzewelle begonnen haben.

»Meinetwegen. Dann machen Sie mal.« Er legt sich zurück auf die Untersuchungsliege. *Meine Kinder und Enkelkinder brauchen mich noch.* Nervös schaut er zu, wie Dr. Anderson die Elektroden auf seiner Brust, an Hand- und Fußgelenken positioniert. Wenn es seinem Herzen so schlecht ginge, hätte er doch gar nicht joggen können, oder? Axel schließt die Augen und versucht, sich zu entspannen.

✵✵✵

Wo bleibt Axel? Die Obduktion müsste längst vorüber sein. Johanna legt das letzte von Birgit Reintjes' Tagebüchern zurück auf den Stapel und reibt sich das Gesicht. Heute findet selbst sie es unerträglich schwül. Aber vielleicht liegt es auch an der durchwachten Nacht im Büro, dass sie sich todmüde und zugleich aufgedreht fühlt. Sie faltet die leere Pizzaschachtel zusammen und schiebt sie auf den Tisch rüber, den die Kollegen vom KK14 noch nicht wieder abgeholt haben. Endlich hat sie die Verbindung zwischen Täter und Opfer schwarz auf weiß. Auf dem Weg zum Kaffeeautomaten rennt sie fast in ihren Kollegen hinein.

»Da bist du ja endlich. Ich glaube, ich weiß, wo wir Michael Reintjes finden können.«

Axel schließt die Tür zum Büro der Chefin hinter sich und sieht sie ausdruckslos an. »Nicht mehr meine Baustelle. Ich habe den Rest der Woche frei.«

»Ist was passiert?« Passt gar nicht zu ihm, sich vor dem Abschluss der Ermittlungen zu verdrücken.

»Ich brauche einfach ein paar Tage Auszeit«, sagt er abwehrend und macht sich auf den Weg ins Büro.

»Bist du sauer, weil ich nicht in die Rechtsmedizin gekommen bin?« Johanna läuft ihm hinterher. »Ich habe die halbe Nacht die Unterlagen aus dem Haus der Reintjes-Geschwister gesichtet und –«

»Johanna, ich bin raus«, unterbricht er sie diesmal energisch und lässt sie stehen.

»Aber der Fall ist nicht abgeschlossen.« Sie starrt auf seinen Rücken, auf sein zerknittertes T-Shirt. Hat er in seinen Klamotten geschlafen? Warum hätte er das tun sollen? Anders als sie ist er gestern beizeiten nach Hause gefahren.

Noch einer, der sauer auf mich ist.

Ihre Hände zittern, als sie das Kleingeld für den Automaten aus der Hosentasche nimmt. Bei ihrem Tatterich ist es sowieso besser, wenn sie nicht noch einen fünften trinkt. Sie wählt Axels Lieblingssorte mit extra Milch und Zucker. Zum Teufel mit seinem Gesundheitsfimmel. Der soll sich mal was gönnen. Außerdem braucht sie ihn jetzt.

Vielleicht sollte sie ihm die Wahrheit sagen, weshalb sie nicht ins rechtsmedizinische Institut gekommen ist. Die durchrecherchierte Nacht im Präsidium ist nicht mal die halbe Wahrheit, eher die offizielle Lesart. Gruber hat die Sache mit der Spur zu dem Verschickungsheim glücklicherweise geschluckt. Aber Axel ist mehr als nur ein Kollege. Vielleicht sollte sie ihm von ihrem Beziehungsstress erzählen. Er hat selbst erlebt, dass seine Ehe gescheitert ist.

»Es tut mir leid, dass ich nicht Bescheid gesagt habe.« Sie balanciert den Kaffee durch das Chaos von Asservatentüten, Kartons und Aktenordnern auf dem Boden zu seinem Schreibtisch. »Aber ich –«

Nein, völlig ausgeschlossen, ihm von ihrem Betrug an Silvia zu berichten.

»Hat die Obduktion den Herzinfarkt bestätigt?«, fragt sie stattdessen.

»Ja, er hatte ein Gerinnsel in einem der Herzkranzgefäße. War wohl völlig verschlossen.« Axel lehnt sich auf dem Bürostuhl zurück und massiert seine Stirn. »Was treibst du hier eigentlich? Übernimmst du den Job von Lars und seinen Leuten?«

»Ich habe nach einem Motiv für die Entführung gesucht. Nach der Verbindung zwischen Josef Bredenscheid und den Reintjes-Geschwistern.« Sie schichtet die Kinderbücher und Kladden auf ihrem Schreibtisch so auf einen Stapel, dass sie ihren Kollegen ansehen kann. Will er denn gar nicht wissen, was sie herausgefunden hat?

Axel ignoriert den Kaffee und schüttelt stattdessen die Dose mit Magnesium-Brausetabletten neben seiner Ablage. »Was ist das für ein Chaos hier? Ich sortiere nur rasch meine Unterlagen, dann bin ich weg.«

Hat er keine anderen Sorgen als die Unordnung im Büro? Sie suchen immer noch einen flüchtigen Täter. »Konnte die Obduktion den Todeszeitpunkt weiter eingrenzen?« Der Infarkt als Todesursache passt zu ihrer Theorie, dass es Michael Reintjes weder um Geld noch um das Töten des Entführten ging.

Axel lässt eine letzte Magnesium-Tablette auf seine Handfläche plumpsen. »Freitagnacht, irgendwann zwischen dreiundzwanzig Uhr und ein Uhr.« Mit einem gezielten Wurf versenkt er die leere Dose im Mülleimer in der Ecke. »Insgesamt waren Bredenscheids Gefäße voller Ablagerungen. Deine Freundin sagt, man kann nicht eindeutig nachweisen, dass der Stress das Gerinnsel ausgelöst hat.«

»Er wäre so oder so bald an einem Herzinfarkt gestorben?« Dann wäre das nicht mal Freiheitsberaubung mit Todesfolge.

»Die Möglichkeit ist zumindest realistisch. Wir müssen den Befund vom Labor abwarten, ob Substanzen im Spiel waren.« Axel zerbricht die Brausetablette in zwei Hälften, damit sie durch den Flaschenhals passt. Das Vitaminwasser schäumt so heftig, dass er den Daumen auf die Öffnung pressen muss.

»Auf jeden Fall habe ich eine Verbindung zwischen Reintjes und Bredenscheid gefunden.« Sie weckt ihren Bildschirm aus dem Stand-by und öffnet die Patientenakte von Birgit Reintjes, die vor einer halben Stunde endlich von der Dialyseambulanz freigegeben wurde. *Was wir früher hätten haben können, aber die Chefin wollte ja nichts davon hören.* »Das Nierenversagen von Birgit Reintjes lässt sich –«

Axel unterbricht sie. »Besprich das mit den Kollegen. Ich habe gerade echt andere Sorgen.«

»Dann sag mir endlich, was los ist.« Johannas schlechtes Gewissen schlägt in Gereiztheit um. »Du warst gestern schon nicht bei der Sache.«

»Das sagt gerade die Richtige. Du warst dermaßen unkonzentriert bei den Schultes.« Er trinkt kopfschüttelnd und beginnt, die Papiere auf seinem Schreibtisch in die Ablagefächer zu sortieren.

Hat Silvia ihm von ihrer Krise erzählt? Johanna steigt das Blut in die Wangen.

»Ich soll mich ein paar Tage ausruhen«, fährt Axel in versöhnlicherem Ton fort. »Ärztliche Anordnung von deiner Freundin.«

»Seit wann gibt Silvia dir medizinische Ratschläge?« Die beiden sind wie Hund und Katze, irgendetwas muss bei der Autopsie vorgefallen sein.

»Seit ich …« Er fährt mit dem Bürostuhl vor und zurück und seufzt. »Du erfährst es ja doch. Ostermann hat den Flurfunk sicher schon in Gang gesetzt. Ich bin in der Rechtsmedizin umgekippt.«

Seine Schwindelattacken in letzter Zeit. Dann sind sie nicht nur harmloser Natur. »Dein Kreislauf hat schlappgemacht?«

»Ja, aber das EKG war in Ordnung.« Er stürzt sein gepimptes Wasser in einem Zug herunter und deutet dann auf den Kaffee. »Trink den besser selbst!«

Johanna ist immer noch erschrocken. »Silvia hat ein EKG geschrieben?« Er muss länger als nur ein paar Sekunden bewusstlos gewesen sein, sonst hätte sie das nicht in der Rechtsmedizin gemacht. Axel kommt mit dem Becher zu ihr herüber.

»Wie gesagt … war alles okay.« Er beugt sich zu ihrem Bildschirm vor. »Du wolltest mir eben was zum Nierenversagen von Birgit Reintjes erzählen.«

Wenn er nicht weiter über seine Gesundheit reden will, wird sie nicht darauf bestehen. »Sie hat als Kind eine Niere verloren. Und zwar ausgerechnet nach einem Kuraufenthalt an der Nordsee –«

»In diesem Verschickungsheim, in dem Bredenscheid ärztlicher Leiter war«, ergänzt Axel und setzt sich auf die Kante des Schreibtischs. »Aber inwiefern war er am Verlust ihrer Niere schuld?«

»Birgit Reintjes schreibt in ihren Tagebüchern von Misshandlungen seelischer und körperlicher Natur. An einem Abend muss Bredenscheid sie so verprügelt haben, dass er ihre linke Niere verletzt hat. Auf jeden Fall hat sie von da an Schmerzen gehabt, und nach ihrer Heimkehr hat man ihr die Niere herausoperiert.«

»So was ist aber schwer nachzuweisen. Sie war ein Kind, sagst du.« Er nimmt sich ein Lakritz aus der aufgerissenen Tüte und spricht beim Kauen weiter. »Vielleicht hat sie die Dinge verzerrt wahrgenommen. Hat im Nachhinein Zusammenhänge konstruiert, die es gar nicht gab.«

Johanna spannt das Gummiband an der obersten Tagebuchkladde und lässt es gegen die samtige dunkelrote Oberfläche schnipsen. Birgit Reintjes war 1966 neun Jahre alt. Axel hat recht, Erinnerungen können nach so vielen Jahren trügen. Außerdem überschreibt unser Gehirn sie mit jeder Wiedererzählung, fügt etwas hinzu, blendet anderes aus. Andererseits …

»Vielleicht ist gar nicht relevant, ob es objektiv einen kausalen Zusammenhang gab. Birgit Reintjes war auf jeden Fall davon überzeugt. Und ihr Bruder, der ebenfalls traumatisiert aus dieser Kur zurückkam, glaubte das auch.«

»Du meinst, der Suizid seiner Schwester war der Auslöser für die Entführung? Michael Reintjes hat die Selbsttötung als eine Art ›Spätfolge‹ der Misshandlungen angesehen?«

Johanna hält ihm die Lakritze demonstrativ hin und grinst. Endlich hat ihn sein Ermittlerehrgeiz gepackt. »Zum Zeitpunkt ihres Todes hatte Birgit Reintjes schon eine endlose Leidensgeschichte mit Entzündungen an der verbleibenden Niere, Diabetes, schließlich Nierenversagen und Dialyse hinter sich. Ihr Bruder hat sie jahrelang durch das Martyrium begleitet.« In der roten, der letzten Kladde, wird die vormals klare, geschwungene Handschrift immer krakeliger und verhuschter. Als ob die Schreiberin schon im Verschwinden begriffen wäre. »Die Begegnung mit Josef Bredenscheid bei der Dialyse hat offensichtlich alles wieder hochgeholt. Zu ihren Depressionen kamen Angstzustände und Panikattacken.«

»Und Michael Reintjes wollte sich an Bredenscheid rächen? Warum hat er ihn dann nicht getötet?« Axel greift in die Tüte und holt gleich eine Handvoll Süßigkeiten heraus.

Genau diese Frage hat Johanna sich in den letzten Stunden auch gestellt. »Vielleicht war die Entführung eine Art Reinszenierung. ›Du hast uns damals gequält. Heute zeige ich dir, wie sich das anfühlt, wenn man ausgeliefert ist und sich nicht wehren kann.‹«

»Möglich.« Er schnuppert an dem Kaffee, der inzwischen kalt geworden ist. »Du hast bei so Psychokram ja meist einen siebten Sinn.«

Aber Johanna ist noch nicht zufrieden. »Wenn Bredenscheids Tod nicht beabsichtigt war, hat Reintjes seinen Hof vielleicht in Panik verlassen.« Sein Handy konnte nicht geortet werden, und Patrick wartet auf die Daten des Providers. »Und meine ›Psychokram‹-Theorie ist, dass er nach Föhr an den Ausgangspunkt des Dramas zurückgekehrt sein könnte. Um sich selbst zu entschulden.«

»Frau Brenner!« Die Stimme von Cornelia Gruber schallt im Fortissimo über den Flur. »Kommen Sie mal bitte in mein Büro!«

Was hat sie nun wieder verbrochen? Es gab am Morgen schon eine Standpauke, weil sie auf eigene Faust ermittelt und ohne Beschluss das Scheunentor geöffnet hat.

»Und falls Herr Holtz noch bei Ihnen ist, soll der sich das auch gleich anschauen!«

Dann geht es nicht um sie? »Sorry, dass ich dich aufgehalten habe«, flüstert sie Axel zu. Dann ruft sie laut »Wir kommen!« in den Flur.

✳✳✳

»Jetzt führt diese Frau uns schon zum zweiten Mal vor.« Gruber klickt ein Video auf der Internetseite des Nachrichtensenders ntv an. »Woher hatte sie die Information? Das wusste zu dem Zeitpunkt niemand außerhalb des Präsidiums.«

Axel muss zähneknirschend mitansehen, wie er auf dem Bildschirm mit ausgebreiteten Armen auf Jolanda Prinz zuläuft und sie vom Hof der Reintjes-Geschwister scheucht. »Wir beantworten hier keine Fragen!«, brüllt er sie gerade mit hochrotem Kopf an. Dann schwenkt die Kamera auf die Scheune, zwei Spurensicherer laufen durchs Bild.

»Sie hat so eine Andeutung gemacht, dass sie den Tipp möglicherweise von unseren eigenen Leuten erhalten hat.« Nach einem Schnitt sieht man die Journalistin vor den Feldern bei Kevelaer, diesmal mit Mikrofon in der einen Hand und Stichwortzettel in der anderen. »Ich kann mir aber beim besten Willen nicht vorstellen, wer das sein sollte.«

Die Kriminaldirektorin runzelt die Stirn. »Sicher niemand vom KK11. Aber bei so vielen Beamten, wie bei diesem Fall involviert sind –«

»Deshalb müssen wir davon ausgehen, dass dieser alte Hof am vergangenen Wochenende Schauplatz eines schrecklichen Verbrechens geworden ist«, folgert Yolanda Prinz triumphierend in die Kamera. »Wann wird die Kripo Krefeld der Öffentlichkeit mitteilen, ob es sich bei dem Leichnam um den entführten Josef Bredenscheid handelt? Und wo befindet sich der Eigentümer des Hofes, Michael R., gerade? Ist er Täter oder Mitwisser? So viele offene Fragen. Die Öffentlichkeit hat ein Recht auf Information.«

»Sie war am Freitag schon so schnell an Bredenscheids Haus«, gibt Johanna zu bedenken.

»Obwohl wir noch nicht einmal –« Axel bricht ab. *Zeugen befragt hatten*, wollte er hinzufügen. Da war doch ein Junge im Krankenzimmer von Niels Houben! Aber woher sollte ein Teenager Kontakte zur Presse haben?

»Obwohl Sie noch nicht einmal – was?«, fragt die Kriminaldirektorin scharf nach. In der Filmreportage ist das Haus von Nina Schulte im Bild, und Prinz mutmaßt, ob »die Tochter des Opfers informiert ist oder ob auch sie von der Polizei hingehalten und im Unklaren gelassen wird«.

Es ist wirklich zum Kotzen. Diesmal geht Axels Puls vor Entrüstung in die Höhe. Nicht mal vor Angehörigen macht diese Karrierefrau halt.

»Wir haben Freitagnachmittag als Erstes den Fahrer im Krankenhaus befragt. Houben und Justin Richarz waren die Einzigen, die von der Entführung gewusst haben.« Beide haben auf Nachfrage sehr glaubhaft versichert, dass sie der Presse nichts durchgesteckt haben. »Bei Houben lag aber noch ein junger Mann auf dem Zimmer. Vielleicht sechzehn oder siebzehn Jahre alt.«

Ein Klopfen an der Tür unterbricht das Gespräch. Gruber schaltet das Video gerade in dem Augenblick ab, als Nina Schultes Wagen vor dem Haus vorfährt.

»Ja bitte?«

Kivelitz steckt den Kopf herein. »Es gibt Neuigkeiten. Michael Reintjes ist gestern Abend in einer Pension in Utersum auf Föhr abgestiegen.«

»Psychokram«, flüstert Johanna Axel ins Ohr.

Ja, da hatte sie mal wieder den richtigen Riecher.

Die Kriminaldirektorin ist mehr an harten Fakten interessiert. »Haben die Kollegen vor Ort ihn verhaftet?«

Patrick schüttelt den Kopf. »Er war nicht in seinem Zimmer, als die Inhaberin der Pension sie vor einer Stunde in der Wache angerufen hat. Aber der Fährhafen wird rund um die Uhr überwacht, und zusätzliche Kräfte vom Festland sind auf dem Weg auf die Insel.«

»Dann können wir den Fall hoffentlich bald abschließen.«

Cornelia Gruber schiebt ihre Brille zurück auf die Nasenwurzel.

Festnahme oder Nicht-Festnahme. Axel will endlich nach Hause.

»Hat er sich tatsächlich unter seinem richtigen Namen in der Pension angemeldet?« Johanna sieht fragend zu Patrick hinüber.

»Hat er.«

»Das spricht für meine Vermutung, dass seine Flucht eine Kurzschlusshandlung war. Vielleicht will er sich gar nicht verstecken.«

»Aber sein Handy lässt sich nach wie vor nicht orten«, sagt Patrick. »Ich denke, er will nicht gefunden werden.«

»Wenn er sich wirklich hätte absetzen wollen, wäre eine Flucht ins Ausland viel erfolgversprechender gewesen. Er hatte drei Tage Zeit dazu.«

Gruber unterbricht die Diskussion zwischen Johanna und Patrick. »Aus was für Gründen auch immer er nach Föhr gereist ist und ob er sich dort verstecken will oder nicht«, sie wischt sich den Schweiß von der Stirn, »ich will ihn so schnell wie möglich zur Vernehmung im Präsidium haben. Und vorher gehen wir nicht an die Presse.« Sie deutet auf das Standbild auf dem Bildschirm. »Egal, was diese Frau uns unterstellt.«

Axel fällt es schwer, seine Aufmerksamkeit auf die Absichten des Täters zu lenken. Er will endlich wissen, wie es Marie und seinen Enkeln geht. »Ich würde jetzt gerne –«

Johanna unterbricht ihn. »Wir sollten nach Föhr fahren.«

Kann sie ihn nicht ein Mal ausreden lassen? Was will sie an der Nordsee, was die Kollegen dort nicht hinkriegen? Es geht um die Festnahme eines aller Voraussicht nach unbewaffneten Mannes, der aus persönlicher Rache zum Täter geworden ist. Das dürfte auf einer Insel keine allzu schwierige Mission sein.

Cornelia Gruber ist offensichtlich ähnlicher Meinung. »Wenn Sie ans Meer fahren wollen, dann tun Sie das in Ihrer Freizeit, Frau Brenner.«

»Dann würde ich gerne den Rest der Woche Überstunden abbauen.« Die Frauen duellieren sich mit Blicken.

»Aber nicht diese Woche. Wir haben schon die dritte Brandstiftung in Folge. Und die Abstände dazwischen werden kürzer.«

Das Handy in Axels Hosentasche klingelt so laut, dass er zusammenzuckt. Marie! Die Haare an seinen Unterarmen stellen sich auf. »Da muss ich ran, das ist ein Notfall.« Er stürzt aus dem Büro.

»Hallo, Liebes. Wie geht es dir? Ist was passiert?«

»Nein, Papa, reg dich nicht auf.« Zum ersten Mal seit Sonntagnacht hört er sie lachen. »Im Gegenteil, es gibt gute Neuigkeiten. Mein Blutdruck stabilisiert sich, die Medikamente haben endlich angeschlagen.«

Die Last, die von Axels Seele plumpst, kann er fast hören. »Das ist wunderbar. Ich hatte richtig Angst um dich.«

»Die Ärztin sagt, wenn alles so bleibt, kann ich am Wochenende nach Hause.«

»Ach Gott, das ist gut. Ich bin so froh.« Plötzlich fühlt er sich leicht und voller Energie. Er wird seine Sachen nehmen und nach Hause gehen.

»Ich muss mich allerdings für den Rest der Schwangerschaft schonen. Keine strenge Bettruhe, aber Dominik muss bis zur Geburt den Haushalt schmeißen.«

Axel ist im Büro angekommen und schließt ausnahmsweise die Tür hinter sich. Er war nie gut darin, seiner Tochter seine Gefühle zu zeigen. Auch gerade ist er unsicher, ob sie sich freuen oder ihn eher als Last empfinden würde. »Ich habe ein paar Tage frei, Marie. Und ich möchte dich sehen.« In der Leitung bleibt es stumm. »Wie wäre es, wenn ich am Wochenende zu euch käme? Ich gehe ins Hotel, ihr habt keine Arbeit mit dem werdenden Großvater.«

»Das wäre schön, Papa.« An der Stimme seiner Tochter hört er, dass sie gerührt ist. »Ich sag dir auf jeden Fall Bescheid, wann wir nach Hause kommen. Und sonst – magst du mich auch im Krankenhaus besuchen?«

Aber das hat er ihr doch die ganze Zeit angeboten!

»Die Zwillinge wollen ihren Opa auch sehen, wenn ich die Tritte gerade richtig deute.«

»Ich komme, wohin du willst.« Er schließt die Augen. »Wohin *ihr* wollt«, korrigiert er sich.

»Dann bis Freitag.« Marie legt auf.

Die Kleinen strampeln in ihrem Bauch! Vielleicht ist es ja doch ganz schön, Großvater zu werden. Auch wenn die Dengendorf »in Ihrem Alter« gesagt hat, als müsste man ihn allmählich aus Altersgründen schonen.

»Alles in Ordnung?« Johannas Altstimme ertönt so dicht vor seinem Gesicht, dass er sich schon wieder erschreckt. »Hast du etwa geweint?«

Seine feuchten Augen gehen sie wirklich nichts an. »Wenn du kein Lakritz mehr rausrückst!«

Johanna knallt ihm kopfschüttelnd die Tüte auf den Tisch. »Hast du getrunken, Holtz? Was war das für ein Notfall gerade?«

Diesmal kann er die Frage nicht ignorieren, das sieht er an ihrem Blick. Aber vielleicht will er das auch gar nicht.

»Okay, wir machen einen Deal.« Axel steht auf und schließt die Tür wieder hinter ihr. »Du erzählst mir, was zwischen Silvia und dir vorgefallen ist und warum du unbedingt nach Föhr fahren willst. Und ich erzähle dir, warum ich gerade so erleichtert bin.« Er streckt ihr die Hand hin und wartet, dass sie einschlägt.

»Es ist mir peinlich. Ich habe einen großen Fehler gemacht.« Ihre Stimme klingt gepresst.

»Wenn du jemanden umgebracht hast, muss ich dich verhaften. Aber alles andere –«

Johanna schlägt ein. »Okay. Deal. Aber du erzählst zuerst.«

∗∗∗

Die Scholle mit Bratkartoffeln duftet verführerisch nach Butter und Röstaromen. Michael Reintjes isst langsam und genießt jeden Bissen. Das Essen tut gut nach dem langen Inselspaziergang. Die Brandung des Meeres und die steife Brise haben die Bilder aus dem Kinderverschickungsheim mit sich genommen, und die Seeluft hat ihn hungrig gemacht. Er bestellt ein zweites

Jever und wischt sich nach dem ersten Schluck zufrieden den Schaum von den Mundwinkeln. Lecker! Auch wenn ein Pils sein geliebtes Feierabend-Alt natürlich nicht auf Dauer ersetzen könnte. *Aber was ist schon von Dauer?*

Die letzten Stunden hat er sich erfolgreich um die Frage herumgedrückt, was er als Nächstes machen soll. Soll er zurück an den Niederrhein fahren und sich der Polizei stellen? Wie viele Jahre müsste er ins Gefängnis für die Entführung? Er hat Bredenscheid nicht ermordet. Aber natürlich hätte ihm bewusst sein müssen, dass für einen so alten Menschen jede Stresssituation den Tod bedeuten kann.

Reintjes schaut durch die großen Panoramafenster auf die Nordsee hinaus und verschiebt die Entscheidung noch einmal. Jetzt, wo er sich endlich hierhergetraut hat, will er den Aufenthalt auf der Insel genießen. Eine Wattwanderung nach Amrum würde ihm gefallen. Oder eine Tagestour nach Sylt mit der Fähre der Wyker Dampfschiffs-Reederei. »W.D.R.«, steht auf den Schildern. Erst hat er sich gewundert, warum der Westdeutsche Rundfunk hier so präsent sein sollte. Auf jeden Fall könnte er sich selbst einen Eindruck von der Insel der Reichen und Schönen machen, von der seine Ex-Frau so geschwärmt hat.

Er spießt die letzten Bratkartoffeln auf und hat immer noch Appetit. Vielleicht ein Stück Kuchen als Nachtisch? In der Kühlung hinter dem Glastresen hat er beim Eintreten eine verlockende Auswahl an Torten gesehen.

Aber erst mal muss er für kleine Königstiger. Er steuert die Tür zum WC an, als ihm der letzte Mundvoll Jever fast im Hals steckenbleibt. Da flimmern Aufnahmen von seinem Hof in Kevelaer über den Flatscreen an der Wand! Männer und Frauen in weißer Schutzkleidung laufen vor der Scheune herum, und ein kräftiger Mann in Zivil fordert die blonde Journalistin auf, den Innenhof wieder zu verlassen.

Nun ist es so weit, sie haben die Leiche gefunden. Der Fernseher ist so leise gestellt, dass Reintjes die Worte der Reporterin gegen das Stimmengewirr im Lokal nicht verstehen kann. *Ge-*

rade war ich frei, Birgit. Frei vom Alptraum unserer Kindheit.
Frei von meiner Angst vor diesem Ort. Ab sofort bin ich ein
Mann auf der Flucht.

Die Reportage wechselt den Schauplatz. Ein wohlsituiertes
Wohnviertel, Doppelhaushälften mit Vorgärten und gepflegten
Autos. Er geht näher an den Flatscreen heran und lauscht angestrengt. »Kempen/Niederrhein«, erklärt der Schriftzug am
unteren Rand. Die Kamera zoomt an eines der Häuser heran,
dessen Rollläden heruntergelassen sind. Das ist nicht Bredenscheids Villa. Reintjes starrt gebannt auf den Vorgarten. Was
hat das Wohnhaus in Kempen mit Josef Bredenscheid zu tun?

Endlich kommt ein silbergrauer Kleinwagen ins Bild gefahren, eine Frau mit dunklen Locken und Pünktchen-Oberteil
steigt aus. Reintjes versteht nicht, was sie sagt, als die Pressefrau
ihr das Mikro vors Gesicht hält. Wer ist diese Frau? Sie sieht
gehetzt aus, hebt abwehrend die Arme und schüttelt mit zu-
sammengepressten Lippen den Kopf. Wenn er nur sein Handy
nicht ins Meer geworfen hätte. Dann könnte er herausfinden,
was gerade am Niederrhein los ist.

»Schlimme Sache für die Angehörigen«, sagt die Bedienung
hinter der Theke zu ihm. »Was kann ich Ihnen anbieten?«

»Angehörige?« Reintjes hat das Gefühl, dass sich der Boden
unter seinen Füßen bewegt. »Die Frau da ist –?« Er deutet auf
den Bildschirm, wo die Dame mit den Locken im Haus verschwunden ist, während die Journalistin weiter in ihr Mikro
spricht.

»Seine Tochter, wenn ich das richtig verstanden habe.«

Bredenscheid hat eine Tochter. Vielleicht auch Enkelkinder.
Sein Schuldgefühl fühlt sich an wie ein Schlag in die Magengrube. Dass der alte Mann Witwer war, hatte er in der Dialyseambulanz mitbekommen. Aber wie konnte er ausblenden, dass
es weitere Angehörige geben könnte?

»Ich möchte zahlen«, sagt er tonlos und kann den Blick nicht
vom Fernseher nehmen. Das Haus mit den verschlossenen Rollläden ist immer noch im Bild, dann wird ein Foto von Bredenscheid eingeblendet. Der nächste Schreck schießt Reintjes

durch den Kopf: Was soll er tun, wenn die gleich ein Foto von ihm zeigen? Die Kripo wird schließlich nach ihm fahnden. Er wartet nicht auf die Rechnung, sondern legt dreißig Euro auf die Theke und verlässt das Lokal.

Während er durch den Sand stolpert, fahren die Gedanken in seinem Kopf Achterbahn. Er muss eine Entscheidung treffen. Und er hat nicht mehr viel Zeit dazu, jetzt, da sie Bredenscheids Leichnam gefunden haben. Prüfend schaut er in die Gesichter der Menschen, die ihm entgegenkommen, aber niemand beachtet ihn. Wie ferngesteuert macht er sich auf den Weg zur Pension. Er muss Zeit zum Nachdenken gewinnen. Vielleicht kann er seine Sachen aus dem Zimmer holen, bevor jemand auf ihn aufmerksam wird. Der Kombi steht in der Nähe des Kinderheims. Darin könnte er ein paar Nächte kampieren. Aber würde er es schaffen, den Wagen auf einer so flachen und unbewaldeten Insel wie Föhr zu verstecken?

Als Reintjes sich dem Gasthaus Knudsen nähert, sinkt sein Herz noch mehr in die Hose. Ein Polizeiwagen, vom Baum auf der Zufahrt nur unzureichend verdeckt, wartet lauernd auf ihn. Instinktiv duckt er sich auf der Straßenseite gegenüber hinter einen Strandkorb. Die haben also schon herausgefunden, dass er sich auf Föhr aufhält.

Ich Hornochse, ich hätte wissen müssen, dass es ein Fehler war, sich die Nacht im weichen Bett zu gönnen. Und dann noch mit richtigem Namen.

In den Spiegelungen des Schaufensters der Tortenmanufaktur beobachtet er, was gerade vor der Pension passiert. Außer zwei Kindern, die durch die Seitenfenster ins Innere des Peterwagens linsen, ist niemand zu sehen. Vermutlich sind die Polizisten im Gasthaus. Befragen die Angestellten oder durchsuchen sein Zimmer.

Er muss verschwinden, bevor sie rauskommen.

Aber Reintjes ist wie gelähmt, seine Beine gehorchen ihm nicht. Und wenn er sich freiwillig festnehmen ließe? Es sind nur fünf oder sechs Schritte über die Straße bis zum Streifenwagen. Wenige Schritte, die sein Leben für die nächsten Jahre vorbestimmen würden. Vernehmungen, ein Gerichtsprozess, Knast.

Er ist zweiundsechzig Jahre alt. Wenn er überhaupt wieder freikommen würde, hätte er alles verloren.

Die Verkäuferin der Konditorei klopft von innen gegen die Scheibe und erscheint kurz darauf an der Ladentür.

»Warum starren Sie mich so an? Wollen Sie nun etwas kaufen oder nicht?«

»Nein. Entschuldigung«, stammelt er und sucht das Weite. Mit großen Schritten läuft er auf dem »Strunwai« – heißt das »Strandweg«? – Richtung Nordsee, bis er aus dem Blickfeld der Pension verschwunden ist.

Am Badestrand von Utersum herrscht fröhliches Treiben. Familien mit Kindern haben es sich auf bunten Handtüchern mit Sonnenschirmen, Kühltaschen und Schwimmtieren gemütlich gemacht. Auch die Strandkörbe sind belegt mit Touristen, überall ist es quirlig und laut. Reintjes zieht Turnschuhe und Socken aus und laviert sich zwischen spielenden Kindern und Sandburgen hindurch. Unter so vielen Menschen wird er am wenigsten auffallen. An einem der Wellenbrecher setzt er sich schließlich in den warmen Dünensand und versucht, einen klaren Kopf zu kriegen.

Wenn die Polizei weiß, dass er auf Föhr ist, kommt er nicht mehr von der Insel herunter. Es sei denn, er schafft es allein zu Fuß nach Amrum. Der Treffpunkt für die geführte Wattwanderung ist gleich da vorn an der Seebrücke. Aber wahrscheinlich überwacht die Kripo auch dort den Hafen. Der Weg zurück aufs Festland ist also verstellt. Mit seinem eigenen Ausweis wird er nicht weit kommen.

Er sitzt in der Falle.

Die Brandung der Nordsee rollt gleichgültig vor und zurück, Reintjes streckt seine Beine aus, bis die weißgraue Gischt seine Zehen erreicht. Warum musste das alles so schrecklich schieflaufen? Er fasst sich in den Nacken und massiert die schmerzenden Muskeln. Lamentieren bringt nichts. Seine Schonfrist ist vorbei. Etwas prallt gegen seinen Rücken, er fährt zusammen. Bloß ein

Ball, sein Nervenkostüm ist wirklich nicht das beste. Er wirft ihn zurück zu den Kindern.

Überall Familien. Menschen, die zueinandergehören. Die sich lieben, auch wenn sie mal Zoff haben.

Schuld gegen Schuld, hat er gedacht, als er Josef Bredenscheid entführt hat. Er hat uns gequält, als wir ihm ausgeliefert waren. Er soll lernen, wie sich das anfühlt.

Aber Bredenscheids Tochter hat ihm nichts getan. Sie hätte ihren Vater nicht durch ein Verbrechen verlieren sollen. Er hat sich an einer Unschuldigen schuldig gemacht.

Reintjes reibt sich die Füße mit Sand trocken und zieht Socken und Schuhe wieder an. Er muss zurück zum Wagen, bevor die Polizei den Audi entdeckt. Im Handschuhfach sind noch einige von Birgits Schlaftabletten. Sie werden nicht reichen, um ihn umzubringen. Aber sie werden ihn so stumpf machen, dass er es diesmal schafft.

Entschlossen macht er sich auf den langen Fußmarsch zurück nach Wyk. Das Meer war eine Kurzschlusshandlung. Diesmal wird er es planen. Sie werden ihn dort finden, wo es begonnen hat.

Gleich Mitternacht. Johanna lässt den Lichtsmog über Osnabrück hinter sich und fährt vom Rastplatz zurück auf die A 1 Richtung Norden. Die erste Fähre nach Föhr geht in fünf Stunden. Das sollten sie locker schaffen. Sie wirft einen Blick auf den schlafenden Axel.

»Ich bin nicht müde. Ich kann noch ein Stündchen weiterfahren«, hat er behauptet, als sie die Tankstelle ansteuerten. Von wegen. Sobald sie den Motor gestartet hat, ist er weggedöst.

Johanna überholt eine Reihe von Lastwagen und setzt sich mit Tempo hundertzehn zurück auf die rechte Spur. Nur nicht hasten. Auch sie ist müde. Aber vor allem erleichtert und dankbar, dass Axel ihr nach der Aussprache angeboten hat mitzukommen. Warum hat er ihr nicht früher erzählt, dass er Großvater wird? Das hat sie ein bisschen gekränkt. Vom Tod seines Vaters hat sie damals sofort erfahren.

Sie greift zu dem Caffè Latte, den sie sich an der Raststätte mitgenommen hat. Ein Porsche brettert an ihr vorbei, der fährt bestimmt hundertsiebzig. Johanna sieht ihm nach, bis seine Rücklichter verschwunden sind. Warum wirkt Axel so verhalten, wenn er von der Schwangerschaft seiner Tochter erzählt? Klar, Marie ist gerade im Krankenhaus, und die Sorge um eine Fehlgeburt ist groß. Aber das ist es nicht allein.

Sie schaut zu ihm hinüber. Er hat den Kopf auf seine zusammengerollte Jacke am Fenster gelehnt und schnarcht vor sich hin. Hat er Angst, dass Zwillinge zu viel für Marie sein könnten?

Johanna hat Axels Tochter bislang nicht kennengelernt, aber das Verhältnis zwischen den beiden scheint beneidenswert gut zu sein. Anders als ihres zu ihrem eigenen Vater. Oder das von Nina Schulte zu deren Erzeuger.

Du warst sicher ein klasse Vater, und du wirst auch ein toller Opa sein. Schade für ihn, dass seine Tochter nicht am Niederrhein lebt. Da wird er an den Wochenenden bald weniger jazzen und häufiger nach Gießen fahren und seine Enkel bespaßen müssen. Das Fürsorgliche an ihrem Kollegen hat sie von Anfang an gemocht. Nie aufdringlich, aber immer so, dass sie wusste, sie kann sich auf ihn verlassen.

In der Mittelkonsole leuchtet das Display des Diensthandys lautlos auf. Eine Nachricht von Martina, der Kollegin von der Spurensicherung, die ihr gestern Abend die Tagebücher von Birgit Reintjes mitgegeben hat. Johanna lächelt zufrieden, als sie das Foto öffnet. Die getigerte Katze vom Hof liegt zusammengerollt in einem Pappkarton und schläft. »Sein neues Zuhause. Es ist ein Kater. Die Nachbarn sagen, er gehört niemandem. Vielleicht ausgesetzt worden wegen der Urlaubszeit. Habe ihn Mikesch getauft.« Hat sie doch geahnt, dass der arme Kerl Martina keine Ruhe lässt. Johanna war selbst in Versuchung, den Kater zu adoptieren. Aber in ihrer kleinen Wohnung ohne Freigang … sie hat den Gedanken sofort verworfen.

»Hamburg, 221 Kilometer«, zeigt das Schild hinter der nächsten Abfahrt. Natürlich hätten die Kollegen an der Nordsee das hingekriegt, Michael Reintjes aufzuspüren. Aber es fühlte sich unvollständig an, den Fall so kurz vor dem Abschluss in fremde Hände zu geben. Unbefriedigend, das Gespräch mit dem Täter, der gleichzeitig Opfer war, nicht selbst zu führen. Außerdem liegt Föhr weit genug weg vom Niederrhein, um einer Aussprache mit Silvia aus dem Weg zu gehen.

Ich bin auf der Flucht, muss Johanna sich eingestehen. Die Situation gestern Nachmittag hat ihr zugesetzt. Sie brauchte nicht zu erklären, warum sie sie nicht zurückgerufen hatte. Ihr Schweigen war für ihre Freundin beredt genug. Trotzdem hat es einen Moment gedauert, bis der Groschen bei Silvia fiel.

Sie hat mich angesehen, als hätte ich sie geschlagen. Fassungslos. Verletzt.

»Du also auch«, war das Einzige, was sie hervorbrachte, bevor sie ihrem Assistenten zum Auto folgte.

Ich also auch. Die zweite Frau, die sie hintergeht. Silvia hat ihr von ihrer langen ersten Beziehung erzählt, bei der ihre Partnerin fremdgegangen ist. Sie wegen einer anderen verlassen hat. Aber Johanna will sie nicht verlassen. Sie will nichts sehnlicher, als mit Silvia zusammenzubleiben. Das war eine Kurzschlussreaktion, der Ausflug in den Club. Eine »Affekttat«, würde man im Kriminaljargon sagen. Nur hilft ihr das gerade nicht weiter.

Die weißen Streifen der Fahrbahnmarkierung ziehen in gleichmäßigem Rhythmus an ihr vorbei. Der Verkehr ist mäßig, selbst die unzähligen Baustellen sind bei Nacht kein Hindernis. Axel schnarcht immer noch, sie wird ihn auf keinen Fall in Hamburg wecken. Auch wenn er ab da wieder übernehmen wollte.

Wollen wir nicht einfach ewig so weiterfahren? Keine Entscheidungen treffen müssen. Keine Auseinandersetzungen, keine Verletzungen, keine Schmerzen. Unterwegs sein, ohne anzukommen. Der Gedanke hat sie schon als Jugendliche gereizt. Besonders, wenn es ihr nicht gut ging.

Das Diensthandy reißt sie erneut aus ihren Gedanken. »Patrick Kivelitz ruft an«, verkündet die Schrift. Patrick ist wieder mal der Einzige, der im Präsidium von ihrem Ausflug weiß. Die Chefin wird toben. Nachdem Axel aus dem Büro gestürmt war, hat sie Johanna ausdrücklich angewiesen, an die Ermittlungen zur Brandstiftungsserie zurückzukehren. »Bevor Menschen zu Schaden kommen.«

»Patrick?«, fragt Johanna gedämpft ins Gerät. Sie will die Freisprechanlage nicht aktivieren. »Was machst du so spät noch im Präsidium?«

»Recherchieren. Aufräumen. So Kram halt. Hast du dich tatsächlich auf den Weg nach Föhr gemacht?«

»Ich bin kurz hinter Bramsche, ja. Gibt's was Neues?« Wenn Michael Reintjes inzwischen gefasst wurde, müssten sie wohl oder übel umkehren.

»Unser mutmaßlicher Täter ist noch nicht aufgetaucht, falls du das meinst. Die Kollegen auf Föhr haben Verstärkung vom Festland bekommen, aber im Dunkeln können die vermutlich auch nichts ausrichten.« Gut, dann darf sie noch ein Weilchen auf der Flucht bleiben.

»Wenn wir glatt durchkommen, sind wir mit der ersten Fähre um kurz vor sechs auf Föhr.« Axels Schnarchen steigert sich zu einem Sägen und bricht nach einem Gurgeln ab. Hat sie ihn geweckt?

»Wir?«, fragt Patrick verwirrt zurück.

»Kollege Holtz schläft neben mir auf dem Beifahrersitz.« Er rutscht ein Stück tiefer in den Sitz, bevor er seinen Kopf im Halbschlaf erneut auf die Jacke bettet.

»Ich denke, dem ging's nicht gut? Tom hat erzählt, dass –«

»Es war seine eigene Idee mitzukommen«, unterbricht Johanna Kivelitz. Ganz wohl war ihr dabei auch nicht. »Du kennst ihn doch, nach einem Nachmittagsschläfchen wollte er unbedingt mit.« Sie hat versucht, sein Angebot abzulehnen. »Ich pass schon auf ihn auf.«

»Dann richte ihm etwas aus, wenn er wach wird.« Patrick klingt plötzlich kurzatmig, als würde er mit dem Telefon durchs KK11 eilen. Johanna hört einen Knall. »Hier beginnt's gerade zu gewittern, ich muss die Fenster schließen.«

Der Wetterbericht hält also Wort. Von dem Tief, das von Westen über die Niederlande reinzieht, ist weiter nördlich noch nichts zu spüren. Aber es ist nur eine Frage der Zeit, wann die Gewitter auch Schleswig-Holstein erreichen. Endlich kommt das ersehnte Ende der Hitzewelle.

»Also … ich habe zu dieser Journalistin recherchiert«, meldet Patrick sich wieder. »Der Junge bei Niels Houben im Krankenhauszimmer war ihr Sohn. Nachdem ihr weg wart, hat er seiner Mutter brühwarm von der Entführung erzählt.«

»Das nennt man dann wohl ›dumm gelaufen‹.« Johanna grinst. »Aber woher wusste Jolanda Prinz von dem Leichenfund in Kevelaer?«

»Noch ein blöder Zufall. Prinz wollte gestern Vormittag unsere Presseleute zum Stand der Ermittlungen löchern. Vor dem Präsidium hat sie mitbekommen, dass unsere Kollegen ausrückten, um euch am Klingsweg zu unterstützen. Und weil sie Hennings Gesicht von der Pressekonferenz kannte, hat sie sich hinten drangehängt.«

»Also kein Maulwurf im Präsidium.« Das ist immerhin eine gute Nachricht. »Hast du mich deswegen angerufen?«

»Nee, ich wollte fragen, ob ich den Kollegen in Föhr Bescheid sagen soll, dass ihr kommt.«

Johanna zögert. Das ist kein offizieller Einsatz. Sie haben sogar ihre Dienstwaffen im Präsidium gelassen. Außerdem will sie Patrick nicht mit reinziehen.

»Lass mal lieber! Wir sind gewissermaßen privat da. Ich hab der Chefin meinen Urlaubsantrag schon auf den Tisch gelegt.« *Und über alles andere mache ich mir Gedanken, wenn es so weit ist.* »Ich melde mich morgen bei dir.«

Noch hundertsiebzehn Kilometer bis Hamburg. Johanna reiht sich vor der Baustelle in die einzige noch verbleibende Spur ein. Axel schnarcht nicht mehr, aber seine Augen sind fest geschlossen. »Schlaf noch ein bisschen.« Patrick hat recht. Wenn er sich nicht schont, muss sie das für ihn tun. Das EKG war in Ordnung, beruhigt sie sich selbst. Und schon wieder hat sie Silvias Stimme im Ohr. *Du also auch.«*

***

Ein verlockendes Prasseln weckt Axel aus seinem Nickerchen. *Regen!* Dicke Tropfen laufen die Windschutzscheibe hinunter und ziehen Schlieren in den Staub der letzten Wochen. Johanna betätigt die Scheibenwaschanlage.

Die Digitaluhr auf dem Armaturenbrett zeigt 2:07 Uhr. Er hat länger als zwei Stunden geschlafen. Axel schließt die Augen wieder und genießt das Gleiten durch die Dunkelheit, während die Regentropfen auf das Autodach prasseln. Wenn es keinen Stau gegeben hat, müssten sie bald bei Hamburg sein. *Nur noch ein bisschen dösen, dann übernehme ich wieder.* Aber als sich Johanna neben ihm an der Mittelkonsole zu schaffen macht, wird er endgültig wach. Im Dämmerlicht bleibt ihr Profil schemenhaft, sie setzt den Kaffeebecher an und kippt ihn bis zum Anschlag. Scheint leer zu sein, sie schüttelt ihn noch einmal und stellt ihn dann zurück in den Getränkehalter.

Ein Seitensprung. Er muss zugeben, dass ihn ihre Beichte am Nachmittag im Präsidium zuerst befremdet hat. Geht gar nicht, wäre seine Einstellung zu diesem Thema normalerweise. Aber die Scham und der Schmerz in ihrem Gesicht haben ihn zum Nachdenken gebracht. Seine Kollegin ist keine leichtfertige Person, die andere Menschen und ihre Gefühle nicht ernst nimmt. Im Gegenteil. Sie hat einen Fehler gemacht. Und sie leidet darunter. Johanna und Silvia … das waren irgendwie *good vibrations.* Von Anfang an. Und auch nach anderthalb Jahren noch.

»Du solltest sie anrufen.« Er richtet sich im Sitz auf. Kaffee wäre toll.

»Oh, du bist aufgewacht.«

»Ich hab dich beobachtet. Du denkst über deine Freundin nach, richtig?«

»Vor allem über mich. Warum ich …« Johanna beißt sich auf die Lippen.

»Warum du vor ihr wegläufst?« Kaffee ist nicht, er greift zur Wasserflasche.

»Ist das so offensichtlich?« Sie wirft ihm einen unglücklichen Blick zu. Im Büro hat sie irgendwas von »Verantwortung für den Fall« erzählt. Glaubt sie wirklich, sie könnte ihm etwas vormachen?

»Was meinst du, warum ich hier neben dir sitze? Doch nicht wegen Reintjes.« Der Regen lässt nach. Axel fährt sein Fenster einen winzigen Spalt herunter. »So angeschlagen lasse ich dich nicht allein ins Gefecht ziehen.« Die Luft ist kühl, er öffnet das Fenster weiter, bis winzige Wassersprenkel seine Haut treffen.

»Angeschlagen? Ja, vielleicht.« Sie verringert die Geschwindigkeit am Tempomaten, als ein 80-Schild vor ihnen auftaucht. »Ich habe übrigens auch über dich nachgedacht. Weißt du, wann das angefangen hat mit deinen Schwindelattacken?«

Sie hat es bemerkt? »Was meinst du?« Noch stellt er sich dumm.

»Na ja, dass du plötzlich langsamer wirst beim Gehen. Dass

du dich kurz an irgendetwas festhalten musst. Dass du beunruhigt in dich hineinhorchst.«

»Und ich dachte, ich hätte es vor der Außenwelt verborgen.«

»Nicht vor mir.«

Natürlich nicht. Vor Johanna Brenner verbirgt man solche Dinge nicht. Dann steht es also eins zu eins.

»Also gut. Wann hat es deiner Meinung nach angefangen?«

»Nach dem Tod deines Vaters.«

Er schließt das Fenster wieder und trinkt. Könnte sie recht haben? Ging das im Mai los? Axel lässt die ersten Lichter der Peripherie Hamburgs an sich vorbeiziehen. »Kennst du das auch, dass man manchmal lieber nicht genau hinsehen will? Dass es einem ganz gut in den Kram passt, wenn immer was zu tun ist und man sich einreden kann, dass der Alltag einem keine Zeit lässt ... nachzudenken.«

»Sprichst du von mir und Silvia?«

»Gerade eher von mir ... und meinem Vater. Ich hätte mit ihm ins Gespräch kommen sollen, bevor es zu spät war.«

»Du meinst, du hättest dich mehr um ihn kümmern sollen?«

»Ich weiß nicht, ob ›kümmern‹ das richtige Wort ist. Ich hätte –« Axel überlegt, wie er diese vage Traurigkeit und Leere formulieren kann. Seine Beklommenheit in Bredenscheids Weihnachtszimmer kommt ihm in den Sinn. Er setzt neu an. »Ich habe das Gefühl, ich weiß nicht einmal, wer er wirklich war. Wie hat er seine Tage verbracht? Was hätte er gerne noch getan? Wovon hat er geträumt? Was hat er bedauert?« *Was habe ich ihm bedeutet? War er einsam? Hatte er Angst vor dem Tod?*

Er nimmt die Dose mit den Kaugummis aus der Mittelkonsole. »Hast du deine Eltern inzwischen besucht, seit du zurück am Niederrhein bist?«

Sie schüttelt den Kopf.

»Ich weiß ja nicht, was sie dir getan haben, aber ... warte nicht zu lange damit.« Der Zuckerüberzug des Dragees kracht so laut zwischen seinen Zähnen, dass er das Gefühl hat, Johanna müsse es hören können. »Ich bedaure, dass ich keine Nähe zu ihm erlebt habe. Eigentlich nie. Nicht mal als Kind. – Willst du auch einen?«

»Du hast nie von ihm erzählt.« Sie hält ihm die offene Hand hin.

»Erzählst du mir je von deinen Eltern?« Als ob das im Dienst jemals eine Rolle zwischen ihnen gespielt hätte. Er angelt ein Dragee aus der Dose und legt es in ihre Handfläche.

»Mein Vater ist ein selbstgerechtes Arschloch, das lesbische Frauen hasst, weil sie die Unverschämtheit besitzen, Männer nicht geil zu finden. Und meine Mutter macht gute Miene zum bösen Spiel und tobt ihre Liebesfähigkeit an Bedürftigen aus.«

Sie urteilt hart über ihre Eltern. »Hat er dich rausgeschmissen?« Axel weiß nur, dass sie ihr Elternhaus früh verlassen hat.

»Ich bin abgehauen, sobald ich konnte. Sonst wäre ich erstickt. Da musste immer alles an seinem Platz sein. Ewig gleiche Rituale und dazu ein Schleifchen im Haar und einen artigen Knicks. Bloß keine Probleme machen.« Sie hält das Kaugummi immer noch in der Faust umschlossen. Axel will zurück in unverfänglicheres Fahrwasser.

»Hattest du echt als Kind Schleifchen im Haar?« Das passt zu Johanna wie die Faust aufs Auge.

»Verrate ich nicht.« Jetzt grinst sie.

»Dann hattest du Schleifchen im Haar!«, foppt er sie. Eine Weile kauen sie schweigend.

»Und weil es dir zu Hause zu eng war, willst du für immer *young, wild and free* bleiben?«, nimmt er den Faden wieder auf. An Johannas plötzlicher Anspannung spürt er, dass er einen wunden Punkt getroffen hat. »Ich fände es schade, wenn die Dengendorf … also Silvia und du … Ihr könntet es schaffen. Eine gute Beziehung zu führen. Eine, in der man aneinander wächst.« Seine Ex-Frau schießt Axel in den Kopf. Mit Petra ist ihm das nicht gelungen. Sie hatten aufgehört, miteinander zu reden. Und irgendwann war es dann zu spät.

»Traust du uns auch ein Kind zu?« Johannas Stimme bebt. »Also vor allem mir?«

»Ein Kind?« Er ist überrascht, so weit hat er nicht gedacht.
»Bist du mit einem Kerl ins Bett gegangen, oder was?«

Johanna stößt ihn mit dem Ellbogen an. »Blöde Frage. Nein,
natürlich nicht. Aber Silvia – möchte eine Familie gründen.«

*Sieh an, die coole Frau Dr. Dengendorf möchte ein Nest
bauen.*

»Ist doch klasse. Du bist bestimmt eine prima Mama ...
Papa ... Mapa.«

»Mapa? Was soll das denn sein?«

»Mama und Papa. Du kannst alles sein, Johanna.«

»Machst du mir gerade eine Liebeserklärung?«

»Nur dem Menschen. Nicht der Frau.«

Sie schweigen. Johanna wirkt irgendwie angefasst. Gerührt.
Warum macht sie es sich so schwer? Sie hat so viel Leben vor
sich. So viele Möglichkeiten.

»Ich beneide dich und Silvia ein kleines bisschen, wenn du
es genau wissen willst. Ihr seid noch jung. Und ihr liebt euch.«

»*Jung*«, sagt Johanna mit spöttischem Unterton. »Ich gehe
auf die vierzig zu. Zuletzt habe ich die ersten grauen Haare
entdeckt.« Sie fährt mit den Fingern durch die Haare, die von
der Sonne ausgeblichen sind.

»Die fallen gar nicht auf bei deinen hellen Haaren.« Der
Verkehr wird dichter, ja näher sie dem Buchholzer Dreieck
kommen. Axel sucht auf dem Navi nach der nächsten Raststätte,
die auch nachts geöffnet hat.

»Hast du Angst vor dem Älterwerden?« Johanna überholt
eine Reihe von Lkw und wechselt zurück auf die rechte Fahrspur. »Dein Gesundheitstick neuerdings. Das Intervallfasten.
Die Rumrennerei.«

»Seit dem Tod meines Vaters bin ich das nächste Glied in
der Kette. Das fühlt sich nicht gut an.« Er zuckt die Schultern.
Darüber will er gerade nicht nachdenken. Kurz vor dem Auto-
bahndreieck gibt es einen Autohof. »Fahr bei Rade mal runter.
Ich brauche einen Kaffee. Und dann löse ich dich ab.« Axel hat
das dringende Bedürfnis, sich die Beine zu vertreten.

»Hast du deshalb so gemischte Gefühle beim Gedanken an

deine Enkel? Die machen dich ja noch mehr zum ›nächsten Glied in der Kette‹, wie du es nennst.« Johanna schaut auf das Navi und nickt.

So hat er das noch nie betrachtet. »Vielleicht. Aber im Augenblick bin ich einfach nur froh, dass es meiner Tochter besser geht.« *Marie. Die hoffentlich gerade schläft mit ihren Babys im Bauch.*

»Vielleicht hast du deine Angst vor dem Älterwerden so verdrängt, dass dein Körper sie ausgedrückt hat. Dann hatte dein Schwindel psychische Ursachen.«

»Du willst mir sagen, meine körperlichen Symptome sind bloß Einbildung?« Manchmal kann die Kollegin einem mit ihrem Psychokram auf den Geist gehen. »Vielleicht hättest du besser Therapeutin anstatt Kommissarin werden sollen.« Er zwinkert ihr zu. »Also kriege ich jetzt meinen Kaffee?«

»In drei Kilometern.«

»Außerdem muss ein alter Mann wie ich ständig auf Toilette.«

Wieder erntet er einen Stoß mit dem Ellbogen. »Übertreib nicht. Sonst lass ich dich gar nicht mehr ans Steuer.«

Vor der Windschutzscheibe funkeln die nächtlichen Lichter der Hansestadt. Ein Konzert in der Elbphilharmonie hören, das steht schon lange auf Axels Bucketlist. Gleich nach meiner Rückkehr an den Niederrhein werde ich mich darum kümmern, verspricht er sich selbst, während Johanna den Blinker setzt und bei Hamburg-Süd abfährt.

Mittwoch, 10. August

Er hat alles erledigt. Er hat den Wagen versteckt, bevor die Polizei ihn gefunden hat. Er hat Birgits Tabletten an sich genommen und eine Flasche Korn gekauft. Er hat sich in Wyk Rasierklingen und Briefpapier besorgt, ohne erkannt zu werden. Er hat die Nacht zur Hälfte im Wagen und zur anderen Hälfte in den Dünen verbracht und zwei Briefe geschrieben. Einen für die Polizei mit seinem Geständnis. Den anderen für Bredenscheids Tochter mit der Bitte um Vergebung.

Ja, vielleicht ist es zu früh, so kurz nach dem Tod ihres Vaters um Entschuldigung zu bitten. Aber wenn jemand weiß, wie wichtig es sein kann, seine Schuld einzuräumen, dann er.

Hätte Bredenscheid ein einziges Wort des Bedauerns geäußert, wäre es gar nicht so weit gekommen. *Ein einziges Wort der Einsicht, dass er Unrecht getan hat, hätte mir genügt.*

Reintjes liest den Brief an die Tochter ein letztes Mal und steckt ihn zurück in den Umschlag. Fünf Uhr einundzwanzig. Noch ist der Strand menschenleer. Aber der Horizont über dem Meer hellt sich bereits auf und lässt die Schemen der Strandkörbe sichtbar werden.

Zeit zu gehen. Nur eine letzte Sache bleibt ihm noch zu tun.

Sein Herz pocht wie wild, als protestierte es gegen das, was nun kommen soll. Reintjes hat sich verboten zu trinken, solange er noch schreiben und nachdenken musste. Jetzt greift er zur Flasche Schnaps, die neben ihm im Sand liegt, und öffnet sie. Der erste Schluck brennt mehr, als dass er guttut. Der zweite und dritte wärmen ihn von innen und dämpfen die Angst. So ist es gedacht. Er muss das durchziehen.

Auf dem Weg durch die Dünen zu seinem Wagen springt ihn jede Einzelheit der Umgebung an. Die mannigfaltigen Bögen, in denen die Halme des Strandhafers sich zueinander neigen und ineinander verschränken. Die facettenreichen Klangfarben der Vögel, die sich zu einem schwebenden Chorgesang zusammenfinden und euphorisch den Sonnenaufgang begrüßen. Die Textur des Untergrunds, der sich unter seinen bloßen Füßen vom weichen, nachgiebigen Sand über die unebenen Strukturen des Bürgersteigs bis zur gleichmäßigen Glätte der Straße verändert. Als hätte jemand den Lautstärkeregler für seine Wahrnehmung hochgedreht, denkt er. Aber er hat keine Zeit für Sentimentalität.

Am Wagen angelangt, schnürt er seine Turnschuhe und fährt ihn aus dem Schatten der Bäume auf die Strandpromenade. Die Briefe legt er beim Aussteigen gut sichtbar auf den Fahrersitz. »An die Kriminalpolizei am Niederrhein«, steht auf dem einen Umschlag, »Den Angehörigen von Josef Bredenscheid« auf dem anderen.

Reintjes nimmt einen großen Mundvoll Korn, bevor er den Audi verriegelt und den Schlüssel zurück in seine Hosentasche steckt. Sicher ist sicher. Er darf nicht riskieren, dass jemand die Briefe an sich nimmt, bevor die Polizei sie findet.

»Da können Sie den Wagen aber nicht stehen lassen.«

Er schreckt zusammen. Eine Frau in grauen Trainingsklamotten und leuchtend orangen Crocs sitzt auf einer Bank vor der Promenade und raucht. Warum ist die so früh schon auf den Beinen, verdammt?

»Ich bin sofort zurück.« Er wendet sich ab. Doch im Gegensatz zu ihm scheint sie die unvermutete Gesellschaft am menschenleeren Strand zu genießen.

»Können Sie auch nicht mehr schlafen?« Sie stellt sich in seinen Weg und hält ihm ihr Päckchen Zigaretten unter die Nase. Dann deutet sie mit dem Kinn auf die Flasche Korn in seiner Hand. »So früh am Morgen? Na, Ihnen muss es aber ganz schön beschissen gehen.«

»Das ist nicht das, wonach es aussieht«, sagt Reintjes. »Und ich möchte keine Zigarette, danke.« Am Horizont schiebt sich die obere Rundung der Sonnenkugel über den Meeresspiegel.

»Von mir erfährt der Doktor nichts.« Sie kichert albern und steckt die Kippen zurück in die Kängurutasche der Sweatjacke. Nach einem tiefen Zug pustet sie genießerisch den Qualm durch ihre gespitzten Lippen nach schräg oben. »Dann verraten Sie mich aber auch nicht!«

»Welcher Doktor?« Was will sie von ihm? Er muss los.

»Unser Kurarzt.« Ihre Augenbrauen wandern nach oben. »Oder sind Sie nicht in Kur?«

Das war ich mal, als kleiner Junge. Er schüttelt den Kopf. »Kurzurlaub«, erklärt er ausweichend. »Ich wünsche Ihnen einen schönen Tag.« Bevor sie weitere Fragen stellen kann, umrundet er sie auf dem Strandweg und hastet an einem Schild mit der Aufschrift »Nordseesanatorium Marienhof« vorbei. Also von dort kommt sie so früh her.

»Hallo, Sie da? Moment mal!«

Jetzt ruft sie ihm auch noch hinterher.

»Was ist das für ein Brief?« Sie steht neben seiner Fahrertür und leuchtet mit ihrem Handy ins Innere des Wagens.

Muss die blöde Kuh so neugierig sein? Die vermasselt noch alles.

Reintjes biegt auf den Abzweig ins Inselinnere ein und beginnt zu laufen. Er muss hier weg. Er muss raus aus ihrem Blickfeld. Nach ein paar hundert Metern hält er keuchend inne und stellt fest, dass er die Orientierung verloren hat. Führt dieser Lerchenweg zum Verschickungsheim? Oder ist das die Richtung ins Stadtzentrum von Wyk?

»Moin!« Auch diesmal schreckt er zusammen, als ein dicker Mann mit Pudel ihn grüßt. Sobald es hell ist, wird es von Einheimischen und Touristen nur so wimmeln. Er entdeckt einen Wegweiser zur Strandpromenade. Gut. Dann muss er nach links.

Ob die Frau die Polizei anruft, weil sie die Aufschrift auf dem Brief gelesen hat? Reintjes trinkt in großen Zügen von dem Schnaps und tastet nach den Tabletten. Nein, die sollte er erst schlucken, wenn er im »Spatzennest« ist. Sonst klappt er noch hier auf dem Gehweg zusammen und wird zu früh gefunden. Als sich zu seiner Linken eine freie Fläche öffnet, weiß er wieder, wo er ist. Der Flughafen! Von hier aus sind es zehn Gehminuten bis zum Kinderkurheim. In der Ferne sieht er das Flackern eines Blaulichts. Suchen die schon nach ihm?

Als das verlassene Grundstück am Ende der Straße auftaucht, beginnt er zu rennen.

***

Johanna läuft zwischen den Wagenreihen im Fahrzeugdeck der Fähre durch und lässt sich auf den Beifahrersitz fallen.

»Hast du sie erreicht?« Axels Frage wird vom Hupen der Fähre fast übertönt.

Sie gähnt. »Silvia schläft bestimmt noch.« Es ist erst Viertel vor sechs, aber Johanna konnte nicht länger warten. »Ich habe ihr auf die Mailbox gesprochen.« Der Wecker ihrer Freundin steht auf halb sieben. Die Sehnsucht nach Silvias Wärme am Morgen, dem Duft ihrer Haare und der Linie ihres Nackens auf dem Kopfkissen gibt ihr einen Stich in die Magengrube. *Was mache ich, wenn sie meine Entschuldigung nicht annimmt? Wenn ich sie zu sehr verletzt habe?*

»Mach dich nicht verrückt.« Axel sieht erstaunlich frisch aus nach der Überfahrt. »Du kannst nicht mehr tun, als dich zu entschuldigen. Vielleicht braucht sie Zeit, aber ihr schafft das schon.«

Johanna ist mittlerweile so übermüdet, dass ihr selbst das Hallen der Geräusche zwischen den Schiffswänden hier unten an den Nerven zerrt. Vielleicht war das überhaupt eine Schnapsidee herzukommen. Sie kennt die Insel nicht, wie soll sie da den einheimischen Kollegen helfen? Und im KK11 wird es auch nichts als Ärger geben.

»Die Polizeiwache ist gleich am Fähranleger.« Axel zoomt auf dem Navi in den Stadtplan von Wyk hinein. »Sollen wir hinfahren, oder willst du gleich zu diesem Kinderheim?«

Sie zuckt die Achseln, ihr Kopf weigert sich nachzudenken. »Überlass ich dir.«

Axel runzelt die Stirn. »Wer von uns beiden wollte auf die Insel, Frau Hauptkommissarin? Du musst dich schon entscheiden, wo es hingehen soll.« Die Fähre kommt mit einer letzten Erschütterung zum Stillstand. Das unterschwellige Wummern der Schiffsmotoren erstirbt. »Pünktlich auf die Minute.« Er startet den Motor.

»Dann fahr halt erst zur Wache.« Vielleicht besser, die Kolleginnen über ihre Anwesenheit auf Föhr zu informieren.

Der Einweiser gibt das Signal zum Losfahren. Kurz darauf taucht der Wagen aus der künstlichen Beleuchtung in das strahlende Licht eines Sommermorgens ein. Der Regen ist nicht über Hamburg hinausgekommen, aber die Temperatur ist trotzdem empfindlich kühl.

»Wollen wir nicht so tun, als wären wir zum Urlaubmachen hier?« Axel lässt sein Fenster herunter und hält die Hand in den Wind. »Sommerfrische an der Nordsee. Das würde mir gefallen.«

Johanna fröstelt. *Ich wäre gern mit Silvia hier.* Die Flaggen am Pier schlagen im Wind gegen die Fahnenmasten, während sie im Schritttempo das Hafengelände verlassen. Aber da ist noch ein anderes Geräusch. Sie lässt ihr Wagenfenster ebenfalls herunter. »Hörst du das auch?« Aus der Ferne erklingt das Heulen eines Martinshorns.

»Vielleicht haben die Kollegen Reintjes schon gefunden.« Anstatt zur Polizeiwache abzubiegen, fährt er ran und steigt aus. »Das kommt nicht aus Wyk, sondern eher aus der Richtung.« Er deutet mit dem Arm in Richtung Westen.

»Dann lass uns dem nachfahren!« Johanna spürt ein nervöses Kribbeln in den Händen. Ein Einsatz auf einer Ferieninsel so früh am Morgen, könnte natürlich auch ein Unfall sein. Aber ihr Instinkt sagt ihr etwas anderes. Auf der Landstraße werden sie von Feuerwehrfahrzeugen überholt, gleich darauf folgt ein Krankenwagen.

»Sieht eher nach einem Brand aus«, sagt Axel. »Vielleicht treibt hier auch irgendein Brandstifter sein Unwesen.«

»Und zündet Scheunen an wie bei uns am Niederrhein?« Johanna schüttelt den Kopf. Die Rettungskräfte steuern laut Karte geradewegs das »Spatzennest« an. Das sieht nicht nach einer einfachen Festnahme aus.

Vor einem riesigen abgesperrten Grundstück, auf dem ein verfallender Komplex aus Backsteingebäuden steht, holen sie die Blaulichter ein. Johanna ist wieder hellwach, das Adrenalin hat die Erschöpfung vertrieben. Die Blicke der Feuerwehrleute und Polizisten sind auf einen Mann mit grauem Mecki gerichtet, der vor den Mansardenfenstern auf dem Dach des größten Gebäudes herumklettert.

»Scheiße, der will sich umbringen.« Sie hält der ersten uniformierten Polizistin, die in ihrer Nähe steht, den Ausweis hin. »Kripo Krefeld. Wer leitet den Einsatz?«

Die deutet auf einen blonden Hünen mit Megafon in der Hand, der abwartend herumsteht. »Polizeiobermeister Bartelsen. – Weshalb sind Sie –«

Johanna hat keine Zeit, irgendetwas zu erklären. Nicht jetzt. Sie läuft zum Einsatzleiter, während die Feuerwehrmänner ein Sprungpolster auf der Wiese neben den Einsatzfahrzeugen bereit machen.

»Hauen Sie ab! Lassen Sie mich in Ruhe!« Reintjes schiebt sich mit dem Rücken zum Fenster an der Mansarde entlang auf das Steildach zu. Das sind schon zwölf, dreizehn Meter, wenn er fällt. Und es sieht aus, als wollte er noch höher klettern.

Johanna reißt Bartelsen das Megafon aus der Hand. Sie darf keine Zeit verlieren. »Herr Reintjes?«, ruft sie nach oben. »Ich bin Johanna Brenner von der Kripo Krefeld. Ich weiß, dass Sie Josef Bredenscheid nicht getötet haben. Bitte lassen Sie uns miteinander reden.«

Sie hat keine Chance zu verstehen, was Michael Reintjes antwortet, weil sich parallel dazu ein dritter Leiterwagen mit Sirene nähert. So geht das nicht.

»Können Sie mal für Ruhe sorgen!«, zischt sie Bartelsen an, der immer noch wie unbeteiligt neben ihr steht und zu überlegen scheint, ob er empört oder erleichtert sein soll, dass ihm jemand das Heft aus der Hand genommen hat. »Bitte!«, setzt Johanna hinterher. Endlich verschwindet er zu seinen Kollegen. Aus dem Augenwinkel sieht sie, dass auch Axel mit dem Leiter der Feuerwehren diskutiert. Signalhörner und Motoren werden abgestellt, nur das Schreien der Möwen und das Brausen der Druckluftflasche, die das Sprungpolster füllt, sind noch zu hören.

»Herr Reintjes! Josef Bredenscheid ist an einem Herzinfarkt gestorben, das hat die Rechtsmedizin –«

»Was macht das für einen Unterschied?«, brüllt er dazwischen. »Ich bin für seinen Tod verantwortlich. Ich habe mich schuldig gemacht.« In seiner Artikulation ist ein Lallen, er muss getrunken haben.

»Natürlich macht das einen Unterschied!«, widerspricht Johanna ihm. »Sie haben ihn entführt. Nicht ermordet.«

»Tot ist tot!« Reintjes schaut über seine rechte Schulter, wo das alte Satteldach steil in die Höhe ragt. Er schwankt gefährlich vor und zurück.

Wo bleibt das Kissen? Johanna hält die Luft an, bis er wieder ruhig dasteht. *Betrunken auf einem Dach herumklettern.* Selbst wenn er sich nicht umbringen wollte, ist diese Kletterei eine saudumme Idee. Endlich bringen die Feuerwehrleute das Sprungkissen in Position.

»Josef Bredenscheid war alt und vorerkrankt. Das kann Ihnen vielleicht Ihre Schuldgefühle nicht nehmen, aber unsere Rechtsmedizinerin sagt, er hätte ohnehin jederzeit einen Herzinfarkt –« Sie bricht ab, als ein Teil der Traufe sich löst und herunterfällt. Mit einem dumpfen Geräusch landet er auf der Plane. Eine gespenstische Stille macht sich breit. Johanna lässt das Megafon erschrocken sinken. Das Dach ist marode. Wenn er das Steildach betritt, kann er auch jederzeit ins Gebäude durchbrechen.

»Ich wollte, dass er fühlt, wie das ist!« Michael Reintjes klammert sich an einem Vorsprung der Fensterlaibung fest. »Wenn man nachts allein eingesperrt ist. Einem anderen Menschen heillos ausgeliefert.« Als seine Füße wieder Halt finden, lässt er die Backsteinkante los. »Ich wollte eine Entschuldigung von ihm. Mehr nicht. Ich hätte ihn vor der nächsten Dialyse doch wieder nach Hause gebracht.«

Das glaubt sie ihm sofort. Die Spurensicherer haben in der Scheune kaliumarmes Mineralwasser und Reste einer salzlosen

Mahlzeit sichergestellt. Reintjes hatte durch seine Schwester Erfahrung mit Nierenversagen.

»Sie wollten eine Entschuldigung für das, was er Ihnen und Ihrer Schwester angetan hat.« Das Verständnis für sein Motiv muss Johanna ihm nicht einmal vorspielen. »Genau hier, in dieser Kinderkur, in die Sie beide verschickt worden sind.«

Zum ersten Mal hält Reintjes inne und wendet sich ihr zu. »Haben Sie meine Briefe schon gelesen?«

Von welchen Briefen spricht er? Gibt es ein schriftliches Geständnis? Johanna sieht fragend zu Bartelsen hinüber. Der Einsatzleiter nickt, macht aber keine Anstalten, ihr mehr zu erklären. Auf dem Dach tastet sich Reintjes von der Gaube in winzigen Schritten weiter vor.

»Ich weiß nichts von Ihren Briefen, Herr Reintjes.« Johanna hat keine Zeit, mit dem Einsatzleiter zu diskutieren. »Aber ich habe das Tagebuch Ihrer Schwester gelesen. Sie war traumatisiert. Seelisch wie körperlich.«

»Birgit hat sich umgebracht!« Er erreicht die Kehle zwischen Mansarde und Steildach. »Bredenscheid hat nur gelacht, als ich ihm das erzählt habe«, fährt er bitter fort. »Sie sei zu schwach gewesen. Das Leben sei nun mal ein Kampf, den nur …«

Den Rest versteht Johanna nicht, weil Reintjes ihr den Rücken zudreht und auf allen vieren Richtung Dachfirst kriecht.

Ihr bricht der Schweiß aus, lange wird sie ihn nicht mehr abhalten können. Ein schriftliches Geständnis bedeutet, dass er seinen Suizid geplant hat und die Kletterei nicht nur eine Kurzschlusshandlung beim Auftauchen der Polizei war.

»Wenn Sie sich auch noch das Leben nehmen, hätte Josef Bredenscheid endgültig gewonnen«, setzt sie an. Reintjes hat den First erreicht und streckt beide Arme zur Seite, um sich aufzurichten.

Will er etwa in dieser Höhe auf dem Grat des Dachs balancieren?

»Bitte halten Sie sich fest, Herr Reintjes.« In ihrer Stimme liegt ein unprofessionelles Flehen. »Lassen Sie Bredenscheid nicht gewinnen.«

»Wenn ich gewusst hätte, dass er eine Tochter hat, hätte ich ihn nicht entführt.« Reintjes hält sich am Schornstein fest und lässt sich langsam rittlings auf den First nieder. »Sie kann nichts für das, was ihr Vater getan hat.«

Er fühlt sich Nina Schulte gegenüber schuldig. Damit hat Johanna nicht gerechnet.

»Hat Bredenscheid Ihnen von seiner Tochter erzählt?« Worüber haben die Männer am Freitag gesprochen? Vielleicht liegt dort ein Schlüssel zu Reintjes' Überlebenswillen. Aber der schüttelt den Kopf.

»Ich habe sie im Fernsehen gesehen. Gestern.« Er klingt verzweifelt.

»Schon wieder diese Prinz«, zischt Axel von hinten in Johannas Ohr. »Wenn ich die in die Finger kriege.«

Johanna hat keine Ressourcen, um auf renitente Journalistinnen einzugehen. Reintjes hat den Kamin losgelassen und schiebt sich auf dem Hintern über den First zur Stirnseite des Gebäudes.

»Bredenscheids Tochter hat mit ihrem Vater gebrochen«, ruft sie zu ihm hinauf. »Weil er seine eigene Familie genauso schlecht behandelt hat wie Ihre Schwester und Sie.«

»Sie lügen doch! Sie wollen bloß, dass ich hier runterkomme.« Vom First bis zum Boden sind es bestimmt fünfzehn Meter. Erneut entsteht Unruhe unter den Rettungskräften. Die riesige alte Eiche vor der Stirnseite macht es unmöglich, das Sprungpolster in Reintjes' Sprunglinie zu positionieren.

»Seine Tochter heißt Nina. Soll ich sie anrufen?« Johanna ignoriert das wilde Angstklopfen in ihrer Brust und hält ihr Handy hoch. »Wollen Sie von ihr selbst hören, was er ihr angetan hat?« Das Angebot ist riskant. Sie kann Frau Schulte unmöglich ein Telefonat mit dem Entführer ihres Vaters zumuten. Zerrüttete Vater-Tochter-Beziehung hin oder her.

Auf dem Dach bleibt es still.

»Herr Reintjes?« Sie legt den Kopf in den Nacken. »Sie haben sich so viele Jahre um Ihre Schwester gekümmert.«

»Und jetzt ist sie tot, und alles war vergeblich.«

»Würde Birgit das auch sagen, wenn sie neben Ihnen auf dem Dach säße?« Erneut schweigt Reintjes, aber sie sieht, wie die Spannung in seinen Schultern ein wenig nachlässt. »Ihre Schwester hatte keine Kraft mehr, aber Sie, Sie haben die Kraft, ihrem Leiden nachträglich einen Sinn zu geben.« Johanna hat in der Nacht im Präsidium im Netz zu den Schicksalen der Verschickungskinder recherchiert.

»Was denn für einen Sinn?« Seine Stimme ist voller Misstrauen.

»Es gibt so viele Kinder, denen etwas Ähnliches passiert ist wie Birgit und Ihnen.« Die Verschickungspraxis war jahrzehntelang ein lukratives Geschäft, und niemand wollte hören, wie es den kleinen Patienten damit ging. »Und keiner der Träger und keine der Institutionen, die an Ihrem Leid verdient haben, ist zur Rechenschaft gezogen worden.«

»Wie soll ich das ändern?« Reintjes ist ein wenig von der Kante zurückgewichen. Seine Finger umklammern die äußeren Dachschindeln auf der Suche nach Halt.

»Sie können für Öffentlichkeit sorgen. Nutzen Sie die Gerichtsverhandlung, um der Welt Birgits Geschichte zu erzählen.« Vielleicht kann ihm eine solche Mission das Gefühl geben, dass es Sinn macht weiterzuleben.

»Ich will nicht für den Rest meines Lebens ins Gefängnis.« Der Mann auf dem Dach ist den Tränen nahe.

»Ich kann Ihnen nicht genau sagen, wie lange Sie in Haft müssen. Aber sicher nicht für den Rest Ihres Lebens.« Das Strafmaß für eine Freiheitsberaubung mit Todesfolge liegt zwischen einem und zehn Jahren. »Sie haben sich bisher nie etwas zuschulden kommen lassen, und Bredenscheid hätte vielleicht auch unter anderen Umständen einen Herzinfarkt erlitten. Mit etwas Glück kommen Sie mit ein bis drei Jahren davon.«

Reintjes fährt sich mit einer Hand über die Augen. »Nur ein bis drei Jahre?«

Sie hat sich weit aus dem Fenster gelehnt, aber Johanna nickt trotzdem. »Ich glaube, jetzt hast du ihn«, flüstert Axel ihr ins Ohr. Bei den Rettungskräften herrscht aufmerksame Stille.

»Von mir aus, dann holen Sie mich halt hier runter!« Ein missglücktes Grinsen huscht über Reintjes' Gesicht. »Gibt's im Knast eigentlich ab und zu ein Bier? Sonst wird das echt hart.«

Glück gehabt. Johanna setzt sich abseits ins Gras und atmet ein paarmal tief durch. Ihr ist flau, ihre Knie zittern. Erst jetzt nimmt sie die Schaulustigen wahr, die sich in der Zwischenzeit vor dem Grundstück versammelt haben. Sie lässt die Szenerie wie eine Filmszene an sich vorbeilaufen. Das Ausfahren der Drehleiter, Reintjes' unsicheren Schritt in den Rettungskorb, die Ingewahrsamnahme durch die Kollegen am Boden und seine Abfahrt in einem der Streifenwagen.

Die langen Schatten der Vergangenheit. Dass dieser Nazi-Irrsinn mit seinen Erziehungsmethoden bis heute nachwirkt. Das Leben von Birgit Reintjes hat er zerstört. Und die Leben vieler anderer Kinder.

Wir kriegen unsere Kindheit über den Kopf gestülpt wie einen Eimer. Erst später, wenn das Zeug an uns runterläuft, wissen wir, was drin ist. So ähnlich lautete ein Spruch von irgendeinem Autor, der ihr im Gedächtnis geblieben ist.

Und dann wird der eine zum Täter, und die andere crasht ihre Beziehung.

Axel kommt über die Wiese zu ihr herüber. »Für dich!« Er drückt ihr sein Diensthandy in die Hand und grinst dabei wie ein Honigkuchenpferd. »Da macht sich jemand Sorgen.«

Wieso ruft die Person ihn an, wenn sie mit ihr sprechen will?

»KHK Brenner?«

»Guten Morgen.« Silvias Stimme vibriert, wie sie es immer tut, wenn sie angespannt ist. »Ich habe deine Nachricht abgehört und dachte, wir sollten –« Sie bricht ab und schweigt. Aber das Schweigen fühlt sich irgendwie warm an. Versöhnlich. »Du bist auf Föhr?«

Johanna muss sich räuspern, bevor sie antworten kann. »Ja.« Ihre Kehle ist wie zugeschnürt.

»Dein Kollege Holtz sagt, du hast gerade einen Menschen gerettet. Wieder mal?«

»Vielleicht. Ja.« Johanna könnte sich ohrfeigen. Sie sollte mehr sagen als Ein-Wort-Sätze. Sie sollte um Verzeihung bitten. Sie sollte erklären, was ihr Angst macht. Sie sollte …

»Dann ist euer Fall gelöst, und wir können reden.«

»Ja.« Johanna wird heiß und kalt.

Jetzt mach schon! Sie macht dir gerade ein Angebot.

»Das wäre gut. Ich meine – mit dir zu reden.«

Wenn ich zurück bin am Niederrhein. Wenn ich dich dabei ansehen kann. Wenn ich deinen Duft nach Verbene und grünem Tee riechen und das Rascheln deines Seidenrocks hören kann.

»Machst du schon mal ein Zimmer klar für uns?«

Sie will ein Zimmer teilen. Mit mir. Hier.

»Du kommst her?« Die Sehnsucht wildert in Johannas Bauch, eine Lustangst, ein Fallen, das ihr auf andere Art genauso gefährlich vorkommt wie ein Sturz aus der Höhe.

»Ich konnte mir für den Rest der Woche freinehmen.«

»Das ist toll. Ich –«, sie zögert, darf sie das überhaupt sagen, »ich freue mich.«

»Dann bis heute Abend.« Silvia legt auf.

Johanna lässt die Hand sinken und starrt auf das Display. Heute Abend. Wann geht die letzte Fähre?

Zwei Monate später

Der Wohnraum strahlt den rustikalen Charme eines Bauernhauses aus. Die rötlichen Tonfliesen auf dem Boden sind übersät mit Kratzern und angeschlagenen Ecken. Aus der weiß gestrichenen Decke heben sich dunkel Eichenbalken ab, die den Holzdielenboden der ersten Etage tragen. Johanna öffnet die Schiebetür und schaut in den frühherbstlichen Garten. Das alte Haus zwischen Willich und Osterath fühlte sich schon beim ersten Betreten vor drei Wochen wie eine warme Umarmung an, obwohl sie Tonfliesen und dunkle Holzbalken eigentlich nicht ausstehen kann.

»Ja, vielen Dank. Wir melden uns wegen des kaputten Zauns«, hört sie Silvia an der Haustür sagen. Die Antwort des Eigentümers kann sie nicht verstehen. Dann schlägt seine Wagentür. *Jetzt ist es also so weit.* Am kommenden Wochenende werden sie einziehen.

»Unser gemeinsames Reich.« Silvia legt die Kopie des Übergabeprotokolls auf dem Kaminsims ab und dreht sich mit ausgebreiteten Armen um die eigene Achse. »Hier muss auf jeden Fall das Sofa hin.« Sie deutet auf die Wand gegenüber dem Kamin. »Und dort eine Vitrine für unsere Gläser und unser Teeservice. Was meinst du?«

Ihre Freude ist bezaubernd anzusehen. Johanna hat gerade eher das Bedürfnis nach was Stärkerem als Tee. »Solange ich mir meinen Fitnessraum im Keller einrichten darf.« Sie wartet, bis der Wagen des Eigentümers davongefahren ist, dann öffnet sie ihren Rucksack und zieht eine Flasche Sekt heraus. »Gläser habe ich aber nicht dabei, nur Pappbecher.«

»Sogar gekühlt.« Silvia lässt den Korken gegen die Deckenbalken knallen und schenkt ein. »Auf unser gemeinsames Heim!« Sie drückt Johanna einen Kuss auf den Mund.

»Und darauf, dass wir nie, nie, nie jedes einzelne Laubblatt von den Beeten im Vorgarten kratzen und jedes Frühjahr die

Terrasse mit dem Hochdruckreiniger malträtieren.« In den vergangenen Wochen hat sie lange Gespräche mit ihrer Freundin über ihr Elternhaus geführt.

»Nie!«, bestätigt Silvia mit Nachdruck und stößt mit ihr an. »Und dann laden wir deine Eltern ein und pushen sie auf ein maximales Lästerniveau.«

»Dafür gibst du mir aber noch ein bisschen Zeit, ja?« Vielleicht sollte sie sich erst einmal allein bei ihrer Mutter melden, wie Axel vorgeschlagen hat. Die Lage sondieren, das wäre für den Anfang Herausforderung genug.

»Meinst du nicht, dass ich sie irgendwann kennenlernen sollte? Ich finde, der Einzug ist eine passende Gelegenheit.«

Johanna verschluckt sich fast am Sekt. »Ist das dein Ernst?«

Silvia lacht lauthals auf. »Wenn du dein Gesicht sehen könntest. Ach, Johanna.« Sie nimmt der Hustenden den Becher aus der Hand. »Also gut. Nicht alles auf einmal.«

Genau. Nicht alles auf einmal. Erst mal zusammenzuziehen ist der Deal.

»Was machen wir mit den ganzen Nüssen?« Johanna schlendert in den Garten und hebt eine Walnuss auf. Die Krone des alten Baums hat einen Durchmesser von bestimmt zehn Metern. Im gleichen Radius liegen seine Früchte aufgeplatzt in ihren grünen Stachelschalen verteilt.

»Aufessen. Und was wir nicht schaffen, werden unsere Kollegen gerne nehmen.«

Sie schaut in die Äste hoch. Das ist jetzt schon ihr Lieblingsplatz. »Jeder, der zur Einweihungsparty kommt, muss welche mitnehmen«, schlägt sie vor. »Und im Frühling zimmern wir eine Bank um den Stamm herum.« Der Oktoberwind frischt auf, Johanna sammelt noch eine Handvoll Nüsse und nimmt sie mit ins Haus.

»Vielleicht könnte dein Kollege bei unserer Party Musik machen?« Silvia schenkt Sekt nach. »Der ist doch in einer Jazzband.«

»Axel?« Spielt sie etwa mit dem Gedanken, dass er zu ihrem Freundeskreis gehören könnte? »Wenn es Spanferkel und Freibier für alle gibt.« Seit er sich mit dem Älterwerden abgefunden und sein Herz sich als gesund herausgestellt hat, ist Axel wieder der Alte. Kein Vitaminwasser und keine Diät mehr. Dafür ein entspannter und ausgeglichener Kollege. Johannas Handy klingelt. Wenn man vom Teufel spricht …

»Moment!«, flüstert Axel ins Mikrofon.

Auf dem Bildschirm sieht sie nichts als ein weiß-blau-rosa-farbenes Wogen. Was tut er da, hat er noch nie einen Video-call gemacht? »Ich seh alles verwackelt. Warum sprichst du so leise?«

Das Bild hört auf zu schwanken, Axel hält rechts und links ein Baby in den Armbeugen. »Darf ich vorstellen, das sind Emma und Finn.« Sein Gesicht ist ein Strahlen.

»Hey!« Sie strahlt unwillkürlich zurück. »Herzlichen Glückwunsch!« Die sind ja kaum größer als seine Handflächen, denkt sie.

»Wie süß!« Silvia beugt sich über das Display, ihre Locken kitzeln Johanna im Gesicht. »Geht es Ihrer Tochter gut?«

»Ja. Alles gut. Gott sei Dank.« Er nickt.

»Und wie fühlst du dich so als Opa?«, neckt Johanna ihn.

»Super. Du, ich habe mir überlegt – Mein Schwiegersohn muss doch so viel arbeiten, und Marie könnte Hilfe gebrauchen. Wenn ich meinen Job aufgebe und zu ihr nach Gießen ziehe, könnte ich –«

»Du willst Vollzeit-Opa werden?« Ihr fällt das Lächeln aus dem Gesicht.

»War ein Scherz«, wiegelt er ab. Das Baby mit der rosa Mütze macht mit dem Mund suchende Bewegungen an Axels Oberarm. »Ich glaube, Emma braucht ihre Mutter. Bis bald.«

»Bis bald.« Johanna steckt das Handy weg und sieht zu, wie Silvia den riesigen Schlüsselbund auf dem Kamin in seine Einzelteile zerpflückt.

»Der runde hier, der war doch für die Gartentür, oder?« Silvia hält ihr einen Schlüssel entgegen. Als sie Johannas Gesichtsausdruck bemerkt, lässt sie die Hand sinken. »Guck nicht so ängstlich. Ich fange jetzt nicht von einem eigenen Kind an.«

Johanna fühlt sich ertappt. »Nicht alles auf einmal.« Sie füllt ihren Becher auf und legt ihrer Freundin den Arm um die Taille. »Erst gucken wir uns das bei Axel an. Wobei –« Sie hält inne und trinkt.

»Wobei – was?«, fragt Silvia.

»Ich weiß nicht, ob er als Opa noch Zeit hat, auf unserer Einweihungsparty zu jazzen.«

Nachwort

Manche Geschichten begegnen einem, ohne dass man nach ihnen sucht. Für diesen Krimi hatte ich eine solche »Begegnung« im Herbst 2020 beim Schauen einer SWR-Reportage über »Das Leid der Verschickungskinder«.

Da saß eine rundliche Frau Mitte fünfzig in bunt bestickter Bluse und schwarzer Strickjacke auf einer Holzbank im Park und erzählte: »Ich ging ins Meer. Ich wollte mich umbringen. Ich erinnere mich wirklich glasklar an diese Situation, im Wasser zu sein, gerollt zu werden und zu hoffen, dass ich jetzt sterbe.« Leonie Seliger war fünf Jahre alt, als sie Anfang der siebziger Jahre mit den besten Absichten von Eltern und Kinderarzt zur Kur nach Föhr geschickt wurde. Aber im Verschickungsheim herrschte ein Klima der Gewalt, in dem die »Tanten« nächtlich auf Patrouille gingen und die Mädchen schlugen, die nicht schlafen konnten oder vor Heimweh weinten. »Ich wollte einfach, dass das aufhört.«

Ihre Worte ließen mich nicht mehr los, genauso wenig wie die Interviews mit anderen Betroffenen, die noch Jahrzehnte später mit den Tränen kämpfen, wenn sie von ihrem Aufenthalt im Verschickungsheim berichten. Kinder mussten ihr Erbrochenes aufessen und wurden als Bettnässer zur Schau gestellt. Sie wurden mit den Haaren am Stuhl festgebunden, in dunkle Räume gesperrt, an Betten gefesselt. Die Ärzte und Betreuungspersonen standen häufig im Erbe des nationalsozialistischen Erziehungsethos, das Kinder als gierige Tyrannen ansieht, deren Willen konsequent gebrochen werden sollte, um sie zu fügsamen Mitgliedern der Gemeinschaft zu machen.

Was, so fragte ich mich nach der Dokumentation, wenn einer dieser Erwachsenen seinem früheren Peiniger über den Weg laufen würde? Wenn er nicht mit der Vergangenheit abgeschlossen hätte? Wenn er nicht in seiner Opferrolle verharren wollte?

Mein inneres Bild von einem fünfjährigen Mädchen, das aus

Verzweiflung ins Wasser geht, wurde zur Keimzelle für diesen Roman. Ich begann zu recherchieren …

Besonders hilfreich war mir dabei die Website der bundesweiten Initiative zur Aufarbeitung und Erforschung von Kinderverschickung, www.verschickungsheime.de. Die Initiatorin Anja Röhl, selbst eine Betroffene, hat dort zahlreiche Erfahrungsberichte gesammelt und stellt Listen von Heimen und Trägern zur Verfügung. Ihr gebührt mein Dank für die umfassenden Informationen. Ihr Buch über »Das Elend der Verschickungskinder« sowie Hilke Lorenz' »Die Akte Verschickungskinder« haben mir eine genaue Vorstellung von der jahrzehntelangen Praxis der Kinderverschickungen vermittelt. Ich lege sie jedem ans Herz, der sich für die Thematik interessiert oder vielleicht selbst betroffen ist.

Bei den Worten, die ich meiner Romanfigur Josef Bredenscheid in den Mund gelegt habe, war mir Sigrid Chamberlains »Adolf Hitler, die deutsche Mutter und ihr erstes Kind« hilfreich. Die Sozialpädagogin analysiert in dieser Studie zwei Erziehungsratgeber von Johanna Haarer, die in den dreißiger Jahren erschienen und in Hitler-Deutschland zum Standardwerk wurden. Bis 1987 wurde Haarer in immer neuen Auflagen gedruckt, und tatsächlich kamen auch mir, Jahrgang 1968, einige der Gedanken aus meiner Kindheit erschreckend bekannt vor.

Und wie schon beim ersten Band bedanke ich mich bei Dr. Britta Gahr vom Institut für Rechtsmedizin der Universität Düsseldorf für die fachkundige Unterstützung sowie bei meinem Lektor Lothar Strüh für die ermutigende Resonanz.

Anja Wedershoven
IM SCHATTEN DER KOPFWEIDEN
Broschur, 304 Seiten
ISBN 978-3-7408-0962-1

Kommissarin Johanna Brenner wird von Berlin an den Niederrhein versetzt. Sie hat ihre Koffer noch nicht ausgepackt, als in
Geldern der Leichnam einer Kinderärztin gefunden wird. Die junge
Frau wurde erdrosselt und an der Friedhofsmauer abgelegt. Ist ihr
stalkender Ex-Freund diesmal zu weit gegangen? Oder wollte der
Vater eines kleinen Patienten verhindern, dass die Ärztin ihm das
Jugendamt auf den Hals hetzt? Auf der Suche nach dem Täter legt
sich Johanna schon bald mit ihren neuen Kollegen an – und gerät
bei ihrem Alleingang in größte Gefahr.

www.emons-verlag.de